Wendepunkte des Lebens
Schlüsselerlebnisse Teil 1

Jan Kern

Wendepunkte des Lebens
Schlüsselerlebnisse Teil 1

Roman

Bibliografische Information Der Deutschen Bibliothek:
Die Deutsche Bibliothek verzeichnet diese Publikation in der Deutschen Nationalbibliografie; detaillierte bibliografische Daten sind im Internet über www.ddb.de abrufbar.

Cover: Nadja Timm
Layout: SichelWerk

1.Auflage
© 2019 – Jan Kern
Herstellung und Verlag: BoD- Books on Demand, Norderstedt
ISBN 978-3-7412-9981-3

Alle vorkommenden Namen, Orte und Handlungen sind frei erfunden. Ähnlichkeiten mit lebenden, toten oder untoten Personen sind rein zufällig, nicht beabsichtigt, aber teilweise unvermeidbar.

1. Kapitel

Gedankenversunken blickte ich aus dem Fenster meines Wohnzimmers. Der Blick in den Hinterhof versprach verheißungsvoll neue Hoffnungen. Der Wonnemonat Mai kam dabei zu seiner vollen Entfaltung. Der graublaue Schleier des Winters wich der strotzenden Kraft der Sonne. Die trostlose Dunkelheit gehörte daher vorerst der Vergangenheit an. Und die Bäume trugen wieder ihr gewohntes Blätterkleid. Trotz all dieser guten Voraussetzungen, wusste ich nichts mit mir anzufangen. Eine erschreckende Antriebslosigkeit hinterließ bei mir merklich ihre Spuren. Eine Negativität setzte sich in meinem Gehirn fest. Dagegen konnte ich nichts machen. Ein Gefühl der Machtlosigkeit?

Unwiderruflich drang mir ins Bewusstsein, dass einiges in meinem Leben schiefgelaufen sein musste. Brachte mich diese Erkenntnis weiter? Schwer zu sagen. Zumindest war ich an einen Punkt angelangt, wo ich Teile meines bisherigen Lebens in Worte zu skizieren beabsichtigte. Bei diesem Prozess des Brainstormings wollte ich mich stets bemühen, ehrlich zu sein, vor allem mir selbst gegenüber. Zugegebenermaßen entlarvte sich dieses Vorhaben als ein schwieriges Unterfangen. Dennoch stellte ich mich dieser Herausforderung. Dabei erwies es sich als besonders problematisch, den richtigen Anfang zu finden.

Zu Beginn möchte ich mich bei Ihnen vorstellen. Mein Name ist René Krüger. Mittlerweile näherte ich mich der Mitte meines Lebens an. Offen gesagt, wusste ich nicht, wo ich jetzt genau stehe. Unsere Gesellschaft erlebte ich meist nur als Kriegsschauplatz, brutal und rücksichtslos. Waffenstillstand gab es kaum. Und Frieden war für mich bisher leider nur ein Wunschtraum geblieben. Ständig begab ich mich auf das Schlachtfeld und kämpfte um das nackte Überleben. Meistens habe ich gewonnen oder erzielte zumindest ein Teilerfolg. Jedoch musste ich auch notgedrungen einige Niederlagen akzeptieren.

Momentan fühlte ich mich des Kämpfens müde. Ein Anzeichen von Lebensmüdigkeit? Alles erschien mir irgendwie sinnlos. Woher sollte ich meine Motivation nehmen, weiterzumachen? Ich irrte ziellos durch meine Gedanken und fand den Weg nicht mehr. Dabei verharrte ich immer mehr in der Orientierungslosigkeit. Eine traurige Erkenntnis, der ich mich nun stellen musste.

Jetzt aber der Reihe nach. Zurzeit war ich wieder einmal arbeitslos. Übrigens schon zum dritten Mal in meinen Leben. Zweimal musste ich mich arbeitslos melden, weil ich ein Studium aus Gründen der Geldknappheit beendete. Und ein weiteres Mal wurde ich arbeitslos, weil mich die Firma wegen schlechter Auftragslage auf die Straße setzte. Finanziell bestand eine Abhängigkeit von Arbeitslosengeld II. Manchen ist es besser bekannt unter den Begriff Scheiße IV. Dieser Ausdruck beschreibt inhaltlich am Besten, was er tatsächlich verkörpert, nämlich ein Häufchen bürokratischen Stuhlgang, der den Bedürftigen von Staat angeboten wird, nur um die Illusion zu erwecken, dass es doch ein Instrument gegen die Armut in unserem Land gibt.

Mit dem Austragen des Hamburger Abendblattes verdiente ich mir bisher 160 Euro hinzu, um materiell besser über die Runden kommen. Dies entsprach genau den Betrag, den mir der Staat bei einem Einkommen von 400 Euro zugestand. Der Rest wurde von den staatlichen Leistungen abgezogen. Im Klartext bedeutete es, dass ich nur 40 % meines Lohnes behalten durfte. Ist diese Vorgehensweise des Jobcenters leistungsgerecht und sozial ausgewogen? Diese Frage muss sich der Leser dieser Zeilen selbst beantworten.

Zu den Fakten konnte ich nur ergänzen: Für den Zuverdienst musste ich bisher sechs Tage die Woche um 3.15 Uhr aufstehen und bei Wind und Wetter die Zeitungen an die Kunden verteilen. Dabei durfte ich mindestens fünfzehn Stunden pro Woche unterwegs sein. Bei schlechtem Wetter, wie beispielsweise bei Schnee und Eis, kamen noch unbezahlte Überstunden hinzu. Ein hartes Brot, was aber zurzeit meine materielle Existenz absicherte.

Heutzutage ist es nur selten üblich, dass jemand längerfristig einen Arbeitsplatz sicher hat. Dieses Glück genießen meist nur Beamte. Wer in unserer Zeit für drei bis vier Jahre einen Job inne hat, muss sich damit zufrieden geben und kann sich sogar glücklich schätzen. Die hohe Fluktuation am Arbeitsmarkt wurde im Laufe der letzten Jahrzehnte zur bitteren Alltagsrealität in unserer Gesellschaft.

So gesehen, konnte ich zu mir selbst sagen: „Willkommen im Klub".

Denn mit meiner Lebensgeschichte lag ich voll im Trend und blieb daher in diesem speziellen Punkt zumindest gesellschaftskompatibel.

Es wurde schnell erkennbar, dass ich mir solche Situationen nicht unbedingt selbst aussuchte. Vielmehr gewann ich den Eindruck, dass sich die Situationen mich aussuchten. Meine Vergangenheit ebnete mir keinen gradlinigen Verlauf, sondern repräsentierte eher eine waghalsige Berg- und Talfahrt. Häufig kam ich mir vor wie in einer Achterbahn, wo ich im Rausch der Geschwindigkeit durch alle Höhen und Tiefen, gelegentlich auch kopfüber, davonraste, ohne das Geschehen wirklich kontrollieren zu können. Diese Tatsache machte mir enorme Angst. Und es grenzte an einen Wunder, dass ich mich nicht bisher ständig übergeben musste, obwohl mir oftmals zum Kotzen zumute war und sich ein gewisser Brechreiz nicht immer vermeiden ließ.

Wie kann ich mich am besten beschreiben? Wer bin ich? Was bin ich? Immer stärker reifte in mir der Wunsch, ein Teil meiner Lebensgeschichte aufzuschreiben. Dabei ließen sich unbequeme Wahrheiten nicht vermeiden. Sie wurden zu einem wesentlichen Bestandteil meines Ichs. Konnte mich diese Tatsache überfordern? Ich musste es auf mich zukommen lassen. Nun offenbarte sich mir der einzige Weg, um wieder aus dem Dilemma meines Lebens herauszukommen.

Allgemein ist festzustellen, dass ich vielseitig bin. In meinen bisherigen Leben füllte ich unterschiedliche und abwechslungsreiche Funktionen aus. Dazu gehörten Industriekaufmann, Philosoph, Kunstmaler, Dichter, Hurenstecher, Lebens- und Überlebenskünstler und Krankenhauspatient. Darüber hinaus würde ich mich als beruflichen Versager und als gescheiterte Existenz bezeichnen. Insgesamt also ein Allroundtalent in jeder Hinsicht. Die Aufzählung machte mir deutlich, dass ich eigentlich über ausreichend Intelligenz und Lebenserfahrung verfügte, um in dieser absonderlichen Gesellschaft überleben zu können. Dennoch gelang es mir nicht, die Misere meines Daseins zu beenden. Vermutlich lag es daran, dass ich mich diesem gesellschaftspolitischen System nicht anpassen und unterordnen konnte. Es widersprach meiner inneren Natur. Nach meiner persönlichen Auffassung leben wir in einer kranken und nahezu unheilbaren Gemeinschaft. Ihr bisheriges angebliches Erfolgsrezept lautet: Etwas sein, etwas mehr Schein und sehr viel Schwein.

Jeder kocht dabei sein eigenes Süppchen. Und Solidarität ist in diesem Zusammenhang meist ein Fremdwort, das für viele Menschen unbekannt ist. Kein Wunder also, dass es keine wesentlichen Fortschritte in der gesellschaftlichen Ordnung gibt. Die Schuld nur bei den Politikern zu sehen, wäre sehr einfach. Die Politiker sind letztlich nur unser eigenes und erschreckendes Spiegelbild. Jeder von uns sollte stattdessen lieber den Dreck vor der eigenen Haustür kehren. Solange dies allerdings nicht passiert, bleibt alles wie es bisher war.

Die meisten Menschen gehen davon aus, dass unsere Gedanken frei sind. Jedoch, sind sie es tatsächlich? Oder werden sie durch unsere Gesellschaft und Umwelt beeinflusst beziehungsweise manipuliert? In jedem Fall sind sie von unserer Lebenssituation abhängig. Diese Aussage, so denke ich, hat Allgemeingültigkeit. Nach meiner Lebenserfahrung ist es eine feststehende Tatsache. Sie lässt sich weder leugnen noch ignorieren. Zu diesem Thema verfasste ich ein Gedicht.

Die Gedanken

Der Prozess des Denkens beginnt mit der Geburt eines jeden einzelnen Menschen.
Die Situationen des Alltags nehmen mehr und mehr Besitz von unseren Gedanken ein.
Unsere Gedanken sind nur noch ein Spiegel der Umwelt.
Daher frage Dich selbst: „Wessen Gedanken sind es?"
Die Gedanken können die Freiheit nicht mehr erlangen.
So erkenne nun die Illusion Deines Lebens!

Im Zusammenhang mit diesem Gedicht spielten mir häufig meine Gefühle den einen oder anderen bösartigen Streich, geprägt durch Angst und Selbstzweifel. Gefühle präsentierten sich rückblickend vielfach als Ausdruck einer Überforderung. Dabei kam es immer wieder zu Verwirrungen meiner Empfindungen.

Ständig war ich im Gefühlschaos hin- und hergerissen. Ein Wechselspiel zwischen Vernunft und Gefühl kam irgendwann zum Ausbruch. Ein regelrechter Zweikampf zwischen meinen Verstand und meinen Emotionen ist entbrannt. Wer wird gewinnen? Bisher war dieses Duell noch nicht entschieden. Es blieb also weiterhin spannend.

Was könnte das Motiv für das Schreiben sein? Vermutlich wollte ich mich besser begreifen lernen. Somit entwickelte sich der heutige Tag als eine Art Selbstauslöser für eine spezielle Therapieform. Ich begann nun, endlich wieder einen Sinn in meinem Dasein zu erkennen. Dies hilft mir hoffentlich, meinen inneren Tiefpunkt zu überwinden.

„Vielleicht werde ich sogar meine unerträglichen und lästigen Depressionen los", hoffte ich zumindest. „Sonst bekomme ich mein Leben nicht mehr in den Griff", überlegte ich weiter.

Mein seelisches und nervliches Gleichgewicht geriet ins Wanken. Momentan empfand ich mein Leben als erbärmlich. Liebe entlarvte sich als trügerische Illusion. Und mein Alltag wurde begleitet von Bitterkeit und Traurigkeit. Ich verspürte nicht einmal Lust auf Sex. Das Leben fickte mich täglich. Meine künftigen Aufzeichnungen repräsentieren für mich diesbezüglich die ideale Möglichkeit, mich gedanklich auszukotzen.

Zwischenzeitlich vergingen fast unbemerkt mehrere Stunden an Zeit. Nun saß ich immer noch im Wohnzimmer meiner spartanisch eingerichteten Wohnung und zog mithilfe meines Notebooks schonungslos Bilanz über meine ruhmreiche Vergangenheit. Neben mir auf dem Tisch stand ein Glas mit Rum-Cola. Dies benötigte ich, um meine schwachen Nerven zu beruhigen. In Notsituationen ist es eines meiner Lieblingsgetränke. Gelegentlich missbrauche ich dieses widerliche Gesöff, um besser durch den Tag zu kommen. Jedoch als Alkoholiker würde ich mich dennoch nicht sehen. Ich kann jederzeit mit dem Trinken aufhören. Der beste Beweis dafür ist, dass ich phasenweise über mehrere Monate keinen einzigen Tropfen Alkohol anrühre. Ein wahrer Trinker braucht dieses Ritual nahezu täglich. Sonst hat er Entzugserscheinungen, die er nicht mehr beherrschen oder kontrollieren kann. Dies ist meines Erachtens der entscheidende Unterschied. Trotzdem musste ich höllisch aufpassen, dass ich nicht die Kontrolle verliere. Diese Gefahr durfte ich keineswegs unterschätzen. Welche fatalen Konsequenzen Alkohol haben kann, wenn man nicht aufpasst, musste ich schmerzlich am eigenen Leib erfahren. Unter Umständen hätte es sogar mein Leben kosten können. Zweifelsfrei musste ich in diesem Zusammenhang meine Lektion lernen.

Allerdings stellte ich mir hierbei auch die Frage: „Habe ich tatsächlich zu viel getrunken? Oder hat mir irgendjemand bei einer Party eine verbotene Substanz ins Getränk getan"?

Diese Frage muss eventuell an anderer Stelle meiner Aufzeichnungen beantwortet werden. Momentan würde es mich überfordern. Darum verschwendete ich vorerst keinen weiteren Gedanken daran.

Eigentlich sollte ich als gelernter Kaufmann in der Lage sein, eine Bilanz zu erstellen. Jedoch ging es bei dieser Bilanz nicht um nüchterne Zahlen, sondern um Gefühle. Diese Tatsache drang augenblicklich immer stärker in mein Bewusstsein ein. Darüber hinaus kann diese Lebensbilanz auch nicht den Anspruch auf Vollständigkeit erheben. Einige Erinnerungen sind nur noch schematisch in Bruchstücken vorhanden. Andere wiederum sind mir gegenwärtig, obwohl sie zeitlich lange zurückliegen. Hierbei handelte es sich um Schlüsselerlebnisse, die mein Leben bewusst oder unbewusst stark geprägt und beeinflusst haben. Oftmals sind es entscheidende Wendepunkte des Lebens. Diese werden fortan meine künftigen Aufzeichnungen dominieren, soviel sei an dieser Stelle gewiss.

Wohin mich das Abenteuer des Schreibens hinführen wird, blieb abzuwarten. Zumindest erkannte ich wieder einen Lichtblick am Horizont. Die Antriebslosigkeit verschwand. Darauf konnte ich aufbauen und sagte zufrieden: „Gute Nacht".

2. Kapitel

Nach einen ausgiebigen Frühstück setzte ich mich an das Notebook und eröffnete meine Lebensbilanz mit meiner Ankunft auf einen Planeten namens Erde. Zielort des Reisetrips: Bundesrepublik Deutschland, Stadt Hamburg, Stadtteil Barmbek, Krankenhaus Finkenau. Der Zeitpunkt des Ereignisses war Montag, der 15. Juli 1968 zwischen 6.30 Uhr und 7.00 Uhr morgens. An die präzise Uhrzeit dieses wagemutigen Vorhabens kann sich niemand genau erinnern. Nicht einmal meine Mutter kann es. Hingegen an die tragischen Umstände meiner Ankunft konnte sie sich sehr gut entsinnen. Bekannt ist, dass meine Landung im wahrsten Sinne des Wortes eine schwere Geburt repräsentierte. Nach den Angaben meiner Mutter, die ich ab sofort Hanna nennen werde, verlief es hochdramatisch und alles geriet unter starken Turbulenzen. Ich bin im Geburtenkanal steckengeblieben und verfügte über keine Chance, aus eigener Kraft herauszukommen. In diesem Augenblick schnappte ich wahnsinnig nach Luft und drohte zu ersticken. Mein Körper lief blau an, weil mein Gehirn nicht ausreichend mit Sauerstoff versorgt wurde. Der Countdown für die Lebensrettung lief währenddessen unnachgiebig weiter.

Für das nähere Verständnis der Leser muss an dieser Stelle erwähnt werden, dass eine Rettungsaktion mithilfe des Kaiserschnittes damals noch niemand kannte. Daher bin ich das Ergebnis einer sogenannten Zangengeburt. Alles geschah im Wettlauf gegen die Zeit. Fast wäre mein Geburtstag auch mein Sterbetag gewesen. Glück oder Pech gehabt? Eine Frage, die mir schon mehrfach in diesem Zusammenhang gestellt habe. Eindeutig beantworten kann ich sie mir bis heute nicht.

Ist der Verlauf meiner abenteuerlichen Geburt symbolisch oder sogar charakteristisch für mein ganzes bisheriges Dasein? Zumindest leicht hatte ich es meistens nicht in meinem Leben. Eine Folge der schweren Geburt wurden die schmerzhaften Krämpfe, unter die anschließend litt. Erst starke Medikamente brachten meine Krämpfe allmählich zur Ruhe. Ich kam zu Beobachtung auf die Wachstation des Krankenhauses. Der Neurologe der Station bezeichnete meinen Zustand als zerebrales

Krampfleiden mit epileptisch-ähnlichen Anfällen. Bei stärkeren Anfällen verlor ich die Kontrolle über meinen Körper. Es zeigten sich die gleichen Symptome, wie bei meiner Geburt. Der Körper verkrampfte sich total und verfärbte sich blau. Die Anfälle zeigten keine erklärlichen Auslöser. Sie blieben ein Rätsel und kamen überraschend und völlig unerwartet, wie ein Blitzschlag. Meine Eltern mussten mich in bestimmten zeitlichen Intervallen schnell ins Krankenhaus bringen, da sonst akute Lebensgefahr für mich bestand. Für sie eine schwierige und sorgenvolle Zeit. An ihrer Stelle hätte ich ehrlich gesagt die Rollen nicht unbedingt tauschen wollen. Es lastete eine große Verantwortung auf ihren Schultern, die nur wenige tragen können.

Vor allem wenn einer der Stationsärzte zu Hanna sagt: „Entweder Ihr Sohn stirbt oder er wird ein Idiot".

Mit dieser Aussage der Mediziner wollte sich Hanna nicht abfinden und noch weniger anfreunden. Stattdessen vertraute sie auf ihre Intuition als Mutter. Auf eigene Verantwortung nahm sie mich gegen das Anraten der Ärzte mit nach Hause. Bei ihr entstand das Gefühl, dass ich im Krankenhaus nicht mehr gut aufgehoben war. Ab sofort wurde unser Balkon über mehrere Monate mein Kinderzimmer draußen im Freien. Nur zu den Mahlzeiten holte mich Hanna in die Wohnstube. Sie vertrat die Auffassung, dass frische Luft gut für meine Gesundheit sei. Bei jedem Wetter befand ich mich unter dem Freilichthimmel. Mein Immunabwehrsystem wurde gestärkt und zeitweilig verringerten sich sogar die Krämpfe. Rückblickend würde ich sagen, dass meine Mutter mit ihrem intuitiven Handeln mir vermutlich das Überleben absicherte. In dieser Hinsicht habe ich ihr viel zu verdanken. Dies ist auch meines Erachtens ein Beleg dafür, dass der Instinkt einer Mutter eine wunderbare Einrichtung der Natur ist. Ich würde sogar behaupten wollen, dass er den meisten hochintellektuellen Wissenschaftlern in Sachen Sozialkompetenz überlegen ist. Vielleicht mag es für einige eine gewagte These sein, aber meine Lebensgeschichte ist der beste Beweis für die Richtigkeit meiner Argumentation.

Trotz der kontinuierlichen Sauerstoffzufuhr brauchte ich weiterhin meine Medikamente gegen die Krämpfe. Als Hanna das Rezept dafür in der Apotheke in der Brucknerstraße einlösen wollte, weigerte sich Herr Lose die Tabletten herauszugeben.

„Frau Krüger, das Medikament kann ich Ihnen für Ihren Sohn nicht aushändigen", gab er ihr mit Besorgnis zu verstehen.

„Warum nicht", fragte Hanna verwundert.

„Für einen Säugling ist es nach meiner persönlichen Auffassung zu stark. Der Arzt muss sich vertan haben", untermauerte der Apotheker seinen Standpunkt.

Herr Lose hielt es für ein Versehen, dass ein Säugling ein so heftiges Medikament verschrieben bekommt. Das Medikament, welches ich etwa bis zum elften oder zwölften Lebensjahr einnehmen musste, hieß übrigens Zentropil. Im Krankenhaus wurden sämtliche Drogencocktails ausprobiert, um mein Krampfleiden unter Kontrolle zu bringen. Diesbezüglich bekam ich die Rolle eines menschlichen Versuchskaninchens zugedacht. Ich möchte gar nicht wissen, welche Experimente die Ärzte mit mir durchführten, um die richtige Arznei zu finden. Einfach gruselig an dieser Stelle, wieder an dieses Kapitel meines Lebens erinnert zu werden, aber ich konnte es nicht ignorieren. Es gehörte einfach dazu. Letztlich half nur Zentropil gegen meine Anfälle. Erst als mein damaliger Kinderarzt Dr. Heinz Reimer die Richtigkeit des Rezeptes bestätigte, wurden Hanna die Tabletten ausgehändigt.

„Der Kinderarzt hat es mir bestätigt, dass es sich hierbei um das richtige Medikament handelt. Trotzdem habe ich immer noch eine gewisse Skepsis", meinte Herr Lose bei der Übergabe.

Die Vorsicht des Apothekers erwies sich als verständlich und zeugte von großem Verantwortungsbewusstsein. Zwar konnte Zentropil meine Krämpfe unter Kontrolle bringen, aber es benebelte auch meinen Verstand. Auf meine Mitmenschen wirkte ich oftmals geistesabwesend und vielfach auch seltsam oder sonderbar. Diese Tatsache machte mich in dieser ehrenwerten Gesellschaft zum Einzelgänger und Außenseiter. Meist gab es nur wenige oder gar keine Freunde in der Schule. Hänseleien blieben für mich an der Tagesordnung. Oftmals musste ich mir Beschimpfungen anhören, wie z. B. „Du Idiot", „Bist du geistig behindert" oder „Du Spastiker". Diese Form der Diskriminierung fraß mich innerlich auf und machte mich rasend vor Wut. Ich entwickelte einen massiven Hass auf die Menschheit. Diese Ablehnung richtete sich auch gegen mich selbst. Denn meine schulischen Leistungen schienen die Werturteile meiner Mitschüler zu bestätigen. Sie reichten gerade aus, um nicht sitzenzubleiben. Und die Versetzung von der zweiten in die dritte Klasse erfolgte laut Vermerk im Zeugnis nur aus pädagogischen Gründen. Häufig standen in den Zeugnissen auch Kommentare wie „unaufmerksam im Unterricht", „schlampige Heftführung", „leicht reizbar" oder „arbeitet im Unterricht nur mit, wenn ihm das Thema interessiert". Durch solche Statements fühlte ich mich wie ein Mensch zweiter oder dritter Klasse. In meiner Schulzeit wurde mir als Kind die menschliche Würde genommen. Mein Selbstvertrauen erreichte in diesem Lebensabschnitt seinen ersten emotionalen Tiefpunkt.

Meine damalige Klassenlehrerin Frau Barbara Kiel, die mich in der zweiten Klasse unterrichtete, wusste überhaupt nicht, wie sie mit mir umgehen sollte. Sie war schlichtweg überfordert. Statt sich Hilfe von einem Profi zu holen, machte es sich die sogenannte schulische Spitzenkraft lieber einfach und bequem, indem sie versuchte, mich loszuwerden. Und solche Lehrer werden nach dem Studium auf die Menschheit losgelassen? Für mich zweifelsfrei ein bahnbrechender Skandal, der leider nie öffentlich gemacht wurde. Die Schule entlarvte sich für mich daher oftmals als ein Käfig voller Narren, der von der Gesellschaft viel zu ernst genommen wurde. Ich kann es keineswegs nachvollziehen, dass solche unfähigen Leute für die spätere Zukunft eines Kindes prägend und mitentscheidend sind. Nach meinen persönlichen Empfinden handelt es sich vielmehr um eine globale Katastrophe, die unsere Wertegemeinschaft viel zu stark kontrolliert und beherrscht. Über die massiven Schäden, die solche Missstände verursachen, möchte ich erst gar nicht vertiefend nachdenken müssen. Die Lehrer sind nicht immer ausreichend auf ihre Aufgaben im Beruf vorbereitet. Ein trauriges und erschreckendes Fazit. Übrigens: Schadensmeldungen, die sich mit dieser Problematik beschäftigen, werden in den Medien selten veröffentlicht. Warum? Eine berechtigte Frage, die für mich unbeantwortet bleibt.

Zu meiner Mutter sagte Frau Kiel: „Ihr Sohn ist nicht einmal für die Sonderschule geeignet".

Hanna empörte sich über diese Anmaßung.

„Es ist eine Unverschämtheit, was Sie sich herausnehmen. Wie können Sie es wagen, solche Sachen über meinen Sohn zu sagen? Bei Ihnen ist er nicht gut aufgehoben. Ich werde dafür sorgen, dass René die Schule wechselt".

Die Lehrerin zeigte sich äußerlich von Hannas Empörung unbeeindruckt.

„Dies ist eben meine Meinung als Pädagogin. Und ich glaube kaum, dass ein Schulwechsel zu einer Verbesserung der schulischen Leistungen führen wird".

„Wir werden sehen", sagte Hanna am Schluss des Gespräches mit fester Entschlossenheit.

Sie ließ klar durchblicken, dass sie nichts von ihrem Vorhaben abbringen wird. Die Lehrerin schwieg. Sie konnte nichts entgegensetzen.

Aus Hannas Sicht disqualifizierte sich Frau Kiel mit dieser Äußerung als Musterpädagogin und nahm mich von der Schule in der Brucknerstraße herunter, um mich woanders wieder einzuschulen. Ich kam auf die katholische Schule St. Sophien in der Elsastraße.

Heutzutage frage ich mich allerdings, warum mich Hanna ausgerechnet dort eingeschult hat. Denn wir repräsentierten keinen kirchlichen Haushalt. Die Erziehung meiner Eltern verfügte über kein typisches christliches Gütesiegel. Die Religion spielte bei uns zuhause nicht einmal eine kleine Nebenrolle. Hanna trat aus der Kirche aus, um keine Kirchensteuer zahlen zu müssen. Und mein Vater Heinrich wurde nie getauft. Zumindest blieb es so in meiner Erinnerung. Hanna hoffte vermutlich insgeheim auf christliche Nächstenliebe. Vermutlich ging sie davon aus, dass in dieser Schule das soziale Miteinander stärker gefördert wird. Eine andere Erklärung für ihre Entscheidung fand ich nie. Jedoch sah die Realität leider anders aus. Ich bekam sogar das Gefühl, dass dort die Hänseleien noch stärker zunahmen. Das Gebet vor dem Unterricht und die gelegentliche Mitgestaltung einer Schulmesse konnten von dieser Tatsache nicht ablenken.

In diesem Zusammenhang erinnere ich mich an das Jahr 1977. Ich kam in die Kindertagesstätte der katholischen Schule, wo die Kids nach dem Unterricht bis 17.00 Uhr hingehen konnten. Dort gab es Mittagessen, die Schüler konnten ihre Hausaufgaben machen und anschließend spielen. Zweifelsfrei eine große Entlastung für berufstätige Eltern. Für mich repräsentierte dieser Ort allerdings nicht unbedingt immer ein gewünschtes Heimspiel.

Denn in dieser Einrichtung riefen mir regelmäßig einige Kinder zu: „Du Idiot".

Oder auch: „Du Spastiker".

Also die bewährten Klassiker der verbalen Gewalt, die ich bereits schon aus der vorigen Schule kannte. Diese Form des Mobbings verletzte meine Gefühle zutiefst. In meinem maßlosen Zorn schubste ich zwei der Anstifter, sodass sie zu Boden fielen. Anschließend stieß ich zwei längliche Sitzbänke mit meinen rechten Fuß um. Doch die Kinder wollten mich trotzdem nicht in Ruhe lassen und stichelten mich weiter mit ihren bösartigen Worten. Bei mir stauten sich die Aggressionen, und ich ging wie ein Amokläufer auf sie los, in der Absicht, sie zu verprügeln. Frau Schmidt, die Leiterin dieser Einrichtung, versuchte mich zu bändigen. Jedoch ich schleuderte sie mit aller Kraft gegen einen Tisch. Dabei holte sie sich an Arme und Beine blaue Flecken. Danach schnappte ich mir meine Jacke und meine Schultasche und ging kommentarlos nach Hause, damit die Situation nicht weiter außer Kontrolle geriet.

Am nächsten Tag entschuldigte ich mich bei Frau Schmidt für die Blessuren, die ich ihr zugefügt habe. Sie akzeptierte zwar meine Entschuldigung, aber die Angelegenheit bekam trotzdem einen bitteren Beigeschmack. Es wurde nur eine einseitige Schuldzuweisung vorgenommen. Die Kinder, die mich tags zuvor provozierten, kamen ungeschoren davon. Sie wurden nicht einmal zur Rede gestellt. Dies prägte mich ein Großteil meiner Schulzeit. Mein Vertrauen in gewisse gesellschaftliche Institutionen wurde zunehmend erschüttert. Gleichzeitig entwickelte ich einen stark ausgeprägten Gerechtigkeitssinn. Ungerechtigkeiten kann ich bis heute nicht ertragen. Vielleicht bin ich sogar ein Gerechtigkeitsfanatiker.

Meine schulischen Leistungen besserten sich nicht. Bis einschließlich der vierten Klasse erhielt ich Unterricht bei meiner Klassenlehrerin Frau Erika Frank. Sie wirkte nicht nur streng, sondern auch verbiestert und verbissen. Keine Freundlichkeit oder Herzlichkeit ließ sie in ihren Gesichtszügen erkennen. Vielmehr verfügte sie über die Ausstrahlung einer hässlichen Vogelscheuche. Wahrscheinlich befand sich nie ein Mann an ihrer Seite. Bestenfalls verheiratet mit ihrer Kirche und der Schule. Wer nimmt schon so eine Frau? Ich gehe davon aus, dass sie ein Kruzifix als Dildo benutzte, um sich sexuell abzureagieren.

„Was sollte sie sonst machen? Selbst ist die Frau", dachte ich später rückblickend.

Dieser Teil meiner Fantasie erscheint mir durchaus realitätsnah zu sein, weil die Katholiken ohnehin einen Hang zur Perversion haben, ausgelöst durch eine verklemmte und scheinheilige Sexualmoral. Nach meinen persönlichen Empfinden müssen sie in dieser Angelegenheit als absolut unheilbar eingestuft werden.

Die Verkörperung der christlichen Nächstenliebe in Gestalt von Erika Frank vertrat eine ähnliche Meinung, wie meine vorige Klassenlehrerin Frau Kiel.

Zu meiner Mutter sagte sie: „René schafft die Anforderung an unserer Schule nicht. Daher empfehle ich Ihnen auf eine Sonderschule zu geben".

Hanna erwiderte verärgert: „Dies kommt überhaupt nicht infrage. Mein Sohn bekommt Nachhilfeunterricht, wenn er Probleme in einem Fach hat. Mit einer Abschiebung auf einer Sonderschule machen Sie es sich sehr einfach".

„Ich mache es mir nicht einfach", wehrte sich Frau Frank energisch.

„Ich möchte nicht, dass mein Sohn auf einer Hilfsschule verblödet. Deshalb lasse ich es nicht zu, dass er dorthin kommt", gab Hanna meiner damaligen Klassenlehrerin mit Nachdruck zu verstehen.

„Also gut", lenkte Frau Frank ein, „probieren wir es mit Nachhilfeunterricht in lesen und schreiben".

Hannas Entschlossenheit verdankte ich es letztlich, dass ich nicht auf einer sogenannten Sonderschule abgeschoben wurde. Dieses Beispiel zeigt mir deutlich, dass niemand zu allen Ja und Amen sagen muss, nur weil es sich um eine kirchliche Einrichtung handelt. Nur um Missverständnisse an dieser Stelle zu vermeiden, muss auch gesagt werden, dass es für staatliche Institutionen genauso gilt. Der deutsche Philosoph Immanuel Kant erkannte schon frühzeitig, dass ein Großteil der Menschheit unter einer selbstverschuldeten Unmündigkeit leidet. Eine erstaunlich zutreffende Erkenntnis, wenn man in diesem Kontext bedenkt, dass dieser moderne Freigeist selten seine Heimatstadt Königsberg verlassen hat. Kein Bürger sollte jemals eine Selbstverdummung zulassen. Dieser Verantwortung sollte sich jeder von uns bewusst sein und sich entsprechend zur Wehr setzen, wenn die Situation es erfordert. Die Konsequenzen könnten sonst fatal sein. Ich möchte es mir im Kopf nicht ausmalen müssen, was aus mir geworden wäre, wenn Hanna keine Gegenwehr geleistet hätte. Ihr Durchsetzungsvermögen verdankte ich es, dass ich einmal pro Woche Nachhilfeunterricht in lesen und schreiben bekam. Die lange Bahnfahrt nach Altona machte sich gut bezahlt. Der Erfolg ließ nicht lange auf sich warten.

Meine Nachhilfelehrerin, dessen Name mir momentan entfallen ist, sagte zu mir: „Du bist der beste Nachhilfeschüler, den ich je gehabt habe. Du machst große Fortschritte".

Diese Aussage machte mich megastolz und baute mich seelisch auf. Zum ersten Mal entwickelte ich so etwas wie Ehrgeiz und Motivation. Ich machte weiter meine Fortschritte in lesen und schreiben, auch wenn sie sich nur unwesentlich in den Schulnoten niederschlugen. Trotzdem musste ich meine Klassenlehrerin Frau Frank überzeugt haben. Immerhin kam ich nicht auf die Sonderschule.

Die Fortschritte im Nachhilfeunterricht änderten allerdings nichts an den Hänseleien in der Schule. Weiterhin wurde ich ausgelacht und als Idiot und geistig behindert verspottet. Wut und Zorn kamen bei mir immer wieder hoch, ähnlich wie bei dem von mir zuvor geschilderten Erlebnis im Kinderhort. Ich entwickelte eine zunehmende Feindseligkeit gegenüber meinen Mitschülern in Form von Aggressionen. Es wurde jeder verprügelt, der mich verbal attackierte. Dafür eignete ich mir sogar Kampfsport an, um in einer Prügelei nicht das Nachsehen zu haben. Nicht selten hatte ich es bei meinen Auseinandersetzungen mit zwei oder drei Gegnern gleichzeitig zu tun. Allein haben sie sich meist nicht getraut, sich mit mir anzulegen. Diese Form der Feigheit ist häufig charakteristisch in unserer Gesellschaft. Nur in Gruppen fühlten sie sich stark. Erbärmlich würde ich heute rückblickend sagen. Jedoch ausgerechnet solche Leute machen später Karriere in unserer Wertegemeinschaft. Eine erschreckende Tatsache.

Den Kampfsport lernte ich von einem Schulkollegen afrikanischer Herkunft, der auch Mitglied in einen entsprechenden Verein war. Mit ihm blieb ich in der Grundschulzeit für ungefähr zwei Jahre befreundet. Er hieß Robin mit Vornamen und hatte das gleiche Alter wie ich. Im Laufe der Jahre entfiel mir der Nachnahme meines Kumpels, weil der Kontakt nach dem Ende der vierten Klasse abrupt abbrach. Unsere Wege trennten sich. Zu meiner Ausbildung gehörte Judo, Karate und ein wenig boxen.

Robin sagte im Bezug auf dem Kampfsport: „Die Ausbildung dient nur dazu, sich zu verteidigen, nicht anzugreifen".

Ich erwiderte: „Ich will mich nur verteidigen. Ich werde immer von mehreren Jungs auf dem Schulhof geärgert. Dagegen will ich mich im Notfall wehren können".

„Das ist in Ordnung. Ansonsten dürfte ich dir diese Dinge nicht zeigen", erklärte mir mein damaliger Kumpel, der diese Regel sehr ernst nahm.

Mit meiner Antwort konnte ich ihn zum Glück überzeugen. Schnell lernte ich, mich zu wehren. Übungsort wurde die Tagesstätte der katholischen Schule. In dieser Einrichtung gab es einen größeren Raum mit Sportmatten. Für Robin und mich das ideale Übungsgelände. Ich wurde zwar kein voll ausgebildeter Kampfsportmeister, aber ich lernte genug, um der Gewalt auf dem Schulhof entgegentreten zu können. Dieses Ergebnis erforderte viel Training und Disziplin, aber es lohnte sich. So wurde ich vom Opfer zum Täter. Was sollte ich sonst alternativ machen? Die Lehrer hatte ich prinzipiell sowieso immer gegen mich. Daher konnten sie für mich keine vertrauensvollen Ansprechpartner sein. Aus diesem Grund blieb mir nichts anderes übrig, als mich auf dem Platz zu behaupten. Sonst wäre ich der Dauerprügelknabe meines Jahrgangs geworden. Darauf verspürte ich verständlicherweise keine Lust. Als Erwachsener änderte sich meine Meinung zu diesem Thema nicht. Warum auch? Nur auf diese Weise konnte ich mir Respekt verschaffen. Für mich damals die einzige Möglichkeit, den Schulalltag zu überleben. Es galt stets das Gesetz des Stärkeren. In diesem Zusammenhang möchte ich nicht falsch verstanden werden. Ich verabscheue sogar jede Form der Gewalt. Trotzdem ließ sie sich nicht immer vermeiden. Hanna musste oft wegen meiner Prügeleien beim Schulleiter erscheinen, um mich gegen die

Ungerechtigkeit der Lehrer zu verteidigen. Ständig kämpfte sie gegen die Ignoranz und Kleingeistigkeit der Lehrkörper. Dies erforderte viel Mutterliebe, Energie, Hartnäckigkeit und innere Stärke. Über diese Eigenschaften verfügte Hanna, zumindest in jüngeren Jahren, in Überfluss.

Egal, ob ich tatsächlich der Schuldige war oder nicht, ich bekam grundsätzlich immer die Schuld zugesprochen.

Ich befand mich quasi immer auf der Anklagebank und erhielt automatisch das Grundsatzurteil: „René ist schuldig. Die Verhandlung ist geschlossen".

Nie wurde eine richtige Untersuchung durchgeführt. Keine Chance auf Verteidigung. Aus welchem Grund auch? Für die Musterpädagogen erwies das Kurzverfahren als schneller und bequemer. Ihr Berufsalltag ließ sich dadurch deutlich angenehmer gestalten.

Ihr Motto hieß: „Warum sich das Leben schwer machen, wenn es auch leichter geht"?

Solche Verhaltensweisen würde man normal nicht in einem demokratischen Rechtsstaat vermuten, sondern eher in einer diktatorischen Bananenrepublik oder in einem Nazi-Regime. Hierbei grenzt es an einen Wunder, dass ich nie einen sogenannten Blauen Brief bekam. Vermutlich bin ich mehrfach knapp daran vorbeigeschlittert. Zum näheren Verständnis muss an dieser Stelle erwähnt werden, dass der Blaue Brief damals ein Schulverweis bedeutete. Ich will mich keineswegs als reinrassiges Unschuldslamm darstellen, aber der leibhaftige Teufel in Menschengestalt stellte ich auch nicht dar, auch wenn mich einige so sehen wollten.

Auf der katholischen Schule Lämmersieth machte mein späterer Klassenlehrer Herr Prahl in der sechsten Klasse in meinem Zeugnis den Vermerk: „René ist als gemeingefährlich einzustufen". Hanna erboste sich über die Formulierung meines Klassenlehrers und beschwerte sich beim Schulleiter in seinem Büro. Sie ließ sich kurzfristig telefonisch einen Termin geben.

„Ich möchte, dass diese Formulierung aus dem Zeugnis meines Sohnes verschwindet. Dies schadet seiner Zukunft und wird der Sache auch nicht gerecht", sage sie sehr entschlossen nach einer höflichen Begrüßung.

Sie kam gleich zum Thema, um ihren Anliegen Nachdruck zu verleihen. Der Schulleiter zeigte sich äußerlich unbeeindruckt.

„Wieso", erwiderte er, „Ihr Sohn neigt nun mal zu Gewaltausbrüchen. Das ist allgemein bekannt. Dies hat er sich selbst zuzuschreiben. Die Formulierung bleibt unverändert im Zeugnis stehen. In dieser Angelegenheit diskutiere ich nicht weiter mit Ihnen".

Zum ersten und einzigen Mal fühlte sich Hanna gegenüber der schulischen Institution machtlos und musste sich gezwungenermaßen geschlagen geben. Der scharfe Ton des Rektors blieb unmissverständlich. Enttäuscht und frustriert verließ sie den Raum. Das Ergebnis des kurzen Gespräches belastete meine Mutter emotional, weil sie befürchtete, dass ich eventuell durch so eine Formulierung später keinen Ausbildungsplatz bekommen würde.

Vor kurzem bemerkte ich beim Sortieren der alten Zeugnisse, dass ausgerechnet das soeben erwähnte Dokument in meiner Sammlung fehlte. Dieser Umstand rief mir schlagartig in Erinnerung, dass ich es damals wutentbrannt zerrissen habe. Die Bemerkung im Zeugnis traf mich tief, weil ich sie als schreiende Ungerechtigkeit empfand. Zunächst wurde ich von meinen Mitschüler verbal und körperlich angegriffen, sowie auch emotional verletzt. Und mein Klassenlehrer fiel nichts Besseres ein, als mir verbal zusätzlich einen unfairen und schmerzhaften Tritt zu verpassen. Für diesen Tritt in die Magengrube hätte ich ihm am liebsten die Schnauze poliert. Als ich diese Wut auf meinen Klassenlehrer verspürte, erreichte ich gerade das zwölfte Lebensjahr. Erschreckend, aber ein unvermeidbares Gefühl bei dieser Sachlage. Die Ungerechtigkeit machte mir erneut arg zu schaffen. Ich empfand abgrundtiefen Hass auf die Gesellschaft. Zum Glück konnte ich mich in letzten Moment emotional noch bremsen, nicht zum Amokläufer zu werden, weil ich sonst mit viel größeren Schwierigkeiten zu kämpfen gehabt hätte. Ich wäre möglicherweise in einem ausweglosen Teufelskreislauf geraten, der für mich voraussichtlich sogar eine kriminelle Laufbahn bedeutet hätte. Vermutlich müsste ich mir von sämtlichen Seiten blöde Sprüche anhören wie z. B. „Hier haben wir den ultimativen Beweis. René neigt zu Gewaltausbrüchen. Er ist eine Gefahr für die Gesellschaft".

Dieses Makel müsste ich für den Rest meines Lebens mit mir herumschleppen und wäre irgendwann eine unerträgliche Last für mich geworden. Diese Realität drang mir durchaus ins Bewusstsein. Darum schaffte ich es, mich zu beherrschen und nicht endgültig die Kontrolle zu verlieren.

Meine Erfahrungen in der Schule zeigten mir deutlich, dass Menschen grundlegend ablehnend allen Personen gegenüber eingestellt sind, die anders sind als sie selbst. Ich entsprach zweifelsfrei nicht den Normenvorstellungen der Gesellschaft. Diese Realität machte den meisten Menschen Angst. Deshalb waren Schüler und Lehrer häufig gleichermaßen mir feindlich gesinnt und machten mir das Leben unerträglich schwer. Genau diese Tatsache spiegelt sich in der sogenannten christlichen Wertegemeinschaft wieder. Die Kirche predigt gerne Toleranz, lebt aber lieber Intoleranz. Dieser Widerspruch ist charakteristisch für unsere ehrenwerte Gesellschaft. Vor dieser Realität sollte sich niemand verschließen.

Ich bekam durch die Kriegszustände in der Schule Albträume. In einen dieser Traumwelten befand ich mich in einer Schneelandschaft irgendwo in einem Wald. Draußen dunkelte es bereits. Ich versuchte die Orientierung wiederzufinden. Plötzlich hörte ich ein unerwartetes Geräusch, das mir Angst machte. Es war das Bellen und Kläffen mordshungriger Wölfe. Die Raubtiere kamen mir im Rudel bedrohlich nahe. In Panik versetzt, rannte ich davon.

„Kann ich den Wölfen entkommen", fragte ich mich in dieser schwierigen Situation.

Mein Adrenalin- Spiegel stieg. Gleichzeitig hörte ich, dass mein Herz immer schneller schlug. Das Geräusch nahm ich mit zunehmender Lautstärke in meinem Ohr wahr. Mein Atem wurde immer schwerer. Fast bekam ich das Gefühl, dass mir förmlich die Luft wegblieb.

„Ich habe keine Kraft mehr", dachte ich und blieb für einen kurzen Moment stehen.

Meine Augen suchten nach einer rettenden Fluchtmöglichkeit. Sie entdeckten einen Schlitten, der im Schnee stand. Ich nutzte ihn für die Flucht. Ich raste damit auf einen tödlichen Abgrund zu. Schlagartig wurde ich vor dem Aufprall mit dem Schlitten aus meinem Traum gerissen und wachte schweißgebadet in meinem Bett auf. Wie sollte ich diesen Traum deuten beziehungsweise verstehen? Handelte es sich hierbei um eine Flucht vor dem Schulalltag, der für mich als Kind das gesellschaftliche Leben symbolisierte? Oder war es eine Flucht vor meinen eigenen Aggressionen? Vielleicht sogar beides? Eindeutig beantworten kann ich es mir bis heute nicht. In meiner Kindheit erzählte ich niemanden von diesem traumatischen Erlebnis. Ich wollte es einfach nur vergessen. Letztlich konnte ich es nur für eine gewisse Zeit verdrängen. Durch meine aktuelle Schreiberei kehrte es wieder in mein Bewusstsein zurück. Nun konnte ich es nicht mehr ignorieren. Darum hielt ich es hier schriftlich fest. Was ich am Ende daraus machen würde, wusste ich ehrlich gesagt noch nicht. Zunächst ließ ich es so stehen.

Meine Aggressionen baute ich aber nicht nur durch körperliche Gewalt ab, sondern beispielsweise auch durch Sport. Häufig spielte ich mit fremden Kindern außerhalb der Schule Straßenfußball. Zusätzlich fuhr ich viel Fahrrad, spielte gern Tischtennis und vereinzelnd probierte ich auch Basketball aus. Im Verein wollte ich allerdings nie Sport treiben, da ich außerhalb der Schule keine zusätzlichen Hänseleien wollte, die man heutzutage den neumodischen Begriff „Mobbing" zuordnet. Ich befürchtete, dass dies mich komplett emotional überfordern würde.

Und die letzte Möglichkeit für mich Aggressionen abzubauen, wurde die Kunst. Schon als Kind liebte ich das Malen und das Zeichnen. Es eröffnete mir die ideale Möglichkeit, in eine andere und neue Welt abzutauchen. Vorzugsweise zeichnete ich Tiere aus Sachbüchern ab. Hingegen Menschen wurden selten mein Motiv, was sicherlich auch daran lag, dass die meisten von ihnen mir eher negativ begegneten. Tiere sah ich daher als die besseren Menschen. Beim Zeichnen entwickelte ich schon früh als Kind einen Hang zur Perfektion.

Paul Klee pflegte über das Medium zu sagen: „Zeichnen ist die Kunst, die Striche spazieren zu führen".

Mit dieser Aussage hat der deutsch/schweizerische Künstler absolut recht. Sie beschreibt genau dass, was ich als Kind oder Jugendlicher empfand. Ich fühlte mich bei meinem kreativen Schaffensprozess in eine andere Welt versetzt, die mir eindeutig besser gefiel als der normale Alltag. Es tat meiner Seele gut. Ich konnte meine Sorgen für eine Weile vergessen. Wenn meine

Zeichnung meinen hohen Ansprüchen allerdings nicht genügte, wurde ich regelrecht wütend und zerriss sie in meinen Zorn. In diesen Momenten entwickelte ich durch meine Unzufriedenheit wieder einen Hass auf mich und die Welt.

„Scheiße. Scheiße. Scheiße. Das ist noch nicht gut genug", fluche ich häufig in solchen Situationen.

An manchen Tagen stapelten sich die zerrissenen Kunstwerke neben mir auf dem Fußboden. Innerlich bekam ich das Gefühl, nicht aufhören zu können. Ich entwickelte eine totale Besessenheit, das Bild nach meinen Vorstellungen und Ansprüchen zu gestalten. Es packte mich eine enorme Schaffenswut, die ich selbst nicht mehr kontrollieren oder bremsen konnte. Als Kind bewegte ich mich am Rande der nervlichen Überforderung. Dies bemerkte auch Hanna. Sie versuchte, mich zu beruhigen.

Daher sagte sie immer zu mir: „René, mache erst einmal eine kleine Pause! Dann gelingt dir auch das Bild".

Offen gesagt, fiel es mir schwer, mich zu bändigen, da ich mich in diesen Augenblicken wie ein emotional verletztes Raubtier fühlte. Der innere Schmerz, möglicherweise doch zu versagen, konnte ich kaum ertragen. Dennoch befolgte ich, wenn auch eher unwillig, ihren Ratschlag. Und meistens behielt sie recht. Nach einer kleinen Pause von ungefähr zwanzig bis dreißig Minuten versuchte ich es noch einmal mit der Zeichnung meines Motivs. Eine längere Pause wollte ich mir häufig nicht zugestehen. Dafür empfand ich eine zu große innere Unruhe. Trotzdem genügte meist diese kurze Unterbrechung. Anschließend entsprach das Bild meinen Vorstellungen, und meine seelischen Wunden fingen wieder an zu heilen. Mein Selbstvertrauen kehrte zurück. Dieses Ritual wiederholte sich in bestimmten zeitlichen Intervallen mit auffälliger Regelmäßigkeit.

Hanna wollte mich künstlerisch fördern. Sie glaubte an mein malerisches/zeichnerisches Talent. Daher machte sie mir als Teenager einen überraschenden Vorschlag.

„Möchtest du ein Mal- oder Zeichenkurs machen? Wir bezahlen es. Du kannst später auch die Kunstakademie besuchen".

„Nein, lieber nicht", erwiderte ich, „mein Talent reicht dafür nicht aus".

Ich spürte, die Angst zu versagen. Eine Ablehnung wäre für mich damals, schwer zu verkraften gewesen. Mein Selbstvertrauen in dieser Zeit würde ich eher als labil beschreiben. Diese Tatsache wurde mir erst jetzt bei meinen Aufzeichnungen wieder bewusst. Darüber hinaus entdeckte ich zu diesem Zeitpunkt meine Berufung als Künstler noch nicht. Für mich stellte es nur eine willkommene Abwechslung von grauenhaftem Schulalltag dar. Hanna hatte mich in dieser Situation zu nichts gedrängt und überließ mir die Entscheidung. Sie wusste, dass sich solche Dinge nicht erzwingen lassen. Vermutlich dachte sie, dass der Moment für diese Entscheidung noch nicht gekommen war.

Meine erste bewusste Erfahrung mit der Kunst machte ich bereits als dreijähriger Knirps. Ich verewigte mich an der Tür und an den Wänden meines Kinderzimmers. Stolz nahm ich Hanna vor dem Frühstück bei der Hand und führte sie in mein Zimmer, um ihr meine Meisterwerke zu präsentieren.

Mit voller Zufriedenheit verkündete ich: „Guck mal Hanna! Hab ich schön gemacht".

Zu meiner damaligen Enttäuschung musste ich als kleiner Junge feststellen, dass Hannas Begeisterung sich stark in Grenzen hielt. Heute kann ich es natürlich verstehen, vor allem wenn ich bedenke, dass ich einen Kugelschreiber als Bildträger einsetzte. Die Reinigungsarbeiten stufte ich später als sehr aufwendig und mühsam ein. Erstaunlich in diesem Zusammenhang blieb die Tatsache, dass Hanna zumindest äußerlich die Ruhe bewahrte. Andere Mütter wären in dieser Situation vorwurfsvoll und schimpfend gewesen.

Neben der Malerei entdeckte ich zeitweilig auch meine Leidenschaft für das Schreiben. Ich schrieb beispielsweise zwei oder drei Horrorhörspiele und einen James Bond-Roman. Zugegebenermaßen kann man die Versuche als Spielerei eines Teenagers betrachten, aber trotz allen verfügten die Texte über ein paar brauchbare Ansätze. Für Erstlingsarbeiten eines Jünglings kann man sie sogar als akzeptabel beziehungsweise annehmbar einstufen. Wenn ich sie allerdings als Buchautor in reiferen Jahren geschrieben hätte, wären sie klar und eindeutig als Rohrkrepierer zu betrachten. Insgesamt blieben die Texte zu konstruiert, beinhalteten Logikfehler und besaßen einige sprachliche Mängel. Irgendwann kam ich zu der Erkenntnis, dass diese schriftlichen Versuche keine Meisterwerke darstellten, zerriss die Seiten der literarischen Ergüsse und warf alles in Papierkorb. Später ärgerte ich mich über mein Handeln, da ich zumindest Teile der Texte für andere Geschichten hätte verwerten können. Schade, aber lässt sich nicht ändern.

Mein einziger kleiner Trost: „Die Vernichtungsaktion war zumindest konsequent".

Andere Texte von mir blieben oftmals unvollendet. Als ich elf oder zwölf Jahre alt war, begann ich beispielsweise eine Detektivgeschichte zu verfassen, die im 19. Jahrhundert spielte. Die Hauptfigur verfügte rein zufällig natürlich über Ähnlichkeiten mit Sherlock Holmes. Ich liebte solche Krimikost und fasste den Entschluss, selbst als Autor tätig zu werden. Es fehlte mir zu diesem Zeitpunkt leider die Ausdauer und die Disziplin, um dieses Werk zu vollenden. Auch andere Geschichten schrieb ich nicht fertig.

Durch die zunehmend höheren schulischen Belastungen, Berufsausbildung und Studium blieben die Neigungen zu malen und zu schreiben irgendwann nahezu komplett auf der Strecke. Ich fand nur selten Zeit und Gelegenheit, mich der Kunst zu widmen. Meist nur noch im Rahmen des Schulunterrichtes. Meine Talente lagen lange Zeit brach.

Dass ich Talent in der Malerei habe, bezweifelte ich nie. Zweimal wurden mir in der Schule Bilder aus meiner Kunstmappe gestohlen. Ein eindeutiger Beleg für meine künstlerische Begabung. Der erste Diebstahl dieser Art ereignete sich 1980.

Meinen Klassenlehrer Herrn Prahl legte ich meine Bilder aus der Kunstmappe vor und sagte zu ihm: „Es wurden Bilder aus meiner Mappe geklaut".

„Das interessiert mich nicht. Ich kann nur die abgelieferte Leistung benoten. Für jedes nicht vorhandene Bild bekommst du die Note sechs", gab er mir unmissverständlich zu verstehen.

Die angekündigte Zensierung zog er hart und konsequent durch. Beschreiben würde ich diesen Möchtegernlehrer als autoritäres Arschloch alter Schule, der nur noch wenige Jahre bis zu seiner Pensionierung arbeiten musste. Ich erhielt in bildende Kunst nur die Note schwach ausreichend oder sogar mangelhaft. So genau weiß ich es nicht mehr. Ich gewann fast den Eindruck, dass mein Klassenlehrer seine helle Freude daran verspürte, mich schlecht benoten zu können. Ich sah es als ultimativen Beweis an, dass er mich nicht ausstehen konnte. Schließlich war er auch derjenige der mich im Zeugnis als gemeingefährlich einstufte. Über die Einstellung dieses Mannes zu meiner Person, ärgerte ich mich. Ich fühlte mich ungerecht behandelt und konnte nichts dagegen tun. Eine innere Wut kam in mir hoch, die ich nur mit viel Mühe zügeln konnte. Ein Gefühl der Ohnmacht entstand. Es wurde mir bewusst, dass ich die schlechte Note notgedrungen und zähneknirschend akzeptieren musste. Mittlerweile müsste dieser Mann verstorben sein oder auf die 100 zugehen.

Dass ein Lehrer solche Vorfälle auch anders handhaben kann, zeigte mir das zweite Beispiel. Es ereignete sich in meiner Zeit auf dem Wirtschaftsgymnasium. Es muss im Sommer 1990 gewesen sein. Wieder einmal wurden mir Bilder aus der Mappe gestohlen. Diesmal bekam ich nicht gleich für jedes nicht vorhandene Bild gleich die Note sechs.

Mein Kunstlehrer Herr Wolf sagte zu mir: „Du hast eine Woche Zeit, die Bilder nachzuliefern. Du kannst sie im Lehrerzimmer abgeben".

Zugegeben, die Zeit erschien mir knapp bemessen, aber dennoch empfand ich es als faire Chance, die ich versuchte zu nutzen. Die Bilder, die ich zuhause nachträglich anfertigte, erreichten wegen des geringen Zeitfensters nicht die gleiche Qualität wie die Ursprungsbilder, aber immerhin erhielt ich dafür die respektable Note 3+. Wegen meiner motorischen Störungen, die meinen Anfällen zu verdanken habe, brauchte ich mehr Zeit, das gewünschte Ergebnis zu erzielen. Jedoch stand sie mir nicht zur Verfügung. Ein großer Maler oder Graphiker ohne dieses Handicap hätte vermutlich ein besseres Ergebnis in dieser Zeitspanne erreicht.

Meine Probleme mit den Lehrern in der Schule blieben mir über mehrere Jahre erhalten. Erst ab der 7. Schulklasse wurde es allmählich besser. Frau Margot Lackner, damals eine Frau um die dreißig, war der erste Lehrkörper, der mich fair behandelte. Sie verfügte über ein selbstbewusstes Auftreten und lässt sich ihrer Lebenseinstellung sowohl als konservativ als auch als modern beschreiben. Dies spiegelt sich darin wieder, dass sie sich einerseits ein begeisterter Charlie Chaplin-Fan entlarvte, aber andererseits Konrad Adenauer verehrte.

Der Filmstar Chaplin stellte in seinen Filmen die sozial- und gesellschaftskritischen Aspekte seiner Zeit dar, während der Politiker Adenauer meines Erachtens für einen fast diktatorischen Führungsstil stand. Diesen Widerspruch konnte ich nie wirklich verstehen. Jedoch spielte diese Gegensätzlichkeit für mich keine große Rolle. Entscheidend erschien mir vielmehr die Tatsache, dass sie für uns Schüler eine Lehrerin mit Leib und Seele in Erinnerung blieb, die ihren Beruf liebte, was heutzutage eine Seltenheit darstellt. Bei ihr bekam ich das Gefühl, dass sie mir gegenüber keine Vorurteile hegte und pflegte. Dies empfand ich als eine sehr angenehme Abwechslung. Es erhöhte auch meine Chancen, endlich bessere Noten zu erhalten. Als ich von ihr mein erstes Zeugnis erhielt, konnte ich in mehrfacher Hinsicht stolz auf mich sein. Ich erhielt in einigen Fächern die Note zwei, und mein Notendurchschnitt betrug 2,7.

Darüber hinaus stand als Vermerk im Zeugnis: „René fördert mit seinen guten Allgemeinwissen oftmals den Unterricht".

Zuvor kannte ich so ein Lob von Lehrern überhaupt nicht.

Auch gegenüber meiner Mutter äußerte die Lehrerin am Telefon: „Ihr Sohn bringt sich gut in den Unterricht ein. Sie brauchen sich keine Sorgen machen. Er schafft es".

Für mich repräsentierte es das erste echte positive Highlight in meiner Schullaufbahn. Meiner Klassenlehrerin verdankte ich, dass ich schulisch endlich die Kurve bekam. Dieses Ereignis machte mich ein Stück selbstbewusster. Zusätzlich entstand bei mir der Eindruck, dass ich bei den Katholiken nicht mehr als der Antichrist eingestuft wurde. Zu diesem Zeitpunkt wurde mein Ehrgeiz geweckt. Nach dem Hauptschulabschluss holte ich alle anderen Schulabschlüsse wie Mittlerer Reife, Fachabitur und Allgemeine Hochschulreife auf dem zweiten Bildungsweg nach. Später probierte ich es sogar zweimal mit einen Studium an der Hamburger Universität.

Worauf ist der Anstieg meiner Leistungskurve noch zurückzuführen? Ein weiterer Grund dafür ist sicherlich, dass ich seit dem 7. Schuljahr kein Zentropil schlucken musste. Der Kinderneurologe Dr. Helmut Klein entschied, dass dieses Medikament nicht mehr notwendig ist, um meine Anfälle unter Kontrolle zu halten.

Als Kind wurden ungefähr alle drei Monate meine Anfälle untersucht. Das Beste an diesen Untersuchungstagen? Das

Horrorszenario Schule blieb mir erspart, was ich fast wie ein Miniurlaub genoss. Es wurde ein sogenanntes EEG gemacht. Mein Gehirn wurde auf Unregelmäßigkeiten untersucht. Die Wahrscheinlichkeit der Anfälle ließ sich daraus ableiten. Dafür wurde ich am Kopf mit Elektroden versehen. Mit elf Jahren wurde bei mir von Dr. Klein festgestellt, dass sich meine Werte deutlich verbesserten, sodass nun die Dosis des Medikamentes stufenweise verringert werden durfte. Für Hanna und mich eine wundervolle Nachricht.

Zu Hanna sagte Dr. Klein in meiner Anwesenheit: „Ich hatte eine Patientin, die ähnlich wie Ihr Sohn diese Anfälle hatte. Sie machte ihr Abitur und hatte angefangen zu studieren. Es ist daher nicht auszuschließen, das René dies auch schafft".

Mit dieser Aussage behielt er recht. Für mich ist dies auch heute noch wie ein Wunder. Keine Anfälle mehr. Keine Medikamente, die ich dagegen nehmen muss. Und meine schulischen Leistungen verbesserten sich fortan deutlich.

Ein zusätzlicher Grund, warum ich mit den schulischen Anforderungen besser zurechtkam, lag daran, weil ich einen gewissen Ehrgeiz entwickelte. Ich las eine Reihe von Sachbüchern mit der Thematik Natur, Zoologie, Geografie und Geschichte. Auf diese Weise eignete ich mir ein gutes Allgemeinwissen an. Ich wollte einfach nicht mehr als Idiot oder Volltrottel gelten. Diesen Negativstempel wollte ich unbedingt loswerden. Lange Zeit hatte ich Probleme, ihn zu beseitigen. Nun kam endlich der erwünschte Erfolg. Ich empfand es als Balsam für meine Seele. Ein Raum ohne Bücher war für mich in dieser Zeit, wie ein Körper ohne Seele.

Zusammenfassend kann ich an dieser Stelle sagen, dass ich während meiner gesamten Schulzeit sehr gemischte Gefühle entwickelte, die mich emotional instabil machten. Darum ging ich später nie zu irgendwelchen Klassentreffen, zu denen ich eingeladen wurde. Ich wollte einen Schlussstrich unter meiner Vergangenheit ziehen. Eine schwierige Zeit, die ich rückblickend nicht vermisse, aber zu meinen Leben dazugehörte. Eine Art Hassliebe zur Schule entstand in meiner Kindheit/ Jugend. Die Schulzeit prägte mich in unterschiedlicher Weise, positiv wie negativ. Nach siebzehn Jahren sah ich mit großer Erwartung das Ende meiner Schulzeit entgegen und war heilfroh, dass ein neuer Lebensabschnitt für mich begann. Mit diesen abschließenden Worten beendete ich für heute das Schreiben und ging zu Bett.

3. Kapitel

Beim Schreiben wurde mir heute bewusst, dass ich die Schulzeit nur aus dem Grund überlebte, weil ich Eltern hatte, die mich stets unterstützten. Zugegeben, es war nicht alles Gold, was glänzte, aber trotzdem erinnere ich mich an ein gut behütetes Zuhause. Aufgewachsen bin ich bei meinen Eltern Hanna und Heinrich Krüger. Beide wurden 1935 in Hamburg geboren. Meine Großeltern lernte ich leider nie kennen. Dies gehörte zu den wenigen Dingen, die ich daheim vermisste. Dafür habe eine Schwester namens Christina, die knapp fünf Jahre vor mir zur Welt kam. Mit ihr durchlebte ich einige Höhen und Tiefen. Die geschwisterliche Beziehung prägte ein Großteil meines Lebens. Ständig konfrontierten wir uns mit unseren unterschiedlichen, teilweise sogar gegensätzlichen Lebensauffassungen und Philosophien. Trotzdem hielten wir in Not- und Krisensituationen immer zusammen, weil wir gelernt haben, uns trotz unserer Unterschiedlichkeit zu akzeptieren. Ein mühsamer Reifeprozess, der letztlich half, dass wir miteinander zurechtkamen. Wir sind im Laufe der Jahre erwachsen geworden. Auf diese Weise schufen wir uns ein familiäres Fundament.

Wie kann ich mein Elternhaus am Besten beschreiben? Meine Eltern führten eine harmonische Ehe, und es gab daher selten Streit. Und wenn gestritten wurde, ging es meist nur um die Erziehung von uns Kindern. Dadurch empfand ich mein Zuhause meist als einen Ruhepol, um dem nervenaufreibenden Schulalltag weiterhin gewachsen zu sein. Ich genoss das Gefühl, dass ich meine Seele baumeln lassen konnte. Einfach ausgedrückt, ich fühlte mich in den eigenen vier Wänden geborgen und gut aufgehoben.

Als Kleinkind behielt ich trotz meiner Anfälle eine gewisse Unbeschwertheit und Fröhlichkeit. Immer, wenn meine Eltern die Musikanlage in der Wohnung aufdrehten, was häufig bei uns zuhause geschah, lief ich als Dreijähriger tanzend im Kreis und freute mich des Lebens. Diese kindliche Unschuld ging leider spätestens mit Beginn der Schulzeit allmählich verloren. Die Lebensfreude kam bei mir immer seltener zum Vorschein, eine erschreckende Tatsache, die mir nun durch das Verfassen meiner Memoiren wieder ins Bewusstsein drang.

Daher nahm ich das Glas Rum-Cola in die Hand und sagte zu mir selbst: „Prost. Soll sich der Teufel um meine Gesundheit kümmern".

Ein Schluck aus dem Glas sollte mir helfen, meinen Kummer über die Vergangenheit zu ertränken. Gedanklich entwickelte sich dabei der Plan in meinem Kopf, einen autobiografischen Roman zu schreiben. Ich wollte die Idee, endlich Erfolg als Künstler zu haben, nicht aufgeben. Ursprünglich sollten die Aufzeichnungen nur dazu dienen, mich selbst zu therapieren. Dieses Ziel wollte ich zwar weiterhin beibehalten, aber ab sofort strebte ich auch wieder danach, den Durchbruch als Schriftsteller zu schaffen. Zwei Fliegen konnte ich jetzt mit einer Klappe schlagen. In dieser Gewissheit setzte ich das Schreiben nach einer kurzen Unterbrechung wieder fort.

Hanna erlernte den Beruf der Friseurin. Allerdings übte sie diesen Beruf in meiner Kindheit nicht mehr aus. Haare geschnitten hatte sie nur innerhalb der Familie, damit wir die Kosten für den Friseur sparen konnten. Sie arbeitete in Teilzeit als Reinigungskraft in der Schule der Brucknerstraße, die mir als sogenannten schwierigen Schüler immerhin ein Besuchsrecht beziehungsweise eine Aufenthaltsgenehmigung von ungefähr 1 ½ Jahren gnadenvoll gewährte. Gelegentlich besuchte ich sie auf der Arbeit. Ich stellte die Stühle hoch, damit sie die Klassenräume fegen und wischen konnte. Oder ich putzte die Tafeln. Aus welchen Gründen auch immer machte es mir Spaß. Das genaue Motiv dafür ist mir allerdings inzwischen entfallen. Vielleicht brauchte ich das Gefühl, etwas Nützliches zu machen.

Heinrich verfügte über keine Berufsausbildung. Dies lag daran, dass er als junger Mann Verantwortung für seine sechs Geschwister übernehmen musste. Er übernahm früh die Rolle des Ernährers. Gerne hätte er den Beruf des Elektrikers ausgeübt. Auf diesem Gebiet verfügte er über ein gewisses Talent, das er in unserer Wohnung mehrfach unter Beweis stellte. Jedoch arbeitete er stattdessen in jungen Jahren auf dem Bau als Stahlflechter und Betonbauer. Auch andere Talente blieben ungenutzt. Er konnte hervorragend Klavier und Orgel spielen. Da wir weder über den Platz noch das Geld für solche Musikinstrumente verfügten, konnte er diese Seite seines Daseins nur selten auskosten beziehungsweise ausleben. Eine Tatsache, die ich nachträglich sehr bedaure. Viel Zeit verbrachten meine Schwester und ich ohnehin nicht mit unseren Vater. Denn häufig arbeitete er sieben Tage die Woche. Urlaub ließ er sich meist auszahlen. Und immer schleppte er sich krank zur Arbeit. Der Nutzen seines Pflichtbewusstseins? Gebracht hat es ihm den ersten Herzinfarkt mit 37 Jahren. Nicht unbedingt das Alter, um auf dieser Weise knapp den Tod zu entrinnen. In diesem Zusammenhang sei hier erwähnt, dass der Herzinfarkt nicht nur aufgrund der Überarbeitung zustande kam, sondern auch wegen eines angeborenen Herzfehlers. Alle seine Geschwister erbten zwangsläufig diesen Herzfehler durch die Gene meiner Großmutter Inge. Darum sind sie auch alle mit Ausnahme der jüngsten Schwester Christiane vor ihrem 65. Lebensjahr verstorben. Im Klartext bedeutete dies, dass sie nicht einmal das normale Rentenalter erreichten. Das gesellschaftspolitische System konnte sich freuen, dass die Rentenkasse durch die Familie Krüger nicht unerheblich entlastet wurde. Ich bin erleichtert, dass ich nicht zusätzlich dieses Handicap geerbt habe. Dadurch steigen meine Chancen, den Staat im Alter ordentlich zu schädigen.

Nur in der Phase meines achten oder neunten Lebensjahrs erlebte ich das Gefühl, etwas mehr Aufmerksamkeit von meinem Vater zu erhalten. Er brachte mir das Schachspielen bei. Meistens verlor ich die Partie, weil mir die Geduld und die Disziplin dafür fehlten und machte häufig überhastete Züge, die zwangsläufig zu Niederlagen führten. Trotzdem machte es mir Spaß. Diese Zeit blieb als einer der wenigen Ausnahmen, wo ich Heinrich als meinen Vater wahrnahm. Meist konnte er mit uns Kindern wenig anfangen. Alibimäßig ging er mit mir zum Entenfüttern in den Schleidenpark, der sich nur knapp fünf Minuten von unserer Haustür befand. Jedoch schüttete er sofort den kompletten Inhalt der Tüte mit dem Brot in den Teich, um damit schnell fertig zu sein. Er ging lieber in die Kneipe, um ein Bier zu trinken. Mit Christina machte er es genauso, erzählte sie mir später.

Heinrichs zusätzliche Belohnung für sein Pflichtbewusstsein? Der Verlust des Arbeitsplatzes. Nach seinem Kuraufenthalt in Wintermoor bekam er prompt die Kündigung von der Baufirma. Fast täglich ging er zum Arbeitsamt und hoffte schnell wieder in Brot und Arbeit zu kommen.

Der Arbeitsvermittler beim Jobcenter sagte zu meinen Vater: „Sie sind sehr pflichtbewusst und erkundigen sich regelmäßig nach Arbeit. So etwas muss belohnt werden. Daher habe ich für Sie ein Angebot als Pförtner herausgesucht. Ich hoffe, Sie bekommen die Stelle".

Heinrich bedankte sich beim Arbeitsvermittler und bewarb sich telefonisch für den Posten. Nach einer kurzen Zeit der Arbeitslosigkeit arbeitete er als Pförtner für eine große Bank. Diesmal arbeitete er keine sieben Tage pro Woche. Wenigstens den Sonntag hielt er sich für die Familie frei. Und den Urlaub ließ er sich nicht mehr auszahlen. Der Herzinfarkt erwies sich sicherlich als eine lehrreiche Lektion. Insgesamt konnte die Familie etwas mehr Zeit mit ihrem Ernährer verbringen.

Jedoch auch dieser Job wurde kein leichter Spaziergang, da Heinrich in drei Schichten arbeitete. Es gab eine Früh-, eine Spät- und eine Nachtschicht. Heinrichs Schlafrhythmus litt unter diesen wechselhaften und unregelmäßigen Arbeitszeiten, und es ging zunehmend an seine Substanz. Im Alter von nur 52 Jahren verstarb er am 10. Februar 1988 an den Folgen einer Herzoperation.

Knapp drei Wochen zuvor kam er auf die Intensivstation des UKE. Wir zitterten und hofften bis zuletzt, dass er es doch überlebt.

Gedanklich formulierte ich mir täglich im Kopf die Frage: „Überlebt er es oder kommt jetzt das Ende"?

Die Ungewissheit quälte mich. Hannas Nerven lagen ebenfalls völlig blank. Ich versuchte ihr eine Stütze sein. Jedoch unsere Befürchtungen bewahrheiteten sich.

Denn Hanna erhielt von Universitätsklinikum Eppendorf die telefonische Nachricht, die sie radikal veränderte: „Leider müssen wir Ihnen mitteilen, dass Ihr Mann heute früh verstorben ist".

Dabei sah alles nach einen guten Verlauf der Operation aus. Daher verstanden wir die Welt nicht mehr. Wir erreichten einen Zustand der Fassungslosigkeit. Es gab nur eine Erklärung, die uns schlüssig erschien. Er wurde nach der Operation zu früh von der Intensivstation auf sein Zimmer verlegt. Zusätzlich bekam Hanna bei ihrem Besuch im Krankenhaus das Gefühl, dass die Krankenschwester, die Heinrich an diesem besagten Tag betreute, die Liegehöhe des Bettes zu ruckartig verstellte.

Heinrich signalisierte: „Das tat weh". Immerhin hatte er eine frische Operationswunde.

Jedoch die Krankenschwester entgegnete ihm unverschämt: „Stellen Sie sich nicht so an! Ist alles nicht so schlimm".

Hanna konnte in dieser Situation nicht angemessen reagieren, da sie wegen des ruppigen Verhaltens der Pflegerin verständlicherweise unter Schock stand. So eine Reaktion hatte sie von einen geschulten Pflegepersonal keineswegs erwartet. Nach diesem Vorfall ging es Heinrich schlagartig wieder schlechter. Eine Tatsache, die wir letztlich nicht eindeutig beweisen konnten. Und bei den Ärzten und Pflegern ist ohnehin bekannt, dass eine Krähe der anderen kein Auge aushackt. Wenn wir also eine Klage angestrebt hätten, wäre für uns ein riesengroßer Geld- und Nervenaufwand entstanden, ohne tatsächlich eine reale Erfolgschance vor Gericht zu haben. Ein Kampf David gegen Goliath wäre entstanden. Allerdings mit umgekehrten Ausgang, wie in der Bibel beschrieben. Dies wollten Christina und ich Hanna nicht zumuten. Hanna bekam nach der Todesnachricht einen Nervenzusammenbruch und wurde ins Eilbeker Krankenhaus eingeliefert, sodass sie nicht an Heinrichs Beerdigung teilnehmen konnte. Die Ereignisse hatten sich in dieser Situation überschlagen und stellten eine Überforderung für sie dar. Den Schicksalsschlag verkraftete sie nicht.

Hanna sagte zu meiner Schwester in meiner Anwesenheit im Krankenhaus: „Ich möchte nicht, dass René an der Trauerfeier teilnimmt. Dies ist zu viel für ihn".

Zwar wurde Hannas Wunsch akzeptiert, aber es stieß auf allgemeines Unverständnis. Dies spürte ich. Es gab kein böses Wort, aber Mimik und Gestik sprachen ihre eigene Sprache. Die Mehrheit in Freundes- und Bekanntenkreis erwarteten sicherlich, dass ich meiner Schwester in der schweren Stunde des Abschieds beistehe. Stattdessen glänzte ich auf der Beerdigung mit meiner Abwesenheit. Daher stufte man mich vermutlich als totalen Egoisten ein, ein Tatbestand, den ich wiederum akzeptieren musste.

Ehrlich gesagt kam mir Hannas Entscheidung sehr entgegen, da ich zu dieser Zeit große Probleme mit der Konfrontation des Todes hatte. Woran es genau lag, kann ich nicht wirklich eindeutig beantworten. Vielleicht ist es darauf zurückzuführen, dass ich bereits bei meiner Geburt, wenn auch eher unbewusst, mit meinen eigenen Tod konfrontiert wurde. Letztlich bleibt es nur reine Spekulation.

Nach meiner persönlichen Überzeugung verfügte ich zu diesem Zeitpunkt nicht über die innere Stärke, die Beerdigung durchzustehen. Darüber hinaus hielt ich Trauerfeiern ohnehin für eine unnötige Quälerei für die Angehörigen. In vielen Fällen wird dieses Ritual nur vollzogen, weil die Gesellschaft es erwartet und verlangt.

„Es ist eben eine Tradition, die unbedingt befolgt werden muss", so die Haltung der Allgemeinheit.

Kurz unterbrach ich das Schreiben, trank auf die sogenannte Tradition ein Schluck aus dem halbleeren Glas mit Rum-Cola und sagte: „Auf die Scheinheiligkeit der Gesellschaft".

Daraufhin setzte ich das Schreiben fort.

Meines Erachtens ist der Abschied von nahen Angehörigen grundsätzlich eine rein persönliche Sache, die man letztlich mit sich selbst ausmacht. Ich brauchte damals das Ritual der Trauerfeier nicht. Für mich repräsentierte es nur ein Akt der Grausamkeit und der Brutalität. In diesem Zusammenhang darf man auch nicht vergessen, dass Hanna und Heinrich untereinander vereinbarten, dass im Falle ihres Todes keine Trauerfeier gemacht werden soll. Letztlich wurde sich über den Willen meines Vaters hinweggesetzt. Der Druck der Gesellschaft wurde einfach zu groß, so mein damaliges Empfinden.

Dass es eine Trauerfeier gab, verdankten wir Onkel Karl, den Bruder meines Vaters.

Auf dem Heimweg vom Krankenhaus äußerte er in Christinas und meinem Beisein im Auto: „Wenn keine Trauerfeier stattfindet ist es so als würde man den Verstorbenen in einen Müllcontainer werfen und damit ist die Angelegenheit erledigt".

Diese emotionale Argumentation überzeugte Christina, doch eine Trauerfeier zu machen. Denn Onkel Karl galt bis dahin als unser beider Lieblingsonkel. Für Christina verkörperte er sogar so etwas wie ein Vaterersatz, weil wir insgesamt sehr wenig von unseren leiblichen Erzeuger hatten. Deshalb bekam seine Meinung großes und entscheidendes Gewicht.

„Du hast recht Onkel Karl", sagte sie zu ihm, „so sollte man Angehörige nicht verabschieden. Ich möchte in jedem Fall eine Trauerfeier".

Ich schwieg lieber, da eine Diskussion zu keinem anderen Ergebnis geführt hätte. Ein Streitgespräch wollte ich unbedingt vermeiden. Dies hielt ich in dieser Situation auch für nicht angemessen. Jedoch wunderte ich mich über Christinas Haltung. Denn sie konnte zu unseren Vater eigentlich nur einen geringen Bezug herstellen.

Einige Zeit zuvor äußerte sie sogar: „Ehrlich gesagt, nehme ich Heinrich als unseren Vater nicht wirklich ernst".

Nun bestand ausgerechnet sie auf eine traditionelle Trauerfeier. Auf mich wirkte es nicht sehr aufrichtig. Ist ihre Haltung ein Ausdruck gesellschaftlicher Anpassung oder einfach nur ein schlechtes Gewissen wegen ihrer zuvor gemachten Äußerung? Vielleicht sogar beides? Die wahren Motive für ihren Sinneswandel werde ich vermutlich nie erfahren. Sie bleiben für mich ein ungelöstes Rätsel. Unterm Strich betrachtet gesehen, spielt dies aber keine Rolle. Denn die damals getroffenen Entscheidungen sind ohnehin nicht revidierbar.

Seit seiner Äußerung sah ich Onkel Karl vorerst nicht mehr als meinen Lieblingsonkel. Er repräsentierte für mich mit seiner Position die Gesellschaft, die einen hohen Erwartungsdruck auf die betroffenen Personen ausübt. Der Erwartungsdruck bestand darin, dass in bestimmten Situationen, wie beispielsweise im Todesfall innerhalb der Familie, gewisse Verhaltensregeln eingehalten werden müssen und zwar ohne Rücksicht auf die Wünsche und Bedürfnisse der am meisten Betroffenen. Selbst der letzte Wille des Verstorbenen muss mit erschreckender Selbstverständlichkeit ignoriert werden. Ansonsten wird man in der Gesellschaft als inakzeptabel eingestuft. Im Härtefall muss sogar damit gerechnet werden, dass die Person für ihr angebliches Fehlverhalten aus der Familie ausgestoßen wird. Mit solchen gesellschaftlichen Verflechtungen habe ich massive Probleme. Damit kann ich mich nicht identifizieren, weil es für mich über einen diktatorischen Charakter verfügt. Ich lebe in einer anderen Welt und habe meine eigenen Werte. Darum werde ich es immer schwer haben, in Leben zurechtzukommen. Später habe ich Onkel Karl wegen seiner extremen Äußerung verziehen, weil wir uns alle in dieser unerwarteten Ausnahmesituation befanden. Jeder von uns war auf seine Weise emotional betroffen. Daher konnte ich nicht ewig nachtragend sein. Außerdem stand er meiner Schwester in dieser schwierigen Situation bei, eine Tatsache, die ich ihn später hoch anrechnete. Denn für meine Schwester bedeutete die Beerdigung unseres Vaters mit knapp Mitte zwanzig ein sehr schwerer Gang. Hinterher tat es mir leid, dass ich ihr in dieser schweren Stunde nicht zur Seite stand. Dies änderte aber nicht grundsätzlich meine Haltung zu diesem Thema. Sie ist heutzutage nur weniger radikal.

Aus meiner Sicht hat der Verstorbene ohnehin nichts von seiner Trauerfeier, weil er schlichtweg unwiderruflich tot ist. Er nimmt nichts mehr von seiner Umwelt wahr, da sich bei der Beerdigung nur sein lebloser Körper im Sarg befindet. Die einzigen, die wirklich von diesem Ritual profitieren, sind die Bestattungsunternehmen, weil es für sie eine gute Einnahmequelle ist, auf die sie verständlicherweise ungern verzichten wollen.

„Ein schäbiges und schmutziges Geschäft", dachte ich in dieser Lage.

Mit dem Abschiedsschmerz wird mit einer schockierenden Dreistigkeit ein unsagbares Vermögen verdient. Sogar der Staat kassiert dabei kräftig ab. Schlussendlich zahlen die Angehörigen für das Bleiberecht eines Verstorbenen, dass zeitlich meist stark befristet wird. Dabei wird keine Rücksicht genommen, dass der Tod eigentlich für die Ewigkeit bestimmt ist. Moralisch betrachtet gesehen, ist es meines Erachtens als kriminell einzustufen.

Daher die berechtigte Fragestellung: „Was geschieht später mit den sterblichen Überresten, wenn die Mietzeit abgelaufen ist"?

Unabhängig von der Antwort auf meine Frage, empfinde ich diese dubiose Geschäftsphilosophie als abartig und pervers. Ich war froh, dass Heinrich für die Familie finanziell gut vorgesorgt hatte. Sonst wäre die Beerdigung wahrscheinlich eine fatale Schuldenfalle für Hanna geworden.

Bilanzierend ist zu sagen, dass Heinrich nicht viel von seinem Leben gehabt hatte. Fazit: Meist viel gearbeitet und nur wenig Familienleben. Urlaub entlarvte sich bestenfalls als Rarität. Erst der Herzinfarkt mit 37 Jahren führte dazu, dass wir später als Familie den Urlaub in Alt Garge verbrachten. Dies erforderte allerdings zusätzlich Hannas große Überredungskunst.

Denn Heinrich sagte immer in Bezug auf dem Urlaub: „Zuhause ist es am Schönsten. Warum sollen wir in den Urlaub fahren"?

Später korrigierte er zum Glück seine Meinung. Der Urlaub im Naturschutzgebiet Drawehn tat uns gut. Nur Christina empfand es als gähnende Langeweile. Sie interessierte sich mehr für das turbulente Nachtleben in den Hamburger Diskotheken und ihre ersten abwechslungsreichen und experimentierfreudigen Erfahrungen mit dem männlichen Geschlecht. Aus ihrer Sicht gab es auch zu wenige Freizeitmöglichkeiten. Die Gestaltungsvielfalt beschränkte sich nur auf Waldspaziergänge, Freibad, Minigolfanlage, Fahrradfahren und Tischtennis spielen. Dieses Urlaubsangebot konnte ihre eigentlichen Bedürfnisse nur mangelhaft befriedigen.

Heinrich entsprach dem klassischen Workoholic-Typ. Der Herzinfarkt bedeutete die logische Konsequenz der Überarbeitung und die mangelnde Einsicht, seine bisherigen Lebensgewohnheiten grundlegend zu ändern. Viele Aspekte spielten eine entscheidende Rolle für den Verlauf seines eher kurzen Aufenthaltes auf einem Planeten namens Erde. Neben den angeborenen Herzfehler trugen das Rauchen, der Alkoholkonsum und die einseitige Ernährung zum schlechten Gesundheitszustand meines Vaters bei. Aus Kostengründen wurde viel fettiges Schweinefleisch konsumiert, zu wenig frisches Obst und Gemüse gegessen und zu den Kartoffeln gab es reichlich fettige Soße. All diese Dinge ließen das Unvermeidliche geschehen und brachten Heinrich frühzeitig ins totsichere Grab. Eine unausweichliche Entwicklung, wie ich heutzutage mit Schrecken feststellen musste.

Erst als die Arterienverkalkung sich in einem sehr weit fortgeschrittenen Stadium befand, wurden die Ernährungsgewohnheiten schrittweise umgestellt. Später trank er wegen des erneuten Herzinfarktrisikos nur noch alkoholfreies Bier. Harte Drinks rührte er fortan nicht mehr an. Jedoch die Einsicht kam leider viel zu spät. Und das Rauchen konnte er sich als überzeugter Zigarettenverzehrer ohnehin nicht mehr abgewöhnen, obwohl es aufgrund seiner gesundheitlichen Verfassung sinnvoll gewesen wäre. Seine Lungen konsumierten täglich mindestens 30 bis 40 Sargnägel, die weiterhin für eine gewisse gesundheitliche Unerträglichkeit sorgten und allmählich sein Grab zimmerten. Vielleicht dachte er in diesem Zusammenhang, dass der Krebs unter allen Umständen kultiviert und unter Artenschutz gestellt werden muss. Doch das natürliche Herzversagen gewann bezüglich der Todesursache den Wettbewerb gegen den Krebs. Anders kann ich mir sonst seine Sturheit und sein frühes Ableben nicht erklären. Am Ende nützt es meistens nicht viel, mit einem Süchtigen über sein Suchtverhalten zu diskutieren, vor allem wenn er selbst nicht ändern will. In dieser Angelegenheit kam ich mir vor wie Don Quijote, der gegen die Windmühlen kämpfte.

Daher kam ich irgendwann zu der Auffassung: „Jeder ist für sich selbst verantwortlich".

Danach betrachtete ich die leidige Diskussion zu diesem Thema als beendet.

Mit der Erziehung von uns Kindern hatte Heinrich, wie bereits zu Beginn des Kapitels erwähnt, wenig zu tun. Daher gab es in Kindertagen kaum Reibungspunkte zwischen meinem Vater und mir.

Häufig sagte Heinrich nur: „Lass den Jungen doch"!

Diesen Satz brachte er vielfach, wenn Hanna wollte, dass ich auch einige Aufgaben im Haushalt übernehme. Es gab kein Kräftemessen zwischen Vater und Sohn. Diese Rolle konnte Heinrich nicht ausfüllen.

Hanna äußerte sich nach der Beerdigung in Bezug auf Heinrich: „Er war ein guter Ehemann, aber nicht immer ein guter Vater".

Er behandelte uns Kindern nie schlecht, aber er wurde auch keine wirkliche Bezugsperson, wie wir es von einem Vater erwarteten und erhofften. Positiv anzumerken ist an dieser Stelle meiner Aufzeichnung, dass er alle wichtigen Entscheidungen der Familie mitgetragen hat.

Christina und ich verfügten über das Privileg, dass wir viele Entscheidungen selbständig treffen durften. Beispielsweise konnten wir selbst bestimmen, ob wir in die Kirche eintreten wollen oder nicht. Wir wurden nicht „zwangsmissioniert", wie es meist in unserer Gesellschaft üblich ist. Dies geschieht häufig auch dann, wenn die Verantwortlichen glaubenstechnisch nicht dahinterstehen. Unsere Eltern wollten keine Tradition gewaltsam durchsetzen, die nur dazu diente, den äußeren Schein zu wahren. Diese Form des Selbstbetrugs lehnten sie ab. Für diesen Umstand bin ich meinen Eltern heute noch dankbar.

Christina entschied sich für die Taufe. Nicht unbedingt aus religiösen Gründen, wie man eigentlich vermuten sollte, sondern vielmehr wegen der zahlreichen Geldgeschenke, die es traditionell von der Verwandtschaft und den Freunden der Familie gab. Jedoch ich entschied mich dagegen.

Gegenüber meinen Eltern sagte ich daher: „Ich habe keinen Bock auf diesen Scheißverein. Und noch weniger Bock habe ich auf die spätere Kirchensteuer. Und der Glaube ist ohnehin meine rein persönliche Angelegenheit. Deshalb möchte ich keine Taufe".

Christina hörte, was ich sagte und verstand meine Entscheidung überhaupt nicht. Sie sprach mich in meinem Zimmer auf dieses Thema an.

„René, sei nicht blöd! Denk an die vielen Geldgeschenke"!

Meine Antwort lautete: „Was nützt mir jetzt das Geld? Hinterher zahle ich es in Form der Kirchensteuer doppelt und dreifach zurück".

Meine Schwester entgegnete mir darauf: „Du kannst doch später wieder aus der Kirche austreten".

Worauf ich ihr erwiderte: „Meistens ist man erfahrungsgemäß zu faul und zu bequem, um wieder aus der Kirche auszutreten".

Damit beendete ich die nervige Diskussion. Ich verfügte schon mit elf oder zwölf Jahren über meinen eigenen Kopf und versuchte ihn nicht nur gelegentlich als Hutständer zu benutzen. Am Ende bekam ich recht. Christina ist heute noch Mitglied in der Kirche, obwohl sie nicht wirklich gläubig ist. Zumindest ist sie keine überzeugte und fromme Kirchengängerin.

Eine andere Entscheidung von mit wäre aus meiner Sicht nicht stimmig gewesen. Zwar glaubte ich damals an Gott und ging zeitweilig sogar zur Messe. Dennoch habe ich die Kirche stets kritisch gesehen. Zum Teil ist es auch der Tatsache zu verdanken, dass ich 7 ½ Jahre auf der katholischen Schule verbrachte und mir zunehmend einige Widersprüche aufgefallen sind. Diese Realität veranlasste mich der Institution das Prädikat „ besonders scheinheilig" zu verleihen. Nächstenliebe und Toleranz entlarvten sich häufig nur als inhaltslose Sprüche beziehungsweise als Floskeln ohne Substanz. In der Messe wurde beispielsweise mehrfach von teilen gesprochen. Auf der anderen Seite sah ich den maßlosen Prunk in den katholischen Kirchen. An die Einhaltung des Zölibats habe ich ehrlich gesagt irgendwann auch nicht mehr geglaubt. Noch weniger glaube ich an die Jungfräulichkeit Marias. Bei diesem Gedanken bekomme ich heute noch massive Verhärtungen unterhalb der Gürtellinie. Und die Beichte empfand ich schon immer als Ausdruck der christlichen Verlogenheit und des Selbstbetrugs.

„Katholiken dürfen einen Mord begehen und mit ein paar Ave Maria und einige Vaterunser ist alles vergeben, sodass sie anschließend den nächsten Mord in Angriff nehmen können", äußerte ich häufiger in diesem Zusammenhang.

Auch im Schulunterricht gab ich Statements dieser Art, was verständlicherweise wenig Begeisterung auslöste. Ich konnte es an ihren Gesichtern ablesen, obwohl sie nichts darauf erwiderten. Sie wirkten paralysiert. Selbst Frau Frank, meine Klassenlehrerin blieb in diesem Augenblick sprachlos. Vermutlich wusste sie nicht, wie sie damit umgehen sollte.

Ein weiteres heikles Thema bei den Katholiken ist auch der Gebrauch von Kondomen. Dass trotz der Armut in der sogenannten III. Welt die Benutzung dieses Verhütungsmittel weiterhin von der Kirche verteufelt wird, kann ich überhaupt nicht verstehen. Heutzutage kommt sogar noch die Aidsgefahr hinzu. Die Religionsvertreter handeln hier beispielhaft unverantwortlich. Nach meiner persönlichen Auffassung müsste man die katholische Kirche wegen vorsätzlichen Totschlags vor Gericht stellen und anklagen. Der Verstoß gegen Moral und Ethik darf nicht ungesühnt bleiben. Konservative Werte gehen sonst vor die Hunde.

Irgendwann ging ich nicht mehr zur Messe. Die Widersprüche häuften sich, sodass ich davor nicht mehr die Augen verschließen konnte.

Zunehmend bekam ich Probleme mit der Kirchenphilosophie, die lautet: „Wer nach unseren Regeln und Vorstellungen lebt, kommt ins himmlische Paradies, und der Rest muss qualvoll in der Hölle schmoren".

Dadurch verlor ich allmählich meinen christlichen Glauben. Für mich gibt es kein göttliches Wesen, das irgendwo auf Wolke sieben schwebend thront und über gut und böse richtet.

Gott ist meines Erachtens nur der vorgeschobene Vorwand für den kirchlichen Machtmissbrauch. Mit ihm rechtfertigen sie schamlos all ihre Gräueltaten. Vielleicht gibt es eine höhere Kraft, die für das Leben auf der Erde und den Kosmos verantwortlich ist. Ehrlich weiß ich es nicht mit absoluter Gewissheit. Letztlich weiß dies ohnehin niemand genau, auch wenn andere gerne behaupten, über dieses Wissen zu verfügen. Ist es überhaupt wichtig, sich unsere Existenz durch ein göttliches Wesen zu erklären? Kommt es nicht vielmehr darauf an, dass wir uns bewusst machen, dass wir mit unseren Dasein ein besonderes Geschenk erhalten haben? Eines ist in jedem Fall gewiss, das Geschenk des Lebens bedeutet Verantwortung für sich und andere zu übernehmen. Sollte es doch einen Gott geben, ist wahrscheinlich vieles anders, wie wir es uns vorstellen. Vermutlich übersteigt es unsere menschliche Vorstellungskraft. Denn unser Verstand ist bestenfalls ein Fliegenschiss in Universum. Nicht mehr, aber auch nicht weniger. Bei diesen Gedanken unterbrach ich erneut das Schreiben, trank auf die Nächstenliebe und die Toleranz in unserer christlichen Wertegemeinschaft und leerte mein Glas.

Nun aber wieder zurück zu meinen Aufzeichnungen. Glaube ist eben nicht nur eine religiöse oder kirchliche Angelegenheit, sondern vielmehr eine philosophische Betrachtung.

In diesem Zusammenhang lautet mein Lebensmotto: „Glaube heißt, keine Zweifel an sich selbst zu haben".

Dies bedeutet im Klartext, dass der Glaube eine innere Lebenseinstellung symbolisiert. Für mich definiert er sich durch das eigene Selbstbewusstsein. Die Kirche kann daher den Glauben nicht ausschließlich für sich beanspruchen. Sie verfügt in dieser Angelegenheit über keine Monopolstellung, auch wenn sie es gerne würde.

Seitens der Kirche wurde der Glaube ohnehin mehrfach verraten und verkauft. Die Religion wurde eine Geißel der Menschheit, die für die meisten Kriege in unserer Geschichte verantwortlich ist, sodass es eine Form des Fanatismus zum Ausdruck bringt und auf diese Weise eine menschliche Schwäche entscheidend charakterisiert. Die Kirche zeigt mir zu stark mit dem moralischen Zeigefinger, im Sinne von beurteilen und verurteilen und wird dabei ihren eigenen Ansprüchen nicht gerecht. Gerne erheben sich die verantwortlichen Würdenträger bei ihrem Weltanschauungsbild selbst zu einer Gottheit. Und genau dies ist der schlimmste Frevel.

Ich schrieb zum Thema katholischer Kirche daher später folgendes Gedicht:

Der Katholizismus und die Moral

> Gleichberechtigung ergänzt sich widerspruchsfrei durch eine dominierende Frauenfeindlichkeit.
> Nächstenliebe ergänzt sich verständnisvoll durch eine Feindseligkeit gegenüber der Homosexualität.
> Aufgeschlossenheit gegenüber der Jugend ergänzt sich makellos durch eine verklemmte Sexualmoral.
> Kulturelle Toleranz ergänzt sich problemlos durch einen versteckten Antisemitismus.
> Soziale Verantwortung ergänzt sich zweifelsfrei durch ein vorherrschendes reaktionäres Gedankengut.
> Und gesellschaftlicher Fortschritt ergänzt sich glaubwürdig durch einen mittelalterlich denkenden Papst.

Meine Entscheidung, nicht in die Kirche einzutreten, habe ich bis heute nicht bereut. Es gab aus meiner Sicht kein schlüssiges Argument, was tatsächlich dafür gesprochen hätte, diesem dubiosen Verein anzugehören. Ich wollte nicht in einer trügerischen Scheinwelt leben. Und immerhin erhielt ich von meinen Eltern 300 DM für das Sparbuch, weil sie keine Konfirmation für mich ausrichten mussten. Beide kamen zu mir ins Zimmer, um mir dies mitzuteilen.

Heinrich sagte mir bei der Geldübergabe: „Eine Konfirmation wäre uns deutlich teurer gekommen. Darum hatten Hanna und ich beschlossen, dir dieses Geld zu geben".

Leicht zögerlich nahm ich das Geld entgegen. Im positiven Sinne wurde ich quasi überrumpelt.

„Du brauchst kein schlechtes Gewissen haben. Es ist wirklich alles in Ordnung", fügte Hanna hinzu.

Dies sah ich als Belohnung für den Verzicht. Ich freute mich sehr dazu. Denn unerwartet verfügte ich über viel Geld für ein Kind meines Alters. Bei einer Konfirmation hätte ich sicherlich mehr bekommen, aber dafür ersparte ich mir das verlogene Gequatsche mit der Verwandtschaft und den sogenannten

Freunden der Familie. Daher war ich mit dieser Lösung sehr glücklich und zufrieden.

Nicht viele Menschen können von sich sagen: „Bezüglich meines Glaubens bin ich mit mir selbst im Reinen".

Diese Tatsache erfüllte mich mit großem Stolz.

In meiner Kindheit stellte ich materiell keine großen Ansprüche. Oft wusste ich nicht einmal, was ich mir zu Weihnachten oder zu meinem Geburtstag wünschen sollte. Meist verfügte ich über alles, was ich zum Leben brauchte. Dies machte es mir schwierig, eine Wunschliste zu erstellen. Hingegen Christina äußerte ihre Wünsche stets vergleichsweise ungezwungen. In dieser Hinsicht wusste sie immer, was sie wollte. Deshalb erhielt meine Schwester in vielen Fällen etwas mehr an Geschenken als ich. Diesbezüglich gab es aber von meiner Seite keinen Neid oder Missgunst.

Nur ein einziges Mal äußerte ich einen größeren Wunsch und zwar zu Weihnachten 1988, ungefähr neun Monate nach dem Tod meines Vaters. Ich wünschte mir eine Spiegelreflexkamera mit Tele- und Weitwinkelobjektiv. Die Kamera wollte ich speziell für bessere Urlaubsfotos haben. Dieses Geschenk kostete immerhin beachtliche 400 DM, eine Tatsache mir erst später bei dessen Erhalt bewusst wurde. Vorher kannte ich die Preisdimension nicht. Ich bekam deswegen ein schlechtes Gewissen.

„Oh, das ist deutlich teurer, als ich vermutet hatte", äußerte ich leicht erschrocken.

„René, das ist in Ordnung. Sonst bekommt Christina immer mehr als du. Diesmal hast du eben mehr", beruhigte mich Hanna in ihrer mütterlichen Art.

Das Präsent beinhaltete die Kamera, ein Standard-, ein Weitwinkel und ein Teleobjektiv plus eine dazugehörige Fototasche. Die Fotoausrüstung stammte von der Firma Practica, ein Verkaufsschlager der damaligen DDR. In den Achtzigern galt so etwas als ein absoluter Preisknüller. Natürlich freute ich mich riesig zu diesem luxuriösen Geschenk. Herzlich umarmte ich Hanna für ihre Großzügigkeit. Ich probierte die Kamera mit seinen Objektiven gleich nach den Feiertagen in der Innenstadt aus.

„Übung macht den Meister", sagte ich damals zu mir selbst.

Mit der Kamera kam ich gut zurecht. Schnell machte ich mich mit ihr vertraut. Über viele Jahre machte sie gute Fotos. Unvergessliche Erinnerungen wurden damit festgehalten, die für mich vermutlich nie verloren gehen werden. Später nutzte ich die Kamera nicht nur für Urlaubszwecke, sondern auch für die Dokumentation meines Schaffensprozesses als Kunstmaler. So konnte ich zwei Fotoalben erstellen, die ich lange Zeit für Werbezwecke als Künstler einsetzte. Auf diese Weise habe ich die eine oder andere Ausstellung als Maler erhalten. Somit erwies sich die Kamera als eine gute Investition in meine Zukunft. Für meine Schwester stellte es kein Problem dar, dass ich dieses vergleichsweise kostspielige Geschenk erhielt.

Sie äußerte ähnlich wie Hanna: „Es ist für mich kein Problem, dass du dieses Geschenk erhalten hast. In der Vergangenheit bekam ich sonst mehr wie du".

Diese Aussage half mir zusätzlich, das Geschenk mit guten Gewissen anzunehmen.

Uns Kindern mangelte es an nichts. Hanna und Heinrich verfügten meist nie über viel Geld. Trotzdem haben sie im Rahmen ihrer Möglichkeiten alles versucht, um Christina und mir unsere Wünsche zu erfüllen. In unserer Kindheit haben wir nichts vermisst. Manchmal fragte ich mich als Kind oder auch als Jugendlicher, wie unsere Eltern dies alles finanziell geschafft haben. Die Antwort bekam ich, als ich mir die alten Kontoauszüge von Heinrich kurz nach seiner Beerdigung ansah. Die Erkenntnis, die ich dadurch gewann, erschreckte mich. Ständig wies der Kontostand einen hohen Fehlbetrag aus. Ein Minus von 10.000 DM oder mehr auf dem Konto leider keine Seltenheit, sondern eher Normalität. Zuvor zerbrach ich mir nie ernsthaft den Kopf über solche Dinge. Dafür war ich einfach zu jung. Nun wurde ich mit dieser Tatsache konfrontiert. Zunächst hatte ich offen gesagt keine Ahnung, wie ich damit umgehen sollte.

„Bei so einen Kontostand könnte ich keine Nacht mehr ruhig schlafen", dachte ich bei der Betrachtung der Kontoauszüge.

Meine Eltern stiegen in meiner Achtung, weil wir Kinder die finanziellen Sorgen nie spürten. Wir wuchsen diesbezüglich sehr unbeschwert auf. Dafür bin ich meinen Eltern auch heute noch dankbar. Daher unterbrach ich an dieser Stelle erneut das Schreiben und hielt kurz inne.

Nach einer kleinen Pause schrieb ich weiter. Hanna und Heinrich haben trotz einiger Schwierigkeiten ihre finanziellen Angelegenheiten ohne Streit gelöst. Zwischen den beiden gab es wegen Geld keine Spannungen oder Reibereien. Es flog auch kein Einrichtungsinventar durch die Wohnung. Was finanziell notwendig erschien, wurde ohne große Diskussionen angeschafft. Zwischen den beiden gab es schnell Einigkeit. Diese Form des Umgangs miteinander empfand ich als Ausdruck einer guten Ehe. Diese hielt bis zum Tod meines Vaters immerhin 27 Jahre, obwohl sich die beiden zuvor nur drei Monate kannten. Offensichtlich haben sich die beiden gesucht und gefunden. So etwas gibt es nicht häufig in unserer Gesellschaft. Jede dritte Ehe wird kurzfristig geschieden und langfristig ist es sogar fast jede zweite Ehe. Und von den ungefähr 50 % verbleibenden Ehen, ist die Hälfte davon nicht als glücklich oder zufrieden zu bezeichnen. Viele Ehen halten nur, weil das Paar wegen der Kinder zusammenbleiben will. Oder manche Frauen reichen die Scheidung nicht ein, weil sie einen möglichen sozialen Abstieg befürchten. Wer ist schon gerne von der Sozialbehörde abhängig? Und andere Paare wiederum bleiben nur aus reiner Gewohnheit zusammen.

Dabei lautet das Motto: „Sie können nicht miteinander, aber auch nicht ohne einander".

Ist die Ehe daher eine Zwangsgemeinschaft der Gesellschaft?

Zur damaligen Zeit sah ich die Ehe als eine zwiespältige Eirichtung der Gesellschaft. Einerseits lebten Hanna und Heinrich uns Kindern eine glückliche und harmonische Ehe vor, aber anderseits beobachtete ich oftmals andere Beziehungen, die nicht so gut funktionierten. Schlussendlich ist die Ehe in unserer Gemeinschaft zu einem Glücksspiel geworden und dadurch mit einem unkalkulierbaren Risiko behaftet. Wir zocken quasi mit unseren Gefühlen.

Friedrich Nietzsche würde vermutlich sagen: „Die Ehe ist der Versuch zu zweit Probleme zu lösen, die man allein nie gehabt hätte".

Daher strebte ich bisher nie eine Fusion zwischen Mann und Frau an, um eine gesellschaftstypische Monster AG zu gründen.

In einem Punkt wurde für Christina und für mich die finanzielle Situation unseres Elternhauses doch spürbar. Eine Tatsache, die mir erst wieder beim Schreiben am Notebook ins Bewusstsein drang. Wir erhielten von unseren Eltern nicht viel Taschengeld. Andere Kinder unseres Alters bekamen ungefähr das Doppelte oder sogar das Dreifache an geldlichen Zuwendungen, um dem Konsumterror gerecht zu werden. Schon in unserer Kindheit etablierte er sich in der Schule als fester Bestandteil in unserer Gesellschaft.

Hanna sagte immer zu diesem Thema: „Wenn ihr mehr Geld haben wollt, müsst ihr euch einen Aushilfsjob suchen".

Heinrich äußerte sich ähnlich.

Obwohl ich stets mit dem Konsumterror in der Schule konfrontiert wurde, gab ich mich meist mit dem zufrieden, was ich an Taschengeld erhielt. In diesem Zusammenhang kann ich nicht für meine Schwester sprechen, da wir uns nie über unsere Taschengeldsituation unterhielten. Was damals in ihrem Kopf vor sich ging, weiß ich ehrlich gesagt bis heute nicht. Es interessierte mich auch nicht wirklich. Jeder ging auf seine Weise mit seiner finanziellen Situation um.

Nur selten habe ich mir habe ich mir etwas dazu verdient. Wann immer ich doch einen Zuverdienst benötigte, bewies ich oftmals Kreativität. Beispielsweise verkaufte ich am Barmbeker Bahnhof meine aussortierten Comics und Spielsachen. Oder ich führte von Nachbarn den Hund aus, räumte im Winter die Wege von Schnee frei und gab gelegentlich einen Nachbarsjungen Nachhilfe in deutscher Rechtschreibung und in Englisch. Zugegebenermaßen stellten die Nebenbeschäftigungen eher die Ausnahme dar, weil ich durch meine Eltern die Lektion lernte, gut mit meinem Geld haushalten zu können. In Notsituationen bin ich stets durchaus in der Lage, mit wenig Geld zurechtzukommen und im Härtefall sogar zu sparen. Oftmals sicherte es mir in späteren Jahren durch meine Disziplin das finanzielle Überleben ab. Ich erstellte in sehr vielen Krisenzeiten einen Finanz-, einen Haushalts- und einen Sparplan. Manche mögen mich eventuell für einen langweiligen, spießigen und einfallslosen Buchhalter halten, aber dafür konnte ich mir Dinge leisten, die sich andere mit vergleichbaren Einkommen nicht erlauben konnten. Diese Leistung erfüllt mich heute noch mit Stolz.

Wieder unterbrach ich das Schreiben. Ein starkes Hungergefühl machte sich bei mir zunehmend bemerkbar. Durch das Schreiben vergaß ich zu essen. Ich musste dringend Energiefutter zu mir nehmen. Nach einer ausgiebigen Tagesmahlzeit bestehend aus einer Linsensuppe mit Brot setzte ich mich wieder an das Notebook und schrieb weiter.

Dankbar blieb ich meinen Eltern auch für die Tatsache, dass es Christina und mir überlassen wurde, wie wir uns die Schullaufbahn vorstellten. Zu uns wurde nicht gesagt, dass nach dem Hauptschulabschluss das große Geldverdienen zur Tagesordnung gehörte, aber es wurde auch nicht das Abitur verlangt. Wir bekamen wirklich die freie Wahl, selbst zu entscheiden

Eine Bedingung stellten Hanna und Heinrich für den Fall, dass einer von uns weiter zur Schule gehen wollte: „Ihr dürft weiter zur Schule gehen, aber die Leistungen müssen stimmen".

Die Anspruchsmesslatte wurde von unseren Eltern nicht sehr hoch angesetzt. Denn ihr Leistungsanspruch war wenigstens ein Befriedigend zu erreichen. Dadurch verspürte ich in Bezug auf meine schulische Laufbahn meist keinen großen Leistungsdruck, was ich als sehr angenehm empfand, weil ich bis heute nicht besonders gut damit umgehen kann. Diese Schwäche erwies sich später häufig als Hindernis für meinen Werdegang. Dazu an andere Stelle mehr.

Ich entschied mich meine Mittlere Reife und das Abitur auf dem zweiten Bildungsweg nachzuholen, während meine Schwester sich mit dem Hauptschulabschluss begnügte und genau wie unsere Mutter eine Ausbildung als Friseurin absolvierte. Christina führte die Familientradition des Friseurberufs fort. Sie liebt ihren Beruf, obwohl er meist sehr schlecht bezahlt wird. So sind meine Schwester und ich sehr unterschiedliche Wege gegangen.

Wie bereits eingangs im Kapitel erwähnt, sind meine Schwester und ich ohnehin sehr unterschiedlich, teilweise sogar gegensätzlich, auch wenn wir aus dem gleichen Stall kommen. Daher stritten wir uns als Kinder häufig. Wir glichen uns wie Feuer und Wasser oder wie Hund und Katze. Der Leser dieser Zeilen kann es sich aussuchen, welcher Vergleich ihm besser gefällt. Einige Male ging Christina wie eine Furie sogar mit einem Feuerhaken auf mich los. Hanna und Heinrich konnten gerade noch rechtzeitig eingreifen, um Schlimmes zu verhindern. Denn ich hatte großes Glück, dass ich heil ohne große Verletzungen davonkam. Getrieben wurde sie bei diesen Aktionen von einer starken Eifersucht, ausgelöst durch eine geschwisterliche Rivalität. Aus ihrer Sicht durchaus nachvollziehbar, da sie in den ersten fünf Jahren ihres Daseins im Mittelpunkt des Familiengeschehens stand. Dann habe ich sie allein nur durch meine Geburt von der Pole-Position verdrängt. Darüber hinaus habe ich wegen meiner Anfälle mehr Aufmerksamkeit gebraucht als ein normales Kind. Manchmal wurde zugegebenermaßen auch zu viel Rücksicht auf mich genommen. Im Haushalt brauchte ich im Gegensatz zu meiner Schwester fast nie mithelfen. Dass es bei Christina deswegen sauer aufstieß und sich eine gewisse Wut in ihrem Bauch breit machte, kann ich bei meiner heutigen Betrachtung durchaus verstehen. Erst als sie längst auszog, übernahm ich zunehmend mehr Pflichten im Haushalt. Außerdem muss ich an dieser Stelle gestehen, dass ich einmal fast mit einem Küchenmesser auf meine Schwester losging, weil sie mich stark provozierte. Sie griff zum Küchenstuhl, um sich zu schützen. Es kam nicht zur Eskalation. Auf wundersamer Weise entspannte sich die Lage wieder. Der Auslöser für den Streit ging zwischenzeitlich verloren. Es bleibt die Tatsache erhalten, dass wir uns in Bezug auf unsere streitbaren Auseinandersetzungen nichts schenkten.

Als ich etwa vierzehn Jahre alt wurde, besserte sich allmählich unsere geschwisterliche Beziehung zueinander. Christina überwand mir gegenüber ihre fast krankhafte Eifersucht. Dies lag an unterschiedlichen Dingen. Kurz vor ihrer Volljährigkeit heiratete sie einen Südamerikaner namens Juan Cervantes. Er kam aus Ecuador. Heiraten mussten die beiden, weil Juan sonst wieder in seine Heimat abgeschoben wäre. Auf mich wirkte Christinas damaliger Traumprinz und späterer Göttergatte unaufrichtig. Seine Falschheit stand für mich unübersehbar in seinem Gesicht geschrieben. Mimik, Gestik und sprachlicher Ausdruck brachten diesen Charakterzug merklich zum Vorschein. Als er einige Monate bei uns lebte, versuchte er mich für sich zu gewinnen, was aber kläglich scheiterte. Juan versuchte mir mit Hilfe eines Buches die spanische Sprache beizubringen, und wir machten gelegentlich Sport zusammen.

Jedoch die Hochglanzfassade konnte mich nicht täuschen. Mein Misstrauen blieb unverändert. Zu recht, wie sich später herausstellte.

Nachdem Christina und er in eine gemeinsame Wohnung in der Flüggestraße zogen, fiel schlagartig die Maske des Blenders. Juan zeigte sein wahres Gesicht und enttarnte selbst seine Identität. Er schlug Christina und zwar nicht nur einmal, sondern mehrmals. Dadurch verlor sie einen Zahn und erhielt eine Vielzahl blauer Flecke. Ich übernachtete bei meiner Schwester, als die Wahrheit ans Licht kam, um sie vor weiteren Übergriffen ihres Noch-Ehemannes zu schützen. Anfangs leugnete sie, dass Juan sie schlug. Irgendwann konnte sie es aber nicht glaubhaft tun, weil es zu offensichtlich wurde, was sich in ihren eigenen vier Wänden abspielte. Niemand aus unserer Familie wollte dies ignorieren. Mein Verdacht, dass Juan als gemeingefährlich einzustufen war, bestätigte sich schonungslos. Daher bekam ich von meinen Eltern den Auftrag, meiner Schwester beizustehen. Ich lag im Wohnzimmer auf der Couch. Christina ruhte in der Schlafnische, die direkt von Wohnzimmer abgetrennt war. Juan befand sich vorerst außerhalb unseres Bereiches. Mein Schlaf würde ich nicht als tief und fest beschreiben. Wie hätte ich dies auch in dieser Situation tun können? Keine Chance, einfach unmöglich. Es herrschte eine nervlich angespannte Atmosphäre im Raum. Ständig drohte die Gefahr, dass Juan zu Christina in den Schlafbereich eindringen wollte. Mehr ruhend als schlafend lag ich auf der Lauer, um rechtzeitig reagieren zu können.

Tatsächlich unternahm die perverse Sau den Versuch, in Christinas Schlafbereich einzudringen. Er versuchte, sich an mir vorbei zu schleichen.

„Dieser kranke Psycho will Christina tatsächlich ficken", erkannte ich schnell.

Jedoch ich machte ihm einen Strich durch die Rechnung. Sofort sprang ich hellwach von der Couch auf, um meiner Schwester zur Hilfe zu eilen.

„Verpiss dich du Arschloch", rief ich ihm laut und unmissverständlich zu.

Obwohl er nur schlecht deutsch sprach, verstand er meine klaren Worte. Blitzartig verkroch er sich in sein Territorium zurück, als er bemerkte, dass ich aufgepasst hatte. Meine Schwester überstand den Vorfall gut. Sie fühlte sich sicher.

Wenn die Situation es erfordert hätte, dann wäre es zweifelsfrei zu einer gewalttätigen Auseinandersetzung gekommen. Davor verspürte ich keine Angst, eher im Gegenteil, ich war fest entschlossen gewesen, den abartigen Typen zu verprügeln, wenn er sich nicht wieder in seinen Bereich zurückgezogen hätte. Am Ende verlief die Nacht aber hinterher sehr friedlich. Christinas Ex musste großen Respekt vor mir gehabt haben, weil er es nicht wagte, sich mit mir anzulegen. Zumindest wäre es eine plausible Erklärung für seinen schnellen Rückzug. Es scheint charakteristisch zu sein, dass ein Mann, der Frauen schlägt, den Schwanz einzieht, wenn er auf einen Typen wie mich trifft. Diese Tatsache unterstreicht seine Feigheit und sein schwaches Wesen. Er bewies, dass er im Ernstfall über keine Eier in der Hose verfügte.

Kurz nach diesem nächtlichen Vorfall musste Juan die Wohnung verlassen, da die Trennung bereits beschlossene Sache war. Zum Glück fand Christina einen guten und fähigen Anwalt, sodass die Scheidung schnell und zügig durchgezogen werden konnte. Später kam das Gerücht auf, dass Juan sich sexuell an einem sechsjährigen Kind vergangen haben soll. Deshalb soll er in den USA während der Flucht von einem Kopfgeldjäger lebensgefährlich angeschossen worden sein. Ob er allerdings an den Folgen der Schussverletzungen verstarb, ist ungewiss. Laut Insiderinformationen des Kiezes heißt es, dass er nicht überlebte. Ich hoffe zumindest, dass er seine gerechte Strafe bekam. Dabei vertraue ich darauf, dass an den soeben berichteten Gerüchten seines Todes sehr viel Wahrheit steckt. Dieser Lebenslauf würde zumindest in das Profil eines Psychopathen seines Kalibers passen. Mit zunehmender Betrachtung drängte sich mir in diesem Zusammenhang ein schreckliches Bild auf, dass ich nicht mehr aus meinen Kopf verbannen konnte, so sehr ich mich auch bemühte. Eine grauenhafte Vorstellung, dass dieser Mensch, soweit man ihn überhaupt als einen solchen bezeichnen kann, in unserer Wohnung für mehrere Monate Unterschlupf fand. Warum Hanna und Heinrich dieser Ehe damals zustimmten, blieb für mich ehrlich gesagt lange Zeit nur schwer verständlich. Erst später wurde mir der Grund dafür klar. Sie hofften, ihre Tochter besser schützen zu können, so widersprüchlich es sich oberflächlich betrachtet auch zunächst anhören mag. Mit einen Verbot wäre vermutlich eine Trotzreaktion meiner Schwester erfolgt und die Situation wäre noch stärker außer Kontrolle geraten. Bedingt durch die Tatsache, dass sich Christinas damalige Wohnung nur ca. zehn Minuten vom Elternhaus entfernt befand, vermittelte das Gefühl, dass wir in Notfall schnell reagieren konnten. Dies beruhigte meine Eltern, zumindest vorerst. Das Beste, was Christina aus der Beziehung zu Juan mitnehmen konnte, blieben ihre hervorragenden Kenntnisse in der spanischen Sprache, die sie sich selbst aneignete. Aus meiner Sicht könnte Christina gut als Dolmetscherin arbeiten. Das Talent dazu hat sie zweifelsfrei.

Fortan verstanden Christina und ich uns mit zunehmendem Alter besser, obwohl die Unterschiedlichkeit unserer Lebenseinstellungen uns erhalten blieb. Jeder von uns lebt sein eigenes Leben, und wir sehen uns meist nur selten, aber wenn einer die Hilfe des anderen benötigt, ist der eine für den anderen da. Mehr kann niemand von uns verlangen. Christina und ich wissen, dass zu viel Nähe zwischen uns eher auseinanderdividieren würde, als weiterhin zusammenzuhalten. Darum haben wir beide im Stillen, jeder für sich, die Entscheidung getroffen, den Kontakt zwar zu halten, aber ihn nur auf das Wesentliche zu reduzieren. Das gemeinsame Elternhaus prägte uns, aber wir sind, wie zuvor erwähnt, unterschiedliche Wege gegangen. Dies ist meines Erachtens ein Beleg dafür, dass unsere Eltern zumindest das meiste richtig gemacht haben. Denn jeder von uns durfte sein eigenes Ding machen. Diese Option stand uns Geschwister immer offen.

Natürlich machten Hanna und Heinrich auch eine Reihe von Fehlern. Niemand ist unfehlbar, auch unsere Eltern nicht. Bedingt durch meine Krankheitsgeschichte wurde mir vieles abgenommen, wie beispielsweise wichtige und unangenehme Telefonate erledigen. Auch als ich Teenager wurde, setzte sich dieser Trend fort. Dadurch nahmen sie mir teilweise die Selbständigkeit und somit auch ein Teil meines Selbstvertrauens. Diesbezüglich möchte ich meinen Eltern keinen Vorwurf machen, da ich es lange Zeit als sehr angenehm empfand. Zugegenermaßen entstand bei mir so etwas wie Bequemlichkeit, vielleicht sogar Faulheit.

Berechtigt sagte Christina zu Hanna: „René ist eigentlich alt genug, selbst beim Arzt anzurufen".

Jedoch Hanna erwiderte: „Ich mache es schon".

Ein Ritual, dass viele Male seine Fortsetzung fand. Später hat es mir das Leben deutlich schwerer gemacht. Nur mühsam konnte ich mir die notwendige Selbständigkeit erarbeiten. An anderer Stelle gehe ich nochmals näher darauf ein.

Die Fehler meiner Eltern erwiesen sich als Lehrmeister für mein späteres Leben. Als passendes Beispiel stelle ich in meinen Aufzeichnungen meine Mutter nochmals in den Blickpunkt der Betrachtung. Stets blieb sie eine starke Kämpferin für die Familie, aber auch für sich selbst. Sie repräsentierte zweifelsfrei den Halt der Familie. Sie besaß eine große innere Kraft, die ich stets in meiner Jugend bewunderte. Doch sie wurde schlagartig mit einer Sache konfrontiert, die sie fast am Rande eines Nervenzusammenbruchs brachte. Mit Anfang vierzig quälten sie starke Rückenprobleme. Durch die unerträglichen Schmerzen konnte sie nicht mehr arbeiten und ließ sich fortlaufend krankschreiben. Der Verschleiß am Rücken durch ihre Tätigkeit als Friseurin und später als Reinigungskraft in der Schule nahm unsagbare Ausmaße an. Eine Tatsache, die sie nur schwer akzeptieren konnte, weil sie über ein großes Pflichtbewusstsein verfügte. Wer nicht arbeitete und Sozialleistungen bezog, stufte sie aus ihrer Sicht, als zu faul ein, um zu arbeiten. Nun gelangte sie an einen Punkt, wo sie selbst nicht mehr zur Arbeit gehen konnte. Sie musste wegen ihrer Arbeitsunfähigkeit zum medizinischen Gutachter. Dieser schubste meine Mutter ohne Vorwarnung im Behandlungszimmer, sodass sie hinfiel. Leider schrie sie nicht spontan los, weil sie es immer gewohnt war, sich zusammenzureißen. Es fehlte ihr in dieser Situation die Abgebrühtheit und Spontanität eines Felix Krull, um ihre Interessen wirksam durchzusetzen. Genauso wenig war sie auf einen Gutachter eingestellt, der in Kasernenstil agierte. Sie wurde quasi überrumpelt.

Der Gutachter kommentierte nach seiner Aktion nur: „Sehr biegsam".

Dementsprechend fiel sein abschließendes Urteil aus: „Auf den Röntgenbildern ist zwar ein Verschleiß festzustellen, aber ist nicht so schlimm, dass sie jetzt in Rente gehen müssen. Leichte Tätigkeiten können Sie immer noch ausführen".

Hanna verstand die Welt nicht mehr, da das schriftliche Gutachten einerseits aussagte, dass sie ihren Job nicht mehr ausführen kann, aber andererseits trotzdem noch als arbeitsfähig eingestuft wurde. Beispielsweise durfte sie bei ihrer Tätigkeit nur ein bestimmtes Gewicht tragen, keine Zwangshaltung machen und zeittechnisch nur wenige Stunden arbeiten. Emotional aufgelöst stand sie in der Küche und wusste zunächst nicht weiter.

„Wie soll ich bei all den Einschränkungen meine Tätigkeit als Raumpflegerin weiter ausführen können", fragte uns Hanna verärgert.

Wir saßen alle zusammen in der Küche, um uns über das aktuelle Problem zu beraten. Selten zuvor erlebte ich Hanna so ratlos und verzweifelt.

„Das funktioniert nicht. Mit diesen Einschränkungen kannst du nicht als Putzkraft weiterarbeiten. Wir müssen notfalls klagen", erkannte Heinrich.

Dieser Widerspruch musste nun vor Gericht aufgedeckt werden.

Dass Hanna ihre Rente letztlich durchsetzen konnte, ist ihrer Hartnäckigkeit und den Anwälten des Reichsbundes zu verdanken. Der Reichsbund repräsentierte eine Organisation, die sich für die sozialen Belange von Benachteiligten einsetzte. Gegebenenfalls stellten sie in Streitfällen sogar Rechtsanwälte zur Verfügung. Dafür zahlten die Mitglieder einen verhältnismäßig geringen Monatsbeitrag. Damals betrug er nur 6 DM.

Vier Jahre musste meine Mutter über mehreren Instanzen kämpfen, um ihr Recht zu bekommen. Am Ende erhielt sie eine Rente, die damals deutlich unter 700 DM lag. Dieser Betrag entsprach noch nicht einmal zu 50 % der damaligen Sozialhilfe eines Single-Haushaltes. Kaum zu glauben, dass der Staat soviel Schwierigkeiten für eine vergleichsweise geringe Rente machte. Das Beispiel meiner Mutter zeigte mir klar und deutlich, dass Gutachter in der Regel eher nach politischen als nach gesundheitlichen Aspekten entscheiden. Das Vertrauen in unserem gesellschaftspolitischen System ging für mich wieder ein deutliches Stück verloren. Zusätzlich lernte ich aus dieser Erfahrung, dass ich meist nur dann beim Arzt glaubwürdig bin, wenn man zuvor zumindest ein Schauspielkurs bei der Volkshochschule belegte. Eine bittere, aber dafür lehrreiche Erkenntnis für mich.

Das eben geschilderte Beispiel unterstrich die innere Stärke von Hanna. Jedoch als Heinrich verstarb, ging ihre Kraft allmählich verloren. Sie baute langsam, aber sicher ab. Zunächst war Heinrichs Tod ein heilsamer Schock in Bezug auf den Alkohol. Mindestens sechs Monate rührte sie keinen Tropfen Alkohol an. Danach wurde ihr Alkoholkonsum allerdings umso stärker. Stetig nahm er zu. Um genau 14.00 Uhr begann meist ihr Betäubungsritual. Sie brauchte ab diese Zeit unbedingt ihren Drink. Entweder Weinbrand mit Cola oder Korn mit Brause. Ihr Lieblingsgetränk wechselte ständig.

Ihr Standardsatz lautete in diesem Zusammenhang immer: „Ich brauche jetzt meinen Frühschoppen".

Manchmal sagte sie aber auch: „Ich will jetzt einen Lütten nehmen".

Wenn sich der Zeitpunkt für den ersten Drink näherte, wurde sie innerlich unruhig. Ihr Körper fing förmlich spürbar an zu zittern. Ein Anblick, der mich oftmals schockierte.

Immer wieder stellte ich mir die Frage: „Ist Hanna durch den Verlust ihres Ehemannes zu einer Alkoholikerin geworden"?

Bei uns zuhause wurde auch zu Lebzeiten meines Vaters regelmäßig und viel Alkohol getrunken, aber in geringeren Mengen, als es Hanna später tat. Die Menge, die sie trank, sah ich als sehr mehr besorgniserregend. Für mich eine schwer zu akzeptierende Tatsache, dass meine Mutter endgültig zu einer Alkoholikerin wurde. Da ich wegen meiner Ausbildung zuhause lebte, musste ich mir dieses grässliche Schauspiel häufig, fast täglich ansehen und miterleben. Dem Alkoholmissbrauch begegnete ich häufig nur mit einer Hilflosigkeit, da ich letztlich nichts dagegen machen konnte. Zeitweilig betrachtete ich diese Situation angewidert beziehungsweise angeekelt. Dies ist einer der Gründe, warum ich lange Zeit die schreckliche Droge Alkohol verteufelte. Diesen Gedankengang nahm ich zum Anlass, um mein Glas erneut mit Rum-Cola zu füllen, was ich auch in die Tat umsetzte. Nun kam ich selbst an einen Punkt, wo ich aufpassen musste, nicht auch dieser Schwäche zu erliegen.

„Warum müssen Kinder, die Fehler der Eltern wiederholen", fragte ich mich.

Plötzlich bekam ich Angst, fast eine Panikattacke. Ein gutes Zeichen, dass ich noch über genügend Selbstkontrolle verfüge? Darauf versuchte ich zu vertrauen.

Nach einer kurzen Unterbrechung widmete ich wieder meine volle Aufmerksamkeit den Aufzeichnungen, die meine absolute Konzentration erforderten.

Nur bei unseren gemeinsamen Reisen, die wir seit Heinrichs Tod machten, trank sie wenig Alkohol. Ich gewann den Eindruck, dass sie bei den Reisen kurz aufblühte beziehungsweise auflebte. Vermutlich lag es daran, dass sie zumindest für einige Augenblicke aus ihrem Alltagstrott gerissen wurde. Dabei besuchten wir Metropolen wie z. B. Paris, Berlin, Wien, Salzburg, Prag, Rom, London oder Istanbul. Die Reisen prägten auch mich sehr stark, weil sie meinen Horizont enorm erweiterten. Unvergessliche Erlebnisse wie beispielsweise der Blick von Topkapi-Palast auf dem Bosperus oder die Lichterfahrt auf der Seine oder die düstere Atmosphäre an der schrecklichen Berliner Mauer blieben mir in besonderer Erinnerung. Zum Thema Reisen verfasste ich später zwei Gedichte.

Das Fernweh

Zu Beginn entsteht ein Gedanke, eine Idee.
Die Idee nimmt bereits Linien, Konturen und Formen an.
Die trübe Sicht wird nun klarer und allmählich erscheint ein Licht am Horizont.
Wohin dieses Licht führt, ist noch nicht erkennbar.
Dennoch ist eines gewiss, die Sehnsucht nach der Ferne ist entstanden.
So breche nun auf, in eine unbekannte Welt.

Die Notwendigkeit meiner Reisen

Zunächst entdecke ich die Monotonie des alltäglichen Lebens und beginne die Suche nach dem Warum.
So wird für mich sichtbar, dass Veränderungen in meinem Leben erforderlich sind, um diese Monotonie in eine Vielfalt von neuen Entdeckungen zu verwandeln.
Für mich entsteht die Notwendigkeit einer Reise, die in mir Abenteuerlust weckt und mir wieder enorme Kräfte und Energien verleiht.

Dabei gewinne ich, soviel ist sicher, oftmals unbeschreibliche Eindrücke pulsierenden Lebens und sammle wichtige Erfahrungen.

Meine Aufgabe ist es nun, diese errungenen Eindrücke und Erfahrungen als Herausforderung des Lebens zu betrachten, zu begreifen und letztlich als eine solche auch anzunehmen.

Diese neue Herausforderung bedeutet, so stelle ich fest, ein weiterer entscheidender Schritt zu meiner persönlichen Reife, da mir eine Reise neue Gesichtspunkte ermöglicht, um das Ziel, etwas Neuartiges erschaffen zu können, tatsächlich zu erreichen.

Die Städtereisen täuschten allerdings nicht darüber hinweg, dass es auch schwierige Phasen mit meiner Mutter gab. Es entwickelte sich eine Ko-Abhängigkeit zwischen uns. Sie nutzte mich, ohne dass es ihr bewusst wurde, als Heinrich- Ersatz, und ich brauchte sie als wichtige Stütze gegen die feindliche Außenwelt. Darüber hinaus hätte ich ohne sie nicht gewusst, wie ich die Schulabschlüsse, die Berufsausbildung und den Beginn des Studiums geschafft hätte. Die Überforderung wäre vorprogrammiert. So musste ich notgedrungen einige nervenaufreibende Kompromisse eingehen. Es war nicht nur der Alkoholkonsum meiner Mutter, der mir Probleme bereitete, sondern auch der unerträgliche Lärmterror im Haus. Nachts mussten Hanna und ich uns die Streitereien der Familie Hansen anhören, die direkt unter uns wohnten. Die Ehe der Familie Hansen stand von Anfang an nicht unter einen guten Stern. Schon als diese Familie frisch unter uns einzog, ging es heiß her. Lautstark wurde sich angeschrien. Gehört haben wir Äußerungen wie z. B. „Du alte Fick-Kuh" oder „Fick dich ins Knie"! Für mich ab sofort nur noch als „Familie Asozial" eingestuft.

Im Sommer 1985 äußerte ich gegenüber meinen Vater auf dem Balkon: „Die Familie unter uns kann ich mit ihren primitiven Verhalten nur als asozial betrachten".

Und Heinrich meinte dazu nur: „Wieso asozial? Der Mann geht doch arbeiten".

Ich widersprach ihm.

„Ob jemand als asozial eingestuft werden muss, ist nicht nur abhängig davon, ob jemand einen Job hat oder nicht, sondern auch von seinem Verhalten gegenüber der Gesellschaft".

Heinrich überlegte einen Augenblick und stimmte mir dann zu.

„So habe ich es noch nie betrachtet. Du hast recht".

Hanna und Heinrich versuchten zu dieser Familie eine freundschaftliche Nachbarschaft aufzubauen. Vermutlich erhofften sie sich, dass die Familie in die Hausgemeinschaft eingebunden wird und die Streitereien nachlassen würden. Ich betrachtete es mit einer gewissen misstrauischen Skepsis, aber musste gezwungenermaßen mit den Wölfen heulen. Erstaunlicherweise ging es zeitweilig tatsächlich friedlich bei Familie Hansen zu. Jedoch als mein Vater verstarb, wiederholten sich bei diesen Leuten ihre alten Rollenmuster. Die Streitereien wurden sogar noch schlimmer als vorher. Und uns gegenüber wurden sie respektlos und kannten keine Grenze mehr.

Wie kann ich diese schrecklich nette Familie beschreiben? Der Ehemann hieß mit Vornamen Nils und war damals Ende dreißig. Er übte den Beruf des Schlossers aus. Sein ganzer Körper bestand aus Tätowierungen, die er sich im Gefängnis anfertigen ließ. Wegen seines außergewöhnlichen Körperoutfits bekam er im Knast den Spitznamen „Tapete". Er verbüßte eine Haftstrafe wegen schwerer Körperverletzung. Der Mann „kultivierte" zweifelsfrei ein starkes Alkoholproblem, was auch immer wieder eines der Gründe der Auseinandersetzungen dieses streitbaren Paares wurde.

Die Ehefrau hieß Ute und war etwa zehn Jahre jünger als ihr Traumprinz. Ihre Figur war flach wie ein Bügelbrett, verfügte über ein Bugs Bunny-Gebiss und besaß ein Mundwerk wie ein Fischweib, mit dem sie verbal häufig mit Gift spritzte. Sie entsprach dem klassischen Abbild einer wahrhaftigen Hexe. Die Ausstrahlung dieser Unperson konnte jeder halbwegs normale Mann nur zum Eierabschrecken einstufen.

Während der Streitpausen fand dieses seltsame Paar Zeit, drei Kinder zu zeugen (zwei Söhne; eine Tochter). Die Namen der Kinder lauteten René, Daniel und Gerlinde. René rauchte ab einem gewissen Alter regelmäßig Joints. Ob er auch andere Drogen nahm, ist mir nicht bekannt. Bei diesem Elternhaus wäre es nicht verwunderlich, wenn er später auch härtere Drogen konsumierte. Der Grund für seinen Drogenmissbrauch wurde sicherlich die Tatsache, dass er es zuhause nicht mehr aushielt. Kennengelernt habe ich ihn als hochsensiblen Jungen.

Es ist daher leider zu befürchten, dass er auf die schiefe Bahn geraten ist. Vermutlich schaffte er den Schulabschluss nicht und lebt als Obdachloser auf der Straße.

Hingegen sein jüngerer Bruder Daniel erbte die Gewalt-Gene seines Vaters. Denn als Jugendlicher stach er in einer Diskothek einen harmlosen Teenager ab, der an den Folgen seiner Verletzungen verstarb. Er bekam eine Jugendhaftstrafe von zehn Jahren aufgebrummt. Dieser Vorfall machte Schlagzeilen und stand sogar in der Springer-Blöd geschrieben. Eine Nachbarin sprach mich in Treppenhaus an und zeigte mir den Artikel in der Boulevardpresse.

Was allerdings aus Gerlinde geworden ist, weiß ich nicht. Erwähnt sei an dieser Stelle, dass ich noch nie ein Kind erlebt habe, dass bereits mit drei Jahren so bewusst und berechnend gelogen hat wie sie. Ich empfand es als erschreckend. Denn es beinhaltete nichts Kindliches mehr. Daher würde es mich heutzutage nicht mehr überraschen, wenn sie mit ihrer Begabung der Manipulation als Nutte anschaffen gehen würde. Aus Gründen der Fairness muss auch erwähnt werden, dass dies nur eine Spekulation meinerseits ist.

Die Streitereien dieser berüchtigten Familie fingen meist in den späten Abendstunden an. Häufiger Start dieser Auseinandersetzungen? Ungefähr 22.00 Uhr abends. Fast konnte ich wegen der Pünktlichkeit die Uhr danach stellen. Im Durchschnitt gab es etwa alle zwei Tage massiven Lärmterror. Geendet hat er erst mitten in der Nacht. Zunächst haben wir versucht, die Situation durch Schlichtungsgespräche wieder zu entschärfen. Diese blieben jedoch leider erfolglos. Das asoziale Pack zeigte sich nicht einsichtig. Sie nahmen auch unsere Warnungen nicht ernst.

Hanna sagte zu den beiden im Treppenhaus: „Wenn ihr euch nicht zusammennimmt, wenden wir uns an die Saga".

Nils Hansen lachte nur und erwiderte: „Mach es doch. Ich sehe gelassen. Du wirst sehen, was es dir bringt".

Hanna und ich entschlossen uns, den Rat des überheblichen Nachbarn zu befolgen und leiteten unsere Mieterbeschwerde gegen dieses Gesindel ein.

Wir notierten uns die Zeiten der nächtlichen Ruhestörungen und riefen häufiger einen Streifenwagen. Allerdings die Polizei zu rufen, brachte in den meisten Fällen nichts. Vielfach kam der Streifenwagen vom zuständigen Revier erst eine Stunde nach unseren Anruf bei uns vorbei, um etwas zu unternehmen. Und ausgerechnet bei der Ankunft der Polizei herrschte mehrfach eine Ruhephase bei den Nachbarn, mit dem Ergebnis, dass meist nichts gegen den Lärmterror gemacht wurde. Einmal klingelte die Polizei sogar bei uns an der Haustür und stellte unsere Glaubwürdigkeit infrage.

Einer der Beamten drohte uns: „Wenn Sie nochmals unrechtmäßig den Streifenwagen kommen lassen, müssen Sie ihn bezahlen. Und dies kostet Sie beim nächsten Mal 360 DM".

„Wir haben genug andere Dinge zu tun. Wir haben keine Lust wegen Nichts bei Ihnen vorbeizukommen", entgegnete uns sein Kollege.

In dieser Situation fühlten wir uns bei der Polizei nicht mehr gut aufgehoben. Wir blieben völlig sprachlos und wussten nicht mehr, was wir sagen sollten. Ein Gefühl der Ohnmacht entstand. Wir dachten, wir befanden uns im falschen Film.

Im Stillen dachte ich nur: „Die Beamten kriegen ihren Arsch nicht rechtzeitig hoch und dafür sollen wir auch noch extra Geld bezahlen. Zahlen wir als Bürger nicht schon genug Steuern"?

Die Beamten hatten uns so eingeschüchtert, dass ich die passenden Worte in ihrer Gegenwart nicht herausbekam, obwohl sie sich schon fast auf meinen Lippen befanden. Darüber ärgere ich mich heute noch. Genauso hätten wir eine Dienstaufsichtsbeschwerde gegen die zwei Polizisten einleiten müssen, weil sie Machtmissbrauch auf unsere Kosten betrieben. Wir taten es nicht, weil wir befürchteten, dass sie ohnehin im Sande verlaufen würde.

Nicht umsonst heißt es: „Eine Krähe hackt der anderen kein Auge aus".

Wegen dieses gesellschaftlichen Klassikers zog ich die Konsequenz, dass ich hinterher in der Angelegenheit Hansen nie wieder einen Streifenwagen anforderte. Stattdessen entschloss ich mich, gegebenenfalls das Recht in die eigenen Hände zu nehmen. Selbstjustiz hielt ich nicht mehr für ausgeschlossen. Ein erschreckendes Bild, was sich mir gedanklich im Kopf abzeichnete. Diesen Umstand nahm ich zum Anlass, um das Schreiben erneut für einen kurzen Moment zu unterbrechen. Ein Schluck aus meinem Glas half mir, um innerlich wieder zur

Ruhe zu kommen. Selbst nach so langer Zeit löste diese Erinnerung ein beängstigendes Gefühl bei mir aus. Über die Folgen, die im Ernstfall eingetreten wären, mochte ich lieber nicht vertiefend nachdenken.

Nachdem ich meine innere Mitte wieder gefunden hatte, schrieb ich weiter. Viel hätte aus meiner Sicht nicht gefehlt, um die Selbstjustiz in die Praxis umzusetzen.

Nils drohte Hanna und mir mehrmals: „Ich komme gleich rauf und schlage euch zusammen".

Als er noch zusätzlich an unserer Haustür randalierte, um uns einzuschüchtern, lagen meine Nerven total blank.

Ich schrie mit einer entsprechenden Heftigkeit: „Nur zu du Schwein. Dann steche ich dich ab".

Kaum zu glauben, aber wahr, ich stand auf dem Flur mit einem riesengroßen Fleischermesser, dass über eine Klinge von ca. zwanzig Zentimeter verfügte, rechts neben der Haustür und wartete, wie weit dieses gefährliche Raubtier gehen würde. Ich fühlte mich bedroht und bekam große Angst.

„Bricht er tatsächlich gleich die Tür auf", schoss mir als Gedanke durch den Kopf.

Innerlich spürte ich eine seelische und nervliche Anspannung. In diesem Moment zitterte vor Erregung mein ganzer Körper. Auch eine rasende Wut und ein maßloser Zorn kamen in mir hoch. Die Hand, wo ich das Messer hielt, verkrampfte sich immer stärker. Plötzlich hörte der Mann auf, an der Tür zu rütteln und ging wieder in seine Wohnung. In dieser Situation fühlte ich mich fast an den Kinofilm „Shining" mit Jack Nicholson erinnert. Verständlicherweise bekam Hanna, die sich im Schlafzimmer aufhielt, panische Angst.

„Keine Sorge Hanna! Es ist nichts passiert. Ich musste so mit ihm reden. Eine andere Sprache verstehen solche primitiven Leute leider nicht", versuchte ich, sie wieder zu beruhigen.

Der Schock saß tief. Im Notfall hätte ich ziemlich sicher von der Waffe Gebrauch gemacht. Es wurde mir bewusst, dass Verzweiflung einen Menschen tatsächlich soweit treiben kann, jemandem schlimme Verletzungen beizubringen oder eventuell sogar zu töten. Zum Thema Gewalt verfasste ich folgendes Gedicht.

Die Gewalt

Gewalt ist eine spezielle Ausdrucksform und symbolisiert eine Sprache, die über eine eigene Grammatik verfügt.

Gewalt charakterisiert das menschliche Wesen in seiner ganzen Komplexität, innerlich wie äußerlich und kann daher eine Schwäche sein.

Gewalt ist Macht, die manchmal für Betroffene zur Ohnmacht wird.

Gewalt ist meist unberechenbar und wird oft unkontrollierbar, da sie uns Menschen ständig beherrscht.

Gewalt kann uns dabei in unterschiedlicher Weise begegnen und ist häufig da, wo man sie am wenigsten vermutet, sodass sie versteckt im Verborgenen auftreten kann, wobei sie gelegentlich sogar vollkommen unbemerkt bleibt und somit eine heimliche Gefahr darstellen kann.

Vorsicht ist also geboten: Die Gewalt begegnet uns überall und kann uns auch überall hin folgen.

Vielfach mussten Hanna und ich aus der Wohnung flüchten, um überhaupt noch Schlaf zu finden. Außerdem brauchte ich ständig Ausweichquartiere, damit ich entweder für die Schule oder später für die Universität lernen konnte. Anders hätte ich keine Chance gehabt, den Lernalltag gewachsen zu sein. Für uns blieb es sehr nervenaufreibend. Stressresistent konnte ich irgendwann nicht mehr sein. Unter diesen Voraussetzungen grenzte es an ein Wunder, dass ich die ganzen Schulabschlüsse mit Erfolg absolvieren konnte.

Mit Hilfe der Familie Schrader, die benachbarte Freunde von uns waren, setzte ich einen Beschwerdebrief wegen der nächtlichen Ruhestörungen auf. (Mit der Familie Schrader beschäftige ich mich in einem späteren Kapitel eingehender.)Überall im Haus sammelte ich Unterschriften. Teilweise bekam ich sogar welche aus dem Nachbarshaus. Anschließend schickten wir den Beschwerdebrief an die Saga per Einschreiben mit Rückschein ab. Rechtlich relevante Schreiben sollte man grundsätzlich immer auf diese Weise versenden, damit die Gegenseite nicht behaupten kann, dass sie keine Post erhalten haben. Eine einprägsame Erfahrung für mich. Die Beschwerde verfehlte seine

Wirkung nicht. Die Ruhestörer erhielten eine Abmahnung vom Vermieter.

Durch diese Aktion herrschte für kurze Zeit Waffenstillstand, und es kehrte vorerst ein wenig Ruhe in die Hausgemeinschaft zurück. Das Ehepaar Hansen trennte sich. Der Ehemann zog aus. Hanna und ich hofften, dass wir es endlich geschafft haben, wieder dauerhaft störungsfrei schlafen zu können. Leider ein fataler Irrtum. Ute ging kurze Zeit später eine Beziehung mit einem Mann ein, der zwar nicht unbedingt ein Alkoholiker war, aber dafür andere gefährliche Drogen zu sich nahm, die ihn unberechenbar machten. Er hieß Stefan Kirchner. Beschreiben würde ich ihn als schlank hochgewachsenen Mann mit Nussknacker-Gesicht. Aus meiner Sicht wäre er die Idealbesetzung für die Rolle von Frankensteins Monster. Ich denke, er hätte Boris Karloff bei diesem Part ernsthaft Konkurrenz gemacht. Zusätzlich brachte er einen kleinen Mischlingshund mit dem Namen Dealer in die Beziehung ein.

„Der Name des Hundes passt zu einem Drogensüchtigen", musste ich innerlich schmunzeln.

Zunächst dachte ich, mich verhört zu haben, als die Kinder von Ute ihren Hund draußen auf der Straße zu sich riefen, aber ich irrte mich nicht.

Die Streitmuster zwischen Ute und Stefan liefen nach einem ähnlichen Schema ab wie zuvor mit Nils. Zusätzlich hatte der neue Beschäler von Ute die spezielle Angewohnheit mit einem Baseballschläger in der Hand in unserer Straße spazieren zu gehen. Dieses Ritual wiederholte er beinahe täglich. Wir konnten fast unsere Uhren nach seinen Rundgang stellen. Hierbei entsprach Pünktlichkeit seinen persönlichen Markenzeichen. Er markierte auf diese Weise wie ein Hund sein Revier. Es wurde seine Methode, die Nachbarn in Angst und Schrecken zu versetzen.

Hilde Schrader, die uns zusammen mit ihrem Ehemann Reinhard geholfen hat, den Beschwerdebrief wegen des Lärmterrors aufzusetzen, hatte sich ein Termin bei der Saga geben lassen. Sie schilderte der Saga die unberechenbare Situation in unserem Miethaus.

Sie sagte zum Mitarbeiter der Saga: „Bei Frau Hansen wohnt seit längerer Zeit ein Herr Kirchner, der kein Mieter der Saga ist. Von diesem Mann fühlen wir Nachbarn uns bedroht. Er marschiert mit einem Baseballschläger durch unsere Straßen, um uns einzuschüchtern. In unserer nächtlichen Ruhe fühlen wir uns ebenfalls durch den Lärmterror gestört. Dies halte ich nicht mehr für zumutbar. Daher erwarten wir, dass Sie eingreifen und den Herrn auffordern, die Wohnung zu verlassen".

Jedoch der Mitarbeiter der Saga entgegnete ihr nur: „Frau Hansen kann ihren Besuch solange sie will beherbergen. Daher können wir rechtlich nichts machen".

„Ihr Freibrief für diese Familie zwingt uns Mieter dazu, eine Mietminderung ernsthaft in Betracht zu ziehen", sagte Hilde genervt.

„Dieses Mittel steht Ihnen selbstverständlich zur Verfügung Frau Schrader. Uns sind die Hände gebunden", äußerte der Mitarbeiter der Saga nahezu unbeeindruckt, fast desinteressiert.

Nach Hildes Beschreibung strahlte der Mitarbeiter der Saga eine beängstigende Bier-Ruhe und Gleichgültigkeit aus. Nach einen Gespräch, das ungefähr zehn Minuten dauerte, verabschiedete sie sich fast wutentbrannt und verließ das Büro der Saga.

Wir, die betroffenen Mieter, fühlten uns hilflos in dieser Situation und wollten die Mietminderung als letztes Mittel einsetzen, um wieder eine friedliche Hausgemeinschaft notfalls zu erzwingen. Letztlich hatten wir Glück, und das Problem löste sich von selbst. Die Beziehung des zwielichtigen Paares hielt nicht mehr lange. Der Neandertaler zog wieder aus. Im Jahr 1998 zog auch der Rest der asozialen Sippschaft aus, weil sie die Miete nicht mehr bezahlen konnten. Nach mehr als zehn Jahren fand der Terror im Haus endgültig ein Ende.

Bei der Betrachtung meines Elternhauses musste ich bei meinen Aufzeichnungen nochmals an den Tod meines Vaters denken. Wie bereits erwähnt, kam für ihn das Familienleben viel zu kurz. Dies prägte mein Leben stark und entscheidend. Heinrich erlebte nicht einmal seine hart erarbeitete und wohlverdiente Rente. Zwei Wochen nach seiner Beerdigung kam der schriftliche Bescheid, dass seine Rente durch ist.

„Was für eine bittere Ironie des Lebens", dachte ich, als ich den Rentenbescheid las.

Das gleiche Schicksal wollte ich nicht erleiden. Ich bin für mich zu der Erkenntnis gekommen, dass ein Leben auch außerhalb der Berufswelt stattfindet. Daher definiere ich mich so sehr durch einen Job, sondern eher durch die Privatperson René Krüger. Eine wichtige Lektion, die ich für mein Leben lernen musste.

Hanna pflegte immer zu sagen: „Genieße das Leben! Denn es ist kurz und hinterher ist man solange tot".

Bedauerlicherweise blieb dies ein Ratschlag, den Heinrich nur sehr selten in seinem Leben beherzigte.

Die Arbeitswelt sah ich daher meist offen gesagt eher negativ. Sie zeigte mir, dass unsere Gesellschaft aus einer modernen Struktur der Sklaverei bestand. Diese Tatsache ließ sich darauf zurückführen, dass die Machthabenden ein System aus lauter Abhängigkeiten schufen. Was sagte mir diese Erkenntnis? Ein Job war aus meiner Sicht eine gesellschaftliche Verpflichtung, die wiederum erfüllt sein musste, um in der Lage zu sein, seine Miete, seinen Strom, seine Telefonrechnung, die Lebensmittel und zwischendurch neue Kleidung bezahlen zu können. Das Geld blieb stets das Folterinstrument der Mächtigen. Ausgenommen blieben dabei für mich Menschen aus einen reichen Elternhaus oder Personen, die in der Lotterie mehrere Millionen gewannen. Wenn die eben genannten zwei Gesellschaftsgruppen trotzdem einer geregelten Arbeit nachgingen, spielte der Broterwerb keine Rolle mehr, sondern die gesellschaftliche Anerkennung und die Macht rückte in den Vordergrund. Der Job wurde quasi zu einer Art Statussymbol. Der Kampf um das Überleben ging uns nie wirklich verloren, unabhängig davon, ob ein Job finanziell notwendig wurde oder nicht. Für mich Ausdruck eines pervertierten Systems.

Zusätzlich verband ich mit der Arbeitswelt Leistungsdruck, Stress, Ellenbogengesellschaft, Mobbing, schlechte Bezahlung, wenig Anerkennung der Leistung, Angst vor Arbeitsplatzverlust und eine selbstfinanzierte Sozialhilfe als Rente für den Arbeitnehmer. All diese Realitäten stießen bei mir sauer auf und lösten bei mir keine Begeisterung aus, sondern repräsentierten eher eine in Rauch aufgehende Perspektive. Darum tat ich mich immer schwer mit meiner Berufswahl. Ich wollte Koch, Bäcker, Gärtner oder Masseur werden. Nie konnte ich mich wirklich eindeutig festlegen. Dies wurde auch ein weiterer Grund, warum ich einige Schulabschlüsse auf dem zweiten Bildungsweg nachholte. Ich wollte mir wertvolle Zeit zum Nachdenken über meine Zukunft verschaffen.

Bäcker oder Koch wollte ich als Kind werden, weil ich häufig mit Hanna das Essen zubereitete. Dabei entwickelte ich viel Spaß und Freude. Hanna brachte mir als Kind das Kochen bei. Meistens gab es das Ritual, dass ich ihr zuschaute, und ich kochte es später nach. In vielen Fällen baute ich schon eigene Kompositionen bei meinen Gerichten ein. Nur bei sehr wenigen Ausnahmen kam es zu einem Flop. Durch das Experimentieren entstand bei mir der Wunsch, Koch oder Bäcker zu werden.

Allerdings die Idee Bäcker zu werden, zerschlug sich schnell wieder, als ich hörte, wie früh ich bei diesem Beruf aufstehen müsste. Irgendwann wollte ich auch kein Koch werden, weil ich erfuhr, dass dieser Beruf sehr viel Stress bedeutete und ein rauer, fast unmenschlicher Ton in der Küche herrschte.

„Darüber hinaus müsste ich als Koch häufig im Schichtdienst arbeiten", überlegte ich weiter.

Instinktiv wusste ich, dass ich auf Dauer gesehen, damit nicht klar kommen würde. Jedoch blieb mir das Kochen zumindest als Hobby erhalten.

In der 8. Klasse kam ich auf den Einfall, Gärtner zu werden. Schon als Kind liebte ich die Natur. Ich machte sogar ein Schulpraktikum in dieser Berufssparte. Der Chef der Gärtnerei drückte seine Zufriedenheit bezüglich meiner Arbeitsleistung dadurch aus, indem er mir ein gutes Arbeitszeugnis ausstellte, und ich einen Barscheck in Höhe von 250 DM erhielt. Mit dieser Geldsumme konnte ich keineswegs rechnen. Ich wurde positiv überrascht und wusste im ersten Moment nicht, wie ich reagieren sollte.

Mein Chef im Praktikum sagte zu mir bei der Geldübergabe in seiner Wohnung: „Ich war sehr zufrieden mit dir. Daher ist es in Ordnung, dass du soviel Geld von mir erhältst. Und dies ist nicht für die Klassenkasse bestimmt. Schließlich hast du für dieses Geld hart gearbeitet. Solltest du kein Arbeitsplatz finden, kannst du bei mir aushelfen. Ich kann dich leider als Azubi nicht nehmen, weil ich kein Ausbildungsbetrieb habe".

Zu diesem Lob freute ich mich und erwiderte: „Danke für das Geld und die netten Worte".

Anschließend verabschiedete ich mich und verließ zufrieden die Wohnung des Mannes.

Zuhause merkte Christina zu diesem Thema an: „Du hast mehr Geld für dein dreiwöchiges Praktikum erhalten, als ich im ersten Ausbildungsjahr pro Monat als Friseurin".

Sie gönnte mir das Geld, aber trotzdem bemerkte ich, dass bei ihr ein leichter Neid bei dieser Erkenntnis aufkam, den ich nicht übersehen konnte. Ihre Aussage und Reaktion interpretierte ich als einen eindeutigen Beleg dafür, dass meine Schwester einen Ausbeuterberuf erlernte. Gleichzeitig sah ich diese Tatsache auch als Bestätigung meiner guten Leistungen. Und ehrlich gesagt, offenbarte sich kein schlechtes Gewissen in meinen Gedanken, weil ich diesen Verdienst nicht bei der Schule meldete, denn ich sah es nicht ein, meine Klassenkameraden für das Mobbing in der Schule zu belohnen. Normal wäre dieses Geld der Klassenkasse zugekommen. Ich zog es vor, dieses Geld auf mein Sparbuch einzuzahlen, was ich auch in die Tat umsetzte.

Nach dem Hauptschulabschluss entschied ich mich, weiter zur Schule zu gehen. Die positive Kritik der Gärtnerei sah ich als Ansporn für diesen Schritt. Ich wollte eine zweijährige Berufsfachschule für Garten- und Landschaftsbau besuchen. Leider wurde nur ein sogenanntes Berufsgrundbildungsjahr (kurz BGJ genannt) in dieser Berufssparte angeboten. Dies wollte ich nicht, da ich durch diesen Abschluss nicht die Mittlere Reife erreicht hätte, was für mich aber damals sehr wichtig war. So zerschlug sich der Wunsch, Gärtner zu werden.

Stattdessen ging ich auf die Berufsfachschule für Gesundheit. In dieser Zeit spielte ich mit den Gedanken, Masseur zu werden. Jedoch um als Masseur arbeiten zu können, hätte ich mich laut vorliegender Information selbständig machen müssen. So etwas erschien für mich damals nicht als vorstellbar. Ich stufte es für mich als zu riskant ein. Nach dem Abschluss der Gesundheitsschule wusste ich zunächst nicht, was ich beruflich machen wollte. Also entschied ich mich, weiter zur Schule zu gehen und meldete mich für die Höhere Handelsschule an. Ich wollte nicht auf der Straße herumlungern, um auf die schiefe Bahn zu geraten, wie es anderen Jugendlichen meines Alters häufig passierte. Daher hielt ich meine Entscheidung für eine gute Lösung.

Bevor ich jedoch die Höhere Handelsschule besuchte, bekam ich im Frühjahr 1986 einen Musterungsbescheid von der

Bundeswehr. Als ich die Post aus dem Briefkasten holte und mir bewusst wurde, was sie beinhaltete, stand ich unter Schock. Natürlich wusste ich, dass dieser Tag irgendwann kommen würde. Trotzdem versetzte es mich in einen emotionalen Ausnahmezustand. Ich wurde kreidebleich und ein leichtes Schwindelgefühl machte sich bei mir bemerkbar. Immer wieder verdrängte ich die bevorstehende Musterung aus meinen Gedanken. Mit unangenehmen Dingen mag sich niemand wirklich gerne beschäftigen. Nun musste ich mich aber dieser Realität stellen. Es gab kein Zurück. Ich übergab Hanna mit zittrigen Händen den unangenehmen Brief.

Sie bemerkte, dass mir die Benachrichtigung Angst machte und sagte zu mir: „René, mache dir keine Sorgen! Wegen deiner Krankheitsvorgeschichte werden sie dich ohnehin nicht nehmen wollen. Ich telefoniere mit Dr. Klein wegen der Musterung".

Hannas Worte beruhigten mich vorläufig. Am nächsten Tag telefonierte sie mit dem Neurologen.

Am Telefon sagte Dr. Klein: „Ihr Sohn braucht sich wirklich keine Sorgen machen wegen der Musterung. Wenn die Gutachter die ärztlichen Unterlagen sehen, werden sie ihn sofort für untauglich einstufen, weil sie im Ernstfall eine lebenslängliche Rente an Ihren Sohn zahlen müssten. So etwas wollen sie in jedem Fall aus Kostengründen vermeiden. Ihr Sohn kann sich die Unterlagen in meiner Praxis abholen".

Als Hanna mir den Inhalt des Telefonats wiedergab, atmete ich erleichtert auf. Viele Gedanken gingen mir im Zusammenhang mit der Bundeswehr durch den Kopf. Dem Drill bei der Bundeswehr hätte ich beispielsweise seelisch und nervlich nicht überstanden. Darüber hinaus hätte ich ein Autoritätsproblem gehabt. Totale Unterwerfung und absoluter Gehorsam gegenüber den unsinnigen Strukturen eines stark veralteten und verkrusteten Systems entsprachen nicht unbedingt meiner Lebensphilosophie. Für mich verfügte das System über zu viele diktatorische Elemente.

Gedanklich wurde bei mir immer wieder in der Vergangenheit das Gefühl erzeugt, dass mit allen Mitteln beim Bund versucht wurde, die Persönlichkeit von Wehrdienstleistenden zu brechen. Ein eigener Wille galt bei dieser Betrachtung als völlig unerwünscht. Gezüchtet wurden in meiner Vorstellungswelt gefährliche Kampfhunde, die bedingungslos und blind jeden Befehl befolgten. Sobald sie Blut leckten, fielen sie über ihre hilflosen Opfer her und rissen sie gnadenlos in Stücke. Eine grauenhafte Fantasie, die ich verständlicherweise nicht mehr im Kopf haben wollte.

„Jetzt gibt es ein Happyend", hoffte ich zumindest.

Ich verabscheute schon als Kind die brutalen und rücksichtslosen Cowboy- und Indianerspiele der Erwachsenen, die nur dazu dienten, wirtschaftliche Interessen durchzusetzen. Die Verteidigung von Freiheit und Menschenrechten stellten in Wahrheit meist nur die vorgeschobenen Gründe für irgendwelche Militäroperationen dar. Letztlich ging es bei Militäreinsätzen bisher immer nur darum, dass der gesellschaftliche Status gewahrt bleibt, damit einige konsumgesteuerte Menschenaffen sich weiterhin die Illusion erhalten können, zumindest materiell potent zu sein. Dafür wollte ich nie mein Leben riskieren oder andere Menschen töten. So etwas konnte ich nicht mit meinen Gefühl oder meinen Verstand vereinbaren. Zweifelsfrei wäre ein Gewissenskonflikt entstanden. Außerdem ging ich davon aus, dass ich durch meine Andersartigkeit, ähnlich wie in der Schule, das typische Mobbingopfer geworden wäre. Vermutlich hätte ich die Bundeswehrzeit nicht lebend überstanden. Rücksichtslos wäre ich von den Verantwortlichen in den Tod getrieben worden, da man es beim Militär in Normalfall mit gehirnamputierten Soldaten zu tun hat, die es einfach nicht besser wissen. Die Intelligenz wurde bei den meisten von ihnen operativ durch den Drill entfernt.

Mit der U-Bahn fuhr ich zur Praxis von Dr. Klein in der Sierichstraße, um mir die ärztlichen Unterlagen abzuholen. Bei der Übergabe der Dokumente bedankte ich mich bei ihm dafür, dass er sie mir für die Musterung zur Verfügung stellte.

Der Neurologe sagte mir bei der Verabschiedung: „René, du brauchst dir wirklich keine Gedanken machen. Die Gutachter werden dich für untauglich erklären".

Nun hörte ich es nochmals persönlich aus seinem Munde, was mich erneut beruhigte. Gefühlsmäßig ging es vorher ständig rauf und runter. Dagegen konnte ich faktisch nichts machen. Zum Glück kam ich durch die Äußerung des Mediziners innerlich wieder zur ersehnten Ruhe.

Und bei der Musterung in der Sophienterrasse lief tatsächlich alles so, wie es Dr. Klein Hanna und mir vorhersagte. Als ich die Arztberichte den Gutachter übergab, brauchte ich nicht die üblichen Untersuchungsstationen durchlaufen.

Der Amtsarzt sagte zu mir, als er sich die Unterlagen anschaute: „Bei Ihnen ist es eindeutig. Sie sind untauglich. Es muss nur noch eine Unterschrift von Ihnen geleistet werden und dann ist es für Sie erledigt".

Jetzt konnte ich mich endgültig freuen und dachte: „Mein Anfalls-Leiden hat zum Glück auch endlich eine positive Seite. Nach den schlechten Erfahrungen in der Schule empfinde ich es als ausgleichende Gerechtigkeit, hier zu profitieren".

Mit meiner Unterschrift wurde es amtlich: „Hurra, ich bin untauglich".

Nach der Musterung konnte ich mich wieder auf die Schule konzentrieren und besuchte die Höhere Handelsschule. Zwei Monate vor der Prüfung verstarb Heinrich. Dadurch musste ich zum ersten und einzigen Mal in der Schule eine sogenannte Ehrenrunde drehen.

Mein damaliger Klassenlehrer Herr Kranz machte mir folgenden Vorschlag: „In der Lehrerkonferenz haben wir uns beraten und kamen zu den Entschluss, dass du wieder in die Unterstufe zurückversetzt wirst. Dies hat für dich den Vorteil, dass du keinen unnötigen Fehlversuch bei der Prüfung hättest. Du wirst unabhängig von den Noten in die Oberstufe versetzt".

Diese Idee fand meine Zustimmung. Ich hielt es für die einzige Möglichkeit, den Abschluss doch zu schaffen.

Am Ende schaffte ich ein mittelmäßiges Fachabitur (Notendurchschnitt: 3,4). Der eher mäßige Abschluss ist auf dem frühen Tod meines Vaters und meiner Prüfungsangst zurückzuführen. Es war das erste Mal in meinen Leben, dass ich bewusst mit meiner Prüfungsangst konfrontiert wurde. So ein Gefühl kannte ich vorher nicht. Die Angst blockierte mich schon beim Lernen. Dass ich bei den abschließenden Prüfungen nicht die gewünschten Ergebnisse erzielte, erwies sich als die logische, fast vorsehbare Konsequenz.

Eine innere Unruhe kam während der Prüfungszeit auf und extreme Schlafstörungen machten sich bemerkbar. Ich trank schwarzen Tee an den Prüfungstagen, um wach genug zu sein, ohne meine Nervosität zu steigern. Es half nur bedingt. In der Englischprüfung verfehlte ich die Note 3 nur um zwei lächerliche Punkte. In die mündliche Nachprüfung durfte ich nicht, da die Vorzensur auch nur eine 4 war. In Mathematik, in Rechnungswesen und Textverarbeitung erzielte ich jeweils die Note 5. Ich musste in Rechnungswesen in die mündliche Nachprüfung, um nicht durchzufallen. Ich schaffte das erforderliche und notwendige Ausreichend. Die beiden anderen Ausrutscher konnte ich zweimal durch die Note 2 in den Fächern Sport und Politik ausgleichen. Das einzige gute Prüfungsergebnis erzielte ich im Fach Wirtschaftslehre. In dieser Prüfung erreichte ich die Note 2. Insgesamt konnte ich mit dem Gesamtresultat nicht zufrieden sein. Die Freude über den Abschluss hielt sich daher stark in Grenzen.

Berechtigt, wie ich leider feststellen musste. Trotz zahlreicher Bewerbungen bekam ich keinen Ausbildungsplatz. Beworben habe ich mich im kaufmännischen Bereich. Für diese Berufssparte entschließt man sich meist nur dann, um es mal gehässig auszudrücken, wenn man nicht so richtig weiß, was man eigentlich beruflich machen will. Genau in so einer blöden Situation befand ich mich. Aus diesem Grund wurde ich ratlos, fast verzweifelt.

„Soll ich mich jetzt arbeitslos melden", fragte ich mich.

Ich hatte keine Ahnung. Ein Telefonat mit einer Freundin meiner Mutter brachte endlich die heißersehnte Lösung.

Am Telefon sagte Christel zu Hanna: „Schicke ihn doch auf das Gymnasium! Das Abitur kann er auf dem zweiten Bildungsweg nachholen. Die Intelligenz dafür hat dein Sohn. Außerdem ist es immerhin besser, als wenn er zuhause nutzlos herumlungert und Däumchen dreht".

Nach diesem hilfreichen Telefonat machten Hanna und ich uns schlau, welche Möglichkeiten es schulisch gab. Letztlich fanden wir zwei Möglichkeiten: Aufbaugymnasium (vier Jahre Schulzeit) und Wirtschaftsgymnasium (drei Jahre Schulzeit). Entschieden habe ich mich für die zweite Alternative. Grund: die kürzere Schulzeit.

Während meiner Zeit auf dem Wirtschaftsgymnasium wuchs bei mir der Wunsch auf die Universität zu gehen. Ich entschied mich, auf Lehramt zu studieren.

Der Leser dieser Aufzeichnungen wird sich vermutlich die Frage stellen: „Warum traf René ausgerechnet die Entscheidung, Lehrer werden zu wollen"?

Es machte mir Spaß, jemanden etwas zu vermitteln. Darüber hinaus wollte ich ein besserer Lehrer sein, als die, mit denen ich es meist zu tun hatte. Die endgültige Entscheidung fiel auf Berufsschullehramt. Denn sie hatten zumindest damals die größten Chancen, nach dem Studium eine Anstellung zu finden. Notfalls hätte ich mit dem Abschluss auch in die freie Wirtschaft gehen können. Ich dachte, dass mir mit dieser Entscheidung alle Türen offen stehen würden. Ungewohnter Optimismus machte sich breit. Ein neues Kapitel konnte ich nun gedanklich aufschlagen.

Jedoch bevor ich zum nächsten Kapitel meines Lebens kam, leerte ich mein Glas und begab mich zu Bett. Fast die ganze Nacht arbeitete ich an meinen Roman. Jetzt spürte ich die Müdigkeit des Körpers und des Geistes, sodass ich den wohlverdienten Schlaf dringend benötigte.

4. Kapitel

Nach der anstrengenden Nacht brauchte ich zunächst ein reichhaltiges Frühstück mit einen koffeinhaltigen Heißgetränk, um weiter an meinen Lebenserinnerungen arbeiten zu können. Ich schlief nur 4 ½ Stunden, und der Text erforderte meine volle Aufmerksamkeit und Konzentration. Der geplante literarische Erguss sollte ein beeindruckendes und unvergessliches Meisterwerk werden, da ich endlich den langersehnten Erfolg als Buchautor schaffen wollte. Es kotzte mich an, dass ich trotz meiner Talente finanziell am Tropf des labilen Sozialstaates hing und zusätzlich von Ausbeuterjobs, wie z. B. das Austragen des Hamburger Abendblattes abhängig blieb. Diese ungünstige Konstellation stellte sich mir aber als die einzige denkbare Möglichkeit dar, mich provisorisch über Wasser zu halten. Vielmehr lässt sich daraus leider auch nicht ableiten. Ein erschreckendes Szenario, was sich nahezu tagtäglich vor meinen Augen abzeichnete.

Scheiße-IV war aus meiner Sicht zu wenig um davon menschenwürdig leben zu können und zu viel um gnadenvoll zu sterben. Diese Tatsache verdammte mich zwangsläufig zu einen zombieähnlichen Dasein. Ich vegetierte quasi als lebender Toter in einer Gesellschaft, die immer unmenschlicher wurde. Dieser Umstand machte mich zunehmend fix und fertig. Gleichzeitig wurde dieser unerträgliche Zustand auch meine große Antriebskraft für das Schreiben, weil ich die Misere meines Lebens endlich beenden wollte. Daher vertraute ich darauf, dass ein Verlag irgendwann mein wahres Potenzial als Schriftsteller entdeckt. Dies gab den entscheidenden Grund für meine Aufzeichnungen. Eine Realität, die mir jetzt immer bewusster wurde.

„Die Hoffnung stirbt bekanntlich zuletzt", versuchte ich mich selbst zu motivieren.

Für mich kaum ein Trost, dass viele Künstler erst nach ihrem Tod die hochverdiente Anerkennung für ihre erbrachten Leistungen erhielten. Als Toter hätte ich bekanntermaßen keinerlei Nutzen von meinem Erfolg, da ich ihn nicht mehr live miterleben könnte. Und die Tragik eines verkannten Genies wollte ich mir lieber ersparen. So etwas würde ich als schreiende Ungerechtigkeit empfinden.

Zielstrebig arbeitete ich weiterhin an meinen Erfolg als Künstler. Darin sah ich den einzigen Sinn meines Daseins. Für etwas anderes lohnte es sich nicht mehr, weiterzuleben. Für mein aktuelles Buchprojekt nahm ich mir extra beim Zeitungsjob frei. Als Opfer nahm ich in Kauf, dass ich sogar für einige Wochen mit deutlich weniger Geld auskommen musste, da der Urlaub des Zustellers grundsätzlich unbezahlt blieb. Einer der zahlreichen Nachteile, dieses ohnehin schlecht bezahlten Jobs. Beim Einkommensverzicht sah ich prinzipiell kein Problem auf mich zukommen, da ich finanzielle Krisensituation schon kannte. Deshalb machte mir wenig Geld zu haben, keine Angst mehr. Außerdem wusste ich auch, wofür ich es tat.

Jetzt aber zum Frühstück. Schließlich galt sie immer als die wichtigste Mahlzeit des Tages. Ich brauchte dringend Energiefutter für meine schriftstellerische Arbeit. In der Küche bereitete ich mir daher vier Scheiben Toastbrot mit Butter, Wurst und Käse vor. Dazu befand sich ein Becher Kaffee mit Milch und Zucker in greifbarer Nähe auf dem Tisch. Zugegebenermaßen wurde ich nie ein übermäßiger Fan dieses allgemein sehr beliebten flüssigen Aufputschmittels, aber ich hoffte, es hilft mir, munter zu werden. Ich konnte es mir nicht leisten, kostbare Zeit zu verschenken.

Nicht umsonst heißt es immer: „Time is money".

In meinem Urlaub sollten die Fortschritte am Buchprojekt deutlich sichtbar werden. Es repräsentierte ein absolutes Muss für mich. Gefühlsmäßig hing von diesem literarischen Werk meine Zukunft ab.

„Mein Leben hängt quasi am seidenen Faden", dramatisierte ich in dieser Situation.

Es unterstrich die Wichtigkeit meines Vorhabens.

Nun brachte ich meine erste Tagesmahlzeit hinter mich. Grund genug, mich wieder in die künstlerische Arbeit zu stürzen. Bei meinen Aufzeichnungen schlug ich ein neues Kapitel auf, meine Ausbildungszeit als Industriekaufmann.

Bei meiner Entscheidung Berufsschullehrer werden zu wollen, wurde mir klar, dass ich nach dem Abitur entweder eine Berufsausbildung oder ein einjähriges Berufspraktikum machen musste. Dies galt neben dem Abitur als Voraussetzung, um sich an der Universität für dieses Studienfach überhaupt bewerben zu können. Offen gesagt, nahm ich bezüglich der Berufsausbildung eine Scheißegal-Haltung ein, da sie ohnehin nur eine karrieregesteuerte Durchlaufstation sein sollte. Nie hatte ich beabsichtigt, als Kaufmann zu arbeiten. Diesen Beruf empfand ich nicht unbedingt als die Erfüllung meines Lebens. Lehrer zu sein, sah ich hingegen als Berufung. Anders kann man meines Erachtens diesen Beruf sowieso nicht ausüben, da er nicht nur Fachwissen voraussetzt, sondern auch ein hohes Verantwortungsbewusstsein und viel Spaß am unterrichten. Darüber hinaus sollte der Leser dieser Zeilen bedenken, dass ein Lehrer meist kein Spitzenverdienst erzielt. In der freien Wirtschaft verdient man mit einer vergleichbaren Qualifikation locker doppelt soviel Geld.

Wir schreiben das Jahr 1992, und wieder schrieb ich zahlreiche Bewerbungen ohne Erfolg. Zeitweilig kam bei mir totaler Frust auf. Ich fühlte mich als jämmerlicher Versager.

„ Meine Abi-Noten sind zwar insgesamt etwas besser als bei der Höheren Handelsschule, da ich immerhin einen Notendurchschnitt von 3,2 schaffte, aber vielleicht trotzdem nicht gut genug", schoss mir als sorgenvoller Gedanke durch meinen Kopf.

Die Zeit lief mir in drastischem Tempo davon, und die Verzweiflung wuchs. Ich stand unter enormen Druck. Die emotionale Dramatik erreichte ihren vorläufigen Höhepunkt und erneut drohte mir die Arbeitslosigkeit. Gedanklich suchte ich nach einer Möglichkeit, nach dem Abitur weiter zur Schule gehen zu können. In der Schlankreye meldete ich mich prophylaktisch für ein kaufmännisches Grundbildungsjahr mit Schwerpunkt EDV an.

„Vielleicht gewinne ich auf diesem Weg kostbare Zeit, um mir einen Ausbildungsplatz zu suchen", überlegte ich in diesem Zusammenhang.

Am Ende verdankte ich es Hanna, dass ich doch rechtzeitig einen Ausbildungsplatz erhielt und die Schule in der Schlankreye nicht mehr besuchen musste. Sie telefonierte mit ihrer Cousine, die ich stets Tante Rita nannte, obwohl sie streng genommen eine Cousine zweiten Grades von mir war. Ihr Mann, den ich immer mit Onkel Alfred ansprach, übte eine selbständige Tätigkeit aus und besaß einen größeren Kleinbetrieb in Bergedorf.

Hanna meinte nach dem besagten Telefonat zu mir: „Viele bekommen nur durch bestimmte Beziehungen an einen Job. Warum sollten wir nicht auch einmal von solchen Beziehungen profitieren"?

„Was hat denn Tante Rita in Bezug auf einen Ausbildungsplatz gesagt", wollte ich wissen.

„Sie konnte uns noch keine Zusage machen, weil sie zunächst noch mit Onkel Alfred sprechen muss", antwortete Hanna.

Tante Rita führte ein Gespräch mit Onkel Alfred wegen eines möglichen Ausbildungsplatzes.

Darauf rief uns Onkel Alfred an und teilte Hanna mit: „Hier ist Alfred. Rita sprach mich wegen eines Ausbildungsplatzes für René an. Wir sind kein zugelassener Ausbildungsbetrieb. Unsere Söhne Alfred und Matthias konnten nur deshalb eine Ausbildung bei mir machen, weil ich eine Sondergenehmigung von der Handelskammer erhielt. Aufgrund des Verwandtschaftsgrades können wir es bei René ähnlich machen. René müsste allerdings ein Führerschein machen, damit er für uns auf die Baustellen fahren kann. Und wir können René keine hohe Ausbildungsvergutung bezahlen".

Bei Hanna und mir kam Erleichterung auf. Ich musste nicht weiter die Schulbank drücken oder mich in eine Horde von lebensmüden Hoffnungslosen und krankhaft Verzweifelten in endlose Schlangen einreihen und mich arbeitslos melden. Die trostlose und deprimierende Atmosphäre in den Räumlichkeiten des Arbeitsamtes blieb mir zumindest vorerst erspart. Und Schulmüdigkeit machte sich ebenfalls bei mir breit. Dafür musste ich einen anderen schweren Kampf mit mir selbst austragen.

„Die Mehrheit der Leser wird meine Empfindungen vermutlich nicht nachvollziehen können", überlegte ich während des Schreibens an meinen Aufzeichnungen.

Dieser Tatsache drang mir augenblicklich ins Bewusstsein. Damit musste ich zurechtkommen, ob mir gefällt oder nicht. Unterm Strich spielte es aber keine Rolle, was andere über mich dachten. Jeder Mensch verfügt über seine speziellen Behinderungen, die sein Leben prägen, manchmal sogar sehr einschränken. Zu meinen Handicaps gehörte beispielsweise, mich hinter das Steuer eines Wagens setzen zu müssen. Hingegen andere könnten sich ein Leben ohne Führerschein und Auto nicht vorstellen. Dies änderte nichts an meinen negativen Gefühlen, die in diesem Zusammenhang bei mir entstanden. Daher löste meine aktuelle Lage keine Begeisterungsstürme aus, sondern sorgte eher für eine emotionale Flaute. Dabei schien es für mich nicht vorhersehbar, ob demnächst düstere Wolken am Horizont auftauchen werden, die ein unheilbringendes Gewitter entstehen lassen. Diese innere Unsicherheit verursachte bei mir unberechenbare Panikattacken, die ich kaum kontrollieren konnte.

„Warum will man zwingen, einen Führerschein zu machen", fragte ich mich fast verzweifelt.

Allein schon wegen meiner Krankheitsvorgeschichte, schloss ich es stets aus, einen zu machen. Denn durch einen möglichen Anfall, einen Unfall am Steuer zu verursachen, machte mir Angst. Darüber hinaus traute ich mir den zunehmenden Stress im Straßenverkehr nicht zu. In diesem Zusammenhang sollte man auch nicht vergessen zu erwähnen, dass ich nicht in einen fahrbaren Untersatz groß geworden bin.

Heinrich sagte immer zu diesem Thema: „Ein Auto fängt mit A an und hört mit o auf".

Was im Klartext bedeutete, dass wir uns nie ein Auto leisten konnten. Deshalb stellte für mich ein derartiges Fahrzeug, im Gegensatz zu anderen Menschen, keine Normalität oder Selbstverständlichkeit dar. Offen gesagt, habe ich es auch nie wirklich vermisst. In einer Großstadt wie Hamburg hielt ich ein Auto ohnehin für überflüssig, weil man mit öffentlichen Verkehrsmitteln, wie Bus und Bahn nahezu überall ans Ziel kommen kann. Meine Neigung, einen Führerschein zu machen, tendierte gegen den Nullpunkt. Jedoch zum Schein ging ich auf dem Deal mit dem Führerschein ein, um den Ausbildungsplatz zu erhalten und unterschrieb den Vertrag in der Wohnung von Onkel Alfred in Schrammsweg. Moralisch hielt ich es für vertretbar, da es hier um meine Zukunft ging. Ohne diesen Ausbildungsplatz wäre ich vermutlich aus dem Tritt gekommen und hätte eventuell vorzeitig das Handtuch geworfen. Ich brauchte unbedingt einen nennenswerten Erfolg. Es musste für mich spürbar vorangehen. Stagnation sollte um jeden Preis vermieden werden. Denn ich konnte es nicht selbst einschätzen, wie stabil mein Gemütszustand in dieser Situation tatsächlich war, da mich die Absagen zuvor weitgehend entmutigten.

„Hier heiligt der Zweck die Mittel", entschied ich bei meiner Unterschrift.

Dass meine Ausbildungsvergütung nicht so hoch ausfiel, stellte für Hanna und mich sogar einen großen und entscheidenden Vorteil dar.

Vermutlich könnte sich der Leser an dieser Stelle fragen: „Wieso ist ein geringes Einkommen vorteilhaft"?

Keine Sorge. Der logische Verstand kam mir wegen der eben genannten Aussage nicht abhanden. Denn das geringe Einkommen ermöglichte uns, weiterhin Halbwaisenrente zu erhalten. Immerhin erhielt ich drei Renten, die aus unterschiedlichen Quellen sprudelten (eine staatliche Rente, eine vom Bankenverband und eine kleine direkt von Heinrichs Arbeitgeber). So wurde mir wieder bewusst, dass Heinrich gut für uns vorgesorgt hat. Die Halbwaisenrenten plus das Kindergeld entsprachen dem Kostgeld, was ich an Hanna zu dieser Zeit bezahlte. Die Gelder wurden direkt von den entsprechenden Stellen auf Hannas Konto überwiesen. Auf diese Weise durfte ich mein Ausbildungshonorar behalten. Monatlich zahlte ich jeweils regelmäßig eine Summe von 400 bis 500 DM auf ein separates Sparbuch ein. Dieses Geld sparte ich für das Studium. Am Ende konnte ich mehr als 20.000 DM ansparen. Ich sah darin eine gute finanzielle Grundlage für meine Zukunft. Für mich blieb es wichtig, den anfänglichen Druck des Geldverdienens während des Studiums zu vermeiden. Mein Fokus sollte zunächst ausschließlich auf die Universität ausgerichtet sein.

„Zu Beginn keine unnötigen Mehrbelastungen", hieß meine Devise.

Mit Onkel Alfred vereinbarte ich eine zweijährige Ausbildungszeit, um schneller an die Universität zu kommen. Das Abitur eröffnete mir die Möglichkeit, meine Ausbildungszeit um ein Jahr zu verkürzen. Ich vertrat die Auffassung, dass ich lange genug die Schulbank drücken musste. Unnötige und weitere Verzögerungen, die mich möglicherweise vom Ziel abhalten konnten, wollte ich um nahezu jeden Preis vermeiden. Diesbezüglich kannte meine Entschlossenheit keine Grenze mehr. Daher nutzte ich den Vorteil der allgemeinen Hochschulreife.

Der Betrieb von Onkel Alfred produzierte und verkaufte Holzhäuser. Vom kleinen Gerätehaus bis zum Einfamilienhaus wurde alles angeboten. Der Hauptschwerpunkt lag im Verkauf von Gartenlauben für den Schrebergarten. Maximal zulässige Größe für diese Buden betrug 24 qm inklusive überdachter Freisitz. Dies schrieb das Bundeskleingartengesetz vor. Wohn- und Ferienhäuser galten nur als Nebengeschäft. Nur ein bis zwei größere Häuser wurden höchstens pro Jahr verkauft. Zusätzlich bot die Firma von Onkel Alfred Reparatur- und Sanierungsarbeiten an. In der Regel führten sogenannte Subunternehmer die Montagearbeiten aus. Das Geschäft unterlag starken saisonalen Schwankungen. Im Frühjahr begann immer das Hauptgeschäft, da sich die Sonne in dieser Jahreszeit schon zeitweilig anfing, hervorzuwagen und somit die potenziellen Kunden einluden, vorbeizuschauen, um sich ein Gartenhäuschen zu kaufen. Im Herbst, in der sogenannten gartenfreien Zeit, fühlten sich Diebe und Brandstifter eingeladen, um in den Gartenkolonien für Unheil zu sorgen. Dies ermöglichte den Betrieb sich mit Brandschäden und Reparaturen über Wasser zu halten. Und im Sommer und Winter lief das Geschäft eher schleppend.

Die Produktionsstätte befand sich bei der Justizvollzugsanstalt Glasmoor in Norderstedt. Für die Fertigung der Holzbuden wurden größtenteils „Knackies" beschäftigt, die für einen niedrigen Lohn arbeiten mussten.

„Der Kapitalismus in seiner Reinkultur kennt offensichtlich keine Skrupel, um möglichst viel Profit zu machen", schoss mir hierbei als Gedanke durch den Kopf.

„Ausbeutung mit Dumpinglohn", kam mir als nächste Überlegung in den Sinn.

Die Pacht für die Werkstatt blieb ebenfalls sehr niedrig, wie ich später erfuhr. Onkel Alfred handelte diesbezüglich einen guten Deal mit dem Staat aus und bewies ein großes Verhandlungsgeschick mit einem stark ausgeprägten Geschäftssinn. Für mich schien er sich als harter Geschäftsmann zu entpuppen.

„Wohin konnten mich die Gedanken jetzt noch führen", fragte ich mich.

Allerdings wollte ich dieses Thema nicht weiter gedanklich verfolgen und konzentrierte mich stattdessen auf meine Ausbildung. Denn ich konnte ohnehin nichts daran ändern, dass Menschen für relativ wenig Lohn ausgebeutet wurden. Als künftiger Azubi befand ich mich auch nicht in der Position, Einfluss darauf ausüben zu können. Und ich musste dankbar sein, dass ich meine Ausbildung in dieser Firma überhaupt machen konnte.

Nun wieder zurück zur Betriebsbeschreibung. Das Verkaufsgelände in Bergedorf siedelte sich am Stadtrand von Hamburg an. Auf diesem Grundstück standen dreizehn Musterhäuser. Davon acht Gartenlauben in unterschiedlichen Ausstattungen, vier Gerätehäuser in verschiedenen Größen und ein Ferienhaus, das über eine Fläche von ca. sechzig qm verfügte.

Gearbeitet wurde in einem separaten Bürogebäude. Es besaß ungefähr die gleiche Größe wie das Musterhaus. Von außen mit Profilbrettern verkleidet und in wenig ansprechenden dunkelbraun gestrichen. Der Zustand des Gebäudes ließ darauf schließen, dass es zwanzig Jahre oder älter sein musste. Insgesamt machte es auf mich einen leicht sanierungsbedürftigen Eindruck.

Im Stillen stellte ich mir die Frage: „Wo bin ich hier bloß gelandet?"

Ich hoffte, nicht im falschen Film zu sein. Für mich verdichtete sich in jedem Fall der Eindruck, dass Onkel Alfred ein Pfennigfuchser zu sein schien, der jedes Geldstück mindestens zweimal umdreht, ehe er es ausgibt. Auch die Innenausstattung unterstrich diese Vermutung. Als vertrauenserweckend konnte ich es daher nicht einstufen.

Von innen trugen die Wände eine Vertäfelung aus Kiefernholz. Dass viele Holz in den Räumen erschlug mich förmlich und zog mich emotional in die Tiefe. Der Bürokomplex wirkte auf mich wie eine Dunkelkammer, fast wie eine zwielichtige Spelunke. Die Einrichtung stufte ich als veraltet ein, da sie mit großer Wahrscheinlichkeit aus den sechziger oder siebziger Jahren stammte. Als Kunde würde ich mich nicht eingeladen fühlen, das Büro zu betreten. Noch weniger konnte ich mir vorstellen, dass ein Käufer sich lange darin aufhalten wollte.

„Kundenfreundlichkeit sollte anders vermittelt werden", dachte ich, als ich die Räumlichkeiten eingehender betrachtete.

Zwei kleine Büroräume nahe beim Eingang waren für die Buchhaltung, den Posteingang, den Schriftverkehr und die Ablage abgeteilt. Auffällig erschien mir die Tatsache, dass sich keine Computer in diesen Zimmern befanden. Angebote und Rechnungen wurden traditionell noch mit einer herkömmlichen Schreibmaschine getippt. Der Großraum blieb weitgehend für die Beratung der Kundschaft vorbehalten. Links neben den Eingang des Raumes dominierte eine längliche Kommode, wo die Prospekte mit Preisen und Baubeschreibungen für die potenziellen Käufer bereitlagen. Geradezu positionierte sich ein großer Schreibtisch, wo Onkel Alfred die Kundschaft empfing und beriet. Vor dem Schreibtisch wurden zwei Stühle für die Kunden und sonstigen Gäste platziert. Rechts neben daneben stand an der Rückwand des Hauses gelegen ein kleiner Tisch, wo ein Fotokopier- und ein Faxgerät zur Geschäftsausstattung gehörten. Weiter rechts befand sich ein abgetrennter Nischenbereich. Gestaltet wurde er als Essecke. Dort kamen ein weiterer Tisch, zwei Stühle und eine Sitztruhe zum Vorschein. Genutzt wurde dieser Bereich für die Pausen und vereinzelnd auch für Kundengespräche. Hier genoss ich häufig in den Pausen den Ausblick auf das Firmengelände. So konnte ich immer sehen, ob Kundschaft auf das Gelände kam. Gelegentlich sah ich dem Gärtner bei der Grundstückspflege zu. Wir nannten ihn alle Andreas, und er stammte aus Polen. Ob er tatsächlich so hieß, wusste ich nicht genau. Das einzige, was ich von ihm wusste, war, dass er hier in Deutschland Geldverdienen musste, um seine Familie ernähren zu können, da er in seiner Heimat keine Arbeit fand. Ohne ihn wäre das Gelände in einen deutlich schlechteren Zustand. Er sorgte immerhin in Rahmen seiner Möglichkeiten für Schadensbegrenzung. Mein Onkel schien über genügend Quellen zu verfügen, wie man billige Arbeitskräfte rekrutiert. Vermutlich arbeitete Andreas ohne Papiere. Denn er bekam sein Lohn stets in bar, wie ich mehrfach beobachtete. Ein klares Indiz für meine Vermutung.

Beim Verlassen des Großraumes kam ich links an Büroschrank vorbei, wo sich die zahlreichen Aktenordner mit den aktuellen Aufträgen und den Grundriss-Vorschlägen, die den Kunden als Anregung für ihr Traumhaus dienen sollten, einsortiert zur Verfügung standen. Darüber hinaus lagen in diesem Schrank die Vertragsvordrucke. Wieder im Flur angelangt, ging es rechts in die Küche. Darin entdeckte ich einen Kühlschrank, wo die Mitarbeiter ihr Essen unterbringen konnten, zwei Herdplatten, um sich Essen warm machen zu können und ein Spüle, die über kein Heißwasser verfügte. Für den Abwasch musste stets der Heißwasserkocher in Betrieb genommen werden. In den Hängeschränken befand sich das übliche Geschirr. Eine Mikrowelle gab es aus Gründen der übertriebenen Sparsamkeit leider nicht. Daher nahm ich nie Mittagessen mit zur Arbeit, sondern nur Brot, Joghurt oder Obst. Denn um Essen am Herd aufzuwärmen, blieb häufig keine ausreichende Zeit, weil ich ständig mit Kundschaft auf dem Platz oder am Telefon rechnen musste. Kurz vor dem Verlassen des Geschäftsgebäudes, rechts neben der Eingangstür, befand sich die Toilette, die für die intimen Privatgeschäfte von Personal und Kundschaft gleichermaßen gedacht war.

Mein Arbeitsweg nahm sehr viel Zeit in Anspruch, da ich bekanntermaßen keinen Führerschein besaß. Ich musste die Öffentlichen Verkehrsmittel nutzen. Meist betrug meine Anreise sechzig bis siebzig Minuten. Manchmal auch länger. Von Dehnhaide fuhr ich mit der Linie U 2 bis Berliner Tor. Dort stieg ich in die S-Bahn um und fuhr damit bis Hamburg-Bergedorf. Anschließend musste ich noch einige Stationen mit dem Bus bis zur Haltestelle Holtenklinke fahren. Danach noch einige Gehminuten zur Arbeit. Dies bedeutete für mich, zweimal umzusteigen, um an das Ziel zu kommen. Anfangs etwas gewöhnungsbedürftig, aber irgendwann gehörte es zum normalen Alltag und zwar für die nächsten knapp zwei Jahre.

An meinen ersten Arbeitstag herrschte in meinen Inneren eine große Aufregung, und eine gewisse Nervosität drängte sich in den Vordergrund. Ich konnte meine Gefühle kaum kontrollieren.

Anders ausgedrückt: „Sie hatten mich vollständig in Griff".

Hierbei darf der Leser nicht vergessen, dass ich zu diesem Zeitpunkt noch als Berufsanfänger galt. Die Arbeitswelt empfand ich daher als absolutes Neuland. Ich betrat nach dem Abitur 1992 ein Territorium, was mir völlig unbekannt, fast rätselhaft vorkam. Dieses unentdeckte Land machte mir zunächst etwas Angst. Jedoch schlagartig packte mich unerwartet der Forschungseifer, und ich fing an, neugierig zu werden. Es entstand in mir der Wunsch, die Arbeitswelt schrittweise zu enträtseln. Emotional fühlte ich mich ständig hin- und hergerissen. Positive und negative Aspekte mischten sich auf meinen Weg zur Arbeit in meinem Kopf. Ich versuchte eine Ordnung in diesem kleinen Chaos wieder herzustellen, was sich aber als eine größere Herausforderung erwies. Plötzlich tauchten aus dem Nichts unzählige Fragen auf, die ich später nicht mehr rekonstruieren konnte. Erinnern konnte ich mich nur noch an eine Frage, die mich während der Bahnfahrt nach Bergedorf beschäftigte.

Im Prinzip erwies sie sich als naheliegend und simpel: „Was erwartet mich am ersten Arbeitstag"?

Ein enormer Spannungsbogen wurde durch meine Gedanken erzeugt. Ich versuchte zu entspannen, indem ich an den bevorstehenden Istanbul-Urlaub dachte, der für nächstes Jahr in der Planung stand. Gedanklich sorgte ich auf diese Weise für Abwechslung und Ablenkung, um mir die Aufregung für meinen ersten Arbeitstag zu nehmen. Die Zeit verging wie im Flug.

An meiner zukünftigen Wirkungsstätte angekommen, begrüßte mich Onkel Alfred herzlich per Handschlag im Büro.

„Hallo René. Willkommen auf der Arbeit", lauteten seine ersten Worte, die er an mich richtete.

Beschreiben würde ich ihn als Mann im Alter meiner Eltern. Er verfügte über einen Wohlstandsbauch, den er sich vermutlich durch seine Tätigkeit als Unternehmer erarbeitete. Außerdem trug er eine kleine Brille, die sich gut seiner Kopfform anpasste. Und er verfügte über ergrautes Haar, das sein Alter ihm bereits schuldete.

„Danke für die nette Begrüßung", erwiderte ich darauf.

In der Firma schien aktuell wenig los zu sein. Keine Kundschaft zu sehen. Und kein Telefonklingeln zu hören. Es herrschte eine fast beängstigende Totenstille. Als ich mit Hanna zwei Wochen zuvor vorbeikam, um mir meinen zukünftigen Arbeitsplatz anzuschauen, brannte es hingegen lichterloh in Bergedorf. Um Missverständnisse zu vermeiden, meinte ich es natürlich im übertragenen Sinne. Fast ununterbrochen klingelte das Telefon, sodass Onkel Alfred meist ständig zwei Hörer in Händen hielt. Gleichzeitig kam regelmäßig Kundschaft ins Büro. Kaum Zeit, sich mit uns zu unterhalten.

„Es ist unterschiedlich viel los auf der Arbeit", stellte ich gedanklich bei diesem Vergleich fest.

„Zurzeit ist kein Kunde auf dem Platz. Daher sollten wir bei einer Tasse Tee darüber sprechen, wie es für dich hier in Bezug auf deine Ausbildung ablaufen wird", meinte Onkel Alfred nach einer kleinen Unterbrechung und lenkte meine Gedanken wieder auf die richtige Spur.

„Das ist eine gute Idee", signalisierte ich ihm meine Bereitschaft zum Dialog.

Die Einladung zum Gespräch nahm ich gerne an, weil ich wissen wollte, was auf mich zukommen wird. Wir machten es uns mit einer Kanne Tee, die ich zuvor für uns in der Küche aufgesetzt hatte, in der Essecke bequem, sodass wir uns in angenehmer Atmosphäre unterhalten konnten. Dabei behielten wir das Verkaufsgelände in Blick, damit wir die Kundschaft bemerkten, die möglicherweise zu uns auf dem Platz kommen könnte.

Onkel Alfred sagte zu mir im Gespräch: „Du musst vieles durch zuhören und beobachten lernen. Gewisse Dinge werden sich erfahrungsgemäß in den Kundengesprächen wiederholen und sich so in deinen Kopf abspeichern. Meine Söhne haben auf die gleiche Weise gelernt. Ich halte es für eine gute Ausbildungsmethode".

Ich saugte die Informationen, die er mir bei unserer Unterhaltung gab, in mir auf, weil ich wusste, dass sie für meine Ausbildung entscheidend sein würden.

Ohne vorherige Ankündigung kehrte die Betriebsamkeit schlagartig in Bergedorf zurück. Die Telefone fingen wieder an, in Minutentakt zu klingeln und Kundschaft kam auf das Firmengelände. Für mich die ideale Gelegenheit, das Gesagte in die Praxis umzusetzen. Ich befolgte den Ratschlag meines Chefs und hörte ihm bei den Geschäftsgesprächen zu, um zu lernen. Schnell erkannte ich, dass er nicht der geborene und geschulte Verkäufer war. Er überlud die Kundschaft mit Informationen und kam vielfach nicht gezielt auf dem Punkt. Und er benutzte oftmals bei den Gesprächen die Exkrementen-Sprache. Manchmal gewann ich auch den Eindruck, dass er sich gerne selbst reden hörte. Für ihn schien die Unterhaltung mit dem Kunden fast wichtiger zu sein als der Verkaufsabschluss. Diese Eindrücke relativierte zum Teil meine vorige Einstufung von einem harten Geschäftsmann, die ich zuvor bei ihm vornahm.

Ich stellte mir bei dieser Betrachtung gedanklich die Frage: „Wie schafft er es mit dieser schlechten Verkaufsstrategie überhaupt etwas zu verkaufen"?

Onkel Alfred gab mir gegenüber später offen zu: „Ich bin kein typischer Verkäufer. Meinen Verkaufserfolg habe ich hauptsächlich nur meinen Boss-Bonus zu verdanken".

Zumindest blieb er in dieser Sache ehrlich zu sich selbst. Eine bemerkenswerte Leistung in einer Gesellschaft, die häufig nur durch Selbstbetrug geprägt ist.

Anfangs führte ich nur einfache Tätigkeiten wie z. B. fotokopieren, Rechnungen schreiben und Telefondienst aus. Zu Beginn quälte mich das Telefon mit einen alten Grundproblem. Denn zuhause erledigte Hanna für mich, wie bereits im vorigen Kapitel meiner Aufzeichnungen erwähnt, alle wichtigen Telefonate. Unabsichtlich wurde ich von ihr entmündigt. Es trat eine Selbstverständlichkeit ein, dass ich Anrufe nicht selbst tätigte. Nun wurde ich schonungslos mit dieser Tatsache konfrontiert und musste mich täglich meiner Angst stellen. Meine Bequemlichkeit in Bezug auf das Telefonieren rächte sich auf gnadenloser Weise.

„Der größte Fluch meines Lebens ist meine Angst", erkannte ich schmerzlich.

Meine Phobie vor diesem technischen Gerät drang augenblicklich in mein emotionales Bewusstsein. Ich wurde trotz meiner Panikattacken gezwungen, den Telefonhörer in die Hand zu nehmen, da die Arbeitswelt keine Rücksicht auf meine Schwäche nehmen konnte. Gewisse Tätigkeiten müssen einfach ausgeführt werden, um den Betrieb am Laufen zu halten. Dazu gehörte auch das Telefon. Es ist das traditionelle und klassische Handwerkszeug eines jeden Kaufmannes im 20. Jahrhundert.

„Entweder ich bin in der Lage dazu, meinen inneren Schweinehund zu überwinden oder nicht", machte ich mir meine Situation selbst klar.

Die ersten Male agierte ich extrem nervös und aufgeregt. Teilweise hyperventilierte ich sogar. Innerlich musste ich daher zunächst durchatmen, um das Gespräch am Telefon überhaupt entgegennehmen zu können. Der Leser dieser Zeilen kann sich als Außenstehender kaum vorstellen, was mir dabei alles durch den Kopf ging. Es entstand der pure Horror, ein Schreckensszenario. Versagens-Angst erlebte ich in der Anfangszeit als

Normalzustand. Mein Puls raste vor lauter Unruhe. Und tatsächlich erwiesen sich die ersten Telefonate wegen meiner starken Unsicherheit als sehr holprig. Erst mit zunehmender Übung gewann ich allmählich die nötige Routine. Dadurch stieg bei mir fast unbemerkt mein Selbstbewusstsein. Die praktische Erfahrung bewies sich am Ende als gelungene und erfolgreiche Therapie.

Nach etwa zwei bis drei Wochen in der Firma entstand bei mir das Gefühl, kaum etwas bezüglich meiner Ausbildung als Industriekaufmann zu lernen. Immer stärker wurde mir bewusst, dass Onkel Alfred sich als ungeeigneter Ausbilder entlarvte. Seine Kompetenz lag zweifelsfrei nicht auf diesem Gebiet. Er beauftragte mich mit Hilfsarbeitertätigkeiten, wie z. B. das Streichen eines großen Blumenkübels auf dem Verkaufsgelände. Es wunderte mich fast, dass er nicht Andreas mit dieser Aufgabe bedachte. Wollte er auf diese Weise Geld sparen? Bei diesem Sparfuchs würde es mich nicht überraschen.

„Vielleicht nahm er mich nur deshalb als Azubi, um einem billigen Hilfsarbeiter zu haben", überlegte ich.

Zusätzlich vermittelte er immer stärker das Gefühl, dass er nichts mit mir anfangen konnte

Und ich fragte mich verständlicherweise: „Was mache ich hier eigentlich"?

Natürlich machte ich mir stets die Realität bewusst, dass ich nicht in einem klassischen Ausbildungsbetrieb arbeitete. Jedoch dass dieser Umstand für mich so stark, wie in dieser Situation zum Ausdruck kommen würde, übertraf meine damalige Vorstellungskraft. Zu diesem Zeitpunkt versuchte ich pragmatisch zu denken.

Meine Überlegung lautete: „Ich brauche das Zertifikat, dass ich Industriekaufmann bin, um Berufsschullehrer werden zu können. Wie allerdings dieses Zertifikat zustande kommt, spielt letztlich keine Rolle. Hauptsache, ich werde es erhalten. Mehr interessiert die Gesellschaft meist ohnehin nicht".

Wir leben in einer typischen Scheinwelt, die sich zwangsläufig ihre Illusion selbst kreiert, nur um weiterhin eine Daseinsberechtigung zu haben. Die Welt will notfalls belogen und betrogen werden. Das Lügengerüst wird krampfhaft, fast verzweifelt am Leben erhalten. Anders kann unsere Gesellschaft offensichtlich nicht funktionieren.

In einer Pause sagte Onkel Alfred ansatzlos, ohne vorherige Andeutung: „Ich kann dir einen anderen Ausbildungsplatz und zwar bei der Finanzbehörde besorgen, vorausgesetzt, dass du es möchtest. Selbstverständlich kannst du hier weitermachen, aber vergesse nicht, dass wir kein normaler Ausbildungsbetrieb sind".

Zunächst schockte mich das Angebot und wusste nicht, wie ich reagieren sollte. Rückblickend würde ich seine Äußerung als Ausdruck seiner Hilflosigkeit interpretieren. Er blieb mit meiner Ausbildung schlichtweg überfordert. Eine innere Stimme sagte mir trotzdem, dass ich dieses Angebot ausschlagen sollte, was ich auch letztlich tat.

„Ich möchte lieber hier im Betrieb weitermachen wollen", erwiderte ich auf das überraschende Angebot meines Gesprächspartners nach einer kurzen Denkpause, die ich zum Luftholen benötigte.

„In Ordnung", entgegnete mir mein Gegenüber.

Damit galt das Thema als erledigt.

Ungefähr zwei Wochen nach dem eben genannten Gespräch. Meine verzwickte Situation als Azubi fing an sich zu bessern, als der ehemalige Verkäufer Herr Walter Vogtländer unerwartet im Büro zu Besuch kam. Unerwartet deshalb, weil er wenige Wochen zuvor die Firmenschlüssel mit der Kurznotiz „Hiermit kündige ich" in den Briefkasten warf. Die Kurzschlussreaktion ließ darauf schließen, dass zuvor sehr dicke Luft herrschte.

„Vermutlich geschah etwas Gravierendes", überlegte ich weiter.

Allerdings weiterführende Gedanken zu diesem Thema erschienen mir unmöglich, weil ich zu diesem Zeitpunkt über kein internes Firmenwissen verfügte. Es wären nur überflüssige Spekulationen gewesen, die zu keinem sinnvollen Ergebnis geführt hätten. Also verschwendete ich keine weitere Energie meines Kopfes, um eine unnötige Überhitzung zu vermeiden. Das Gespräch zwischen den beiden Herren führte ebenfalls zu keinem nennenswerten Resultat. Es blieb beim freundlichen, aber eher oberflächlichen Smalltalk mit reichlichem Kaffeekonsum.

Plötzlich machte Herr Vogtländer den Vorschlag, einen Rundgang durch die Musterhäuser mit mir machen zu wollen, um mir Warenkunde zu vermitteln, was mich positiv überraschte.

„Hast du Lust auf einen Rundgang durch die Musterhäuser? Ich kann etwas über die einzelnen Lauben erzählen", lauteten seine Worte, die er an mich richtete.

„Das Angebot nehme ich an. Auf diese Weise lerne ich etwas Neues dazu", erwiderte ich darauf.

Er ging mit mir durch die Holzbuden und vermittelte durch einen kleinen Crashkurs etwas Warenkunde. Onkel Alfred begleitete uns beim Rundgang. Er überließ Herrn Vogtländer den Unterricht im Fach Verkauf. Schrittweise wurde ich wenigstens in die Lage versetzt, mit den Kunden zumindest Beratungsgespräche zu führen. Danach machte mir die Arbeit wesentlich mehr Spaß.

Später entstand bei mir die berechtigte Frage: „Warum hat mir Onkel Alfred nicht die Warenkunde auf diesem Weg vermittelt"?

Fehlendes Fachwissen konnte in diesem Zusammenhang nicht das tatsächliche Problem gewesen sein. Vielmehr ging ich davon aus, dass sich Bequemlichkeit und Desinteresse als wahre Motive für seine stark ausgeprägte Passivität herausstellten. Ein weiteres Motiv könnte allerdings auch sein, dass er nicht über die Fähigkeit verfügte, Fachwissen an andere weiterzugeben. Letztlich wurden die Gründe dafür bedeutungslos. Ein paar Tage nach seinem Besuch fing Herr Vogtländer wieder in der Firma an, als Verkäufer zu arbeiten. Einer der Gründe, warum er es tat, war zweifelsfrei ich. Bei mir entstand das Gefühl, dass ich einen guten Eindruck bei ihm hinterließ. Für mich entwickelte es sich zu einem Glücksfall, dass er seine Kündigung zurückzog und ein Comeback probierte. In meiner Ausbildungszeit konnte ich viel von ihm lernen und profitieren.

Wie kann ich Herrn Vogtländer beschreiben beziehungsweise skizieren? Alterstechnisch schätzte ich ihn damals auf etwa Ende vierzig/ Anfang fünfzig. Körpergröße? Ungefähr 175 Zentimeter. Darüber hinaus Brillenträger und leicht ergrautes Haar. Weiter beschreiben würde ich ihn als eine sehr eigenwillige und sehr individuelle Persönlichkeit. Von Beruf lernte er ursprünglich Tischler und arbeitete zuvor auch in anderen Firmen als Freiberufler im Verkaufsbereich. Familienstatus: Verheiratet und Vater zwei erwachsener Kinder (ein Sohn; eine

Tochter). Er verfügte über eigene Vorstellungen, wie es in einer Firma laufen sollte. Mit den Söhnen von Onkel Alfred kam er daher überhaupt nicht zurecht. Ich erkannte in seinen Schilderungen, dass dies der Anlass dafür wurde, dass er für kurze Zeit das Handtuch warf. Beispielsweise störte ihn die mangelnde Präsenz von Alfred jr. und Matthias im Bergedorfer Büro. Aus seiner Sicht unterstrichen die beiden Möchtegernchefs durch ihre fehlende Anwesenheit schlichtweg nur ihre Faulheit. Er vertrat die Auffassung, dass die Söhne vom Chef nicht unbedingt das Arbeiten erfunden haben. Deutlich kam bei seiner Kritik heraus, dass die Söhne ihren Ideenreichtum nur darauf beschränkten, der Arbeit möglichst aus dem Weg zu gehen.

Er sagte immer: „Angeblich machen Alfred und Matthias ihre Arbeit von zuhause. Ehrlich gesagt, glaube ich es nicht. Und kontrollieren kann es auch niemand wirklich".

Zusätzlich entgegnete er mir in Bezug auf meine Cousins: „Die Bezeichnung Juniorchef ist meines Erachtens lächerlich. Entweder man ist Chef oder man ist es nicht. So etwas nehme ich nicht ernst. Für mich ist nur der Senior der Boss".

Diese Aussagen hinterließen bei mir einen bleibenden Eindruck. Sie verfügten über eine gewisse Klar- und Deutlichkeit, die ich nicht unbedingt mir gegenüber vermutet hätte. Daher ging ich davon aus, dass er mir vertraute, obwohl er mich zu diesem Zeitpunkt kaum kannte. Ich widersprach seinen Äußerungen nicht, stimmte ihnen aber auch nicht zu, weil ich versuchte, mir ein eigenes Bild zu machen. Die beiden sogenannten Juniorchefs sah ich während meiner gesamten Lehrzeit nicht sehr häufig, eher selten. So gesehen fand die Kritik von Herrn Vogtländer durchaus seine Berechtigung, wie ich schnell erkannte. Jedoch sah ich in der seltenen Anwesenheit meiner Cousins auch unübersehbare Vorteile. Einer davon war sicherlich, dass man sich auf verhältnismäßig engen Raum nicht ständig auf die Nerven ging. Es hätte sonst nur unnötige Spannungsfelder erzeugt. Dies sah ich absolut pragmatisch.

Herr Vogtländer machte mir gegenüber weitere Äußerungen wie z. B. „Der Betrieb verstößt gegen sämtliche kaufmännischen Regeln. Es ist schon ein Phänomen, das diese Firma überhaupt solange überlebte" oder „Beim Verkauf musst du prinzipiell nur das Gegenteil wie dein Onkel machen. Dann machst du alles richtig". Zugegeben, harte Urteile, aber trotzdem zutreffend, wie ich immer mehr in meiner Azubi-Zeit feststellen musste.

Plötzlich überkam mich ein starkes Durstgefühl und unterbrach fast überfallartig an dieser Stelle das Schreiben. In der Küche schenkte ich mir ein Glas Cola ein, das ich mit einem hastigen Schluck austrank.

„Beim Schreiben darf ich das Essen und Trinken nicht vergessen", bemerkte ich selbstkritisch.

Es wurde mir schlagartig bewusst, dass ich im künstlerischen Schaffensprozess alles um mich herum vergesse. Auch die lebensnotwendigen Dinge.

„So etwas könnte fatale Konsequenzen haben", erkannte ich in diesem Augenblick.

Daher fasste ich den Entschluss, künftig besser auf mich aufzupassen. Ich wollte nicht den hohen Preis der Überforderung bezahlen.

Nun wieder zurück zum eigentlichen Text. Von Herrn Vogtländer lernte ich fast alles, was ich über den Betrieb wissen musste, um dort arbeiten zu können. Er zeigte mir beispielsweise wie es mit der Ablage im Unternehmen funktionierte. Dabei fanden Kunden bei mir einen Eintrag in das Kundenbuch. Wareneingänge hielt ich im Eingangsbuch fest. Geschriebene, aber nicht bezahlte Rechnungen kamen zunächst in eine sogenannte Forderungsmappe als Zwischenablage, ehe ich sie endgültig in einen Aktenordner für erledigte Aufträge des laufenden Geschäftsjahres abheften konnte. Nicht bezahlte Verbindlichkeiten sortierte ich alphabetisch und bewahrte sie ebenfalls bis zur endgültigen Bezahlung in einer Zwischenablage auf. Einmal im Monat machte ich anhand der gesammelten Belege eine sogenannte Kassenabrechnung. Später kümmerte ich mich auch um die laufenden Überweisungen. Meist erhielt ich von Onkel Alfred blanko unterschriebene Überweisungsträger. Bei meiner Tätigkeiten als Sachbearbeiter kamen es anfangs zu Doppelüberweisung oder zu verspätete Zahlungen. Dies lag daran, dass diese Firma aus zwei Teilen bestand.

Teil 1 war die Werkstatt in Norderstedt, die sich für den Materialeinkauf und die Fertigung der Häuser verantwortlich zeigte.

Teil 2 repräsentierte das Verkaufsgelände in Bergedorf, dass seine Zuständigkeit in Vertrieb und in der Buchhaltung fand.

Fälschlicherweise wurden viele Rechnungen zunächst nach Norderstedt geschickt. Doppelüberweisungen kamen dadurch zustande, weil die Rechnungen vorab per Fax aus Norderstedt gesandt wurden. In vielen Fällen tätigte ich prompt die Zahlungen, um Skonto nutzen zu können.

Ein paar Tage später legte Onkel Alfred die Originalrechnung auf meinem Tisch mit dem Hinweis: „Die Rechnung muss sofort überwiesen werden"!

Ich machte die Überweisung fertig, obwohl die Rechnung längst beglichen wurde. Als Berufsanfänger, der damals über keine praktische Erfahrung verfügte, hatte ich in diesen speziellen Bereich nicht gleich die Übersicht. Die Fehlerquote blieb daher vorerst erhalten. Keine Hand wusste wirklich, was die andere tat. Dadurch nahm die Firma behördliche Charakterzüge an, die ich als erschreckend und beängstigend empfand. Zusätzlich nervten mich die überflüssigen Mahnungen, die durch das verspätete Eintreffen der Rechnungen in Bergedorf entstanden.

Nach einer kurzen Zeit erkannte ich das Kernproblem und wollte diesem Chaos ein Ende setzen. Ich setzte mich mit den Zulieferern in Verbindung, und ich erklärte ihm die verzwickte Situation.

„Bitte schicken Sie in Zukunft die Rechnung zu uns nach Bergedorf, weil hier die Buchhaltung gemacht wird! Sonst kommt es zu unnötigen weiteren Missverständnissen, die wir lieber vermeiden möchten", versuchte ich der Zulieferfirma am Telefon klarzumachen.

Die Anrufrituale wiederholte ich solange bis ich alle Lieferanten erreichte. Wem ich nicht ans Telefon bekam, informierte ich per Fax. Danach klappte es endlich reibungslos.

Einmal in Monat schnürte ich das Paket für den Steuerberater Herrn Wolters, der sein Domizil in Trittau aufschlug. Dafür musste ich anhand der Überweisungsträgerkopien und Kontoauszüge die Richtigkeit der Zahlungsvorgänge nochmals überprüfen. Anschließend musste alles inklusive der Rechnungen abgeheftet werden.

Innerhalb weniger Tage erlernte ich durch Herrn Vogtländer die wesentlichen Grundzüge der Sachbearbeitung, sodass ich diese ab sofort selbständig ausführte. Natürlich stärkte dies mein Selbstbewusstsein, auch wenn es mir nicht immer leicht fiel, Finanzentscheidungen für die Firma treffen zu müssen. Oftmals befanden sich die Gegner in den eigenen Reihen. Für außenstehende Betrachter mag dies vielleicht nicht zu glauben sein, aber es entsprach durchaus den Tatsachen.

Beispielsweise überprüfte ich einmal pro Woche die Zahlungsfähigkeit des Unternehmens. Dafür benötigte ich den Auftragsbestand, die Höhe der Verbindlichkeiten, der Forderungen und der Lohnkosten plus den aktuellen Kontoauszug.

In diesem Zusammenhang rechtfertigte ich mein Vorgehen gegenüber Onkel Alfred stets mit den Satz: „Jede Firma muss wissen, wo sie steht".

Sein Sohn Matthias kritisierte mich deswegen am Telefon.

„Wir wissen wie die Firma steht. Daher wollen wir nicht, dass du die Zahlen prüfst".

Ich schwieg, weil ich wusste, dass eine Diskussion hier nichts bringen würde. Durch meine Passivität vermittelte ich Matthias die Illusion, dass ich seine Weisung befolgte.

„In Wahrheit sitze ich das Problem aus. Denn Politiker machen es mit Erfolg genauso", dachte ich im Stillen.

Ich hielt es daher für eine gutgeeignete Strategie.

Der Grund für seine Kritik lag für mich klar auf der Hand. Mein Cousin fühlte sich wie ein Anfänger vorgeführt. Es passte ihm nicht, dass ich als sogenannter Azubi mehr über die finanzielle Situation wusste wie er als selbsternannter Juniorchef. Zwar stellte diese Form des Neids sicher auch irgendwo ein Kompliment dar, aber es erschwerte die Arbeit und nervte mich zunehmend.

Ehrlich gesagt, nahm ich seinen Versuch der Arbeitsanweisung nicht wirklich ernst und machte weiter wie bisher. Denn aus meiner Sicht war Onkel Alfred der tatsächliche Chef. Dies sah ich mittlerweile genau wie Herr Vogtländer. Meine Sichtweise rettete der Firma möglicherweise sogar das Überleben. Durch die Überprüfung der Zahlen konnte ich feststellen, dass der Betrieb kurz vor der Zahlungsunfähigkeit stand. Onkel machte ich auf die heikle und kritische Situation des Unternehmens aufmerksam.

„Durch die Überprüfung der Zahlen kam ich zu dem Ergebnis, dass wir kurz vor der Zahlungsunfähigkeit stehen. Wir sind mit fast 200.000 DM im Minus".

„Ich kümmere mich darum und lasse mir etwas einfallen", erwiderte er nach der Offenlegung der Fakten.

Nach außen ließ er sich nichts anmerken und legte sein typisches Pokerface auf. Typisch deshalb, weil er es häufig in bestimmten Situationen machte, und es auch seinen Wesen entsprach.

„Nur nichts anmerken lassen", hieß vermutlich seine Devise.

Kurz nach dem Gespräch verließ er das Geschäft. Die Lage spitzte sich zu. Onkel Alfred musste entsprechend intervenieren.

Von Herrn Vogtländer erfuhr ich hinterher: „Dein Onkel musste eine Umschuldung vornehmen. Kurzfristige Schulden wurden in langfristige Schulden umgewandelt. Dafür mussten Grundstücke deines Onkels als Sicherheit herhalten. Sonst wäre es böse ausgegangen".

Unabhängig von der Tatsache, dass mein rasches Handeln die Firma vor der Zahlungsunfähigkeit bewahrte, musste ich immer wissen, ob ich Überweisungen tätigen konnte oder nicht. Ohne die Überprüfung der Finanzen hatte ich diesbezüglich aber nie Gewissheit. Darüber hinaus sah das Geschäftskonto, bedingt durch die saisonalen Schwankungen, zwischendurch besorgniserregend schlecht aus. Daher konnte ich so manche Rechnung erst nach Erhalt der zweiten Mahnung bezahlen. Auch hier kritisierte mich der Familienclan der Firma.

Onkel Alfred sagte mir zu diesem Thema: „Ein Lieferantenkredit ist zu teuer. Wir müssen daher immer Skonto nutzen. Rechnungen dürfen nicht erst mit zweiter Mahnung bezahlt werden".

Ich konterte: „Prinzipiell hast du recht, aber was soll ich machen, wenn die Belastbarkeit des Kontos ausgereizt ist"?

In dieser Situation gingen Onkel Alfred spürbar die Argumente aus. Er konnte nichts entgegensetzen und schwieg anschließend eisern zu dieser Angelegenheit. Schlagartig wechselte er das Thema. Smalltalk machte fortan an diesem Tag die Runde. Ein kleiner Triumpf für mich. Vielleicht erkannte er sogar, dass ich recht hatte.

Um eventuell Missverständnisse für den Leser dieser Zeilen zu vermeiden, sei an dieser Stelle gesagt, dass ich stets bestrebt blieb, die Rechnungen möglichst rechtzeitig zu bezahlen. Nicht nur um Skonto für die Firma zu nutzen, sondern auch um zu vermeiden, dass Onkel Alfred zu viel Privatentnahmen vom Geschäftskonto vornahm. Dies konnte ich nur dadurch verhindern, dass das Konto äußerlich nicht zu gut aussah. Zwar war es sein gutes Recht gewesen, diese Privatentnahmen vorzunehmen, aber ich gewann den Eindruck, dass er es zeitweilig übertrieb. Ich musste ihn quasi vor sich selbst schützen, zumindest entsprach dies meinem damaligen Gefühl. Zusätzlich befürchtete ich, dass ich wegen seiner unberechenbaren Gier meine Ausbildung nicht beenden konnte. So gesehen versuchte ich verständlicherweise auch meine eigenen Interessen zu wahren. Für mich stand einiges auf dem Spiel, nämlich meine Zukunft.

Mehr und mehr arbeitete ich mich in die einzelnen Bereiche der Firma ein. Dazu gehörte auch der Verkaufsbereich. Einige Wochen nach Beginn meiner Ausbildungszeit verkaufte ich meine erste Gartenlaube. Immerhin wurde ein Auftrag in Höhe von fast 23.000 DM geschlossen. Dies geschah in Anwesenheit von Herrn Vogtländer. Er überwachte das Verkaufsgespräch mit dem Kunden aus der sicheren Distanz, damit die Interessenten sich nicht von zwei Verkäufern bedrängt fühlten. Ich zeigte dem kaufinteressierten Ehepaar Meier die einzelnen Musterhäuser und erläuterte ihnen, welche Extras sie bei der Ausstattung ihrer Gartenlaube wählen konnten. Anschließend ging ich mit den Kunden ins Büro. Anhand der Extra-Preisliste ging ich die einzelnen Positionen durch. Herr Vogtländer kreuzte die Positionen an, die die Kunden zusätzlich zur Grundausstattung haben wollten. Die Grundausstattung einer Gartenlaube bestand aus vier Wänden (von innen tapezierfähig in Spanplatte; von außen mit Profilbrettern verkleidet), drei Fenster (zwei feststehend; ein kleines Drehkippfenster), zwei Außentüren, ein Fußboden aus einer wasserresistenten Spanplatte, ein Fußbodenfundament bestehend aus zwanzig bis dreißig Sockelsteinen und ein fertiges Dach mit grauen Eternitplatten eingedeckt plus dazugehörige Regenrinnen mit Fallrohr. Alles Weitere kostete extra. Es ging ähnlich zu wie beim Autokauf, dass in einer Sonderausstattung bestellt wurde. Der Preis konnte sich durch die zusätzlich bestellten Posten problemlos verdoppeln.

Beim Verkaufsgespräch lief trotz meines Lampenfiebers fast alles reibungslos. Nur zwei Hänger aufgrund meiner etwas begrenzten Fachkenntnisse. Dabei ging es um die Aussteifung der Dachbinder und die Eindeckung mit Dekra-Pfannenelementen (Dachmaterial aus feuerverzinktem Stahl). Mein Blutdruck musste in diesem Moment mindestens bei 180 gelegen haben, zumindest empfand ich es so in der Situation. Dabei rutschte mir mein Herz mehrfach in die Hose. Die Aufregung spürte ich in vollen Umfang. Nach außen ließ ich mir nichts anmerken, da ich den Verkaufserfolg nicht gefährden wollte. Und Herr Vogtländer bügelte souverän meine kleinen Patzer aus. Als ich meine Unterschrift als Verkäufer unter den Vertrag setzte, entstand ein Gefühl der Erleichterung, und ich empfand trotz meiner Mini- Blackouts berechtigten Stolz für meine Leistung. Ich bedankte mich bei der Familie Meier für den uns erteilten Auftrag und verabschiedete sie mit einem Handschlag. Nachdem die Kundschaft das Verkaufsgelände verlassen hatte, lobte mich mein Ausbilder für meine Arbeit.

„Das Verkaufsgespräch lief insgesamt gut. Es gab zwar einige wenige kleine Unsicherheiten, was aber auch daran lag, dass dir die Feinheiten der Warenkunde als Anfänger noch fehlen. Sie werden mit zunehmender Routine verschwinden".

Onkel Alfred, der ungefähr eine Stunde später ins Büro kam, honorierte meinen Erfolg mit einen Fünfzig-Mark-Schein und kommentierte: „Hast du gut gemacht".

Seit diesem Zeitpunkt bekam ich in meiner Ausbildungszeit für jede verkaufte Gartenlaube zwischen 50 und 100 DM als Anreiz. Die Provisionshöhe hing stets von der Verkaufssumme ab. Diese Zusatzbeträge zahlte ich konsequent auf mein Sparbuch ein, das ich speziell für das Studium angelegt hatte. Vereinzelnd half ich auch mal am Wochenendtagen aus. Immerhin erhielt ich 100 DM für vier Stunden Arbeit. Viel Geld für einen Azubi. Unabhängig vom Geld, was ich selbstverständlich gut für das Studium gebrauchen konnte, sah ich die Wochenendarbeit als eine wichtige und lehrreiche Erfahrung, die ich unbedingt mitnehmen wollte. Denn am Wochenende pulsierte das Geschäft. In diesen zwei Tagen kamen die meisten Kunden auf dem Platz, und es wurde auch der Löwenanteil der Kaufverträge geschlossen.

Nicht immer zeigte sich Onkel Alfred mit meinen Leistungen als Verkäufer zufrieden. Aus seiner Sicht verkaufte ich beispielsweise eine Gerätehaus-Sonderanfertigung 400 bis 500

DM zu günstig. Zusätzlich zum Sondermaß bestellte der Kunde Pappschindeln plus Regenrinne mit Fallrohr. Der Familienclan fasste in einem Kollektiv den Beschluss, dass ich zu wenig Geld für das Extramaterial genommen habe. Ich verspürte das ungute Gefühl, dass ich es mit einer billigen Kopie der drei Musketiere zu tun bekam, die das Motto versuchte, „Einer für alle. Und alle gegen einen oder so ähnlich" umzusetzen. Offensichtlich war einer allein nicht stark genug, um mich klein zu machen. Ein Ausdruck von Schwäche? Rückblickend würde ich es heute bejahen. Damals machte ich mir diese Tatsache allerdings noch nicht bewusst. In dieser Situation fühlte ich mich daher wie der letzte Arsch. Erinnerungen an die Schulzeit wurden wieder wachgerufen. Daher unterbrach ich für einen kurzen Augenblick das Schreiben am Notebook. Innerlich musste ich mich erstmal wieder sammeln, ehe das Schreiben fortsetzen konnte.

Onkel Alfred hatte mich wütend zusammengestaucht.

Sein Kommentar: „Wenn du eine Gartenlaube für 500 DM verkaufen würdest, müssten wir diesen Vertrag erfüllen, unabhängig davon, ob du Auszubildender bist oder nicht".

Mit dieser unqualifizierten Äußerung wollte er meine angebliche Inkompetenz lautstark unterstreichen und verpasste mir symbolisch einen heftigen Tritt in den Unterleib. Ich blieb äußerlich ruhig, aber innerlich kochte ich vor Wut. Vor allem wurde ich sauer auf mich selbst, weil ich mich hilflos fühlte und mich nicht angemessen wehren konnte. Ich unterdrückte meine Aggressionen, damit sich die Lage wieder entspannte. In dieser Auseinandersetzung sah ich keine Möglichkeit, als Sieger hervorzugehen. Ein Gefühl der Ohnmacht entstand, und ich fühlte mich wie ausgekotzt.

Für diesen verbalen Ritualmord habe ich mich ein paar Tage später bittersüß gerächt. Onkel Alfred rechnete am Schreibtisch ebenfalls ein Preis für eine Gerätehaus-Sonderanfertigung aus und nannte den Kunden den Betrag. Ich bemerkte von Anfang an, dass dieser Preis zu niedrig angesetzt war. Jedoch ich schwieg vorerst und rechnete den Preis für mich zur Kontrolle nochmals nach. Dabei kam ich auf ein Defizit von fast 700 DM. Ehrlich gesagt, im Stillen freute ich mich diebisch über diesen dilettantischen Rechenfehler. Innerlich tanzte ich vor Schadenfreude. Erst nach dem Geschäftsabschluss machte ich

Onkel Alfred auf dem vermeintlichen Fehler aufmerksam. Ich ließ ihn mit voller Absicht ins Messer laufen. Nur so konnte ich meine Rache vollenden.

„Du hast dich bei dieser Sonderanfertigung des Gerätehauses verrechnet. Ich hatte es eben nochmals nachgerechnet", sagte ich zu ihm und zeigte ihm siegesgewiss meine Kalkulation.

Natürlich konnte ich mir ein leichtes Grinsen nicht verkneifen. Ich fühlte mich wieder obenauf. Mein angeknackstes Ego wurde wieder aufgebaut.

Onkel Alfred musste nach einer eigenen Rechenkontrolle letztlich klein beigeben: „Wenn ich dich wegen eines Rechenfehlers kritisiere, dann darfst du es auch".

Somit konnte ich den Spieß umdrehen. Zugegebenermaßen eine Genugtuung für mich. Ich empfand es als ausgleichende Gerechtigkeit.

Herr Vogtländer nahm mich später zur Seite und sagte zu diesem Thema: „Der Preis für das Extramaterial war in Ordnung. Du hattest alles richtig gemacht. Die Söhne waren nur faul, das Material zu bestellen, weil es in Arbeit ausgeartet hat".

Dieses Statement sah ich als zusätzliche Bestätigung meiner Arbeitsleistung.

In meiner Ausbildungszeit beschäftigte ich mich auch mit einer anderen, nicht unbedeutenden Sache. Damals duldete dies keinen weiteren zeitlichen Aufschub. Ich wollte endlich meine ersten sexuellen Erfahrungen machen. Die Bereitschaft, ein eindringendes Erlebnis mit einer attraktiven Frau haben zu wollen, erreichte seinen Höhepunkt. Immerhin erreichte ich das stolze Alter von vierundzwanzig Jahren und war bis dahin noch nicht zum langersehnten Schuss gekommen, zumindest nicht unter aktiver Mitwirkung eines weiblichen Wesens. Dieser Umstand machte aus mir einen absoluten Spätsünder. Ungewöhnlich im Zeitalter der sexuellen Aufklärung und erotischen Experimentierfreudigkeit der heutigen Jugend. Jedoch nichts passiert im Leben grundlos. In meiner Schulzeit wurde ich oftmals vom anderen Geschlecht verspottet. Es ging soweit, dass man sich mit sexuellen Anspielungen über mich lustig gemacht hatte. Als Beispiel fiel mir das Jahr 1986 ein. Im Unterricht der Höheren Handelsschule bekam ich einen Zettel mit den typischen verletzenden Äußerungen zugespielt, wo es mir offensichtlich erschien, dass ich regelrecht verarscht werden sollte.

Stand auf meiner Stirn geschrieben: „Ich bin ein Idiot".

Warum suchten sie ausgerechnet mich als Opfer aus? Diese Frage blieb bis heute unbeantwortet. Genauso merkte ich mir nicht den Inhalt dieser Giftblätter. Ich verdrängte ihn rasch aus meinem Bewusstsein. Dies tat ich zu meinen persönlichen Selbstschutz, weil mich diese Aktionen gefühlsmäßig stark verletzten. Demonstrativ zerriss ich grinsend in Gegenwart meiner Mitschüler die Zettel im Klassenraum und warf sie im Papierkorb.

„Bloß keine Schwäche nach außen präsentieren", hieß meine Devise in solchen Momenten.

Das Motto diente mir dazu, den Gegnern keine zusätzliche Angriffsfläche zu bieten. Sonst wäre ich hoffnungslos verloren gewesen. Darüber hinaus wollte ich mit meiner Aktion deutlich machen, dass ich ihr böses Spiel durchschaut habe. Durch das gezielte Mobbing in der Schule entstand bei mir nie ernsthaft das Interesse, eine Freundin haben zu wollen. Vielmehr gewann ich den Eindruck, dass das weibliche Geschlecht unter einen besonderen Natur- oder Artenschutz stand. Daher ging ich davon aus, dass meine Annährungsversuche nur dankbarer Nährboden dafür wäre, sich über mich lustig zu machen. Diese rituelle Form der Demütigung wollte ich mir lieber ersparen. Zunehmend zeichnete ich mir ein negatives Frauenbild ab. Ich überlegte ernsthaft, ob mir dafür nicht der Hexenhammer als Grundlage für die Zeichnung eines Frauenporträts dienen sollte. Diese Idee verwarf ich wieder, weil ich auch ohne das literarische Machwerk des Mittelalters genügend eigene Gedanken zum anderen Geschlecht machen konnte.

Wie würde ich mein damaliges Frauenbild beschreiben? Mit den meisten Frauen konnte ich nur sehr selten interessante Gespräche führen, weil sich die Themen vielfach auf Familie, Beziehung, Shopping und Mode beschränkten. Und am Ende blieb nach meiner leidigen Erfahrung als langweiliger Gesprächsstoff nur das Wetter übrig, das eher dazu diente, die inhaltslose Kommunikation künstlich in die Länge zu ziehen. Frauen wurden nach meinen Vorstellungen von der Gesellschaft dahin erzogen, sich einen männlichen Lebenspartner zu suchen, der sie ernährt und eine Familie mit ihnen gründet. Das

Zeitalter der Emanzipation änderte in dieser Hinsicht erschreckend wenig. Für diesem Zweck wird notfalls heimlich die Pille abgesetzt und der ausgesuchte Mann vor vollendeten Tatsachen gestellt, falls er zögerlich bezüglich der menschlichen Fortpflanzung reagieren sollte. Die Natur schuf in meinen schlimmsten Fantasien und Albträumen bei der Frau diese Eigenschaft, um den Fortbestand der menschlichen Spezies zu erhalten. Im Volksmund nennt man es die „Biologische Uhr".

„Entweder der Mann akzeptiert die Vaterschaft oder er gilt als Arschloch der Gesellschaft", dachte ich damals in diesem Zusammenhang.

Ich wollte nie ein Gefangener oder Sklave dieser Verpflichtung sein, da mir diese Form der Verantwortung zu groß und zu gewaltig vorkam.

Darüber hinaus fragte ich mich: „Macht es überhaupt Sinn in einer kaputten und kranken Gesellschaft, Kinder in die Welt zu setzen"?

Letztlich muss sich jeder früher oder später diese Frage selbst beantworten. Für mich persönlich stellte es stets ein Horrorszenario dar. Eine Beziehung mit einer Frau erschien mir daher nicht sonderlich attraktiv zu sein. Trotz des negativen Frauenbildes, was ich während meiner Schulzeit schrittweise entwickelte, verspürte ich sexuelle Bedürfnisse, die ich nicht ignorieren konnte. Diese befriedigte ich zuhause im Spiel „5 gegen 1". Ein trostloses Unterfangen, aber lange Zeit die einzige Möglichkeit mich abzureagieren. Im kirchlichen Sinne machte mich mein Spieltrieb sogar zum Massenmörder, weil nach den Moralanschauungen der christlichen Würdenträger die Auslebung der Sexualität nur zur Fortpflanzung der Menschheit praktiziert werden darf. Bei meinen Aktionen starben die meisten Kinder im Taschentuch. In dieser Phase musste ich über eine enorme kriminelle Energie verfügt haben. Anders konnte ich mir mein damaliges Verhalten nicht erklären.

Da ich nie eine Freundin mit nach Hause nahm, fragte mich Hanna: „Bist du schwul"?

Ich antwortete: „Nein, Frauenkörper find ich sexuell attraktiver".

Darauf erwiderte sie: „Ich würde es akzeptieren, wenn du homosexuell wärst. Zwar müsste ich mich erst daran gewöhnen, aber ich würde dich trotzdem weiter lieb haben".

Dieser Dialog wiederholte sich in bestimmten zeitlichen Intervallen immer wieder. Allmählich nervte mich dieses Gesprächsritual. Diesbezüglich wollte ich einfach nur meine Ruhe haben. Sicher wollte Hanna mit dieser Thematik besonders gut umgehen, aber dieses änderte nichts an der Tatsache, dass es mir immer mehr auf dem Keks ging. So gut es ging, würgte ich sie daher im Gespräch ab.

„Bloß nicht den Dialog künstlich in die Länge ziehen", hieß hier mein spezielles Kredo.

Für mich blieb meine Sexualität ein lästiges und nervtötendes Thema. Ich mochte es nicht, damit konfrontiert zu werden.

Scherzhaft dachte ich: „Vielleicht sollte ich katholischer Priester werden".

Jedoch offen gesagt, stand ich nie auf Ministranten, sondern immer auf Frauen, zumindest sexuell gesehen. Von dieser Realität abgesehen, hatte ich mit den christlichen Glauben ohnehin nichts am Hut. Eine Existenz sollte nie auf eine Lebenslüge aufgebaut werden.

Das Thema Sexualität erinnerte mich häufig nur daran, von anderem Geschlecht verspottet zu werden. Daher blieb es in der Vergangenheit für mich mit etwas Negativen behaftet. Manchmal wünschte ich mir sogar impotent zu sein. Dann hätte ich mich gedanklich nicht mehr damit auseinandersetzen müssen. Die seelische Qual, die ich zu diesem Zeitpunkt durchlebte, wäre mir eventuell erspart geblieben. Für den Leser dieser Zeilen mag dies kaum vorstellbar sein, aber dennoch entsprach diese Ansicht durchaus den tatsächlichen Gegebenheiten.

Bei dieser anstrengenden Thematik brauchte ich zunächst eine kleine Schreib- beziehungsweise Atempause. Darüber hinaus merkte ich, dass ich eine arbeitsreiche Nacht hinter mir habe und zu wenig Schlaf bekam. Die Müdigkeit machte sich stark bemerkbar. Zweifelsfrei forderte mein Körper seinen Tribut. Daher gab es für mich nur eine Option. Ich wollte mich für ca. dreißig Minuten auf die Couch im Wohnzimmer legen, um mich auszuruhen.

„Vielleicht kann ich sogar für einen kurzen Augenblick die Augen schließen", dachte ich.

Tatsächlich gelang es mir, gedanklich abzuschalten. Ich schlief vor lauter Erschöpfung ein. Nach einer gewissen Weile wachte ich wieder auf.

„Der Schlaf tat mir gut", stellte ich befriedigend fest.

Ich bekam das Gefühl stundenlang geschlafen zu haben, obwohl ich nur für ungefähr fünfundvierzig Minuten einnickte. Im Kopf fühlte ich mich erstaunlicherweise frisch und erholt, sodass ich wieder vollen Tatendrang in mir verspürte und meine Aufzeichnungen am Notebook fortsetzte.

Aus wissenschaftlicher Neugier schaute ich mir ein Homosexuellen-Video an, um festzustellen, ob es mich in heller Aufregung versetzen könnte. Nach knapp zehn Minuten stellte ich fest, dass ich nicht schwul bin. Der Porno animierte mich in keiner Weise zu einer Nachahmung. In diesem Punkt kam bei mir Erleichterung auf. Meine Sexualität zwang mich nicht an das andere Ufer gelangen zu müssen, was für mich als Nichtschwimmer ohnehin schwierig oder vielleicht sogar unmöglich wäre. Ich machte den Videotest, um mir zumindest in diesem Punkt bezüglich meiner Sexualität im Klaren zu sein. Durch meine wissenschaftliche Untersuchung erlangte ich den ultimativen, vielleicht sogar empirischen Beweis, dass ich sexuell nicht auf Männer stand. Teilweise war ich durch den kleinen Filmauszug sogar leicht angewidert. Verteufeln tue ich diese Menschen mit ihren speziellen Neigungen trotzdem nicht, da ich die Auffassung vertrete, dass jeder über das Recht verfügt, auf seine Weise glücklich oder zumindest zufrieden zu sein. Ich kann jeden Homosexuellen tolerieren solange dieser meine Heterosexualität akzeptiert. Und damit schloss ich gedanklich das Kapitel bezüglich meiner sexuellen Zugehörigkeit.

In diesem Zusammenhang testete ein männliches Wesen meine sexuelle Veranlagung. Diese Person hieß Martin Passvogel. Er muss ungefähr fünf oder sechs Jahre jünger als ich gewesen sein. Es blieb die einzige richtige Freundschaft, die ich auf dem Wirtschaftsgymnasium schloss. Sie hielt immerhin mehr als vier Jahre. Mit einem Notendurchschnitt von 1,4 wurde Martin Jahrgangsbester. In unserer gemeinsamen Schulzeit (1989 – 1992) hatte er bereits eine eigene Wohnung. Zunächst eine kleine Einzimmerwohnung. Später zog er in ein etwas größeres Quartier (ca. 42 qm) um. Er kam für seinen Lebensunterhalt weitgehend selbst auf. Ob er zu seinem Einkommen zusätzlich auch Schüler-Bafög erhielt, wusste ich ehrlich gesagt nicht ganz sicher. Es erstaunte mich ohnehin, dass er Schule und nebenbei arbeiten unter einem Hut bekam. Daher bewunderte ich ihm in Bezug auf seine Belastbarkeit. Offen gesagt, hätte ich es nie geschafft, seinen Weg zu gehen.

Leistungstechnisch meisterte er alles mit Bravour. Ich gewann den Eindruck, dass er nicht viel dafür tun musste. Allerdings neigte er zu der Schwäche, dass er sich im normalen Leben sehr wankelmütig verhielt. Er konnte sich beispielsweise nicht entscheiden, was er eigentlich studieren wollte.

In der Schulbibliothek gab er mir gegenüber offen zu: „Ich kann mich nicht entscheiden, was ich nach dem Abitur studieren möchte. Sehr gut könnte ich mir Geographie vorstellen. Denkbar wäre aber auch Medizin. Genauso halte ich Germanistik für möglich".

Er schwankte zwischen mehreren Studiengängen hin- und her. Manchmal kann es ein Fluch sein, wenn jemand vielseitig interessiert ist und gleichzeitig über eine hohe Intelligenz verfügt. Die Entscheidungsfindung des Studiengangs fiel mir erheblich leichter, obwohl ich mich am Anfang der Schulzeit auch nicht frühzeitig beruflich festlegen konnte. Jedoch immerhin legte ich mich irgendwann fest. Denn ich wollte Berufsschullehrer werden.

Und beim weiblichen Geschlecht bewies er auch nicht unbedingt ein glückliches Händchen. Er führte in unserer gemeinsamen Zeit auf dem Wirtschaftsgymnasium eine Beziehung mit einer knapp Achtzehnjährigen. Den Namen dieser Person vergaß ich irgendwann zwischenzeitlich. Für meine Aufzeichnungen schien er mir sowieso nicht besonders entscheidend oder wichtig zu sein. Daher verschwendete ich beim Schreiben auch keinen Gedanken daran, ihn doch noch in Erinnerung zu rufen. Meines Erachtens wirkte seine Freundin auf mich fast kindlich und unreif.

Anders ausgedrückt: „Sie war noch grün hinter den Ohren".

Es wunderte mich, dass er sich so ein junges Küken aussuchte. Irgendwie passte sie nicht zu ihm.

„Brauchte er vielleicht als Intelektueller das Überlegenheitsgefühl", überlegte ich weiter.

Eine andere Erklärung fand ich damals nicht. Ehrlich gesagt, konnte ich mir diese Frage auch im 21. Jahrhundert nicht wirklich beantworten. Daher unterließ ich jeden Erklärungsversuch. Kennenlernen konnte er sie, als er ihr Nachhilfeunterricht in Mathematik gab. Als sie nach einer Weile bei ihm einzog, war es für nur eine Frage der Zeit, dass diese Beziehung wieder auseinandergehen würde. Und in der Tat, das Paar trennte sich nach einer kurzen Probephase. Den Trennungsauslöser teilte mir Martin nicht mit. Ich fragte ihn allerdings auch nicht danach.

„Er wird ihn mir mitteilen, wenn er das dringende Bedürfnis dazu verspürt", dachte ich damals.

Häufig besuchte Martin Hanna und mich zuhause. Zunehmend bekam ich das Gefühl, dass er seine Besuche dazu nutzte, um bei uns die nötige Kraft zu tanken, die er für die Bewältigung des Alltags brauchte. Für ihn musste es fast wie ein zweites Zuhause bei uns gewesen sein. Anfangs empfand ich seine Umarmung als eine brüderliche Verbundenheit. Irgendwann bemerkte ich jedoch bei der Umarmung, dass sich etwas bei ihm veränderte. Es wirkte nicht mehr wie eine übliche freundschaftliche Begrüßung. Irgendwie fühlte es sich diesmal irgendwie anders an. Ich konnte zunächst nicht einordnen, was tatsächlich in Martins Kopf vor sich ging.

„Vielleicht bildete ich mir auch nur etwas ein", kam mir in diesem Zusammenhang als nächster Gedanke.

Doch ein Erlebnis machte mir schnell klar, dass ich mich doch nicht irrte.

Einmal kam er unangekündigt bei uns zuhause vorbei. Hanna war noch mit dem Einkauf im Aldi beschäftigt, während ich badete. Als ich nach einer kurzen Begrüßung wieder in die Badewanne stieg, verspürte ich das Gefühl, von Martin als Lustobjekt betrachtet zu werden. Dies empfand ich als sehr unangenehm. Ich fühlte mich unwohl und unbehaglich.

„Ich könnte jedem Moment kotzen", kochte es innerlich emotional in mir hoch.

Ich fühlte mich zunehmend leicht angewidert und angeekelt. Nach außen ließ ich mir allerdings nichts anmerken. Stattdessen tat ich so, als wäre nichts gewesen.

Nach etwa fünf Minuten fragte er mich vor der verschlossenen Badezimmertür: „Soll ich mit in die Badewanne kommen"?

Ich antwortete: „Nein, muss nicht unbedingt sein".

Die Antwort kam in einen sehr bestimmenden und energischen Ton, um zu unterstreichen, dass ich dies in keinen Fall wollte. Er verstand meinen Tonfall genau und stieg nicht zu mir in die Badewanne. Ein paar Minuten später kam Hanna vom Einkauf zurück. Über den Vorfall verlor ich kein Wort. Ich fragte mich hinterher, wie ich Martins unerwarteten Annäherungsversuch bewerten sollte. Denn ich dachte immer, er sei heterosexuell. Zuvor machte er auf mich den Eindruck, dass er auf Frauen stünde. Auf mich wirkte er beinahe wie ein Playboy, der beim anderen Geschlecht nichts anbrennen ließ. Wieso hat sich sein Interesse schlagartig geändert? Gibt es ein Zusammenhang zu seiner vorigen gescheiterten Beziehung? Wollte er quasi wegen einer enttäuschten Liebe das Ufer wechseln? Ich konnte es nicht nachvollziehen. Für mich tauchte eine Reihe von weiteren Fragen auf. Entdeckte er unerwartet seine Homosexualität? Wollte er einfach nur etwas Neues ausprobieren? Oder war er bisexuell? Irgendwie konnte ich mit dieser seltsamen Situation nicht umgehen. Vermutlich überforderte mich sogar dieser Vorfall sogar. Es fehlte mir auch die Erfahrung, mit dieser Art der Konfrontation zurechtzukommen.

Als er wegen einer Lebensmittelallergie ins Krankenhaus musste, brach der Kontakt allmählich ab. Ich besuchte ihn nicht in der Klinik. Er schrieb mir hingegen einen Liebesbrief, zumindest habe ich ihn als einen solchen gedeutet. Zur Sicherheit zeigte ich ihn Hanna und Christina. Beide interpretierten ihn ebenfalls als Liebeserklärung. Ich reagierte nicht auf dieses Schreiben, und die Freundschaft endete in Herbst 1994, kurz nach dem Beginn meines ersten Studienversuches an der Hamburger Universität.

Was konnte ich aus der Freundschaft mitnehmen? Kurz vor seinen Hospitalaufenthalt bekam ich ein Ringbuch von ihm geschenkt, um meine Gedanken aufschreiben zu können. Diesen Zeitpunkt betrachtete ich stets als Geburtsstunde meiner schriftstellerischen Tätigkeit. Alles begann mit Tagebuchaufzeichnungen, die ich mal regelmäßig, mal unregelmäßig führte. Sie wurden nun zur wesentlichen Grundlage meines jetzigen autobiografischen Romans. Die Schreibwut, die dadurch entstand, schien durchaus vergleichbar mit meinen Sexualtrieb zu sein, den ich nicht mehr unterdrücken konnte. Es entstand ein innerer Zwang, es tun zu müssen. Zeitweilig kam ich mir vor wie ein Junkie, der an der Nadel hing. Meine Arbeit entwickelte sich immer stärker zu einer Droge. Der Schaffensrausch erzeugte einen enormen Spannungsbogen, wo ich nicht einschätzen konnte, wohin er mich führen würde. Das Ergebnis schien daher noch ungewiss. Allerdings drang gleichzeitig das Gefühl in meinen Kopf, dass mich die inhaltliche Betrachtung meines Tagebuches teilweise gruselte, weil ich dadurch zunehmend einen späten Einblick in die tiefen Abgründe meiner Seele bekam. Dennoch wollte ich diese Form der Konfrontation nicht scheuen und schrieb unaufhaltsam weiter.

Meine erste Auseinandersetzung mit meiner Sexualität führte ich ungefähr mit sechs Jahren, wenn auch eher unfreiwillig. Ich ging noch nicht zur Schule. Bei diesem Erlebnis befand ich mich auf der öffentlichen Toilette des Fußballvereins FC Paloma in der Brucknerstraße. Um mich herum wurde ich von einer kleinen Gruppe Jugendlicher eingekesselt. Neben mir stand ein Mädchen, dass ungefähr mein Alter hatte.

Die Jungs signalisierten: „Lasst endlich die Hosen runter! Lasst endlich die Hosen runter"!

Ohne darüber nachzudenken, machten wir, was sie von uns wollten. Anschließend sollte ich Penis an die Scheide des Mädchens halten, was ich auch tat. Die Halbstarken amüsierten sich darüber, indem sie lautstark lachten. Als der eben geschilderte Vorgang beendet war, löste sich die Gruppe schnell wieder auf und verschwand.

Mehrere Jahre später wusste ich nicht mehr, wie es zu dieser unschönen Situation kam. Genauso wenig hatte ich eine Ahnung, wie es dem Mädchen hinterher erging, da ich sie nie wieder sah. Erst recht wusste ich nicht, was sie dabei fühlte. Sexuell hat sich keiner von den Jungs an uns direkt vergangen. Wir wurden nicht vergewaltigt. Weder bekamen wir ein Geschlechtsteil in den Hintern gesteckt noch mussten wir irgendjemanden von den Teenagern mit der Hand befriedigen. Ich denke, die Jugendlichen haben es nur als einen kleinen Spaß angesehen und machten sich keine Gedanken, welchen Schaden sie eventuell mit ihrem Verhalten anrichten können. Jedenfalls für uns Kinder blieb dieses Erlebnis kein Vergnügen. Vielleicht stellte dieser Vorfall einen Grund für meine verkorkste Sexualität dar. Ehrlich gesagt, konnte ich dies nie wirklich einschätzen. Es könnte auch sein, dass ich es immer überbewertet habe. Manchmal ist es schwierig für die Betroffenen, es selbst zu beurteilen. An dieser Stelle überlegte ich, ob ich diesen Teil der Aufzeichnungen wegen Bedeutungslosigkeit wieder streichen sollte. Passierte überhaupt etwas Schlimmes? Diese Frage musste vorläufig unbeantwortet bleiben. Froh bin ich allerdings über die Tatsache, dass es damals noch kein Internet gab. Heutzutage würde man ein Film von diesem Vorfall machen und ihn ins Netz stellen. Über mögliche Folgen wollte ich an dieser Stelle meiner Aufzeichnungen nicht vertiefend nachdenken. Ich fasste den Entschluss, später über den Verbleib der Textpassage zu entscheiden und schrieb erst einmal weiter.

Hanna fragte mich hinterher zuhause: „Sollen wir etwas unternehmen und zur Polizei gehen"?

Ich antwortete: „Nein, es war nicht so schlimm".

Damit galt der Vorfall offiziell als erledigt. Ich atmete auf, dass Hanna nicht zur Polizei ging. Mir war das Erlebnis irgendwie peinlich und unangenehm, und ich wollte es nur vergessen.

Das weibliche Geschlecht zeigte in meiner gesamten Schulzeit nur selten ernsthaft Interesse an meine Person. Zu den wenigen Ausnahmen gehörte eine Begegnung im Frühjahr 1984 mit einer Sechszehnjährigen, die ich auf der Gesundheitsschule in Wilhelmsburg kennenlernte. Ich unterhielt mich mit der mutmaßlichen Interessentin einige Male auf dem Schulhof. Ihr Vorname war Michaela oder so ähnlich. Der Nachname dieser Person verschwand irgendwann völlig aus meinem Gedächtnis. Es entwickelten sich ein oder zwei harmlose und belanglose Gespräche mit ihr. An den Inhalt des Smalltalks konnte ich mich trotz intensiver Bemühungen meines Gehirnschmalzes nicht erinnern. Um keine Schreibblockade zu provozieren, unterließ ich dieses Vorhaben und konzentrierte mich nur auf das Wesentliche.

Mit Sicherheit konnte ich sagen: „Ich habe sie nicht angebaggert".

Danach stand mir nicht der Sinn. Trotzdem schien sie irgendetwas von mir zu wollen. Sie telefonierte mir hinterher, obwohl ich ihr nie meine Nummer gab.

„Woher hat sie bloß meine Nummer", fragte ich mich verwundert, fast irritiert.

Zusätzlich schrieb sie mir mehrere Briefe, obwohl ich ihr auch nicht meine Adresse nannte.

„Woher weiß sie, wo ich wohne", geriet ich allmählich in Panik.

Und einmal verfolgte sie mich sogar nach Hause, ohne dass ich es bemerkte. Es machte mir regelrecht Angst. Kreidebleich wurde ich, als ich erfuhr, dass Michaela mir heimlich nachstellte. Ich fühlte mich massiv bedroht und in die Enge getrieben. Heutzutage nennt man solche aufdringlichen Gestalten auf Neuhochdeutsch Stalker. Ich sah in ihr eine verrückte und gemeingefährliche Person. Zugegebenermaßen zeigten sich meine Empfindungen von einer sehr extremen Seite, aber meine Gefühle drückten sich damals eben so aus.

Am Telefon erklärte ich ihr: „Bitte lass mich endlich in Ruhe! Ich will nichts von dir. Du nervst".

Mit Nachdruck machte ich ihr auch klar, dass ich von ihr in Zukunft nicht verfolgt werden wollte. Danach ließ sie mich Gottseidank in Ruhe. Eine verhängnisvolle Affäre, wie sie Michael Douglas im gleichnamigen Kinofilm mit Glenn Close erlebte, blieb mir zum Glück erspart.

Die zuvor geschilderten eher negativen Erlebnisse bezüglich mit meiner Sexualität, konnten mich nicht davon abbringen, mein erstes richtiges erotisches Abenteuer mit einem weiblichen Wesen suchen zu wollen. Die Zeit schien dafür günstig zu sein. Denn als Azubi verdiente ich mein erstes Geld als Arbeitnehmer. Nicht übermäßig viel, aber genug um eine Prostituierte bezahlen zu können. Meine einzige Chance je in meinen Leben Sex mit einer Frau haben zu können, sah ich darin, ins Bordell zu gehen. Ich sah mich nie als Typ Mann, der Frauen anbaggern und erobern kann. Den Spott des weiblichen Geschlechtes, den ich bereits aus meiner Schulzeit kannte, wollte ich mir unbedingt ersparen. Zugegebenermaßen entwickelte ich sogar eine gewisse Angst vor ihnen. Zu meinen eigenen Selbstschutz zeichnete ich mir, wie bereits erwähnt, ein negatives Frauenbild. Mein Selbstvertrauen in Bezug auf dieses spezielle Thema bewegte sich im Laufe der Jahre mit galoppierender Geschwindigkeit auf dem Nullpunkt zu. Trotzdem konnte ich eine gewisse sexuelle Neugier nicht leugnen oder verdrängen. In dieser Angelegenheit könnte mich der Leser dieser Zeilen an dieser Stelle als klassischen Triebtäter entlarven.

„Die Natur verlangt auch ihr Recht", musste ich mir offen selbst eingestehen.

Darüber hinaus gehörte ich zur Spezies Mann, die dem Lockruf des Urinstinktes stets und ständig ausgesetzt blieb. Diese Tatsache konnte ich nie völlig aus meinen Gedanken streichen. Für mich musste ich eine passende Lösung finden, mit meinen inneren Widerspruch zur Sexualität klarzukommen. Die Entscheidung ins Bordell zu gehen, erwies sich als ein Kompromiss, den ich für durchaus brauchbar einstufte. Ich betrachtete das weibliche Geschlecht zu diesem Zeitpunkt fast nur noch als Lustobjekt oder Sexmaschine. Eine ernsthafte Beziehung zu einer Frau überstieg meine damalige Vorstellungskraft. Die Rotlichtszene erwies sich für mich hingegen als eine gutgeeignete Lösung, da sie die Frau als Objekt der Begierde perfekt repräsentierte, zumindest dachte ich es.

Hanna pflegte über die Damen des horizontalen Gewerbes stets zu sagen: „Es ist gut, dass es solche Frauen gibt. Denn ohne sie würde es deutlich mehr Vergewaltigungen geben. Sie sind eine soziale Institution".

In Spätsommer 1992 entschied ich mich in die berüchtigte Herbertstraße zu gehen. An einen Wochenendtag fuhr ich mit der U-Bahn bis St. Pauli und begab mich auf die Reeperbahn. Nicht nur meine sexuelle Neugier lockte mich zu diesem Abenteuerausflug, sondern auch das erstaunlich gute Wetter. Draußen zogen sich die Regenwolken von Vortag zurück, und die Sonne trocknete die Spuren des gestrigen Unwetters. So wurde ich an den besagten Tag mit der sogenannten Halbwelt, bestehend aus Peepshows, Sexshops und Sex-Kino konfrontiert. Ich empfand es als eine große Konzentration von Sexvermarktung. Überall wurde nacktes Fleisch und Sexartikel aller Art angeboten. Bei Tageslicht kam der Kiez allerdings nicht so schillernd zur Geltung wie bei Nacht. Es wirkte teilweise sogar sehr trostlos, fast enttäuschend. Die Rotlichtszene gewann offensichtlich erst bei Nacht ihren unwiderstehlichen Reiz auf sexuell verkorkste Typen meines Schlages. Für mich blieb es an diesem speziellen Tag scheißegal. Denn ich wollte einfach nur Sex mit einer Hure, da ich bei diesem bevorstehenden Sexerlebnis extrem schwanzgesteuert war.

Als ich die Davidwache hinter mir ließ, ging ich links die Davidstraße hoch bis zur Herbertstraße. Ich stand vor einer

Absperrung mit seitlichem Durchgang. In die Straße reinschauen konnte ich nicht, weil die Absperrung aus einer roten hochgezogen Wand bestand, die mir direkte Einblicke verwehrte.

Draußen befand sich gut sichtbar der Hinweis: „Jugendliche unter 18 Jahre ist der Zutritt untersagt. Für Frauen ist das Betreten verboten".

Vor dem Betreten dieser Straße machte sich etwas Nervosität und Aufregung bei mir bemerkbar. Ich versuchte mir nichts anmerken zu lassen und betrat den berühmt-berüchtigten Ort. Die Damen des horizontalen Gewerbes boten ihre Dienstleistungen in großen Glasschaufenstern an. Für mich und andere Freier wurde hier quasi das Buffet eröffnet. Die Frauen präsentierten sich in Reizwäsche und manche von ihnen sogar oben ohne. Für jeden Geschmack wurde der potenziellen Kundschaft etwas geboten. Von sehr schlank bis mollig, von blond bis dunkelhaarig und von jung bis älter befand sich alles appetitanregend auf dem Präsentierteller.

„Ich brauche nur noch zugreifen. Und alles aller carte", dachte ich bei dem Anblick des Sortiments.

Eine kaffeebraune Schönheit, die ich auf etwa Mitte zwanzig schätzte, winkte mir zu.

Sie fragte mich einladend: „Hast du Lust"?

„Was kostet es", stellte ich die übliche Gegenfrage in dieser Situation.

„Für eine halbe Stunde kostet es 100 Mark. Eine Stunde kostet 300 Mark. Dafür darfst du so oft du willst abspritzen", gab sie bereitwillig und verkaufsorientiert Auskunft.

Ich signalisierte, dass ich mir zumindest die halbe Stunde leisten kann. In diesem Augenblick dachte ich, dass ein betriebswirtschaftlicher Markt zustande kam, nämlich durch die Zusammenkunft von Angebot und Nachfrage.

Gemeinsam gingen wir durch einen schwachausgeleuchtetem schmalen Gang bis zum Zimmer der Dame, die sich zwischenzeitlich mit Maria vorstellte.

„Vermutlich ihr Künstlername", schoss mir als Gedanke beim Betreten des Raumes durch den Kopf.

Aus Höflichkeit nannte ich ihr meinen Vornamen. Letztlich spielte es aber für den weiteren Verlauf der Handlung keine Rolle. Das Zimmer war klein, aber zweckmäßig. Immerhin befand sich darin ein Bett. An den Wänden hingen Sexspielzeuge, wie beispielsweise Handschellen und Peitsche.

„Das übliche Handwerkszeug einer Hure", kam mir bei der Betrachtung der Utensilien in den Sinn.

Ich fragte mich in diesem Augenblick, ob mir Maria ein zusätzliches Servicepaket anbieten würde. Ich machte ihr aber schnell klar, dass ich schlichtweg nur normalen Sex wollte. Keine SM-Spiele oder ähnliches.

Nach Klärung dieses Sachverhaltes, kassierte sie mich ab. Daraufhin entledigte ich mich meiner Klamotten. Maria tat das Gleiche. Auf dem Bett machte ich es mir sehr bequem. Sie setzte sich zu mir auf die Bettkante und lächelte mich vielversprechend an. Maria verfügte über eine sehr ansprechende körperliche Ausstattung. Ich starrte auf ihre wohlgeformten Brüste, die etwas größer als eine Handvoll waren. Sie machte sich an mein Glied zu schaffen, was ich als sehr angenehm empfand. Weniger angenehm empfand ich es, als sie mir ein Kondom über mein erregtes Glied streifte. Es fühlte sich unangenehm kühl an, sodass ich für kurze Zeit dachte, einen Kälteschock zu erleiden.

„Hier muss ich durch. Schließlich will ich wegen einmal abspritzen kein Aids bekommen", versuchte ich die Angelegenheit pragmatisch zu sehen.

Anschließend nahm sie mein Glied in den Mund und fing an, mir einen zu blasen. Mein Lustgefühl steigerte sich in sehr kurzer Zeit.

Anders ausgedrückt: „Ich wurde mega-geil".

Jedoch plötzlich merkte ich, es war schlagartig vorbei. Es vergingen nur knapp fünf Minuten, und ich spritzte schon ab.

„Scheiße", dachte ich im Stillen, „100 Mark bezahlt, und ich konnte nicht einmal mein Schwanz bei ihr reinstecken".

Ich streifte etwas enttäuscht mein vollgespritztes Kondom ab und warf es in den Mülleimer links neben mir.

Mein weiterer Gedanke in dieser blöden Situation: „Diese Frauen bekommen einen hervorragenden Stundenlohn, vorausgesetzt, sie arbeiten auf eigene Rechnung. Mancher Manager könnte hier durchaus neidisch werden".

Ich spürte, dass Maria mich nach getaner Arbeit schnell loswerden wollte. Warum? Für eine Prostituierte galt das Geschäft als erledigt, sobald der Kunde abspritzte.

Nachdem ich mir meine Sachen wieder angezogen hatte, fragte ich Maria: „Kann ich kurz das Klo benutzen"?

Maria stimmte zu. Als ich die Toilette betrat, die sich links neben den Zimmereingang als separater Extraraum befand, ließ ich unvorsichtigerweise nur für kurze Augenblicke meine Jacke mit meiner Geldbörse unbeaufsichtigt. Ein Fehler, wie sich hinterher herausstellen sollte. Denn auf dem Heimweg bemerkte ich, dass mir etwa dreißig oder vierzig DM fehlten. Natürlich ärgerte ich mich in ersten Moment darüber, aber später konnte über meine eigene Blödheit lachen.

„Ich hätte besser aufpassen müssen. Und ich wurde für meine Naivität bestraft", analysierte ich schnell.

Meine damalige Unerfahrenheit verleitete mich zu diesem überflüssigen Fehler. Ich lernte meine Lektion. Hinterher passierte mir so etwas nicht noch einmal.

„Dieses erotische Kurzerlebnis erwies sich als nur bedingt befriedigend", zog ich später ernüchternd Fazit.

Streng genommen empfand ich es sogar als Flop. Was ich dort in den vier Wänden erlebte, bezeichnete ich als vorzeitigen Überraschungsorgasmus. Immerhin besser, als total versagt zu haben. Die Enttäuschung wäre vermutlich größer gewesen, wenn ich gar nicht abgespritzt hätte. Vorläufig wollte ich diese Schnellschussaktion nicht wiederholen. Ich konzentrierte mich lieber auf meine berufliche Ausbildung.

Im Berufsalltag wurde ich wieder mit dem üblichen Arbeitsstress konfrontiert. Manche Kunden leisteten keine Restzahlung ihres Auftrags, obwohl die Gartenlaube längst stand. Dadurch musste ich häufig beim Kunden telefonisch nachfragen, warum die Zahlung bisher nicht erfolgte. Dabei ging es immerhin oft um Summen von 20.000 bis 30.000 DM. Mehrfach ging es in diesem Zusammenhang um Reklamationen, die noch nicht behoben wurden. Bedingt durch die mangelnde Kommunikation lag uns in Bergedorf vielfach keine Information darüber vor. Dieses Geld fehlte auf dem Geschäftskonto, um beispielsweise Lieferantenrechnungen bezahlen zu können. Daher versuchte ich mit dem Kunden zu vereinbaren, dass sie eine Teilzahlung leisten und den Rest erst dann zu bezahlen, wenn die Reklamation tatsächlich behoben ist. Meistens konnte ich ein Erfolg verbuchen und somit wichtige Überweisungen für die Firma tätigen.

In meiner Ausbildungszeit gab es aber auch viele Kunden, die ihre Rechnungen in bar bezahlten. Es gab dabei durchaus Tage, da hatte ich Beträge in Höhe von 100.000 DM oder mehr auf dem Tisch liegen. Verständlicherweise fühlte ich unwohl und unbehaglich in meiner Haut.

„Ich und das viele Geld allein im Büro. Keine schöne Situation", wurde mir in solchen Momenten stets bewusst.

In meiner Fantasie entwickelte ich die Befürchtung, einen bewaffneten Überfall live miterleben zu müssen. Bei diesem Gedanken bekam ich eine Gänsehaut. Ein kalter Schauer lief mir über den Rücken. Nach meiner Auffassung lauerte am Stadtrand von Hamburg, wo sich die Kühe quasi gute Nacht sagen, die Gefahr besonders stark. Ein beklemmendes Gefühl der Angst ließ sich daher nicht vermeiden. Schweißperlen auf den Händen waren die Folge. Ich wollte das Geld so schnell wie möglich wieder loswerden und rief in solchen Fällen immer Onkel Alfred zuhause an, die Bareinnahmen abzuholen.

„Hier ist René. Mehrere Kunden haben ihre Restzahlungen in bar vorgenommen. Ich bitte dich, das Geld in Bergedorf abzuholen", sagte ich beispielsweise in solchen Situationen zu ihm.

Jedoch er entgegnete mir häufig: „Bitte nimm das Geld mit nach Hause! Ich nehme es von dir entgegen, wenn ich dich morgen zuhause abhole".

„Die Idee finde ehrlich gesagt nicht so gut", versuchte ich ihm stets klarzumachen, „weil ich mit den Öffentlichen Verkehrsmitteln nach Hause fahre. Da ist mir das Risiko einfach zu groß, ausgeraubt zu werden. Und ich muss zu allen Überfluss auch noch zweimal umsteigen. Es geht hierbei immerhin um eine Summe von mehr als 100.000 DM. Das ist aus meiner Sicht kein Peanuts-Betrag. Der Verlust wäre für die Firma nicht tragbar".

Fast meinte ich ein leises Zähneknirschen meines Onkels am Telefon zu hören. Dies interessierte mich aber nicht, weil ich die hohe Verantwortung für den Geldtransport als Azubi verständlicherweise nicht übernehmen wollte. Wenig begeistert musste Onkel Alfred in sein Auto steigen und von seinem Domizil in Eppendorf in die Firma nach Bergedorf fahren, um das Geld der Kunden entgegenzunehmen. Hinterher machte sich eine Erleichterung bei mir bemerkbar, dass er das Geld doch abholte, obwohl er offensichtlich keine Lust mehr verspürte, sich extra auf dem Weg zu machen. Solche oder ähnliche Rituale wiederholen sich in bestimmten zeitlichen Intervallen mit auffälliger Regelmäßigkeit. Vielfach genoss ich dabei das Glück, dass er mich nach Hause fuhr, weil er oft erst kurz vor Geschäftsschluss vorbeikam. Trotz dieses Servicevorteils nervte mich die ständige Diskussion, dass das Geld abgeholt werden muss. Ich empfand es als große emotionale Belastung. Daher habe ich das leichtsinnige Verhalten meines Onkels nie wirklich verstanden. Die einzige Erklärung, die ich fand, war einfach nur Bequemlichkeit, vielleicht sogar Faulheit.

Andere Teile meiner Ausbildung machten mir mehr Vergnügen. Zwischendurch nahm mich Herr Vogtländer mit zu den Besichtigungsterminen in die Kleingärten. Diese Termine fanden entweder kurz vor oder kurz nach Geschäftsschluss statt. Vor Ort schauten wir uns mögliche Reparatur- und Sanierungsaufträge an. Unsere Arbeitsutensilien: ein Collegeblock, ein Kugelschreiber, ein Maßband und ein verbales Verhandlungsgeschick. Es wurden Kostenvoranschläge ausgearbeitet und die dazugehörigen Angebote an die Kunden abgeschickt.

Mein Mentor meinte zu den Besichtigungsterminen: „Diese Erfahrung wird deine Ausbildung insgesamt kompletter machen. Denn so bekommst du mehr Praxiserfahrung".

Ich stimmte ihm zu, obwohl ich keineswegs danach strebte ewig in der Firma zu bleiben. Ich dachte zu diesem Zeitpunkt, dass ich als zukünftiger Berufsschullehrer davon nur profitieren konnte. Nur langweilige Theorie zu vermitteln, hielt ich nicht unbedingt für eine Offenbarung, weder für mich noch für zukünftige Schüler. Ich hoffte, dass ich später durch diese zusätzlichen Praxiskenntnisse mehr Glaubwürdigkeit als Berufsschullehrer erlangen würde.

Über all meine Tätigkeiten in Unternehmen musste ich ein sogenanntes Berichtsheft führen. Niemand konnte mir in Betrieb wirklich zeigen, wie so etwas gemacht wird. Hierbei spürte ich besonders deutlich, dass Onkel Alfreds Firma keine klassische Ausbildungsstätte repräsentierte. Diesbezüglich befand ich mich allein auf dem Schlachtfeld und musste mich irgendwie notdürftig durchschlagen, wie sooft in meiner Ausbildungszeit.

Einziger hilfreicher Tipp von Onkel Alfred zur Berichtsheftführung: „Für das Berichtsheft musst du eine Betriebsbeschreibung machen. Meine Söhne machten es auch".

„Nicht viel Informationen, die ich zu diesem Thema erhalte", stellte ich zu meinem persönlichen Erstaunen fest.

Schnell erkannte ich, dass ich allein zurechtkommen musste. Mein Improvisationstalent und meine Kreativität standen mir jedoch hilfreich zur Seite. Außerdem konnte ich mich mit einigen Formulierungsbeispielen im Berichtsheft behelfen, an die ich mich orientierte.

Zusätzlich gab mir später Herr Vogtländer den hilfreichen Tipp: „Schreib das Berichtsheft so, als würdest du unterschiedliche Abteilungen durchlaufen"!

Diesen Vorschlag setzte ich in die Praxis um, obwohl ich keine Abteilungstrennungen, wie in größeren Unternehmen üblich, an meiner Wirkungsstätte vorfand. Hier bewährte sich die Praxis durch die Vielseitigkeit und Flexibilität seiner Mitarbeiter. Jeder musste verschiedene Arbeiten aus unterschiedlichen Tätigkeitsfeldern ausführen, manchmal sogar mehrere gleichzeitig. Beispielsweise machte ich Verkauf, Buchhaltung, Schriftverkehr und Telefondienst in Personalunion. Irgendwie schaffte ich es trotz meiner geringen Berufserfahrung immer wieder, diese Dinge zu bewältigen.

Plötzlich bemerkte ich erneut ein starkes Durstgefühl und unterbrach das Schreiben. Ich ging zum Kühlschrank und schenkte mir wieder ein Glas eiskalter Cola ein, das ich schnell austrank. Kurz darauf verspürte ich das Gefühl, mich dringend erleichtern zu müssen und lief zum Klo. Details, die weniger appetitlich sein könnten, erspare ich den Leser dieser Zeilen an dieser Stelle. Darum konzentrierte ich mich nach meinen intimen Geschäften wieder auf das Schreiben am Notebook.

Schwieriger wurde es für mich in der Berufsschule klarzukommen. Dort hätte ich ohne die Vorkenntnisse der Höheren Handelsschule und des Wirtschaftsgymnasiums keine Möglichkeit gesehen, einigermaßen mit meinen Schulkollegen bezüglich des Lehrstoffes mithalten zu können. Ich hätte im Dschungel der Theorie über keinerlei Überlebenschance verfügt. Denn meine Kampfgefährten in der theoretischen Ausbildung bekamen in ihren Betrieben Extraunterricht, um besser auf dem Kriegsschauplatz Berufsschule trainiert zu sein. Für diese spezielle Form des Drill kamen meist ausgebildete Berufsschullehrer zum Einsatz, die ohne Anstellung an einer entsprechenden Schule in einem Betrieb unterrichteten. Man bezeichnete sie als sogenannte Trainees. In diesem außergewöhnlichen Genuss kam ich in meiner Ausbildungszeit nie.

Stattdessen hieß es für mich nur: „Learning by doing".

In der Berufsschulklasse würde ich mich leistungstechnisch bestenfalls als Mittelmaß einstufen. Es ärgerte mich, dass ich mich gegenüber anderen Schülern etwas im Nachteil befand. Emotional zog mich diese Erkenntnis zunächst in ein tiefes und düsteres Loch. Verzweifelt suchte ich einen passenden und geeigneten Weg, um aus dieser brenzligen Zwickmühle wieder herauszukommen. Glücklicherweise entdeckte ich nach einiger Zeit einen Lichtstrahl in der Dunkelheit, der mir wieder etwas Hoffnung gab. Durch meine damalige aktuelle Situation festigte sich bei mir nun endgültig der Entschluss, Berufsschullehrer werden zu wollen. Denn es wurde mir bewusst, dass ich zusätzlich als Trainee eine Perspektive hätte, sollte ich als Lehrer keine Anstellung an einer Schule erhalten. Zuvor aufgetretene Zweifel an meiner Zielsetzung verschwanden endgültig aus meinem Kopf. Ich sah meine Zukunft fortan erheblich positiver, und ich fand wieder einen Weg, um zurück an das Tageslicht zu gelangen.

Richtig Probleme bekam ich mit dem EDV-Unterricht, da in Onkel Alfreds Firma kein Computer stand, was in anderen Betrieben allerdings bereits in den neunziger Jahren den normalen Standard entsprach. Damals konnte ich auch überhaupt keinen Bezug zu dieser unnatürlichen und fremdartigen Welt des PC´s herstellen. Sie erschien für mich einfach nicht wirklich greifbar zu sein.

„Irgendwie wird ich den PC immer als eine abstrakte Materie empfinden und nie Freundschaft mit ihm schließen", erkannte ich schnell.

Für die meisten Menschen wurde der Computer zu einer Normalität, fast sogar zu einer Selbstverständlichkeit, die ich wiederum stets als furchterregend und erschreckend empfand. Bereits in den Neunziger saßen die Menschenmassen bereits Tag und Nacht vor dem PC und surften im Internet. Manche von ihnen betreiben diese Tätigkeit so extrem, dass es krankhafte Züge annahm, die zur seelischen Vereinsamung und Abhängigkeit führten. Übrigens setzte sich dieser grausame Trend im neuen Jahrhundert konsequent fort. Diese schockierenden Symptome waren beziehungsweise sind charakteristisch für die Infizierung mit dem sogenannten PC-Virus. Hingegen für mich bestand meist nur eine verhältnismäßig geringe Ansteckungsgefahr. Meine Angst vor dieser technischen Errungenschaft erwies sich immer als mein Impfstoff gegen den fatalen Virus. Die Technik wurde für mich vielmehr nur ein gelegentliches Mittel zum Zweck. Ich nutzte sie hauptsächlich für meine schriftstellerische Tätigkeit, weil es die Textverarbeitung deutlich erleichtert. Dies bemerkte ich auch bei meinem aktuellen Buchprojekt. Wenn ich Veränderungen in einzelnen Textpassagen vornahm, so ging dies meist ohne größeren Aufwand. Daher sah ich auch den pragmatischen Vorteil der Technik. So fand ich irgendwann einen Kompromiss, der mir bei der Gestaltung der künstlerischen Arbeit half.

Probleme mit meinen Schulkollegen in der Berufsschule entstanden nicht. Im Gegensatz zu meinen sonstigen schulischen Erfahrungen wurde ich nicht von ihnen schikaniert oder gemobbt. Dies kann zum großen Teil daran liegen, dass sich der sogenannte Blockunterricht nur auf sechs bis acht Wochen beschränkte. In dieser relativ kurzen Zeit konnte ich glaubhaft meine Maske auflegen und mein wahres Ich verbergen, was mir sonst in der Vergangenheit nicht immer gelang. In diesem Zusammenhang musste ich allerdings auch gestehen, dass in dieser Schulzeit keine Freundschaften entstanden sind. Daher konnte ich bei meinen Aufzeichnungen bei dieser Periode meines Lebens keine besonders erwähnenswerten Begegnungen nennen. Bestenfalls gab es oberflächlichen Smalltalk, der bei mir in Schall und Rauch aufging. Für mich reduzierte sich alles nur auf das Lernen. Pro Ausbildungsjahr gab es zwei Unterrichtsblöcke, also insgesamt vier Unterrichtseinheiten in der gesamten Ausbildungszeit. Während des gesamten Berufsschulunterrichts wurden die Azubis von der Firma freigestellt, d.h. sie mussten hinterher nicht in den Betrieb, was ich als sehr angenehm empfand.

Irgendwann näherte sich das Ende der Ausbildungszeit. Die Prüfungsvorbereitungen liefen auf vollen Hochtouren. Genau wie bei der Höheren Handelsschule kämpfte ich wieder mit meiner panischen Prüfungsangst, was ich damals als ein schlechtes und unheilbringendes Omen deutete. Zeitweilig blockierte mich meine Angst wieder beim Lernen.

Es gab drei schriftliche Pflichtprüfungen und zwei Prüfungen, die ein Azubi freiwillig zusätzlich schriftlich ablegen konnte. Die Pflichtprüfungen hießen Industriebetriebslehre, Wirtschafts- und Sozialkunde und Rechnungswesen/ Datenverarbeitung. Die Zusatzprüfungen bestanden aus Deutsch und Englisch. Auf die zuletzt genannten Prüfungen verzichtete ich nur zu gern.

„Bloß keinen freiwilligen Extrastress", hieß hierbei meine Devise.

Ich wollte mich nicht unnötig selbst quälen. Für diesen Teil meiner Veranlagung durfte es hier keinen zusätzlichen Spielraum geben.

In der Prüfungszeit schlief ich auch wieder sehr schlecht und extrem unruhig. Der Leistungsdruck wurde bei mir fast zum Verhängnis. Zu stark steigerte ich mich in meine Versagens-Angst hinein. Es gelang mir nicht, gelassen an die Prüfungsvorbereitungen heranzugehen, eher im Gegenteil, ich wurde zum absoluten Nervenbündel. Ich spürte die Aufregung im ganzen Körper. Gelegentlich bekam ich sogar das Gefühl, dass ich meinen Pulsschlag in rasender Geschwindigkeit wahrnahm. Er hämmerte fast ununterbrochen in meinen Kopf. Schweißausbrüche traten verstärkt in Erscheinung. Baldrian blieb quasi wirkungslos. Das Lernen übertrieb ich maßlos. Den Prüfungsstoff wollte ich gewaltsam in meinem Schädel einprügeln.

„Weniger wäre vermutlich mehr gewesen", dachte ich hinterher.

Nach Möglichkeit wollte ich wenigstens ein Befriedigend erreichen. Eigentlich eine machbare Aufgabe, aber ich wollte es mit brachialer Gewalt erzwingen. Daraus resultierte die Konsequenz, dass ich total innerlich verkrampfte. Es entwickelte sich zu einer Selbstdemontage, einen Fiasko. Die Tage der Abrechnung empfand ich als unerträgliche Höllenqual und brutale Folter. Ich spürte eine Erleichterung, als die schriftlichen Horrorszenarien endlich ihr langersehntes Ende fanden, unabhängig vom Prüfungsergebnis.

Einerseits konnte ich aufatmen, weil alles vorbei war und andererseits machte sich bei mir Unzufriedenheit breit. Denn ich ahnte, dass ich mein Ziel, ein Befriedigend zu erreichen, klar verfehlte. Dies fühlte ich intuitiv. Ich gab mein Bestes, aber es reichte nicht.

„Zielsetzung vermutlich verfehlt", lautete meine Prognose.

Beruhigend blieb nur die Tatsache, dass ich auch wusste, dass ich nicht völlig versagte. Dadurch musste ich meine Ausbildungszeit nicht unnötig künstlich verlängern. Es drängte sich mir immer stärker der Wunsch auf, an die Universität zu gehen. Ich wollte zum Kreis der geistigen Elite gehören und endlich studieren.

Nach einigen Wochen kam die absolute Klarheit bezüglich meiner Prüfungsergebnisse. In Wirtschaft- und Sozialkunde erhielt ich eine 2, in Industriebetriebslehre eine 4 und in Rechnungswesen / Datenverarbeitung eine 5.

„Mit mehr Gelassenheit hätte ich sicher besser abgeschnitten", zog ich enttäuscht und folgerichtig Fazit.

Jedoch ich konnte mich leider nicht aus dem engen Korsett, in das ich mich selbst fest eingeschnürt hatte, befreien. Ich nahm mir quasi die Luft zum Atmen und stand daher kurz dem Exitus. Dieser Umstand machte mir erneut bewusst, dass ich nie ein Prüfungsmensch sein werde. In der Praxis konnte ich meine Fähigkeiten meist besser unter Beweis stellen. Dies tat ich beispielsweise als Azubi in der Firma. Meine tatsächliche Leistungsfähigkeit drückt sich daher nicht unbedingt in den Prüfungsergebnissen des Zertifikats aus, was die Festeinstellung in einen Betrieb deutlich verschlechtert. Zum Glück spielte dieser Aspekt zu diesem Zeitpunkt keine Rolle, weil ich ohnehin an der Universität studieren wollte. Diese Tatsache machte die Realität deutlich erträglicher.

Nach den schriftlichen Arbeiten folgte noch eine mündliche Prüfung. Um insgesamt doch noch eine 3 zu erreichen, hätte ich in der mündlichen Prüfung eine 1 machen müssen. Dies hielt ich für utopisch, nicht machbar. Daher bereitete ich mich dementsprechend nur oberflächlich für den letzten Prüfungsteil vor. Auf diese Weise nahm ich mir den Prüfungsdruck, was sich für mich als sehr angenehm herausstellte. Ein wenig bereitete ich mich auf das Thema „Bilanzkennzahlen und Finanzierung" vor. Abgesprochen hatte ich es mit meinem Deutschlehrer Bernd Wecker, der auch Rechnungswesen unterrichtete.

Am Ende des Unterrichts fragte er mich: „Worauf möchtest du dich in der mündlichen Prüfung vorbereiten"?

„Sind Sie einer meiner Prüfer", erwiderte ich leicht verwundert mit einer Gegenfrage.

„Ja, ich sitze mit im Prüfungsausschuss", antwortete er mir.

„Bilanzkennzahlen und Finanzierung könnte ich mir als Prüfungsthema vorstellen", gab ich ihm anschließend zur Auskunft.

Das Prüfungsthema stand nun fest, und Herr Wecker notierte es sich auf einen Zettel, den er kurz darauf sorgfältig in seiner rechten Hosentasche wegsteckte.

Mittlerweile fand ich mich mit der Tatsache ab, nur mit einem Ausreichend zu bestehen. Blieb mir ohnehin nichts anderes übrig. Ändern konnte ich es sowieso nicht mehr. Die Sache galt bereits als abgehakt.

Ich tröstete mich, indem ich zu mir selbst sagte: „Hauptsache ich habe das Zertifikat als Industriekaufmann und kann jetzt auf Berufsschullehramt studieren".

Wieder nahm ich eine entscheidende Hürde, um das angestrebte Ziel zu erreichen. Zumindest stand ich kurz davor. Die mündliche Prüfung sah ich als einen formellen Akt an. Die Aufregung hielt sich im Gegensatz zur schriftlichen Prüfung in Grenzen. Der Erwartungsdruck fiel spürbar geringer aus. Ich bekam das Gefühl, dass mir eine zentnerschwere Last von meinen Schultern genommen wurde, die ich nicht mehr tragen musste. Ich empfand es als einen Akt der Befreiung.

In der mündlichen Prüfung erhielt ich den Eindruck, dass der Schwierigkeitsgrad der Fragen, die der Prüfungsausschuss an mich richtete, sich an das Notenniveau zwischen 4 und 5 orientierte. Daher konnte ich sie auch unverkrampft beantworten. Fast entstand bei mir sogar das Gefühl, unterfordert zu sein. Am Ende erreichte ich bei diesem Prüfungsteil 55 Punkte. Dies entsprach der Note 4. Ich bekam insgesamt 300 von 500 möglichen Punkten für alles zusammen. Es bedeutete, dass ich 60 % der Gesamtpunktzahl erreichte. Dieses Ergebnis zeigte mir, dass ich mein ursprüngliches Mindestziel, ein Befriedigend zu erreichen, zwar verfehlte, aber eine machbare Aufgabe gewesen wäre. Es fehlten nur 7 % der Leistung. Hierbei stand ich mir letztlich nur selbst im Weg. Positiv anzumerken gibt es in diesem Zusammenhang, dass ich punktemäßig und prozentual besser abschnitt als meine beiden Cousins. Und die beiden sogenannten Juniorchefs bekamen noch Sondernachhilfeunterricht beim Steuerberater der Firma, den Onkel Alfred und Tante Rita mit Sicherheit teuer bezahlten. Immerhin ein kleiner und schwacher Trost, dass beiden Jungs trotz besserer Rahmenbedingungen schlechtere Prüfungsergebnisse erzielten.

Natürlich fragte ich mich immer wieder, warum ich nur ein Ausreichend schaffte. Lag es nur an meiner Prüfungsangst? Ich denke, dass auch andere Faktoren eine entscheidende Rolle spielten. Zuhause der Lärmterror durch Familie Hansen, wie bereits im dritten Kapitel meiner Aufzeichnung erwähnt, erschwerte mir die Prüfungsvorbereitungen. Häufig brauchte ich Ausweichquartiere, um überhaupt lernen zu können. Dadurch erhöhte sich bei mir oftmals der Stresspegel. Und ich blieb ohnehin völlig auf mich allein gestellt. Ich wurde nicht von sogenannten Trainees vorbereitet wie meine Schulkollegen. Aufgrund der schlechten Rahmenbedingungen und meiner Prüfungsangst konnte ich am Ende sogar mit diesem mittelprächtigen Ergebnis zufrieden sein.

Onkel Alfred fragte mich nach der Prüfung: „Hast du Lust, dauerhaft für mich zu arbeiten? Das Abitur ist zwar gut für das Ego, aber hier biete ich dir eine Festeinstellung an".

Zugegeben, das Angebot schmeichelte mir, weil ich es als ein riesengroßes Kompliment empfand. Denn das Angebot sah ich als Ausdruck seiner Zufriedenheit bezüglich meiner Arbeitsleistung an. Jedoch ich entdeckte keine langfristige Zukunft für mich in der Firma. Ich erlernte meinen Beruf nur, um Berufsschullehrer werden zu können. An dieser Einstellung änderte sich zum Ende meiner Ausbildungszeit nichts.

„Ich halte an meinem Ziel fest, Berufsschullehrer werden zu wollen. Daher werde ich an die Hamburger Universität gehen. Für diesen Studiengang habe ich mich bereits beworben", erwiderte ich auf Onkel Alfreds Jobangebot.

Was mich zusätzlich in meinem Entschluss festigte, war die Tatsache, dass ich den Söhnen offen gesagt nicht zutraute, die Firma vernünftig führen zu können. Und Onkel Alfred signalisierte mir in meiner Ausbildungszeit mehrfach, dass er nicht mehr langfristig im Unternehmen bleiben möchte. Stattdessen kam bei ihm der Wunsch auf, demnächst in Rente gehen zu wollen. Alterstechnisch näherte er sich bereits der magischen

Sechzig. Daher schien es nur noch eine Frage der Zeit zu sein, wann er diesen entscheidenden Schritt in seinem Leben vollziehen würde. Keine gute Voraussetzung, um meine ursprünglichen Pläne zu überdenken. Außerdem musste Herr Vogtländer zum Ende meiner Ausbildungszeit gehen. Für mich ein weiterer Grund, um nein zum Jobangebot zu sagen.

Die unterschiedlichen Unternehmensphilosophien zwischen meinen Förderer und den Firmenclan prallten immer stärker und heftiger aufeinander. Dieser Prozess beschleunigte sich, als Onkel Alfreds Schwiegertochter Michaela als Praktikantin in der Firma anfing. Der Familienclan vertrat die Einstellung, dass Michaela in die Abläufe des Betriebes eingeweiht werden sollte, damit sie im Notfall arbeitstechnisch einspringen kann. Diesen Gedanke konnte ich durchaus nachvollziehen, vor allem, wenn man bedenkt, dass ich ohnehin wegen meines bevorstehenden Studiums demnächst in der Firma aufhören würde.

Den unerträglichen Spannungsbogen, der zwischen Michaela und Herrn Vogtländer erzeugt wurde, konnte ich von Anfang an spüren und live miterleben. Es herrschte eine beklemmende Atmosphäre der zunehmenden eisigen emotionalen Kälte. Ich erhielt den Eindruck, dass sich beide auf Anhieb unsympathisch fanden. Alle Signale deuteten auf einen bevorstehenden Krieg hin. Ich bemerkte das Säbelrasseln auf beiden Seiten.

Mein Ausbilder äußerte mir gegenüber im Vertrauen: „Ich halte die Schwiegertochter für heimtückisch und durchtrieben. Sie grüßt mich nicht einmal. Von ihr lasse ich mir auch nichts sagen. Sie hat keine Ahnung von der Materie. Sie ist nur eine gelernte Krankenschwester. Was will so eine überhaupt im Büro? Kann ich ehrlich gesagt nicht nachvollziehen".

Einige Tage später fügte er hinzu: „Sei in Bezug auf Michaela vorsichtig! Gegenüber deinen Onkel hat sie geäußert, dass du mit den Kundengesprächen am Telefon überfordert bist. Und ich weiß, dass du alles richtig machst".

Hingegen Michaela gab mir im Vier-Augen-Gespräch zu verstehen: „Herr Vogtländer ignoriert mich. Er nimmt mich nicht ernst. Ich fühle mich in seiner Gegenwart unwohl. So etwas ist Mobbing. Das kann so nicht weitergehen".

Ich saß quasi zwischen den Stühlen und versuchte die Konfliktsituation irgendwie wieder zu bereinigen.

Zu meinen Mentor kommentierte ich beispielsweise: „Michaela macht letztlich nur ein Praktikum in der Firma. Mehr nicht. Daher gehe ich davon aus, dass sie nicht lange in Bergedorf arbeiten wird. Aus diesem Grund brauchen Sie sich meines Erachtens nicht mehr über sie ärgern und können die Angelegenheit mit mehr Gelassenheit betrachten".

Und zu meiner angeheirateten Cousine sagte ich: „Ihr beide habt arbeitstechnisch wenig miteinander zu tun. Herr Vogtländer kümmert sich um den Verkauf. Und du bist für die Buchhaltung zuständig. Ihr geht euch dadurch weitgehend gegenseitig aus dem Weg. Daher könnte es mit euch doch dauerhaft funktionieren".

Leider entlarvte sich mein diplomatisches Vorhaben als eine Mission impossible, weil die Kriegsfronten sich zu stark verhärteten. Zwei tickende Zeitbomben konnte ich letztlich nicht stoppen beziehungsweise entschärfen. Meine Vermittlungsversuche scheiterten kläglich. Darin sah ich ab sofort ehrlich gesagt auch nicht mehr meine Aufgabe, und die Dinge nahmen ihren unvermeidlichen Verlauf.

Bei diesem Duell beschossen sich beide Seiten unerbittlich, wobei Herr Vogtländer meist die schärferen Geschütze auffuhr. Phasenweise musste Michaela einige taktische Rückzugsmanöver machen, weil diese Form des Gefechtes sie offensichtlich überforderte. Am Ende wurde so etwas wie der Familienrat bestehend aus Onkel Alfred, Tante Rita, Michaela und Matthias in der Firma einberufen, mit dem Ergebnis, dass ein guter Verkäufer gehen musste.

Denn Herr Vogtländer gab im Gespräch klar zu verstehen: „Ich lasse mir von Ihrer Schwiegertochter nichts sagen oder befehlen".

Darauf erwiderte Onkel Alfred: „Dann ist es besser, wenn wir uns nun endgültig trennen".

Danach endete das Gespräch kurz und schmerzlos. Die Friedensverhandlungen erwiesen sich schnell als zwecklos. Die Schlacht wurde endgültig entschieden. Mit der Verstärkung durch die Familie gewann letztlich die Schwiegertochter des Chefs.

Mit ihr bin ich die restliche Zeit, die ich in der Firma verbrachte, zurechtgekommen, aber ich blieb immer vorsichtig. Ihre Freundlichkeit mir gegenüber wirkte häufig gekünstelt, etwas aufgesetzt und unaufrichtig. Mein Instinkt sagte mir, dass ich aufpassen musste. Auf meine Intuition konnte ich mich meist immer verlassen. Als ich ihr erzählte, dass ich meine Prüfung letzlich genau wie Matthias und Alfred auch nur mit einer Vier bestanden habe, meinte ich gewisse Schadensfreude in ihrem Gesicht zu erkennen, die ich schon fast als beängstigend diabolisch interpretieren möchte. Mühevoll versuchte sie diese Seite ihres Ichs zu verbergen, aber trotzdem ich konnte es nicht übersehen. Unfreiwillig lüftete sie für einen kurzen Augenblick die Maske der Freundlichkeit und zeigte mir ihr wahres Gesicht. Hatte Herr Vogtländer mit seiner Einschätzung in Bezug auf Michaela doch recht? Für mich spielte dies keine Rolle mehr, weil sich der Zeitpunkt meines Studiums näherte.

Zwar schlug ich das Jobangebot von Onkel Alfred aus, aber ich bat ihm bis zum Studienbeginn in der Firma als Aushilfe bleiben zu können. Dadurch konnte ich Hanna Kostgeld geben, ohne meine Ersparnisse angreifen zu müssen. Darüber hinaus wurde ich sogar in die Lage versetzt, weitere Rücklagen für das Studium zu bilden. In der Woche bekam ich 12,50 DM pro Stunde und für das ganze Wochenende vereinbarte ich 250 DM pauschal. Zuzüglich erhielt ich eine Provision. Montag blieb der einzige Tag in der Woche, wo ich Freizeit hatte.

Die Ausbildungszeit in der Firma von Onkel Alfred stellte einen wichtigen Lebensabschnitt für mich dar. Ich lernte ein Stück mehr Selbständigkeit und erlangte dadurch auch mehr Selbstvertrauen. Die meiste Zeit gab es wenig direkte Auseinandersetzungen mit meinem Onkel. Festzustellen ist in diesem Zusammenhang, dass er ehrlich gesagt, als Lehrmeister scheiterte. Dafür fehlte ihm das nötige Talent. Diesem Part übernahm Herr Vogtländer. Er wurde in diesem Lebensabschnitt mein Mentor. Von ihm lernte ich ein guter Verkäufer zu sein. Als Verkäufer verfügte er über eine hohe Professionalität. Er sorgte für sehr gute Verkaufszahlen und brachte der Firma auf diese Weise großen Nutzen. Dennoch passte es auf Dauer nicht zusammen, weil die unterschiedlichen Auffassungen in der Firmenpolitik sich als zu groß herausstellten.

Onkel Alfred und Tante Rita verdankte ich es zweifelsfrei, dass ich eine Berufsausbildung machen konnte. Ohne sie wäre es schwer geworden, einen Ausbildungsplatz zu finden. Allerdings habe ich meinen Dank dadurch zum Ausdruck gebracht, dass ich in meiner Ausbildungszeit eine gute Arbeitsleistung bot. Nach einer relativ kurzen Einarbeitungszeit übte ich Tätigkeiten aus, die normalerweise ein ausgelernter Arbeitnehmer mit mehreren Jahren Berufserfahrung erledigt. Und diese Arbeiten vollrichtete ich für eine schmale Ausbildungsvergütung.

„Lehrjahre sind eben keine Herrenjahre", zog ich abschließend Fazit.

Ein Spruch, der in diesem Zusammenhang seine Daseinsberechtigung verdient.

Somit konnte ich wieder ein wichtiges Kapitel meines Lebens schließen. Nun überkam mich ein großer Kohldampf. Lust zu kochen verspürte ich ehrlich gesagt nicht, aber trotzdem musste ich dringend etwas essen. Also machte ich mir aus Gründen der Bequemlichkeit eine Dose Ravioli auf, dessen Inhalt in der Mikrowelle aufgewärmt wurde. Dosenfutter erwies sich zwar nicht unbedingt als gesund, aber es füllte zumindest den Magen und kostete nicht viel. Dadurch schlug ich zwei Fliegen mit einer Klappe.

5. Kapitel

Trotz des nährstoffarmen Essens, verfügte ich nun wieder über genügend Energie, um mich auf ein anderes Kapitel meines Lebens konzentrieren zu können: das Studium.
Martin Passvogel, mit dem ich zu diesem Zeitpunkt noch befreundet war, gab mir den entscheidenden Tipp: „Bewirb dich für zwei Studiengänge an der Uni. Dadurch erhöhst du deine Chancen, einen Studienplatz zu erhalten. Hauptsache du bist erst einmal eingeschrieben. Als Student darfst du ohnehin alle Vorlesungen besuchen. Der Rest ergibt sich fast von selbst".
Ich befolgte den gutgemeinten Ratschlag und bewarb mich für zwei Studiengänge an der Hamburger Universität: Volkswirtschaftslehre und Handelslehramt für die Fächer Wirtschaftswissenschaften, Pädagogik und Sozialkunde. Die Strategie funktionierte tadellos. Für den Studiengang „Handelslehramt" bekam ich eine Absage und für den Studiengang „Volkswirtschaftslehre" erhielt ich eine Zusage. Die freudige Botschaft versetzte mich in die Lage, mich endlich als Student an der Hamburger Universität einzuschreiben. Erneut kam ich meinen Ziel, Berufsschullehrer werden zu können, ein deutliches Stück näher. Meine Freude wurde daher grenzenlos und löste in der Wohnung einen hemmungslosen Jubelschrei bei mir aus, den vermutlich fast jeder Bewohner in Barmbek problemlos in den Straßen wahrnehmen konnte. In früheren Schuljahren ging ich nie zu ernsthaft davon aus, jemals Student an einer Universität sein zu können. Bei diesen Gedanken rief ich mir in Erinnerung, dass so manche Lehrerin mich am liebsten auf die Sonderschule abgeschoben hätte und zwar aus Gründen der vorsätzlichen Faulheit. Dass ich diesen ehrenwerten Damen nun einen Strich durch die Rechnung machte, empfand ich, wie sich der Leser dieser Zeilen sicher vorstellen kann, verständlicherweise als eine große Genugtuung. Diese rückte für mich ab sofort in eine greifbare Nähe. Ich konnte es kaum glauben, aber ich bekam sie schwarz auf weiß präsentiert. Die Universität bestätigte mir diese Tatsache per Pony-Express.

Wintersemester 1994/ 1995

Kurz nach Studienbeginn bekam ich eine nachträgliche Zusage für den Studienplatz des Handelslehramtes. Als ich diese Nachricht erhielt, kam mir in den Sinn, dass ich beim Nachrückverfahren ziemlich weit oben gestanden haben musste. Auch diese Botschaft gab mir zusätzlich eine positive Einstellung zum Studium. Es steigerte mein Selbstwertgefühl. Mein Optimismus wuchs ins Unermessliche, zumindest entsprach dies meinen damaligen Empfindungen.

Ich entschied mich, alles beim Alten zu belassen, was im Klartext bedeutete, dass ich offiziell weiter auf Diplom Volkswirtschaftslehre studierte.

Der Leser fragt sich jetzt vermutlich an dieser Stelle: „Warum wechselte René nicht den Studiengang"?

Dafür gab es zugegebenermaßen nur eine ehrliche Antwort: „Bequemlichkeit".

Denn ich wusste, dass alle Studenten, die sich für Volkswirtschaftslehre, Betriebswirtschaftslehre oder Handelslehramt interessierten, mussten sowieso im Grundstudium die gleichen Veranstaltungen besuchen, zumindest sah es so der damalige Lehrplan der Hamburger Universität vor. Daher besaß ich nach dem Erreichen des Vordiploms die Möglichkeit, den Studiengang problemlos zu wechseln.

Es herrschte und dominierte eine schrecklich gewöhnungsbedürftige Atmosphäre an der Hamburger Universität. Diese altehrwürdige Institution verfügte über die typischen Charakterzüge einer Massen-Uni. Die Gebäude auf dem Campus präsentierten sich zum Teil hässlich-modern. Aus meiner Sicht gab es in diesem Zusammenhang nichts zu beschönigen. Teilweise empfand ich einige Bauten sogar als grauenvoller als auf dem Wirtschaftsgymnasium in Steilshoop, und dies soll schon etwas heißen. Die Vorlesungsräume im sogenannten WiWi-Bunker besaßen beispielsweise keine Fenster. Der Lichtblick in diesen Räumlichkeiten wurde uns Studenten gnadenlos vorenthalten.

Ich fragte mich beim Betrachten dieser Eintönigkeit: „Welcher Vollpfosten von Architekt hat diesen hirnlosen Schwachsinn überhaupt entworfen"?

Die Frage blieb unbeantwortet. Vielleicht ein großer Glücksfall, dass ich nicht ernsthaft versuchte, den Namen des talentfreien Architekten herauszufinden, da ich wahrscheinlich sonst zum amoklaufenden Mörder geworden wäre.

„Lynchjustiz als Folge für seelische Grausamkeit", fragte ich mich fast ernsthaft.

Eine schockierende Betrachtungsweise, die ich beim Schreiben dieser Zeilen nicht vollständig aus meinen Kopf verdrängen konnte. Denn ich empfand es damals als entsetzlich und grauenvoll, ständig auf irgendwelchen weißen Wänden starren zu müssen. In diesem Zusammenhang fielen mir nur negative Adjektive ein wie z. B. trostlos, öde, deprimierend oder demotivierend. Die Negativliste dieser Wörter hätte ich endlos fortsetzen können, was ich aber an dieser Stelle meiner Aufzeichnungen nicht tat, da ich den zukünftigen Leser nicht nervlich überstrapazieren wollte. Außerdem ließ sich die tödliche und erschreckende Atmosphäre des Gebäudes in seiner Vollständigkeit ohnehin nicht wirklich emotional erfassen. Nie habe ich verstanden, wie Dozenten jahrzehntelang in solchen Vorlesungsräumen überhaupt unterrichten konnten. Als Student fiel es mir häufig schwer, die negative Aura dieser Räume zu ignorieren und mich auf die Vorlesung zu konzentrieren. Als architektonische Meisterleistung konnte ich dieses Gebäude verständlicherweise nie sehen. Ich ging irgendwann davon aus, dass der namenlos gebliebene Architekt wegen seiner schlechten Leistung Selbstmord beging. Daher gab ich mein Vorhaben auf, ihn ermorden zu wollen. Somit konnte ich mich straffrei weiter auf dem Uni-Gelände bewegen.

„Schließlich kann mich kein Gericht in Deutschland wegen negativer Gedanken anklagen", erkannte ich folgerichtig.

Kontakte zu knüpfen, an einer Massen-Uni wie in Hamburg, besonders in Wirtschaftsbereich, erwies sich als sehr schwierig. Ich kam zwar mit den einen oder anderen ins Gespräch, aber entwickelte sich meist nur ein flüchtiger/oberflächlicher Smalltalk. Darüber hinaus erschütterte mich die Realität, dass die Uni nicht unbedingt die geistige Elite repräsentiert, sondern nur den gesellschaftlichen Querschnitt. Somit wurden an der Uni letztlich alle Fähigkeiten entwickelt, auch leider die Dummheit. Dies fing schon beim Zeitungslesen an. Die Mehrheit der Studenten las an der Uni genau die gleichen Revolverblätter wie der typische Otto-Normalverbraucher. Immer zu Beginn des Semesters wurde die Mopo kostenlos auf dem Campus verteilt, was von den Studenten dankbar angenommen wurde. Bezüglich des gesellschaftlichen Schmutzes wurde dieses Käseblatt nur noch von der Springer-Blöd übertroffen. Auch dieses eher lästige Abfallpapier fand eine breite Zustimmung unter den Studierenden. Keine Zeitung spaltet die Nation so stark wie die Springer-Blöd. Ein teuflisches Schreckensphänomen für die Intelektuellen und die Bibel im Sinne eines Glaubensbekenntnisses für die geistlosen Massen. Immerhin blieb sie als einzige Zeitung im deutschsprachigen Raum, die es schaffte, den wesentlichen Inhalt ihres Blattes auf der Titelseite komprimiert zusammenzufassen. Aus meiner Sicht eine durchaus beachtenswerte Leistung, die niemand unterschätzen sollte. Allerdings muss ich an dieser Stelle meiner Aufzeichnungen auch ergänzen, dass auf den Folgeseiten dieser dubiosen Zeitung kaum nennenswerte Informationen verfasst werden, was die Zusammenfassung des Inhalts natürlich deutlich erleichtert. Bedeutet im Klartext, dass auf den Innenseiten dieser berüchtigten Schmierenkomödie eine erschreckende und gähnende Leere herrscht. Somit relativiert sich ein wenig die eben angesprochene Leistung dieses Massenblattes. Unabhängig von dieser Tatsache demonstriert dieses Giftblatt die heutige Schnelllebigkeit von Nachrichten. Heute gelesen, morgen schon wieder vergessen. Meist werden in diesem Zeitungspapier die Heringe auf dem Markt eingewickelt, sodass dieses umstrittene Machwerk am Tag nach ihrem Erscheinen ihren eigentlichen praktischen Nutzen erfüllt. Darüber hinaus wollte ich aber über dieses Thema nicht mehr vertiefend nachdenken, sondern meinen Fokus wieder auf dem damaligen Unialltag richten.

Zu diesem Zeitpunkt dachte ich, dass ich vermutlich ein oder zwei Semester benötigen würde, um mich zumindest einigermaßen auf der Uni zurechtzufinden. Zeitweilig fragte ich mich, ob ich überhaupt die richtige Entscheidung für mich getroffen habe. Den Betrieb an einer Massen-Uni stufte ich als große Herausforderung ein, die mir arg zu schaffen machte. Ein Wohlgefühl löste er bei mir nicht unbedingt aus. Die erdrückende Atmosphäre auf dem Campus drohte mich förmlich zu erschlagen. Ich entschied mich, es langsam auf mich zukommen zu lassen. Auf diese Weise erhoffte ich mir größere Überlebenschancen.

In der sogenannten Einführungswoche lernte ich schnell, dass es bei diesem Studiengang nur darum ging, ein rasantes und atemberaubendes Tempo vorzulegen. Ziel des Grundstudiums blieb es zwölf Scheine in vier Semestern zu schaffen, eine Mammut-Aufgabe für jeden Wirtschaftsstudenten. Allerdings brauchte jeder Student nur 50 % der Punkte erreichen, um in den Klausuren zu bestehen. Vordiplome wurden nur auf ausdrücklichen Wunsch des Absolventen mit Zensuren ausgestellt. Für das Hauptstudium spielte es keine Rolle, ob ein Student im Grundstudium eine Klausur mit der Note 1,0 oder 4,0 bestand. Es ging ohnehin nicht in die Wertung des Diploms ein. Quantität bekam für uns Studienanfänger daher stets Vorrang. Qualitätsansprüche hingegen verschwanden in die absolute Bedeutungslosigkeit. Entscheidend blieb in diesem Zusammenhang, dass der vorgegebene Zeitplan möglichst eingehalten wurde. Bewusstes und intensives Studieren stand zumindest im Grundstudium nicht zur Debatte. Der Druck auf uns angehende Akademiker wurde dadurch zusätzlich erhöht, indem man nur über drei Versuche pro Vorlesungsklausur verfügte. Ein dritter Fehlversuch bedeutete zwangsläufig die Exmatrikulation für den Prüfling. Mit dieser Hardcore-Methode sollten bereits im Grundstudium nerven- und leistungsschwache Studenten radikal und konsequent ausgesiebt werden. Der Ellenbogen der Uni wurde daher schon zu Beginn des Studiums schmerzhaft für mich spürbar.

Immer intensiver drang in mein Bewusstsein das Grundprinzip des Lebens: „Nur der Stärkste setzt sich durch und überlebt".

Die Evolution fand im Unialltag ihre konsequente Fortsetzung.

Der Lehrstoff für das Grundstudium in Wirtschaftswissenschaften galt als standardisiert, d. h. die Veranstaltungen mit ihren Inhalten unterlagen strengen Vorgaben. Die Lehrveranstaltungen hießen für uns Newcomer stets: BWL I, BWL II, VWL I, VWL II, VWL III, Buchhaltung, BWL III, Mathematik, Statistik I, Statistik II sowie Recht I und Recht II. Für jede dieser Vorlesungen wurden den Studenten zwei Klausurtermine angeboten. Einmal zum Ende der Vorlesungszeit und einmal kurz vor Beginn des nächsten Semesters konnten die schriftlichen Prüfungen abgelegt werden. Erfahrungsgemäß stellten sich die Klausuren zum ersten Termin sich als die etwas leichtere Hürde heraus. Beispielsweise entfiel bei BWL I und BWL II zum zweiten Termin der sogenannte dozenten-individuelle Teil bei den Klausuren, was den Schwierigkeitsgrad der Prüfung meist massiv erhöhte. Dieser Teil machte immerhin 30 von 120 Punkten bei den Klausuren aus. Bei guter Vorbereitung dieses Prüfungsteils verfügte man über größere Chancen, ein ausreichendes Prüfungsergebnis zu erzielen. Es machte genau 50 % der Punkte aus, um ein persönliches Versagen zu verhindern.

Zur Vorbereitung der Vorlesung und Klausuren konnten wir Studenten zu einzelnen Veranstaltungen die sogenannten Skripts und Klausur-Knacker in einem Copy Shop in der Grindelallee käuflich erwerben. Verfasst wurden diese kleinen Heftchen von Kommilitonen, die sich bereits im Hauptstudium befanden. Zwar stellten sie nicht immer einen vollwertigen Ersatz für die Lehrveranstaltung dar, aber oftmals eine hilfreiche Ergänzung für mich.

Meine größte Angst in der Uni-Zeit bestand darin, dass mein Studium an Mathematik scheitern könnte. Diesbezüglich verspürte ich eine riesengroße Panik. Meine Unsicherheiten beruhten auf meine eher mäßigen Leistungen in der Schule. Bei diesem Fach konnte ich irgendwann den Wald vor lauter Bäume nicht mehr erkennen. Ich blieb orientierungslos, weil mir der Kompass der Erkenntnis fehlte. Bei der Kurvendiskussion erschloss sich mir nicht der praktische Sinn. In dieser Zeit schaffte ich es nicht einmal, nachts die Wurzel aus einer Unbekannten zu ziehen. Nun aber Spaß beiseite. Ich begriff in meiner Schulzeit nicht, was ich eigentlich in Mathematik lernte.

Immer wieder fragte ich mich: „Wozu kann ich diese Form der Mathematik später in der Praxis gebrauchen"?

Die Antwort auf diese Frage blieb mir das Wirtschaftsgymnasium bis zum Ende meiner Schulzeit schuldig. Diese Tatsache verursachte bei mir negative Gedanken.

Ein Teil meiner Hysterie wurde mir dadurch genommen, dass es anderen Studenten ähnlich erging. Trotzdem änderte es nichts an meiner vorherrschenden und unausweichlichen Furcht. Allein die Vorstellung, dass all meine Bemühungen bezüglich meines Studiums wegen Mathematik umsonst sein könnten, entwickelte sich in meinen Kopf zu einem grauenvollen Horrorszenario. Ich wollte es mir nicht in seiner absoluten Vollständigkeit ausmalen. Die skizzenhafte Betrachtung des Schreckens empfand ich mehr als ausreichend, um eine negative Stimmung bei mir zu erzeugen. Vielmehr zog ich es vor, meine Befürchtungen zu verdrängen und konzentrierte mich lieber auf VWL I (Wirtschaftskreislauf + Grundlagen), BWL I (Grundlagen, Entscheidungstheorie, Investition + Finanzierung) und Buchhaltung.

Ergänzend zu den Klausuren konnte jeder Student der Wirtschaftswissenschaften in den VWL-Vorlesungen seine Note durch eine Hausarbeit verbessern. Die Note konnte um 0,6 zugunsten des Teilnehmers aufgewertet werden. Beispielsweise schreibt jemand eine Klausur mit der Note 4,0, so konnte sich die Note bei einer sehr guten Hausarbeit auf 3,4 verbessern. Voraussetzung für die Anrechnung der Hausarbeit blieb allerdings das Bestehen der Klausur, was wiederum mindestens 50 % der Gesamtpunktzahl bedeutete. Wer durchfiel, hatte leider Pech gehabt. Die Hausarbeit erwies sich gleichzeitig auch als gute Prüfungsvorbereitung. Erfahrungsgemäß kamen zwei bis drei Aufgaben aus der Hausarbeit in ähnlicher Form in der Klausur vor. Und vielfach wurde eine Frage sogar mit ungefähr zehn bis fünfzehn Punkten originalgetreu aus der Hausarbeit Bestandteil der Prüfung. Die Hausarbeiten durften auch als Gruppenarbeiten abgegeben werden. Einige Kommilitonen schrieben unfairerweise nur ihre Matrikel-Nummer auf die Hausarbeit und bekamen sie zensurtechnisch angerechnet, ohne etwas dafür geleistet zu haben. Und kontrolliert werden konnte dieses Fehlverhalten auch nicht. Vermutlich lag dies auch nicht in der Absicht der Dozenten.

„Eine Belohnung für geschicktes und betrügerisches Verhalten", fragte ich mich.

„Vermutlich sollte uns auf diesem Wege die kriminellen Strukturen der Selbstvermarktung nahegebracht werden", schoss mir gedanklich als nächstes durch den Kopf.

Die harten Gesetze der Marktwirtschaft wurden mir bereits zu Beginn des Studiums auf diese Weise vermittelt. Die eiskalte Abgebrühtheit von einigen Studienkollegen verärgerte mich oftmals sehr stark. Es wurde mir zunehmend bewusst, dass viele sich schon aus Prinzip einfach nur durchmogeln. Die selbsterbrachte Leistung stand dabei grundsätzlich im Hintergrund.

„Ist dieses System daher noch als gerecht zu betrachten", wollte ich wissen.

Die Fakten gingen mit der Antwortsuche schonungslos ins Gericht. Denn aus meiner Sicht repräsentierte die Uni letztlich auch nur den gesellschaftlichen Edikettenschwindel. Darin lag eine massive Ungerechtigkeit, die ich gezwungenermaßen akzeptieren musste, um weiter an der Uni studieren zu können.

Bei VWL I erledigte ich die Hausarbeit noch allein und erzielte fast achtzig von hundert Punkten. Daher wurde mein Schein später um 0,4 Punkte aufgewertet. Ich entschied mich für den VWL-Dozenten Dr. Lindemann, den ich auch in VWL II und VWL III treu blieb. Seine Vorlesungen waren nicht so überfüllt wie andere, was ich als sehr angenehm empfand. Darüber hinaus machte er einen guten Unterricht.

Sein Standardsatz lautete häufig: „Jede Karawane ist schnell wie sein lahmstes Kamel".

Diesen Spruch brachte er meist, wenn jemand bei seinem Diktat nicht so schnell mitschreiben konnte. Dieser Satz hört sich für Außenstehende bösartiger an, als er eigentlich gemeint war. Denn Lindemanns Tonfall ließ uns Studierende in der Vorlesung durchblicken, dass es sich hierbei eher um einen liebevollen Scherz handelte. Geduldig wiederholte er seine Formulierungen für diejenigen, die bei seinem Diktiertempo nicht mithalten konnten. Übrigens oft gehörte ich auch zu den Kandidaten, die beim Schreiben in Rückstand gerieten. Lindemann machte eine ausgezeichnete Vorbereitung. Später erhielt ich dem VWL-Schein mit der Note 2,2.

Bei den anderen Vorlesungen erreichte ich in den Klausuren, um es mal zurückhaltend zu formulieren, nicht ganz so berauschende Ergebnisse. In Buchhaltung erhielt ich beispielsweise nur die Note 3,4. Warum nur ein knappes Befriedigend in diesem Bereich? Schließlich besuchte ich zuvor die Höhere Handelsschule, danach das Wirtschaftsgymnasium und machte sogar anschließend eine Ausbildung als Industriekaufmann. Über ein ausreichendes Vorwissen in diesem Fach müsste ich eigentlich verfügen. Dennoch machte ich bei der Klausurvorbereitung einen entscheidenden und fatalen Fehler. Aus Zeitgründen klammerte ich ein Thema aus, weil ich davon ausging, dass es nicht klausurrelevant sei. Um welches Thema es sich handelte, vergaß ich mittlerweile. So sehr ich mich an dieser Stelle meiner Aufzeichnungen auch bemühte, ich konnte mich nicht mehr daran erinnern. Letztlich erschien es auch nicht wichtig zu sein. Daher gab ich es auf, mir darüber weiter den Kopf zu zerbrechen. Entscheidend wurde hier vielmehr die Tatsache, wie der Zufall es eben so will, dass dieses Thema doch in der Klausur drankam. An dieser speziellen Themenaufgabe biss ich mir regelrecht die Zähne aus und verlor wichtige und vor allem kostbare Zeit. Die besondere Schwierigkeit bei dieser Klausur erwies sich ausgerechnet der Zeitfaktor. Nur sechzig Minuten verfügte ich an Zeit, um alle Aufgaben zu lösen. Genau sechzig Punkte gab es maximal zu erreichen, d. h. ich verfügte über eine Minute pro Punkt. Aus meiner Sicht verdammt wenig Zeit für eine Prüfung. Daher entwickelte sich aus dem Zeitfaktor ein Stressfaktor. Es entstand eine nahezu unüberbrückbare Kopfblockade. Unruhe und Panik kamen bei mir auf. Schweißausbrüche und zittrige Hände machten sich bei mir bemerkbar. Schlagartig entstand bei mir das Gefühl, dass ich nichts mehr wusste.

„Wieder die altvertrauten Symptome bei einer Prüfung", stellte ich mit Schrecken fest.

Innerlich versuchte ich wieder zur Ruhe zu kommen, was mir aber zugegebenermaßen schwerfiel.

„Verdammte Scheiße. Das Thema kommt doch dran", fluchte ich gedanklich und fletschte die Zähne.

Mein Verstand stellte sich ab. Nichts ging mehr. Zum Glück löste ich zuvor schon genügend Aufgaben, um die Prüfung zu bestehen. Daher gab ich die Klausur trotz des Blackouts mit einem relativ guten Gefühl ab.

Leider lief es bei der BWL I-Klausur anders. Ich beendete sie mit sehr gemischten, eher negativen Gefühlen.

„Entweder knapp bestanden oder knapp durchgefallen", orakelte ich.

Eine Zitterpartie wurde unausweichlich. Irgendwann kam der Zeitpunkt, wo ich fast täglich an den Briefkasten ging, in der Hoffnung, dass ich die BWL-Klausur vielleicht doch bestanden haben könnte. Die Realität machte mir aber ein Strich durch die Rechnung. Aufgeregt und nervös öffnete ich den betreffenden Umschlag. Ernüchterung und Enttäuschung ließ sich nicht vermeiden, als ich das Ergebnis las. Ich erreichte nur 42,5 von 120 Punkten. Eine Schocktherapie, die ich zunächst innerlich verarbeiten musste. Fazit: Durchgefallen, nicht bestanden.

„Wie gehe ich mit diesem Resultat um", fragte ich mich in dieser Lage.

Ich fasste den Entschluss, mich nicht in eine negative Gedankenspirale zu begeben. Ich tröstete mich damit, dass ich wenigstens die beiden anderen Klausuren meistern konnte. Ich fragte mich allerdings, woran es lag, dass ich dieses schlechte Ergebnis erzielte. Diese Frage wurde für mich unausweichlich, da ich verständlicherweise meine alten Fehler nicht wiederholen wollte. Bei meinen Überlegungen kam ich zu der Lösung, dass dies zum großen Teil am Dozenten lag. Dr. Jörg König machte zwar eine interessante Vorlesung, aber sie enttarnte sich als zu wenig klausurorientiert.

„Eventuell könnte mich diese Tatsache verunsichert haben", analysierte ich später.

Wie kann ich Herrn König beschreiben? In seiner Erscheinung zweifelsfrei ein absolutes und unverwechselbares Unikat. Ein älterer Herr mit Brille und kleidungstechnisch meist mit einer Fliege und einer Weste ausgestattet.

Sein Standardspruch in der Vorlesung lautete stets: „Das Rechnen überlasse ich meinen Lehrlingen. Die Interpretation der Zahlen ist wichtiger".

Prinzipiell behielt er mit dieser Aussage recht, aber das Problem bestand darin, dass in den Klausuren das Rechnen höher bewertet wurde als die Interpretation des Resultates. Übrigens sagte dies auch mein damaliger BWL-Dozent in der Vorlesung. Allerdings änderte diese Selbsterkenntnis nicht sein Unterrichtsinhalt. Daher lief die Klausurvorbereitung nicht optimal. Selbst der dozenten-individuellen Teil rettete mich in diesem Zusammenhang nicht. Genau dies führte bei mir zwangsläufig zum desaströsen Ergebnis.

Durch die Vorlesung bei Dr. Jörg Krohn machte ich am Ende des ersten Semesters die Bekanntschaft mit Thorsten Eichbaum. Es wurde die einzige richtige Freundschaft, die während meines Studiums entstand. Ansonsten gab es, wie bereits eingangs im Kapitel erwähnt, nur flüchtige Bekanntschaften, mit denen ich gemeinsam eine Hausarbeit erledigte oder nur oberflächlichen Smalltalk abhielt.

Nach der BWL-Klausur kamen wir das erste Mal kurz ins Gespräch. Wir stellten uns zunächst gegenseitig mit Namen vor.

Danach fragte mich Thorsten: „Wie ist dein Gefühl für die Klausur"?

„Es wird vermutlich knapp", antwortete ich leicht unsicher.

„Ein ähnliches Gefühl habe ich auch. Vielleicht gerade bestanden", meinte Thorsten anschließend, ebenfalls mit einen etwas mulmigen Gefühl.

Zusammen gingen wir ein Stück unseres Weges, um gedanklich wieder von der Klausur wegzukommen. Ich wechselte schnell das Thema.

„Was sind deine Hobbies"?

„Klassische Musik", erwiderte Thorsten kurz und knapp.

„Opern und Operetten", hakte ich interessiert nach.

„Nein, ich bevorzuge instrumentale klassische Musik. Mit Opern kann ich beispielsweise nichts anfangen", gab mir mein Gesprächspartner zu verstehen.

Nach einer kurzen Phase des Schweigens fragte er mich: „Und was sind deine Hobbies René"?

„Ich reise gern, fotografiere viel und beschäftige mich mit Politik und Geschichte", gab ich bereitwillig zur Auskunft.

An den sonstigen Inhalt unseres Gespräches konnte ich mich bei meinen Aufzeichnungen nicht mehr erinnern. Wir waren uns auf Anhieb sympathisch. Am Ende der Unterhaltung tauschten wir noch Adressen und Telefonnummern aus, um weiterhin in Verbindung bleiben zu können. Später zog ich folgendes Fazit: Thorsten bestand tatsächlich die Klausur und blieb bei König als Dozent, während ich durchfiel und den Dozenten wechselte. In unserer gemeinsamen Studienzeit ging es häufig nach ähnlichem Strickmuster zu. Thorsten kam schneller voran, weil er im Gegensatz zu mir nicht unter Prüfungsangst litt. Vermutlich studierte er weniger emotional belastet, was sich immer stärker als ein großer Vorteil herauskristallisierte.

Thorsten müsste ungefähr fünf Jahre jünger als ich gewesen sein. Von der körperlichen Statur wirkte er schlank und hochgewachsen. Haarfarbe: blond. Frisur: kurzgeschnittene Haare. Besondere Kennzeichen: Brillenträger. Er selbst bezeichnete sich stets als Hobbymusiker. Sein Instrument: das Klavier. Seine bevorzugte Musikrichtung, wie bereits bekannt: Klassik. Seine Vorbilder: Mozart, Beethoven, Liszt, Haydn usw. Mit Vorliebe komponierte er selbst. Meist in Stil seiner Vorbilder.

Das Klavierspiel brachte er sich weitgehend selbst bei. Klavierunterricht erhielt er kaum. Er weckte meine Liebe zur klassischen Musik. Vorher spielte in meinem Leben die Musik eher eine untergeordnete Rolle.

„Warum", könnte sich der Leser dieser Zeilen an dieser Stelle fragen.

Ehrlich gesagt, konnte ich diese Frage nie wirklich eindeutig beantworten. Jeder Versuch, doch eine klare Antwort zu finden, scheiterte bisher kläglich. Darum gab ich es irgendwann auf. Ich hielt es ohnehin nicht wichtig für meine Aufzeichnungen.

In den Freistunden spielte mir Thorsten im Musikbereich der Uni auf einen Klavier sowohl eigene Kompositionen als auch Auszüge aus bekannten Sonaten oder sonstigen Klavierstücken berühmter Komponisten etwas vor. Dieses Klavier stand für Musikstudenten separat in einem kleinen Nebenraum nahe beim Haupteingang zum Üben und Einspielen zur Verfügung. Nie hätte ich gedacht, dass ich mich jemals für klassische Musik interessieren würde. Ich entdeckte in mir eine völlig neue Seite, die ich ehrlich gesagt nicht unbedingt vermutet hätte. Meiner Seele tat es gut. Für mich eine Erweiterung meines seelischen und geistigen Horizontes. Es machte mir den Unialltag deutlich erträglicher.

Die Musik begriff ich seit dieser Zeit als ein Wechselbad der Gefühle. Traurigkeit, Heiterkeit, Fröhlichkeit oder Melancholie trafen dabei wie selbstverständlich aufeinander. Es schien manchmal auf dem ersten Blick nichts davon zusammenzupassen, aber dennoch gehörten diese Dinge zueinander. Denn Gegensätze ziehen sich bekanntlich häufig magisch an und lassen sich nicht mehr trennen. Tempo, Geschwindigkeiten, Betonungen oder der Klang selbst brachten diese Tatsache klar und eindeutig zum Ausdruck. Die Musik wurde für mich zu einem Spiegel der Seele. Sie drückte meine Stimmungen und Gefühle in all ihren Facetten aus. Es bedeutete Hingabe und das Einlassen auf sich selbst.

Später als Künstler hörte ich viele Klassik-CDs. Während des Schaffensprozesses half es mir, den Kopf freizubekommen. Ich nutzte die Musik häufig als eine Inspirations- und Meditationsquelle. Ich gewann in solchen Momenten das Gefühl, dass das Malen und das Schreiben eine spürbare Leichtigkeit zum

Vorschein brachte. Schöpferische Blockaden wurden für mich zu einen absoluten Fremdwort. Anhand meiner verfassten Texte und meiner gemalten Bilder lässt sich klar erkennen, welche Wirkung Musik bisher auf mich ausübte. An dieser Stelle meiner Aufzeichnungen fasste ich den Entschluss, mich später eventuell eingehender mit dieser Thematik zu beschäftigen. Irgendwie schien es hier nicht zu passen. Ich wollte unbedingt vermeiden, den Faden der Handlung und den damit verbundenen Gedanken zu verlieren.

Ich befürchtete, dass sonst die Frage entstehen würde: „Wo bin ich"?

Darum wechselte ich wieder zum Unigeschehen.

Die neugewonnene Freundschaft zu Thorsten, die sich in der Uni-Zeit entwickelte, konnte nicht darüber hinwegtäuschen, dass ich eine große Einsamkeit verspürte. Für mich entstand verstärkt der Eindruck, dass ich mir meiner bisherigen Einsamkeit in diesem Abschnitt meines Lebens überhaupt erst richtig bewusst wurde. Vorher fand ich durch andere Dinge die nötige Ablenkung. Ich erhielt quasi kaum Zeit, derartige Gefühle in meinen Inneren spürbar zuzulassen.

In Zusammenhang mit meiner Einsamkeit beschäftigte ich mich gedanklich auch mit dem leidigen, fast lästigen Thema Frauen. Damals fühlte ich immer noch den inneren Widerspruch zu ihnen. Ich zerbrach mir schmerzhaft den Kopf, warum sich trotz meines leicht fortgeschrittenen Alters bisher nie eine Freundin beziehungsweise Lebensgefährtin an meiner Seite befand. Meines Erachtens lag es daran, dass ich damals nicht über einen gewissen Punkt hinauskam. Ich sah mich nicht imstande, den entscheidenden Schritt zu machen, um über meinen eigenen Schatten zu springen. Wie sah der entscheidende Schritt aus? Warum konnte ich ihn nicht vollziehen? Das Grundproblem bestand darin, dass ich mich nicht öffnen konnte. Dies wiederum konnte ich darauf zurückzuführen, dass ich meine panische Angst aus der Schulzeit, vom weiblichen Geschlecht ausgelacht und verspottet zu werden, nicht loswurde. Ein Traumata, das mich emotional gefangen nahm. Meine Angst verfolgte mich sogar soweit, dass ich fast zur Überzeugung gelangte, meinen Sexualtrieb kontrollieren zu müssen, was aber zugebenermaßen meist nicht gelang. Trotzdem setzte sich bei mir der Gedanke fest, keine Freude am Sex zu haben, weil ich es als ein Machtinstrument des anderen Geschlechtes betrachtete. Niemand sollte mich in dieser Hinsicht manipulieren können. Daher erhoffte ich mir verführungsresistent zu sein und kein Opfer meines Unterleibs zu werden. Es blieb mir oft nur noch die Konsequenz, dass ich mich gelegentlich mit meinem Sperma verabredete. Die Selbstbefriedigung führte ich häufig nur deshalb durch, um nicht wahnsinnig zu werden. Ich wollte verhindern, dass ich durchdrehe und zum Amokläufer werde. Die wenigen Bordellbesuche während meiner Studienzeit lasse ich in meinen Aufzeichnungen unerwähnt, weil ich sie als unbefriedigend empfand. Die Erinnerungen daran würde ich fast als frustrierend beschreiben. Eigentlich wollte ich durch meine Rotlichtaufenthalte die Monotonie der Selbstbefriedigung durchbrechen, was aber in dieser Zeit nicht wirklich gelang. Zeitweilig empfand ich die gedankliche Konfrontation mit diesem Thema als Hölle auf Erden. Jedem Moment drohte mein Schädel durch eine tickende Zeitbombe zu explodieren. Es schien nur noch eine Frage des richtigen Zeitpunktes zu sein.

Die Widersprüchlichkeit meiner Gefühle kam dadurch zum Ausdruck, dass ich einerseits eine große Einsamkeit spürte und andererseits eine wahnsinnige Angst vor den Enttäuschungen einer Beziehung durchlebte. Meine Angst vor der sogenannten Normalität wurde größer als der Wunsch nach Normalität. Diese knallharte Realität musste ich vorerst notgedrungen akzeptieren, zumindest entsprach dies zu dieser Zeit meinen persönlichen Vorstellungen. Gefühlsmäßig entwickelte sich für mich die Einstellung, dass das Alleinsein das Beste für mich wäre. Es wurde mir bewusst, dass ich innerlich in einer eigenen Welt lebte. Eine intime Beziehung mit einer Frau fand zu diesem Zeitpunkt darin keinen Platz.

Ich versuchte die Vorteile meines Singledaseins zu sehen. Beispielsweise dachte ich, dass mir der allgemein übliche Beziehungsstress erspart bleibt. Darüber hinaus strebte ich in diesem Zusammenhang nie an, Kinder in die Welt zu setzen, da ich mich nicht im Käfig der Verantwortung aufhalten wollte. Diese Einstellung vertrat ich bereits schon vor dem Studium, weil ich mich dieser Aufgabe nie wirklich gewachsen fühlte. Die ausgehungerten Raubtiere im Käfig wären vermutlich über mich hergefallen und hätten versucht, mich mit Haut und Haaren zu zerfleischen und aufzufressen. Aus dieser Zwangslage hätte ich mich wahrscheinlich nicht mehr befreien können. Genau das Gegenteil wäre der Fall gewesen. Bei einem Fluchtversuch würde ich mich zusätzlich gnadenlos in einen Teufelskreislauf begeben, wo ich bis zu meinen Ableben Folterqualen ertragen müsste. Eine aussichtslose Situation, die meine Vorstellungskraft emotional stark beanspruchte und für mich daher nicht zur Realität werden durfte. Ich hielt es unter diesen Umständen für unverantwortlich, überhaupt über eigene Kinder nachzudenken. Glücklicherweise löste sich das Problem für mich von selbst, da mir damals außerhalb des Bordells Sex fremd blieb. Vater werden konnte ich quasi nur als Samenspender für die Samenbank.

„Vielleicht eine Einnahmequelle, wenn meine Ersparnisse zur Neige gehen. Irgendetwas Produktives muss ich in meinen Leben auch zustande kriegen", schoss mir kurzfristig als Gedanke durch den Kopf.

Ansonsten wollte ich das Thema Fortpflanzung nicht weiter vertiefen. Offen gesagt, hielt ich es für Zeitverschwendung.

Genauso gelangte ich zu der Überzeugung: „Wenn ich weiterhin allein bleibe, habe ich gegenüber anderen, keine oder zumindest weniger Verpflichtungen zu erfüllen. Und die Selbstverwirklichung wäre dadurch erheblich leichter, da ich keine falsche Rücksicht nehmen musste".

Gleichzeitig befand sich keine Frau an meiner Seite, die versuchte mich nach ihren Idealvorstellungen zu erziehen.

„Frauen wollen unbedingt ihren absoluten Traumprinzen, und ich bin eben die bittere Realität", philosophierte ich zu diesem Thema.

Mit dieser Konfrontation kamen nach meinen damaligen Vorstellungen die meisten Frauen nicht zurecht. Deshalb nahm ich mir das Recht heraus, mein Ideal von einer Frau zu entwerfen.

„Allerdings kann das andere Geschlecht diesen Ansprüchen nicht einmal annähernd gerecht werden", zog ich schnell Fazit, als ich die Kriterien für eine potenzielle Freundin festlegte.

Während des Schreibens überlegte ich, warum ich solche strengen Auflagen machte.

„Vermutlich wollte ich eine unüberwindbare Hürde für mögliche weibliche Kandidatinnen aufbauen", analysierte ich bei meinen Aufzeichnungen.

Die Angst, die falsche Partnerwahl zu treffen, legte sich während meines Studiums leider nicht. Daher musste ich mir einen Schutzwall aufbauen, der mir die Illusion von Sicherheit gab.

Frauen mussten fortan unbedingt folgende Voraussetzungen mitbringen:
1.) Ehrliche Zuneigung.
2.) Seelenverwandtschaft.
3.) Intelektueller Anspruch.
4.) Gemeinsame Interessen.
5.) Kein Kinderwunsch.
6.) Gegenseitiger persönlicher Freiraum.
7.) Keine Oberflächlichkeit.
8.) Einfühlungsvermögen.
9.) Offenheit, Ehrlichkeit und Klarheit.
10.) Keinerlei Erziehungsversuche seitens der Frau.

Für mich repräsentierten diese Voraussetzungen meine persönlichen zehn Gebote, die absolute Gültigkeit erlangten. Ich bekam große Zweifel, dass es jemals eine Frau gab, die meinen Vorstellungen nur annähernd entsprach. Oder vielleicht doch? Diese Frage beantwortete ich mir stets mit einen klaren und eindeutigen Nein. Ich entwickelte mehr und mehr das Gefühl, dass Frauen in Allgemeinen schlechten Einfluss auf mich ausüben könnten. Diese verzwickte Situation symbolisierte ein Dilemma in meiner Gefühlswelt. Ich verspürte eine Einsamkeit, die bei mir starke Depressionen verursachte. Meine Skepsis zum Thema Beziehung konnte zu diesem Zeitpunkt nicht beseitigt werden. Und Homosexualität spielte bei mir keine Rolle.

„Männer empfinde ich nicht als sexuell anziehend, und die Beziehungsprobleme wären vermutlich sowieso ähnlich", dachte ich zum Thema gleichgeschlechtliche Liebe.

Wie konnte ich diese emotionale Herausforderung nun meistern? Ich erlangte die Erkenntnis, dass es sich hierbei um eine komplexe und fast unlösbare Aufgabe handelte. Sie mutierte zu einem emotionalen Chaos in meinem Kopf. Es entwickelte sich die fixe Idee, dass ich verrückt oder irre werden könnte. Also versuchte ich diese negativen Gedanken so gut ich konnte zu verdrängen, indem ich mich intensiv auf das Studium konzentrierte.

Nach der Betrachtung des ersten Semesters, brauchte ich erst einmal mein koffeinhaltiges Heißgetränk, obwohl ich eigentlich nie den typischen Coffeeholic darstellte. Eine unvorhersehbare Müdigkeit und eine daraus resultierende Konzentrationsschwäche präsentierten sich mit einer derart heftigen Intensität in meinem Schädel, sodass ich mich nur abscheulich fühlen konnte. Bevor ich jedoch wegen totaler Erschöpfung zusammenbrach, hoffte ich, dass ein Becher Kaffee mit Milch und Zucker eine Verbesserung meines schlechten Allgemeinzustandes bewirkte. Ich ging kurz in die Küche, um mir den Zaubertrank zuzubereiten, in der berechtigten Erwartung, anschließend wieder über genügend Kraft und Energie für meine künstlerische Arbeit zu verfügen. Schließlich nahm ich mir vor, den Urlaub für das Verfassen meiner Memoiren beziehungsweise meines Romans optimal zu nutzen.

Verärgert über meine Unordnung fragte ich mich: „Wo habe ich bloß den Kaffee hingestellt"?

Nie fand ich ihn dort, wo ich ihn vermutete.

„Verdammte Scheiße", sprudelte es geradewegs lautstark aus mir heraus.

Ordnung gehörte zugegebenermaßen nie zu meinen besonderen Stärken. Jedoch wie hieß stets meine Devise in diesem Zusammenhang?

„Ordnung ist etwas für Kleingeistige. Und Genies überblicken und beherrschen das Chaos"?

Nun aber Scherz beiseite.

Ich fragte mich nochmals: „Wo ist bloß der blöde Kaffee geblieben"?

Nirgendwo in der Wohnung fand er sich nicht an. Allmählich geriet ich in panischer Aufregung. Ich spürte schon die Entzugserscheinungen in meinem Körper. Die Symptome Nervosität und Unruhe machten sich bereits intensiv bei mir bemerkbar.

Daher stand für mich fest: „Die Sucht nach Koffein muss unbedingt befriedigt werden! Koste es, was es wolle".

Im Einbauschrank befand sich der Kaffee jedenfalls nicht, soviel stand momentan fest. Auf dem Tisch ebenfalls nichts zu finden. Und zum Penny Markt zu laufen, verspürte ich ehrlich auch keine allzu große Lust.

„Was mache ich jetzt", wollte ich von mir selbst wissen.

Eine verzwickte Situation. Irgendwie musste ich doch an meine Wunderdroge kommen, soviel stand fest. Hatte ich wirklich alle bekannten Orte abgesucht?

„Aus meiner Sicht kann sich die Fundsache nur noch an einen Platz befinden, nämlich oberhalb des Kühlschranks", schoss mir blitzartig als rettender Gedanke durch den Kopf.

Ich ging zum betreffenden Platz.

Endlich konnte ich aufatmen. Die Kaffeedose tauchte wieder auf und der Tag galt zumindest vorerst als gerettet. Fortuna wandte sich rechtzeitig meiner Seite zu. Genauso hatte ich es mir erhofft und gewünscht. Nach einer kleinen Kaffeepause konnte das Schreiben am Notebook weitergehen, und ich betrachtete dabei die nächste Saison an der Hamburger Universität.

Sommersemester 1995

Ein neues Semester begann und der Klausurstress fand seine unbarmherzige, fast grausame Fortsetzung. Beispielsweise fasste ich den Entschluss, in diesem Studienhalbjahr die BWL II-Klausur zu schreiben. Inhalt des Lehrstoffes: Produktion, Absatz und Unternehmensführung. Diesmal wechselte ich den Dozenten und hörte meine Vorlesung bei Dr. Karsten Herbst. Bei ihm spürte ich ein deutlich größeres Vertrauen als bei Jörg Krohn. Beschreiben würde ich ihn als einen humorvollen Menschen mittleren Alters, der sich einer großen Beliebtheit bei den Studenten erfreute. Seine Vorlesungen füllten kontinuierlich die Hörsäle, was ich als ein gutes Zeichen/Omen deutete. Sein persönliches Spezialgebiet und Steckenpferd war das Marketing, was er gerne immer wieder im Unterricht einbaute.

Begrüßen tat er uns meist mit den Satz: „Der Herbst ist wieder da".

Diese Aussage machte er unabhängig von der aktuellen Jahreszeit. Dieses Ritual wurde fester Bestandteil seiner Vorlesung. Den Lehrinhalt vermittelte er größtenteils anhand alter Klausuraufgaben, wie sie oftmals in den schriftlichen Prüfungen immer wieder mit auffälliger Regelmäßigkeit vorkamen. Daher ging ich voller Hoffnung in die Vorbereitung und sprühte vor

Optimismus. Ich meinte, den Stoff gut verinnerlicht zu haben. Jedoch es kam ein völlig anderer Klausurinhalt dran, als ich erwartet hatte. In der Prüfung ging ich davon aus, dass das Rechnen der wesentliche Bestandteil der Aufgabenstellungen ausmachen würde, aber zu meinem persönlichen Entsetzen musste ich eher verbale Fragen lösen, die überwiegend schwer eine Antwort fanden.

„Scheiße. Scheiße. Scheiße", fluche ich leise im Hörsaal vor mich hin.

Ich versuchte mich zu beherrschen, auch um meine Studienkollegen bei der Prüfung nicht aus der Konzentration zu bringen. Ein schwieriges Unterfangen, wie ich feststellen musste. Denn innerlich wuchs eine Unruhe in mir, die ich kaum bändigen konnte. Angstschweiß tropfte mir von der Stirn, und meine Hände wurden leicht zittrig. Die Angst konnte ich nicht kontrollieren, da sie mich zu meinem eigenen Leidwesen voll im Griff bekam. Trotzdem versuchte ich mit sehr viel Mühe, die Aufgaben bestmöglich zu lösen, in der schwachen Hoffnung, wenigstens 50 % der Punktzahl zu erreichen, was für das Bestehen der Klausur am Ende völlig gereicht hätte. Aufgeben wollte ich in dieser Situation auf keinem Fall, aber dennoch gab ich die Klausur mit einem schlechten Gefühl ab. Ich fühlte mich als totaler Versager und Verlierer, da ich mich falsch vorbereitete.

Natürlich hoffte ich zuhause, dass mein ungutes Gefühl sich als unberechtigt herausstellen würde. Leider bekam ich Mitte September die Gewissheit für das Nichtbestehen der BWL II-Klausur mit dem Pony-Express zugeschickt. Ich erreichte nur läppische 30 von 120 Punkten. Spätestens seit diesem Zeitpunkt fühlte ich mich unter einen enormen Leistungsdruck. Denn es drang immer stärker in mein Bewusstsein, dass das Erreichen des Vordiploms scheitern könnte.

Die großen Hoffnungen lagen auf den nächsten beiden Klausuren. Ich wollte nicht vorzeitig die Flinte ins Korn werfen. Als Alternativen blieben für mich sonst nur die Exmatrikulation und der ernüchternde Besuch beim Arbeitsamt. Auf diese Optionen wollte ich verständlicherweise verzichten, da ich sonst vermutlich das Gefühl gehabt hätte, meine Perspektive zu verlieren. Ein hoffnungsloser Sozialfall, der seiner Mutter finanziell auf der Tasche lag, wollte ich nicht werden. Diese Vorstellung empfand ich als grauenvoll und grässlich. Also versuchte ich weiterzumachen und konzentrierte mich auf die restlichen Herausforderungen in diesem Halbjahr.

Als nächste Klausur schrieb ich BWL III. Dieses Fachgebiet setzte sich zusammen aus Bilanz und Kosten- und Leistungsrechnung. 180 Minuten standen mir als Zeit zur Verfügung, die Aufgaben zu lösen. Die Schwierigkeit bei dieser Klausur bestand darin, dass der Umfang des Lehrstoffes auf dem ich mich vorbereiten musste, sich als große Anspruchshürde herausstellte. Der Dozent Dr. Erich Hirsch, der auf mich wie ein trockner und langweiliger Buchhalter wirkte, der kurz vor seiner Pensionierung stand, versicherte uns Prüflingen in seiner Vorlesung, dass eine bestimmte Aufgabenstellung in der Klausur definitiv nicht vorkommen sollte. In meiner Naivität schenkte ich dieser Information mein absolutes Vertrauen. Leider ein fataler Fehler, wie sich später herausstellte. Denn genau dieser Aufgabentyp kam in der Klausur vor. Ich kann mich nicht mehr genau erinnern, wie die Aufgabenstellung aussah. Dies erschien meines Erachtens in diesem Zusammenhang für meine Aufzeichnungen allerdings nicht mehr wirklich wichtig zu sein. Entscheidend blieb hier vielmehr die Tatsache, dass ich mich auf die Richtigkeit der Aussage des Dozenten verlassen hatte. Durch diesen Umstand konnte ich die Aufgabe nicht lösen. Eine andere Aufgabe konnte ich ebenfalls nicht in Angriff nehmen, da ich auf den Klausurblättern über keinen ausreichenden Platz mehr verfügte.

Ich ging zur Aufsicht und fragte: „Kann ich noch einen Zettel haben, da mir Platz fehlt, um eine Aufgabe lösen zu können"?

„Nein", antwortete die männliche Aufsichtsperson mit Nachdruck, „der Platz muss reichen".

Wütend ging ich wieder zum Platz und versuchte die anderen Klausuraufgaben nach bestem Wissen zu meistern. Es wurde mir bewusst, dass ich durch das Nichtlösen dieser beiden Aufgaben wertvolle und wichtige Punkte verlor. Daher ging ich anschließend mit gemischten Gefühlen aus der Klausur. Leider schon ein Ritual, was ich kannte.

Ähnlich wie bei der BWL I-Klausur orakelte ich: „Entweder knapp bestanden oder knapp durchgefallen".

„Was mache ich bloß falsch", fragte ich mich hinterher verunsichert.

Die Enttäuschung konnte ich fortan nicht aus meinen Gedanken verbannen, so sehr ich es auch versuchte. Schlafstörungen blieben unausweichlich, da ich wegen meines möglichen Versagens unangenehme Beklemmungen bekam. Am liebsten hätte ich meinen ganzen Frust ausgekotzt. Leider ohne Erfolg.

„Soll ich jetzt schon aufgeben", überlegte ich nervlich angeschlagen in dieser Situation.

Nein, aufgeben konnte ich nicht akzeptieren.

Daher sagte ich zu mir selbst: „Ich muss kämpfen, kämpfen, kämpfen…Aufgeben gibt es nicht".

Mit aller Kraft versuchte ich mich zu motivieren, was mir allerdings sehr schwer fiel. Ich wollte den Erfolg unbedingt erzwingen, egal wie aussichtsreich ich es tatsächlich einstufen konnte.

Mit dem Pony-Express kam das befürchtete Ergebnis: durchgefallen. Ich erreichte 76 von 180 Punkten. Hingegen Thorsten, der nie die Vorlesung besuchte, erreichte genau die erforderlichen 90 Punkte und bestand die Klausur. Ich gab ihm zuvor die entscheidenden Literaturtipps, und er machte das Beste daraus.

„Verrückte Welt", dachte ich, als er mir am Telefon sein Prüfungsergebnis freudig mitteilte.

Ich verstand nicht, warum ich wieder einmal scheiterte und andere es schafften, obwohl sie nicht einmal die Vorlesung besuchten. Natürlich freute ich mich für Thorsten, aber ein wenig Neid kam zugegebenermaßen trotzdem auf.

Thorsten sagte bereits kurz nach der Klausur zu mir: „Ich besuche kaum Vorlesungen. Für mich ist es effektiver das entsprechende Fachbuch für die Vorlesung zuhause durchzuarbeiten, da die Veranstaltungen ohnehin meist keine gute Klausurvorbereitungen sind".

Ich musste schmerzlich zugeben, dass er sich mit seiner Strategie auf einen guten Weg befand.

„Der Erfolg gibt Thorsten recht", musste ich hier zweifelfrei erkennen.

Aufgrund einer Falschinformation des Dozenten fiel ich in BWL III durch. Diese Tragik wäre mir möglicherweise erspart geblieben, wenn ich die Vorlesung nicht besucht hätte. Für mich ein schwacher Trost, dass die Durchfallquote bei fast 80 % lag. Es änderte nichts an meiner eher schwachen, fast aussichtslosen Ausgangssituation.

Nun konzentrierte ich mich auf die Recht II-Klausur (Wirtschafts- und Unternehmensrecht). Hier wurde mir rasch klar, diese Prüfung musste ich in jedem Fall bestehen, sonst wäre es nicht nur sehr eng geworden, sondern fast unmöglich, das Vordiplom zu schaffen. Ich fühlte mich wie ein angeschlagener Boxer, der bereits zwei Niederschläge in dieser Runde schweren Herzens im Ring hinnehmen musste. Nun durfte ich in keinem Fall keinen erneuten Niederschlag riskieren, soviel stand fest. Dies wäre sonst mit einem Knockout gleichzusetzen. Es lastete ein großer Erfolgsdruck auf meinen Schultern, und ich wusste nicht wie lange ich ihn noch ertragen konnte. Jedoch zum Glück lief es bei dieser Klausur deutlich besser. Nicht die üblichen negativen Symptome, wie meist zuletzt üblich. Mit einem zufriedenen, fast ungewohnten Hochgefühl gab ich die Arbeit ab. Auf mein Gefühl wollte ich mich diesmal trotzdem nicht verlassen, da ich mich bei den Prüfungen zuvor schon einige Male täuschte. Ich misstraute quasi meiner eigenen Vorfreude. Daher entwickelten sich die nächsten Wochen zu einer nervenaufreibenden Zitterpartie. Ich hielt es vor lauter Ungeduld nicht mehr aus, auf das Ergebnis in der Post zu warten, sodass ich ein Tag vor Heiligabend nochmals zur Uni fuhr, in der Hoffnung, dass die Klausurergebnisse auf dem Campus im Fachbereich bereits aushingen. Und tatsächlich wurden die Ergebnisse veröffentlicht, sodass ich anhand meiner Matrikel-Nummer endlich Gewissheit erlangte. Ich erreichte 48 von 80 Punkten (Note: 3,8). Dieses Resultat entsprach meinen Vorstellungen von einen vorgezogenen Weihnachtsgeschenk.

„Sicherlich kein berauschendes Ergebnis, aber immerhin ausreichend", zog ich nüchtern Fazit, als ich das Resultat auf der Liste las.

Die Erschöpfung, die durch den Prüfungsstress entstand, lies zunächst nur eine verhaltene Freude bei mir zu. Dennoch konnte ich nach einigen Fehlschlägen wieder durchatmen, da ich ein langersehntes Erfolgserlebnis spürte. Es gab mir den nötigen Auftrieb, und ich schaute wieder etwas optimistischer in die Zukunft. Ich zweifelte zuvor stark an meinen Fähigkeiten, da ich trotz intensiver und gewissenhafter Vorbereitungen in drei Klausuren bereits durchfiel. Sogar über das Aufgeben dachte ich zwischenzeitlich ernsthaft nach. Nach der bestandenen Recht II-Klausur sah es allerdings wieder etwas besser aus. Ich konnte mich notdürftig an einen Strohhalm klammern, da meine Hoffnungen nach einer bestandenen Prüfung erneut stiegen. 25 % meines Grundstudiums absolvierte ich in zwei Semestern. Trotzdem ließ sich nicht ignorieren, dass ich mich ein Semester in Rückstand befand.

Nach der emotionalen Achterbahnfahrt, die ich durch die Betrachtung des zweiten Semesters wegen des Prüfungsstresses nochmals durchlebte, bekam ich fürchterliche Kopfschmerzen, die mich in dieser Situation an dem Rand des Wahnsinns trieben. Seit mindestens dreißig Minuten quälten sie mich und fanden kein gewünschtes Happy End. Sie erinnerten mich pausenlos daran, dass ich nie gut mit Leistungsdruck und Stress umgehen konnte. In dieser Hinsicht zeigten sie ihre gnadenlose Erbarmungslosigkeit. Ich durchlebte die Hölle.

„Wieso können die Kopfschmerzen nicht einfach verschwinden", fragte ich mich verärgert.

Diese brutale Folter konnte ich nicht mehr ertragen. Ich musste unbedingt diesen schrecklichen Schmerz in meinem Kopf wieder loswerden. Sonst lief ich Gefahr, bei nächstbester Gelegenheit aus dem Fenster zu springen.

„Allerdings wäre mein Tod nach dem Sprung aus dem Fenster nicht zu 100 % sicher, weil ich nur im ersten Stock wohne", fiel mir rechtzeitig vor dem Sprung ein.

Aus diesem Grund nahm ich lieber zwei Asperin und fasste den Entschluss, mich für ein oder zwei Stunden im Schlafzimmer auf das Bett zu legen.

„Die Augen für eine Weile geschlossen zu halten, kann mir bestimmt nicht schaden", dachte ich und versuchte zu entspannen.

Wintersemester 1995/ 1996

Die Erholungspause im Schlafgemach tat mir gut, sodass ich mich motiviert auf das nächste Semester konzentrieren konnte. Ich wollte ab sofort unbedingt mehr Erfolg beim Studium, und das Karussell der Emotionen drehte sich erneut. Zunächst belegte ich die BWL I-Vorlesung wieder bei Karsten Herbst, obwohl ich die BWL II-Klausur bei ihm nicht bestand. Meine innere Stimme sagte mir aber, dass ich es mit diesem Dozenten nochmals probieren sollte.

„Meistens kann ich mich auf meine Intuition verlassen", überlegte ich kurz.

Und mein Instinkt gab mir recht. Bei dieser Klausur entstand diesmal ein deutlich besseres Gefühl wie bei der BWL II-Prüfung. Es tauchten nicht die üblichen Symptome auf wie beispielsweise Schweißausbrüche, innere Unruhe, Nervosität oder zittrige Hände.

„Genau wie bei der Recht II-Klausur", freute ich mich.

Ich blieb überraschend und zu meinem eigenen Erstaunen sehr ruhig und gelassen. Diese Tatsache interpretierte ich als ein gutes Zeichen. Ende März 96 bekam ich mit dem Pony-Express endlich die Nachricht über das Ergebnis der BWL I-Klausur. Das Lampenfieber, das während der Prüfung weitgehend ausblieb, kam mit der Entdeckung des Briefumschlages in der Post überfallartig zum Ausbruch. Sofort fokussierte ich den Absender der Universität Hamburg. Nahe einer Panikattacke, öffnete ich mit zittrigen Händen die Nachricht.

„Hoffentlich habe ich bestanden. Bloß kein weiterer Flop", sagte ich zu mir selbst.

Glücklicherweise erzielte ich einen Erfolg, auch wenn das Erreichte nicht unbedingt einen Traumergebnis entsprach. Ich erreichte 69 von120 Punkten mit einer Note von 3,6. Diese Tatsache verschaffte mir die Möglichkeit, einmal tief und kräftig durchzuatmen. Ein Gefühl der Erleichterung kam bei mir auf. Nun hielt ich vier von zwölf Scheinen des Grundstudiums in Händen. Es entsprach genau ein Drittel meines Pensums. Dadurch machte ich einen kleinen, aber entscheidenden Schritt nach vorne. Entspannter konnte ich in die nächste Klausur gehen, da ich ein wichtiges Erfolgserlebnis verbuchen konnte.

Die nächste Hürde musste ich in Recht I (Bürgerliches Recht und Handelsrecht) überwinden.

Bei der Abgabe der Prüfung konnte ich innerlich vor lauter Frust nur fluchen: „Scheiße. Scheiße. Scheiße".

Nie zuvor hätte ich gedacht, dass ich so einen unappetitlichen Ausdruck so häufig in meinen Wortgebrauch verwenden würde. Jedoch durch den Verlauf des Studiums ließ es sich kaum vermeiden. Irgendwie musste ich meine Enttäuschung klar und eindeutig formulieren. Meine Gefühle erlebten hier eine Talfahrt ins Ungewisse. Die üblich verdächtigen Symptome tauchten wieder auf. Sie an dieser Stelle erneut zu erwähnen, hielt ich für überflüssig. Schließlich wollte ich den Leser dieser Zeilen nicht dauerhaft nerven. Es reichte, wenn mein Nervenkostüm zu dieser Zeit einen Zustand der Unverträglichkeit erreichte. Ich war der Situation nahezu chancenlos ausgeliefert. Ein Blackout wurde unvermeidbar und brachte meine Wehrlosigkeit zum Ausdruck. Daher ging ich mit gemischten Emotionen nach Hause. Die Chancen für das Bestehen der Klausur stufte ich auf maximal 50 % ein.

„Warum kann ich auch hier nicht mit einem guten Gefühl aus einer schriftlichen Prüfung herausgehen", lautete später meine berechtigte Frage.

Denn ein richtig gutes Gefühl erhielt ich bis dahin nur im VWL I im ersten Semester. Mein ganzes Leben empfand ich nur als eine ungewollte Mischung aus Kampf und Krampf. Erneut wurde mir der Weg, mein Ziel zu erreichen, erheblich erschwert.

Im Mai 96 erfuhr ich, dass ich nur lächerliche 23 Punkte in der Klausur erreichte. Wieso fiel ich auch diesmal durch? Eine Frage, die sich mir fast zwanghaft aufdrängte. Ich neige stets dazu, Situationen zu analysieren, um es eventuell beim nächsten Mal besser zu machen. Bei dieser Klausur lag es zum großen Teil an der Aufgabenstellung der ersten Frage. Sie machte mehr als 20 Punkte aus. So ein Rechtsbeispiel kam in keiner Klausur zuvor dran. Auch in der Vorlesung wurde kein ähnliches Fallbeispiel behandelt. Ich erreichte während der Prüfung einen Zustand der Hilflosigkeit.

Das Motto in dieser Situation musste nun lauten: „Bloß nicht verrücktmachen lassen".

Ich versuchte es im Prüfungssaal umzusetzen, was aber leider nicht gelang. Das erneute Scheitern wurde zur unausweichlichen Konsequenz.

Meine großen Hoffnungen lagen in der VWL III-Klausur (Makroökonomie). Leider wurden auch hier meine Erwartungen nicht erfüllt. Ich versagte und fühlte mich anschließend jämmerlich. Am liebsten hätte ich wie der Vogel Strauß den Kopf in den Sand gesteckt. Es wurde mir kotz-übel. Dieses Scheißgefühl konnte ich gedanklich nicht verdrängen. Es machte mir arg zu schaffen.

„Nun ist die Kacke am dampfen", dachte ich laut, als ich die Klausur abgab.

Es stank verdächtig nach durchgefallen. Den bestialischen Geruch wurde ich nicht mehr los.

„Warum habe ich erneut kein Glück", schoss mir kurz darauf als nächster Gedanke durch den Kopf.

Ausgerechnet der dozenten-individuelle Teil, der 40 % der Klausurpunkte ausmachte, konnte ich nicht einmal ansatzweise lösen. Dies bedeutete, dass ich beim Rest der Klausur überdurchschnittlich gut hätte punkten müssen, um eventuell doch zu bestehen. Jedoch auch dort entstanden unübersehbare Lücken, die ich nicht ausreichend schließen konnte. Daher stand das Klausurergebnis bereits vorher fest. Ich wollte mich nicht irgendwelchen Illusionen oder falschen Hoffnungen hingeben. Dieser Seelenfolter räumte ich freiwillig keinen zusätzlichen Platz ein. Schließlich strebte ich nicht danach, ein Masochist oder ähnliches zu sein. Das Gefühl des Scheiterns hätte ich sonst noch intensiver in Form eines unerträglichen Schmerzes gespürt. Die selbstzerstörerischen Züge meines Charakters hätten sich vermutlich noch stärker in meinen Gedanken fortgesetzt. Ich fühlte mich auch ohne gedankliche Selbstverletzung beschissen genug. Stichworte wie beispielsweise Niete oder Versager ließen sich nicht aus meinen Bewusstsein verdrängen. Im Ring erlebte ich als angeschlagener Boxer wieder einen Niederschlag, der mich zu Boden stieß. In dieser Situation wusste ich nicht, ob ich rechtzeitig noch einmal in der Lage sein werde aufzustehen, um weiterkämpfen zu können. Ausgerechnet in meinem Spezialgebiet der Klausur versagt zu haben, konnte ich kaum fassen beziehungsweise glauben. Irgendwie stand ich mit dem Rücken zur Wand. Die Angst, das Studium abbrechen zu müssen, wuchs. Es schien mir alles über den Kopf zu wachsen. Ich durchlebte Höllenqualen. Meine Nerven erreichten einen neuen traurigen Tiefpunkt. Daher wurde der Unialltag zur Tortur. Ich sah kaum eine Chance, mich aus dem emotionalen Elend zu befreien. Gedanklich erlebte ich in diesem Semester ein Spiegelbild des vorigen Unihalbjahres. Ich landete als Boxer nur einen Treffer, aber musste erneut zwei Niederschläge einstecken. Im Kampf um das nackte Überleben erlangte ich einen Rückstand, den ich kaum noch aufholen konnte.

Daher stellte ich mir gedanklich die Frage: „Ist meine Zukunft nun im Arsch"?

Ich wusste nicht, wie es weitergehen sollte, wenn ich die Uni vorzeitig verlassen müsste. Es wurde für mich schwierig, in dieser Lage noch eine Perspektive zu erkennen. Ich steckte in einer Lebens- und Sinnkrise. Mein Leben verlor dramatisch seinen Wert. Was sollte ich jetzt machen? Ehrlich gesagt, landete ich im Tal der Ahnungslosigkeit. Kurzfristig fiel bei mir sogar das Stichwort Selbstmord.

„Immerhin würde ich mit meinem Sterben voll im Trend liegen. Denn sonst würden es täglich nicht so viele Menschen tatsächlich tun", scherzte ich.

Ernsthaft hätte ich es vermutlich nicht in Betracht gezogen. Denn Modebewusstsein gehörte nie zu meinen typischen Eigenschaften. Vielmehr stufte ich die Angelegenheit unter der Kategorie Galgenhumor ein.

Deshalb sagte ich zu mir selbst: „Dies kann es noch nicht gewesen sein".

Nun musste ich mir überlegen, wie ich den gewaltigen Rückstand von fast zwei Semestern wieder aufholte. Zum Saisonende rief Thorsten bei mir zuhause an.

„Hallo René. Hier ist Thorsten. Bei meinen Klausuren lief alles gut. Und bei dir", begann er das Telefonat.

„Bei mir lief es insgesamt nicht so gut. Nur die BWL I-Klausur habe ich bestanden. Bei den anderen Prüfungen habe ich versagt. Im nächsten Semester muss ich in jedem Fall mehr Scheine schaffen. Ansonsten muss ich ernsthaft über ein vorzeitiges Ende des Studiums nachdenken", erwiderte ich in aller Offenheit, weil ich in Anbetracht meiner Situation keine heile Welt präsentieren wollte.

Denn diese Form des Selbstbetruges lag nicht in meiner Natur. Vielmehr wollte ich herausfinden, wie Thorsten auf meine Ehrlichkeit reagiert.

„Ich glaube, dass du es immer noch schaffen kannst. Notfalls brauchst du entsprechend mehr Semester. Im Einzelfall genehmigt das Prüfungsamt sogar ein siebtes Semester für das Grundstudium. Daher mache dir nicht zu viele Sorgen! Ich liege nur deshalb im Soll, weil ich weniger emotional belastet bin wie du", versuchte Thorsten mir am Telefon Mut zu machen.

Ich bedankte mich für die aufmunternden Worte, und wir beendeten das Gespräch. Das Telefonat gab mir wieder Auftrieb für die nächste Runde und fasste daher den Entschluss, wieder aufzustehen und trotz des Rückstandes weiterzukämpfen.

Nach diesem emotionalen Höllentrip brauchte ich zunächst etwas Nervennahrung und unterbrach das Schreiben. Im Kühlschrank befand sich noch etwas Tiramisu, den meine Lieblingsschwester Christina mir liebenswerterweise vor einigen Tagen vorbeibrachte. Ich dachte, dass dies jetzt genau die richtige Medizin für mich sein könnte. Denn mir standen noch zwei anstrengende und emotional aufwühlende Semester bevor, wo sich die Ereignisse dramatisch überschlugen.

Sommersemester 1996

Die zwei Stücke Tiramisu versetzten mich kräftemäßig in die Lage, ins vierte Semester zu gehen. Im neuen Halbjahr musste ich unbedingt mehr als nur einen Schein schaffen oder es könnte sonst das Knockout im Ring bedeuten. Eine Tatsache, die mir wieder zu Beginn des neuen Semesters ins Bewusstsein drang. Ich wollte auf keinen Fall vorzeitig das Handtuch werfen. Daher stand ich als angeschlagener Boxer wieder im Ring und musste irgendwie das große Wunder schaffen. Der entscheidende und rettende Befreiungsschlag wurde dringend erforderlich. Ich brauchte unbedingt mindestens drei Treffer in der vierten Runde. Die drei angestrebten Scheine wurden für mich zu einem Pflichtprogramm, um überhaupt noch den Hauch einer Chance auf dem Gesamtsieg zu haben. Der Leistungsdruck, der auf mich lastete, stieg enorm. Meine Existenzangst wurde immer größer. Ich versuchte meine Furcht zu verdrängen, um mich besser auf das Studium konzentrieren zu können.

Die erste Klausur, die ich in diesem Semester schrieb, war in BWL II. Einen Fehlversuch musste ich bereits schmerzlich schlucken. Eine zweite Niete wollte ich nicht aus dem Briefkasten ziehen. Außerdem musste ich mich ausgerechnet an meinen 28. Geburtstag den Leistungsdruck aussetzen. Ich versuchte es, als ein gutes Omen zu betrachten. Die Vorbereitung intensivierte ich in einem Maß, wo ich es nicht einschätzen konnte, ob es am Ende kontraproduktiv sein würde oder nicht. Jedoch konnte ich nach langer Zeit den Hörsaal endlich mit einem guten Gefühl verlassen.

„Hier wurde ich für meinen Fleiß belohnt", zog ich zufrieden Fazit.

Diese Tatsache erlebte ich als eine eher ungewohnte, fast neue Erfahrung für mich. Ich konnte sogar die Klausur früher abgeben, weil ich die Aufgaben vorzeitig löste. Diese Tatsache wertete ich als gutes Zeichen. Ich traf die richtige Entscheidung, wieder Karsten Herbst als BWL-Dozent zu wählen. Beispielsweise ahnte ich, was im dozenten-individuellen Teil in der Klausur drankam, nämlich die zweifach geknickte Preisabsatzfunktion. Jeder, der jetzt diese Zeilen liest, wird sich sicher fragen, woher ich es wusste. Denn in BWL wurde nie vorher gesagt, was der Dozent sich für diesen speziellen Teil einfallen lässt. Ich ging einfach davon aus, dass Dozenten oftmals sehr faul sind und meist das gleiche Thema immer wieder für diesen Teil der Klausur verwenden. Mit dieser Einschätzung lag ich goldrichtig. Dies drückte sich im Ergebnis sehr klar und eindeutig aus. Ich erreichte 85 von 120 Punkten mit der Note 2,8, das zweitbeste Ergebnis in einer Uni-Klausur. Natürlich kam eine riesengroße Freude bei mir zum Ausbruch. Mein Jubelschrei wurde vermutlich wieder einmal in ganz Barmbek gehört. Trotzdem konnte ich die Realität nicht verdrängen, dass ich noch nicht einmal die Hälfte des Grundstudiums absolvierte, obwohl ich mich bereits im vierten Semester befand. Nun musste ich sehen, dass ich noch mindestens zwei Scheine in diesem Semester schaffe. Anders wäre ich als Boxer im Ring chancenlos und müsste notgedrungen aufgeben. Es entwickelte sich eine nahezu unerträgliche und schmerzhafte Zitterpartie.

„Es würde mich für den Rest meines Lebens verfolgen, wenn ich an der Uni scheitern würde", dachte ich im Stillen und malte mir ein fürchterliches und schreckliches Horrorszenario aus.

Es bestand aus Arbeitslosigkeit, Hoffnungslosigkeit und Perspektivlosigkeit. Darüber hinaus müsste ich nach meiner damaligen Wahrnehmung auch Beleidigungen, Gelächter und einen hohen Erwartungsdruck von der Gesellschaft ertragen. In meiner grenzenlosen Fantasie nahm ich bösartige Gesichter und hässliche Fratzen wahr, die mich mit einer tiefen Eindringlichkeit verbal attackierten. Ich hörte prägende Sätze aus den

Mündern wie beispielsweise „Ich wusste schon immer, dass du es nicht schaffst", „Du hast dich genug durch das Leben gemogelt" oder „Gehe endlich arbeiten, du faules Schwein"! Diese Bilder wollten nicht aus meinem Kopf verschwinden. Es war im wahrsten Sinne des Wortes zum Verrücktwerden. Ich spürte das Gefühl, schrittweise in den Wahnsinn getrieben zu werden. In meiner Vorstellung befand ich mich auf der Flucht vor dieser verbalen Aggressionswelt, die mir überall hin folgte. Allerdings wusste ich bald nicht mehr, wohin sie mich führen würde. Plötzlich landete ich unerwartet in einem Irrgarten, aus dem ich mich zu diesem Zeitpunkt nicht befreien konnte. Ich sah den Wald vor lauter Bäume nicht mehr. Zum Schluss blieb nur meine Hilf- und Ratlosigkeit. Ein Angstgefühl entstand, obwohl mir ein glanzvoller Start in die neue Saison gelang.

Ich fragte mich: „Was passiert, wenn mein Horrorszenario bald Realität wäre"?

Auf diese Frage wusste ich keine passende Antwort. Die Anzahl der unbeantworteten Fragen wuchs. Vermutlich wollte ich sie auch nicht finden, weil ich ein Scheitern nicht akzeptieren konnte. Ich wollte den Erfolg um fast jeden Preis erzwingen. Eine Niederlage betrachtete ich als totales Fiasko meines Lebens.

In diesem Zusammenhang erinnerte ich mich an einem Traum. Ich befand mich im Badezimmer und betrachtete mich im Spiegel. Urplötzlich fielen meine ganzen Zähne aus dem Mund und purzelten ins Waschbecken, wobei zusätzlich Blut aus dem Mund tropfte. Von dieser Tatsache entsetzt, hielt ich mir die Hände vor das rotverschmierte Gesicht und begriff zunächst nicht, warum es passierte. Diesen Traum erlebte ich häufig in gleicher oder zumindest ähnlicher Form.

„Ist dieses Erlebnis im Schlaf ein Symbol dafür, dass ich nicht über ausreichend Biss für die Anforderung des Lebens verfüge", fragte ich mich hinterher selbstkritisch.

Im Klartext würde es bedeuten, dass ich nicht lebensfähig wäre. Für mich eine schockierende Erkenntnis. Akzeptieren konnte ich sie nicht und versuchte weiterzumachen.

Auf Thorstens Anraten schrieb ich auch die Mathe-Klausur zum ersten Termin. Dieses Vorhaben wurde eine absolute Pleite. Ich fiel mit Pauken und Trompeten bei der Prüfung durch. In Mathe verfügte ich zwar über die Grobstrukturen des Lehrstoffes, aber es fehlten mir die entscheidenden Feinheiten. Darüber hinaus bereitete ich mich zu schlecht vor und meine Angst blieb mein hartnäckiger Begleiter. Optimale Voraussetzungen für das Bestehen der Klausur sehen normalerweise ganz anders aus. Meine einzige reale Chance nicht durchzufallen, wäre schummeln gewesen. Es war das erste Mal, dass ich es bei einer Uni-Klausur ernsthaft in Erwägung zog, weil ich unter einen riesengroßen Druck stand. Jedoch ergab sich die Gelegenheit nicht, bei einem Nachbarn abzuschreiben. Vermutlich fehlte mir auch die Abgebrühtheit, jemanden darauf anzusprechen. Somit kam dass, was leider kommen musste. Wieder bekam ich als Boxer im Ring einen kräftigen Schlag verpasst. Es grenzte an ein Wunder, dass ich hierbei nicht zu Boden ging. Allerdings taumelte ich und konnte mich nur mit viel Mühe auf den Beinen halten.

Thorsten teilte ich das schlechte Klausurergebnis in Mathe telefonisch mit.

Daraufhin bot er mir an: „René, ich kann dir Nachhilfe geben. Ich glaube, du brauchst nur ein wenig Übung. Dann bestehst du auch die Klausur".

„Vielen Dank für das Angebot. Ich werde es annehmen", erwiderte ich erleichtert.

Im fünften Semester wollte ich mit ihm Mathe büffeln. Ich freute mich über das Angebot. Es nahm mir ein Teil des Drucks.

Rückblickend erkannte ich, dass ich mir bei Mathe nur selbst im Wege stand. Durch meine fürchterliche Angst setzte bei mir eine Lernblockade ein. Thorsten traute mir in diesem Bereich mehr zu, als ich mir selbst.

Daher machte er mir zu Beginn des Semesters den Vorschlag: „René, schreib ruhig die Mathe-Klausur! Du solltest damit nicht zu lange warten, auch wenn du Angst davor hast. Vermutlich ist deine Panik sogar unbegründet".

Ich gab ihm deswegen nicht die Schuld für mein Scheitern. Für den misslungenen Versuch trage ich letztlich selbst die Verantwortung. Ich brauchte einfach mehr Selbstvertrauen auf diesem Fachgebiet. Dies hätte meine Chancen für ein besseres Abschneiden erheblich erhöht.

Allerdings stellte ich mir die Frage: „Wie soll ich hierbei Selbstvertrauen aufbauen"?

Eine Frage, die ich mir damals nicht beantworten konnte. Meine seelische Überforderung hinterließ unübersehbare Spuren, die garantiert ihre Wirkung nicht verfehlten. In meinem Kopf blieb es wie vernagelt. Ich konnte nichts gegen den unerträglichen Zustand machen. Notgedrungen musste ich ihn zumindest vorläufig akzeptieren oder zumindest hinnehmen.

„Meine Energie sollte ich erst einmal nicht für Mathe vergeuden, sondern mich auf die übrigen Herausforderungen des Semesters konzentrieren", überlegte ich weiter.

Ich wollte sorgsamer mit meinen Kräften umgehen und besser für mich sorgen.

In Oktober 96 rückten die nächsten Prüfungstermine näher. Mein Nervenkostüm präsentierte seine innere Zerrissenheit und zerpflückte meine Seele in unzählige Fetzen. Die Anspannung stieg bis zum höchstmöglichen Punkt, weil viel von den drei geplanten Klausuren abhing. Ich spürte die Angst, erneut zu versagen. Zumindest zwei der drei künftigen Klausuren musste ich in jedem Fall bestehen, um mir weiterhin eine reale Chance auf das Vordiplom in Wirtschaftswissenschaften zu erhalten. Meine Prüfungsangst stellte sich für mich als größtes Hindernis heraus, um das angestrebte Ziel tatsächlich zu erreichen. Leider gab es kein praktikables Wundermittel, was ich für das Überwinden dieser schwer zu meisternden Hürde einnehmen konnte.

Einerseits machte es mir Spaß etwas Neues zu lernen, aber andererseits wurde mir das Studium durch den extremen Prüfungsstress wieder vermiest. So befand ich mich stets zwischen zwei Stühlen. Ich wusste nicht mehr, welcher dieser beiden Stühle mir näher stand, um Platz nehmen zu können. Daher sah ich das Leben zunehmend als ein undurchschaubares Spiel an. Ohne das Studium hätte ich zu diesem Zeitpunkt kein richtiges Ziel vor Augen gehabt. Diese Selbsterkenntnis empfand ich als erschreckend. Warum konnte ich in dieser Situation das Leben nicht leichter nehmen?

„Es liegt wahrscheinlich daran, dass ich so bin wie ich bin. Ich kann einfach nicht raus aus meiner unbequemen Haut", erkannte ich schweren Herzens.

Vermutlich wäre es ein Befreiungsschlag geworden, wenn ich es doch gekonnt hätte. Letztlich war ich gefangen in einer Zwangsjacke, die immer enger geschnürt wurde. Es nahm mir zunehmend die Luft zum Atmen, und es quälten mich daher Ängste und Zweifel. Sie ergriffen Besitz von mir und machten mich nahezu wehrlos.

„Kommt demnächst das Knockout im Ring", fragte ich mich alleinstehend in der einsamen Kampfarena.

Diese Frage blieb bis zum Ende des Semesters unbeantwortet.

Nun kam der Zeitpunkt, wo ich die VWL II-Klausur (Mikroökonomie) schrieb. Sie galt als eines der härtesten Klausuren des Grundstudiums. Die Durchfallquote lag meistens bei 60 bis 70 %. Mit entsprechend gemischten Gefühlen ging ich an die Sache heran. Eigentlich war ich gut vorbereitet, zumindest hoffte ich es. Jedoch dachte ich dies schon öfters und am Ende erwischte es mich eiskalt mit einem heftigen Niederschlag im Ring der Kampfarena. Hinterher bekam ich Probleme auf die Beine zu kommen und die nächste Runde halbwegs heil zu überstehen. Aufgrund meiner negativen Erfahrungen wollte ich nicht zu sehr darauf vertrauen, dass ich ausreichend genug für die Klausur vorbereitete, um das Maß einer erneuten Enttäuschung eventuell etwas abzumildern. Zum Glück blieb mein Misstrauen unbegründet. Ich hatte bei der Abgabe das Gefühl, ausreichend Aufgaben gelöst zu haben, um diese Prüfung zu bestehen. Als ich später das Ergebnis durch Herrn Lindemann in der VWL III-Vorlesung im neuen Semester erfuhr, musste ich innerlich erst einmal tief durchatmen. Denn ich erreichte genau 50 von 100 Punkten.

„Knapper geht es nicht mehr", dachte ich, als ich das Ergebnis auf dem Schein las.

Ich ging am Ende der Klausur eher von ungefähr 60 Punkten aus. Am Ende war es aber scheißegal.

„Hauptsache bestanden", freute ich mich.

Durch die Anrechnung der Hausaufgabe erhielt ich die Note 3,6. Ich konnte zufrieden sein.

Die nächste Klausur auf der Tagesordnung wurde Recht I. Mit einem leicht mulmigen Gefühl machte ich mich rechtzeitig an die Vorbereitung, da ich in diesem Fachbereich schon einen Fehlversuch verzeichnete. Aber diesmal gab es nicht, wie beim ersten Versuch, eine unerwartet böse Überraschung. Die Aufgabenstellung fiel beim zweiten Versuch deutlich einfacher aus. Dadurch ging ich mit einem deutlich besseren Gefühl nach

Hause. Ich erreichte wie bei Recht II 48 von 80 Punkten und die Note 3,8. Die Benachrichtigung erfolgte wie gewohnt mit dem Pony-Express. Nun hielt ich sieben von zwölf Scheinen des Grundstudiums in Händen. Damit erreichte ich jetzt im vierten Semester mein Mindestziel. Diese Realität vergrößerte meine Chancen, das Vordiplom doch noch zu erreichen. Ein Gefühl der Erleichterung kam auf.

Daher ging ich wieder mit größerem Optimismus in die BWL III-Klausur. Jedoch am Klausurtag kam die totale Ernüchterung. Ein Großteil der Aufgabenstellungen bereitete mir erhebliche Schwierigkeiten. Ich wusste nicht, woran es lag. Gedanklich blieb ich bei der Klausur völlig blockiert.

„Jedem Moment kann mein Kopf platzen. Es ist nur eine Frage der Zeit", dachte ich während der Prüfung.

Durch meine literarische Tätigkeit wurde mir bewusst, dass ich mich selbst zu stark unter Druck setzte. Enttäuscht ging ich aus dem Hörsaal. Trotzdem hoffte ich, dass ich eventuell doch bestanden haben könnte, auch wenn es mir nicht wirklich realistisch erschien.

„Vielleicht irre ich mich zu meinen Gunsten", erhoffte ich mir und versuchte positiv zu denken.

Ich wollte, dass mich das Pech endlich im Stich lässt und vom Glück abgelöst wird. Es entwickelte sich das übliche Hoffen und Bangen. Im November 96 kam die schriftliche Bestätigung für mein erneutes Scheitern. Das Ergebnis verschlechterte sich sogar gegenüber dem ersten Versuch. Ich erreichte nur 69,5 Punkte. Dieses desaströse Resultat verstärkte meine Gefühlsschwankungen. Ich bekam depressive Stimmungen. Nachts konnte ich nicht mehr ruhig schlafen und wachte stets relativ früh auf. Schlafstörungen wurden zur Normalität meines Alltags. Emotional kam ich mit dieser angespannten Situation nicht zurecht und stand unter einen riesigen Schock.

Schmerzlich erkannte ich: „Ein zweiter Fehlversuch in einer Klausur. Jetzt wird es eng".

Bei mir entstand das Gefühl, als Kämpfer im Ring kurz vor dem Knockout zu stehen. Denn ein dritter Fehlschlag bedeutete bekanntlich das endgültige Ende bezüglich meines Studiums. Seelische Beklemmungen, die ich nicht mehr loswurde, machten sich bei mir verstärkt bemerkbar. Zusätzlich entstand bei mir zunehmend das Gefühl, dass dieses Studium sich als eine

Fehlentscheidung herausstellte. Ein anderer Studiengang wäre vermutlich besser für mich gewesen, musste ich mir grämend eingestehen.

„Habe ich meine Zeit verschwendet", drängte sich in diesem Zusammenhang bei mir zwangsläufig als Frage auf.

Schnell wurde mir klar, dass mir die Antwort nicht gefallen würde. Also suchte ich nicht danach. Denn genauso drang mir ins Bewusstsein, dass es zu diesem Zeitpunkt keine Alternative zu meinen bisherigen Studium gab. Daher ging ich ins fünfte Semester und versuchte weiterzumachen.

Insgesamt wurde die Situation an der Uni für mich immer schwieriger und der dramatische Höhepunkt schien noch nicht erreicht zu sein. Ich näherte mich nun eines meiner dunkelsten Kapitel meines Lebens an. Die Herangehensweise an diesem Lebensabschnitt wurde für mich beim Schreiben nicht einfach. Streng genommen musste ich bei der Betrachtung des nächsten Semesters sogar mehr Höllenqualen erleiden als vorher. Darum brauchte ich zunächst unbedingt einen Drink. Ich unterbrach kurz das Schreiben und mixte mir in der Küche ein Glas Rum-Cola.

„Soll sich der Teufel kümmern", sagte ich zu mir selbst und trank einen kräftigen Schluck.

Wintersemester 1996/ 1997

Nach einer kleinen Pause setzte ich das Schreiben am Notebook fort. Bei der Betrachtung des neuen Unihalbjahres erinnerte ich mich daran, dass ich zum Prüfungsamt musste, um das fünfte Semester zu beantragen. Dies stellte sich zum Glück als rein formeller Akt heraus. Keine bürokratischen Hürden, die ich überwinden musste. In der aktuellen Saison musste ich mir nicht nur Gedanken machen, wie ich die nächsten Klausuren bestehe, sondern mich auch mit der Weiterfinanzierung des Studiums auseinandersetzen. Denn ich wusste, dass meine Geldreserven maximal nur noch für zwei Semester reichen würden, wenn ich mir nichts einfallen lasse. Ich kam auf die glorreiche Idee, ein Buch zu schreiben, was sich gut für die Vorbereitung der BWL-Klausuren eignen würde. Dieses wollte ich zu einem bezahlbaren Preis an die Studenten verkaufen. Es sollte so etwas wie ein Vorlesungsskript mit Klausurübungsaufgaben sein. Im Copy Shop wollte ich die geschriebenen Seiten als Spiralbindung einfassen lassen. Dies hielt ich für eine preisgünstige Variante.

Begeistert von diesem Projekt machte ich mich sofort eifrig und schreibwütig an die Arbeit. Als Grundlage dienten mir mehrere Vorlesungsaufzeichnungen aus verschiedenen Semestern bei unterschiedlichen Dozenten. Davon erhoffte ich mir, dass ich genügend Material für das Unternehmen zur Verfügung habe. Überall suchte ich mir dass heraus, was sich aus meiner Sicht am Besten für mein Konzept eignete. Verhältnismäßig schnell fertigte ich eine Rohfassung für das BWL I-Skript an. Mein Problem zu diesem Zeitpunkt bestand darin, dass ich keinen Computer für die Textverarbeitung besaß. Darüber hinaus verfügte ich auch nicht über die nötigen EDV-Kenntnisse, um das Vorhaben in Angriff nehmen zu können. Darum musste ich den Text vorläufig handschriftlich verfassen. Es wurde mir rasch klar, dass ich Thorsten für das Projekt gewinnen musste, weil er über die Dinge verfügte, die mir dringlich fehlten. Auf dem Campus sprach ich ihn auf meine Idee an.

„Ich plane ein BWL I-Buch herauszubringen. Es soll eine Kombination aus Skript und Klausur-Knacker werden. Eine Rohfassung ist bereits fertig. Ich würde dich gerne bei diesem Projekt dabei haben. Ohne Computer lässt es sich aber nicht realisieren. Und du bist fit am PC".

Jedoch er reagierte etwas zögerlich auf mein Angebot und sagte zu mir: „Es hört sich interessant an. Ich lasse mir die Sache durch den Kopf gehen".

„Du könntest als Co-Autor noch gute und ergänzende Beiträge leisten. Und die Kosten und Erträge werden geteilt", fügte ich enthusiastisch hinzu.

Er konnte aber nicht gleich eine klare Entscheidung treffen. Seine Antwort blieb offen.

„Vermutlich ist er nicht so auf das Geldverdienen angewiesen wie ich", überlegte ich später zuhause.

Genauso gut konnte er von meinem Vorschlag überrumpelt gewesen sein. Oder er verfügte über kein ausreichendes Startkapital. Letztlich repräsentierten diese Überlegungen nur eine Spekulation. Eindeutig erklären konnte ich mir seine Reaktion nicht.

Plötzlich überschlugen sich die Ereignisse, und mein erstes geplantes Buchprojekt scheiterte vorzeitig. Rückblickend wurde es so etwas wie der erste Ansatz der kreativen Gestaltung, mit dem ich Geldverdienen wollte. Zugegebenermaßen plante ich nur ein nüchternes Sachbuch, aber eine tendenzielle Entwicklung in dieser Richtung ließ sich bei meinen Aufzeichnungen nicht übersehen.

Jedoch alles was jetzt passierte, machte das Projekt für mich unwichtig. Mein Fokus richtete sich fortan auf Hanna, meine Mutter. Sie suchte nach langer Zeit den Frauenarzt auf, weil sie eine Verhärtung in der rechten Brust bemerkte.

Der Schock saß tief, als Hanna die Diagnose in der Küche verkündete: „Bei mir wurde Brustkrebs festgestellt".

Ich versuchte mir nichts anmerken zu lassen und stark zu sein. Zum Glück waren Christina und einige Nachbarn in diesem Augenblick bei ihr und kümmerten sich um sie. So konnte ich mich allein auf dem Balkon zurückziehen, um diese Hiobs-Botschaft zu verdauen. Ich kämpfte mit den Tränen, die ich nicht mehr zurückhalten konnte. Diesen Moment der Schwäche wollte ich Hanna in ihrer Situation nicht zumuten. Ich hielt es nicht für angemessen, dass sie mich wegen dieser Diagnose trösten müsste. Schließlich bekam sie den Krebs und nicht ich. Daher nutzte ich die Zeit auf dem Balkon, um mich innerlich wieder zu sammeln und meine Gefühle zu ordnen.

„Fortuna schien nicht auf unsere Seite zu sein", soviel stand für mich nun fest.

Das Leben empfand ich als schreiende Ungerechtigkeit. Hanna hatte es nicht verdient, einer solchen Prüfung vom Schicksal ausgesetzt zu werden. Zurückblickend betrachtet führte sie ohnehin nie ein leichtes Leben. Emotional blieb ich hin- und hergerissen. Für mich stellte es ein furchtbares Horrorszenario dar, dass sie tatsächlich an Krebs sterben könnte. Einen Menschen zu verlieren, der einen etwas bedeutet, ist eine absolute Grausamkeit und Brutalität. In dieser Hinsicht ging das Leben stets schonungslos mit uns Menschen um, da der Tod etwas Endgültiges ist. An dieser Realität werden wir Menschen beispielsweise bei Beerdigungen häufig erinnert. Daher verabscheute ich stets Trauerfeiern, obwohl ich natürlich wusste, dass sie notwendig sind, um loslassen zu können.

Hanna trank verstärkt seit Heinrichs Tod Alkohol, ausgelöst durch ihr kampfgeprägtes Leben. Zugegebenermaßen blieb ich davon zeitweilig angewidert, aber trotzdem liebte ich meine

Mutter. Denn ich wusste, warum sie regelmäßig ihr Gesöff konsumierte. Zunehmend verlor sie ihren Lebenswillen. Sie gab sich auf, ohne dass ihr ins Bewusstsein drang. Ihr Kampfgeist wurde durch mehrere Schicksalsschläge im Leben gebrochen. Sie verlor beispielsweise früh als Kind ihr Vater und ihre Schwester unter tragischen Umständen während des zweiten Weltkrieges.

Ihr Vater Wilhelm Eschenbach starb, weil die Verwandtschaft in Thüringen ihn dazu nötigte, als Soldat in den Krieg zu ziehen, obwohl er wegen seiner Schwerhörigkeit als untauglich eingestuft wurde. In seiner Lehrzeit bekam mein Großvater von seinem Lehrmeister eine heftige Ohrfeige, die zur Taubheit auf dem rechten Ohr führte. Die Verwandtschaft nahm keine Rücksicht auf sein Handicap und redete massiv auf ihn ein.

Sie kommentierten in voller Einigkeit: „Du bist noch jung genug, um unser Vaterland zu verteidigen. Du hast die Pflicht, es zu tun. Drückeberger kann unser Land nicht gebrauchen".

Die sogenannte liebenswerte Verwandtschaft setzte meinen Großvater so stark zu, dass er sich nervlich aufgerieben zum Kriegsdienst meldete.

Gegenüber der Familie sagte er: „Ich halte es nicht mehr aus. Ich gehe an die Front".

Meine Großmutter Erna traute sich nichts zu sagen, weil die Familie von Hamburg nach Thüringen fliehen musste und von der dortigen Verwandtschaft eine Abhängigkeit bestand. Auf diese Weise wurde mein Großvater in den Tod getrieben. Moralisch gesehen bestand dieser Teil der Familie aus vorsätzlichen Mördern. Daher spürte ich nie das Bedürfnis, den Teil der Sippschaft kennenzulernen.

Tante Heike, die ältere Schwester von Hanna, bekam unerwartet Schwindsucht und starb daran. Die Kirche weigerte sich meine Tante auf dem Friedhof zu beerdigen.

Meiner Großmutter wurde vom Pfarrer mitgeteilt: „Ihre Tochter ist nicht katholisch. Deshalb kann sie nicht auf dem Friedhof beerdigt werden".

Es musste ein anderer Ort für die Beisetzung gefunden werden. Hier tauchte wieder das Thema Christliche Nächstenliebe auf. Für mich wieder einmal der Beleg dafür, dass die Kirche eine scheinheilige Institution ist.

Und meine Großmutter, die Hanna teilweise zuhause pflegte, verstarb qualvoll an Unterleibskrebs. Oma Erna erwies sich in dieser Zeit nicht als pflegeleicht, sodass es für Hanna eine große Belastung wurde, die ihr viel Kraft kostete. Die verbalen Attacken meiner Großmutter sollen über eine enorme Heftigkeit verfügt haben, die ihre Wirkung nicht verfehlten. Und Hannas erste Ehe mit Max Bauer wurde die Hölle auf Erden. Ihr Ex schlug sie mehrfach im Alkoholrausch, sodass sie fast alle Zähne verlor. Zusätzlich führte die Brutalität dazu, dass sie einige Fehlgeburten erleben musste. Hanna wollte darauf, dass ihr damaliger Ehemann aus der Wohnung auszieht und ging mit ihren Anliegen zur Polizeiwache. Dort schilderte sie ihre Lebenssituation.

„Mein Mann schlägt mich regelmäßig. Er ist Alkoholiker. Ich habe Angst vor ihm. Bitte fordern Sie ihn auf, auszuziehen"!

Jedoch der Polizist auf der Wache erwiderte: „Wir können Ihren Mann nicht zwingen, aus der Wohnung auszuziehen. Sie brauchen eine einstweilige Verfügung vom Gericht".

Darauf Hanna verärgert: „Dann muss ich demnächst mit meinem Kopf unter dem Arm bei Ihnen erscheinen, ehe Sie etwas unternehmen".

„Das ist leider richtig Frau Bauer. Uns sind die Hände gebunden", bestätigte der Polizist mit einer nüchternen und erschreckenden Ruhe.

Hanna warf trotz der Niederlage nicht das Handtuch. Sie ließ das Schloss der Wohnungstür austauschen, packte die Koffer für Max und stellte sie ins Treppenhaus. Ihr Noch-Ehemann versuchte vergeblich in die Wohnung zu kommen.

„Hanna, lass mich sofort in die Wohnung! Sonst passiert gleich etwas", schrie er wütend und klopfte mehrfach heftig gegen die Haustür.

„Ich muss dich nicht in die Wohnung lassen. Ich habe eine einstweilige Verfügung vom Gericht. Notfalls rufe ich die Polizei. Ich habe das Recht auf meiner Seite", erwiderte Hanna fest entschlossen.

Sie lieferte eine überzeugende schauspielerische Leistung ab. Die Botschaft kam bei ihm an. Er nahm seine Koffer und zog bis zu seiner Scheidung zu einem Freund. Meine Mutter konnte aufatmen. Ihr Bluff gelang.

Später setzte sie sich mit meiner damaligen Krankheit auseinander und kämpfte um mein Überleben. Insgesamt alles Dinge, die sie nicht immer leicht bewältigen konnte. Trotzdem schaffte sie es stets aufzustehen, wenn sie am Boden lag. Daher hoffte ich, dass die Entwicklung mit dem Krebs einen positiven Verlauf nimmt.

Die Aussagen von zwei Fachärzten stimmten mich in diesem Zusammenhang optimistisch. Denn der Krebs befand sich noch im Anfangsstadium. Dadurch gab es gute Heilungschancen. Und die Brust musste nicht einmal amputiert werden. Jedoch ein operativer Eingriff wurde notwendig, um Schlimmeres zu verhindern. Hörte sich alles gut an, aber ein Restgefühl von Angst blieb. Ich wischte mir die Tränen weg, ging zügig ins Bad und machte mich im Gesicht frisch. Niemand bemerkte, wie es mir in dieser Situation erging. Hanna wurde durch den Besuch in der Küche abgelenkt. Deshalb entstand bei mir das Gefühl, dass sie meinetwegen nicht beunruhigt war. Dies wollte ich in jedem Fall vermeiden, da sie mit ihren eigenen Sorgen genug zu tun hatte. Ich versuchte ihr positives Denken zu vermitteln. Mehr konnte ich hierbei nicht tun. Ich fühlte mich irgendwie hilflos.

Am liebsten wäre ich für Hanna gestorben, indem ich den verfluchten Krebs auf mich übertragen hätte.

Zu mir selbst sagte ich: „So etwas kann kein wirkliches Opfer für mich sein, wenn es tatsächlich funktionieren würde, da ich eher Angst vor dem Leben habe als vor dem Tod".

Erschreckend, aber so sah es nun mal aus. Ich konnte diese Form der Gefühle zu dieser Zeit nicht wirklich ändern. Diese negativen Gedanken haben mich bis dahin mein ganzes Leben begleitet. Sie wurden zu einem festen Bestandteil meiner instabilen Persönlichkeit.

„Vielleicht gelingt es mir eines Tages mit dieser Erkenntnis an mir arbeiten und das Leben positiver sehen. Eventuell kann ich irgendwann sogar das Leben feiern", hoffte ich zumindest.

Von diesem Vorhaben blieb ich damals allerdings meilenweit entfernt. Außerdem galt Hanna meine Sorge und nicht mir selbst.

In der Finkenau, das Krankenhaus, wo ich zur Welt kam, wurde auch der Ort für Hannas operativen Eingriff. Ich besuchte sie nach der Operation im Aufwachraum. Natürlich machte ich mir Gedanken, ob die Ärzte gute Arbeit geleistet haben.

Hanna signalisierte: „Es geht mir den Umständen entsprechend gut".

Mehr konnte sie in ihrer Verfassung nicht sagen. Ihre Erschöpfung forderte ihren Tribut. Innerlich atmete ich nach dieser Zustandsbeschreibung einmal tief durch. Lange bleiben konnte ich nicht, weil ihr die Augen vor Müdigkeit wieder zufielen. Ich gewann das Gefühl, dass die Operation gut verlief, was mich zunächst beruhigte. Hanna freute sich in den nächsten Tagen über meine regelmäßigen Besuche im Krankenhaus. Die Vorlesungen an der Uni besuchte ich daher nur sporadisch, weil sie mir weniger wichtig erschienen. Meine Mutter strahlte nach außen hin Zuversicht aus. Sechs Tage pro Woche kam ich vorbei und blieb über mehrere Stunden. Auch Christina besuchte sie ein bis zwei Tage pro Woche, obwohl sie häufig bis spät arbeiten musste und selbst vor kurzen ebenfalls eine Brust-OP überstand. Was sich tatsächlich in Hannas Kopf abspielte, konnten meine Schwester und ich zu diesem Zeitpunkt noch nicht erkennen. Sie präsentierte eine undurchschaubare Maske. Das wahre Gesicht blieb unkenntlich.

Wieder zuhause angekommen, veränderte sie ihr Verhalten radikal. In ihren vier gewohnten Wänden zeigte sie ein Gesicht, dass ich in dieser Form noch nie bei ihr entdeckte. Allmählich flog ihre Maskerade auf, die sie sich während ihres Krankenhausaufenthaltes anlegte. Ohne Rücksicht auf Verluste offenbarte sie ein unschönes Gesicht, vermutlich gezeichnet von der Krankheit Krebs. Innerlich baute sie stärker als vorher ab. Die Diagnose versetzte ihr schrittweise den seelischen Todesstoß. Der innere Zerfall nahm erschreckende Ausnahme an. Aus einem liebevollen Menschen wurde eine unausstehliche Person. Extreme Stimmungsschwankungen begleiteten sie auf ihrem neuen und ungewissen Lebensabschnitt. Die ursprünglich liebenswerte Hanna kam nur noch phasenweise zum Vorschein. Ihr Alkoholkonsum stieg, und sie entwickelte sich zu einem wahrhaftigen Tyrann. Ihr Charakter war im negativen Wandel begriffen, zumindest kam es mir so vor.

Ich erkannte zunehmend ihr neues Lebensmotto: „Ich brauche auf niemanden Rücksicht zu nehmen. Denn ich habe ohnehin nichts mehr zu verlieren".

Für mich bot sich ein schockierendes Bild, das einfach nicht mehr aus meinem Bewusstsein verschwinden wollte. Täglich wurde es mir vor Augen geführt. Teilweise wusste ich nicht, wie ich mit dieser Konfrontation umgehen sollte.

Daher fragte ich mich: „Bin ich mit dieser Situation überfordert"?

So gut ich es konnte, versuchte ich den Haushalt zu meistern. Zugegebenermaßen eine ungewohnte Rolle für mich, da sich mein Anteil zuvor nur auf einige wenige Aufgaben beschränkte. Hanna kritisierte mich, wo sie nur konnte. Sie wurde regelrecht zickig und bösartig.

Zum Beispiel beim Abwasch: „Warum geht soviel Wasser auf dem Fußboden? Das muss doch nicht sein".

Über so eine Bagatelle hätte sie sich vorher nicht aufgeregt, soviel stand hier fest. Ich ging davon aus, dass ich es mit dem Krebs und den Alkohol zu tun bekam. Daher erwiderte ich nichts auf Hannas Äußerung. Mit einem frischen Putzlappen wischte ich die kleine Wasserpfütze weg und setzte den Abwasch stillschweigend fort.

Und ständig jammerte sie: „Ich habe durch die Operation solche Schmerzen in der Brust. Daher musst du jetzt den ganzen Haushalt machen. Ich kann es nicht mehr".

Beinahe gewann ich den Eindruck, dass sie sich zunehmend in ihrer Opferrolle gefiel.

Selbst Christina sagte in diesem Zusammenhang am Telefon zu mir: „Hanna übertreibt. Ich hatte eine ähnliche Brust-OP und konnte trotzdem einiges im Haushalt machen".

Hanna sah sich vermutlich als Totgeweihte und präsentierte uns daher immer häufiger ihre giftige Seite. Aus ihrer Sicht musste sie nicht mehr die liebevolle Mutter sein, die zuvor viel Rücksicht auf andere nahm. Diese Tatsache ging stark an meine seelische und nervliche Substanz, da ich in dieser Zeit viel schlucken musste. Normal hätte ich mir vieles nicht gefallen lassen. Es entwickelte sich aus meiner Sicht ein Ausnahmezustand, fast wie im Krieg.

Hanna zeigte auch Angst vor der bevorstehenden Strahlentherapie, die für Januar 1997 angesetzt beziehungsweis vorgesehen wurde.

Sie teilte mir besorgt mit: „Ich habe solche Angst vor der Strahlentherapie und ihre Auswirkungen. Hoffentlich schaffe ich es".

Darauf erwiderte ich: „Beruhige dich Hanna! Deine OP ist gut verlaufen. Du bekommst nur eine sehr abgeschwächte Strahlenbehandlung, sodass die Nebenwirkungen nicht so schlimm sein werden, wie sie sonst üblich sind. Du schaffst es".

Jedoch ihre Angst blieb. Dies verriet mir ihre Körpersprache und ihre Mimik.

Deshalb machte ich ihr folgenden Vorschlag: „Wenn du zu viel Angst vor der Strahlentherapie hast, dann mache sie nicht. Du könntest dir alternativ Melisse gegen Krebs spritzen lassen. Dies ist körperlich ohne Nebenwirkungen. Und du solltest dann regelmäßig alle drei Monate zur Nachkontrolle gehen, um das Risiko eines erneuten Krebsausbruches abzumildern".

Dieser Vorschlag drückte meine Hilflosigkeit aus. Ich wusste mir nicht anders zu helfen. Normalerweise sollte niemand so einen Rat in so einer Situation geben. Jedoch egal wie ich es betrachtete, mein redliches Bemühen, ihr die Furcht zu nehmen, brachte nicht viel. Sie steigerte sich in ihre Angst rein und wollte nur bedauert werden. Und alles geschah in Kombination mit der Droge Alkohol. Der Höhepunkt wurde am ersten Weihnachtstag erreicht. Wir hatten volles Haus, und es wurde wieder einmal auf unsere Kosten gesoffen, ein Ritual, das sich oftmals in meinem Elternhaus wiederholte. Als der Besuch endlich ging, reagierte ich auf Hannas Mitteilungsbedürfnis genervt und leicht angewidert.

Hannas giftiger und alkoholisierter Kommentar dazu: „Du bist so eiskalt wie Christina".

Ich erwiderte darauf nichts, obwohl mir dieses Statement wehtat. Vermutlich dachte ich, dass es in Hannas Zustand keinen Sinn machte, darüber noch eine aussichtslose Diskussion zu führen. Daher konnte der Konflikt an diesem Abend nicht mehr gelöst werden. Das klärende Gespräch wollte ich am nächsten Tag suchen. Wir gingen zu Bett, um zu schlafen.

Als ich in meinem Zimmer im Bett lag, hörte ich nach einer gewissen Zeit ein leichtes Rascheln. Ich wusste, dass Hanna die Schublade ihres Nachtschrankes geöffnet hatte, um von ihrer heißgeliebten Zartbitterschokolade zu naschen. Zeitlich leicht verzögert hörte ich einige schwere, langsame Schritte. Instinktiv spürte ich, dass ich jetzt aufstehen sollte, um nach dem Rechten zu schauen. Ich ging in den Flur und sah, wie Hanna aus dem Schlafzimmer kam. Mit weit aufgerissenen Augen starrte sie mich an und schien mich nicht mehr wahrzunehmen.

„Hanna, was ist los? Was ist mit dir", fragte ich sie besorgt.

Keine Antwort. Sie taumelte und konnte sich kaum auf den Beinen halten. Ich ging ihr entgegen, um sie zu halten, damit sie nicht stürzte. Dabei legte ich meinen rechten Arm um ihre Hüfte und links nahm ich ihre Hand. Schlagartig fiel sie wie ein Stein senkrecht nach vorne. Ich verfügte über keine Chance, sie zu halten. Sie lag regungslos auf dem Fußboden des Flurs neben der Haustür. In dieser Situation versuchte ich alles richtig zu machen. Ich kontrollierte ihren Puls, aber ich konnte ihn nicht finden beziehungsweise nicht fühlen. Unruhe kam auf. Ich hyperventilierte.

„René, bleib ruhig! Gerate jetzt bloß nicht in Panik", dachte ich in diesem Augenblick.

Schnell ging ich zum Telefon und rief unsere Nachbarn, die Schraders an.

„Hier ist René. Hanna ist zusammengebrochen und rührte sich nicht mehr", sagte ich hastig ins Telefon.

„Wir kommen runter", erwiderte Hilde kurz.

Rasch war sie mit ihrem Mann Reinhard bei uns in der Wohnung. Mit ihm machte ich Wiederbelebungsversuche. Ich probierte eine Mund-zu-Mund-Beatmung, während er eine Herzdruckmassage versuchte. Jedoch keine Lebenszeichen bei Hanna.

Als unsere Rettungsversuche keinen Erfolg zeigten, rief mir Hilde zu: „René, ruf 112 an"!

In diesem Moment blieb ich wie gelähmt und konnte mich nicht rühren. Vermutlich stand ich unter Schock. Reinhard reagierte geistesgegenwärtig und ging an meiner Stelle ans Telefon.

„Hier Reinhard Schrader. Bin bei Familie Krüger. Bitte schicken Sie schnell einen Krankenwagen in die Lohkoppelstraße 63 in Barmbek. Eine Frau liegt regungslos auf dem Fußboden. Wiederbelebungsversuche blieben bisher erfolglos", teilte er dem Notdienst am Telefon mit.

In weniger als fünfzehn Minuten kam ein Krankenwagen und die Sanitäter leiteten in unserer Wohnung Reanimationsmaßnahmen ein. Zu dritt warteten wir in Wohnzimmer und hofften auf ein Wunder.

Nach mehreren Minuten kam die Ärztin in die Stube und sagte: „Es war leider nichts mehr zu machen. Wir haben alles probiert".

Als ich diese Nachricht hörte, tat sich emotional gar nichts, zumindest empfand ich es so. Wieso war mir in diesem Augenblick nicht nach weinen zumute? Grund genug dafür hatte ich zweifelsohne. Der Schock saß tief. Denn offen gesagt, rechnete ich nicht unbedingt damit, dass so etwas passieren würde. Es traf uns alle völlig überraschend und unerwartet. Keinerlei Anzeichen oder Symptome zeigten sich vorher für eine Herzattacke.

Etwas später kam auch die Polizei ins Haus. Hinterher erfuhr ich, dass es üblich sei, wenn jemand in seiner Wohnung stirbt. In einen tranceähnlichen Zustand beantwortete ich den Beamten einige Routinefragen.

Für mich ein Trost, dass Hilde und Reinhard mir in der schweren Stunde beistanden. Hilde sah ich immer als zweite ältere Schwester. Damals eine attraktive Frau um die Mitte vierzig. Sie schaffte es, ein paar Jahre zuvor in Frührente zu gehen. Vorher arbeitete sie als Angestellte bei einer Behörde. Christina und ich äußerten schon immer den leisen Verdacht, dass sie einen Selbstmordversuch machte, um ihre Chancen für den Erhalt ihrer Rente zu erhöhen. Vermutlich legte sie das Vorhaben zeitlich so, dass sie noch rechtzeitig gefunden werden konnte. Es gab zwar keinen konkreten Beweis, aber ein klares und eindeutiges Indiz, was für diese Vermutung sprechen würde.

Zu Hanna sagte Hilde in meinem Beisein in der Küche: „Aus deinen Erfahrungen mit dem Gutachter habe ich gelernt. Daher werde ich es bei der amtsärztlichen Untersuchung anders machen wie du".

Und das Theatralische entsprach ohnehin ihrem Naturell. Das schauspielerische Element lag ihr quasi im Blut. Sie wagte zweifellos ein gefährliches Spiel und riskierte viel. Allerdings wusste ich nie, wie ich es bewerten sollte.

Natürlich könnte ich sagen: „Der Erfolg gibt ihr recht".

Jedoch darf man hierbei nicht vergessen, welches Wechselbad der Gefühle bei den Angehörigen durch ihr russisches

Roulette ausgelöst wurde. Trotzdem stand es mir nicht zu, sie diesbezüglich zu verurteilen. Grundlos wird sie den Frühruhestand nicht angestrebt haben. Warum dachte ich ausgerechnet in dieser Situation an Hildes Selbstmordversuch? Ehrlich gesagt, ich wusste es nicht. Denn ich konnte keinen Zusammenhang zu Hannas Tod herstellen. Es schossen mir merkwürdige Gedanken beim Schreiben durch den Kopf. Dagegen konnte ich nichts machen. Daher akzeptierte ich den Tatbestand und schrieb einfach weiter.

Reinhard, ungefähr neun Jahre jünger als Hilde, war gelernter Streifenpolizist und später Zivilfahnder. Sein Schichtdienst belastete zunehmend die Beziehung zu Hilde. Genauso sein Kinderwunsch. Dieser erfüllte sich nicht, weil Hilde wegen einer Unterleibsoperation keine Kinder mehr kriegen konnte. Dadurch kam es bei den beiden zu einigen Ehekrisen, die sie meistern mussten. Sie durchlebten dabei viele Höhen und Tiefen. Kurzfristig konnte die Ehe durch eine gemeinsame Istanbul-Reise, die Hanna und ich mit den Schraders machten, gerettet werden. Letztlich trennten sie sich später doch.

Mit Reinhard verband mich über mehrere Jahre eine enge Freundschaft. Von ihm lernte ich einige nützliche Sachen in der Fotografie. Er gab mir eine Vielzahl von hilfreichen Tipps auf diesem Gebiet. Und als ich vierzehn oder fünfzehn Jahre alt wurde, zeigte er mir wie man sich rasiert. Normalerweise übernimmt diesen Part der Vater, aber Heinrich lag so etwas nicht.

Mit Michael Borchert, Hildes Sohn aus erster Ehe, den wir alle Mike nannten, blieb ich ebenfalls lange Zeit befreundet. Die Freundschaft hielt immerhin knapp acht Jahre. Häufig übernachtete ich in meiner Kindheit/ Jugend am Wochenende bei dem Schraders und verbrachte viel Zeit mit Mike. Er gehörte zu den Glückskindern, den das Schicksal in bestimmten Bereichen des Lebens wohlgesonnen schien. Beispielsweise bekam er schnell einen Ausbildungsplatz. Die erste Bewerbung bescherte ihn bereits den Karriereschub, während ich dutzende von Bewerbungen ohne Erfolg schrieb. Erst durch Onkel Alfred kam endlich das Glück. Mein ehemaliger Kumpel machte eine Ausbildung als Druckformhersteller beim Springer-Verlag. Allerdings nahm er das Angebot nur zögerlich an.

„Ich weiß nicht, ob ich diese Ausbildung machen soll oder nicht. Immerhin besuche ich noch die Handelsschule und habe Erfolg", sagte er kurz nach dem Bescheid.

Teilweise musste Hilde ihm gut zureden, die Ausbildung doch zu machen.

„Mach bloß die Ausbildung bei Springer! Solche Gelegenheiten werden dir nicht häufig geboten. Damit hättest du ein gutes Fundament für deine Zukunft", meinte sie, als sie Mikes Zögern bemerkte.

Diesen Beruf übte er später immer noch aus und schien ihn auch Spaß zu machen. Darüber hinaus verdiente er gutes Geld in seinem Job. Daher ging ich davon aus, dass er im Gegensatz zu mir den richtigen Beruf fand. In unserer Freizeit unternahmen wir viel zusammen. Wir spielten Fußball und Tischtennis, zeichneten gemeinsam, machten Kinobesuche oder hörten irgendwelche Hörspiele. In dieser Zeit war ich über diese Freundschaft sehr dankbar, da ich mich sonst durch meine soziale Phobie eher schwer tat, woanders Kontakte zu knüpfen. Doch irgendwann, im späten Teenager-Alter, brach der Kontakt allmählich ab, weil sich unsere Interessen in zu unterschiedlichen Richtungen entwickelten. Dabei gab es keinen Streit, der zur Trennung der Freundschaft führte, sondern es passte einfach nicht mehr zusammen. Insgesamt prägte mich die Familie Schrader über mehrere Jahre.

Zwischenzeitlich wurde Christina informiert. Auf der Straße kriegte sie einen Nervenzusammenbruch. Ihre Schreie auf der Straße konnte niemand überhören. Ein Ausruf der Verzweiflung. Hingegen ich blieb weiterhin seltsam ruhig, konnte meine Gefühle nicht nach außen hin zulassen. Jeder reagiert vermutlich unterschiedlich auf solche schrecklichen Ereignisse. Fazit: Christina schrie ihren Schmerz heraus und ich fraß ihn in mich hinein.

Christina stürmte emotional aufgewühlt ins Schlafzimmer, um Hanna zu sehen, die mittlerweile zugedeckt im Bett lag. Nur ihre Füße schauten heraus. Meine Schwester wollte unsere Mutter sehen, um sich der Realität zu stellen. Das Unfassbare sollte vermutlich fassbar gemacht werden. In wieweit dies tatsächlich gelang, konnte ich selbst beim Verfassen meiner Aufzeichnungen ehrlich gesagt nicht beantworten. Selbst Christina würde vermutlich Schwierigkeiten haben, eine eindeutige Antwort zu finden oder zu geben.

Nachdem sie kurz bei Hanna am Bett stand, sagte sie zu Hilde: „René kommt erst einmal zu mir nach Hause. Er muss raus hier".

In einer Reisetasche packten wir das Nötigste ein und fuhren gemeinsam in Christinas Wohnung, wo ich etwa vier Wochen blieb.

Christina heiratete inzwischen erneut. Ihr Mann hieß Roberto Fernandez, Nationalität: Spanier. Er, ungefähr zehn Jahre älter als meine Schwester, arbeitete in der Gastronomie. Beschreiben würde ich ihn als klassischen Lebemann, der ständig mit seiner Spielsucht konfrontiert wurde. Dies führte dazu, dass er nicht mit Geld umgehen konnte und ständig neue Schulden machte. Christina musste sich dadurch mehrfach hohe Geldbeträge von mir leihen, um die Gläubiger ruhig zu stellen. Später stellte sich heraus, dass Roberto auch harte Drogen nahm und seine Neigungen als notorischer Fremdgeher ausgiebig auslebte. In der Ehe und auch davor lebte jeder der beiden weitgehend sein eigenes Leben. Nie habe ich verstanden, warum die Beziehung solange hielt. Eine Partnerschaft quasi fast nur auf dem gelegentlichen Sex zu reduzieren, verfügte über kein dauerhaftes Fundament.

Auch Hanna betrachtete diese Eheschließung eher skeptisch und prognostizierte: „Diese Ehe hält höchstens zwei bis drei Jahre".

Trotzdem wurden Hanna und ich Trauzeugen bei der Hochzeit. Aus der Ehe resultierte ein Kind, mein Neffe Andres, der bei Hannas Tod knapp 1 ½ Jahre alt gewesen sein musste. Ich ging immer davon aus, dass Christinas Schwangerschaft der ausschlaggebende Grund für die Eheschließung wurde. Es drängt sich beim Schreiben der Gedanke auf, dass Christina das Glück erzwingen wollte. Sie legte es meines Erachtens darauf an, schwanger zu werden. Denn die Beziehung befand sich schon zuvor in einer großen Krise und stand kurz vor dem Aus, eine Tatsache, die mir bei meinen Aufzeichnungen wieder bewusst wurde. Zwischendurch zog meine Schwester sogar aus der gemeinsamen Wohnung am Schulterblatt 21 aus und bekam kurzfristig ein neues Quartier in der Nähe des Stadtparks. Mit Martin Passvogel half ich noch beim Umzug. Robertos Überredungskünste bewegten meine Schwester dazu, nach einigen Monaten zu ihm zurückzukehren. Mein ehemaliger Kumpel Mike wurde Dank Hildes Einsatz der Nachmieter.

Es tat mir seelisch gut, dass ich mich in dieser Situation bei Christinas Familie aufhielt, auch wenn ich die bröckelnde Fassade der Beziehung bereits erahnte. Gewisse Spannungen zwischen Christina und Roberto konnte ich trotz meines Gefühlschaos zeitweilig wahrnehmen. Damit wollte ich mich aber zunächst nicht vertiefend beschäftigen. Denn ich brauchte dringend wieder einen klaren Kopf. Ich musste mir Gedanken machen, wie nun meine Zukunft aussehen sollte. Dabei fasste ich den Entschluss, das VWL-Studium fortzusetzen, obwohl ich spürte, dass dieser Studiengang die ursprünglich falsche Entscheidung für mich repräsentierte. Aber ich wollte wenigstens das Grundstudium beenden, damit der bisherige Prüfungsstress mitsamt meinen Ängsten keine sinnlose Zeitverschwendung darstellte. Die Quälerei durch die einzelnen Klausuren sollte zumindest am Schluss ein kleines Happy End finden. Ich brauchte es zugegebenermaßen für die Befriedigung meines Egos. Darüber hinaus erhoffte ich mir dadurch, hinterher größere Chancen auf dem Arbeitsmarkt zu verschaffen. Allerdings nach dem Grundstudium auf der Uni weiterzumachen, machte für mich keinen wirklichen Sinn mehr, weil mir offensichtlich dafür die Kraft fehlte. Dies spürte ich. Denn ich lief bereits auf Reserve. Daher stand nun meine Strategie fest und machte mir Gedanken, wie ich sie umsetzen konnte.

Bevor Hanna starb, stellte ich für das sechste Semester einen sogenannten Härtefallantrag. Als Begründung gab ich an, dass ich nebenbei arbeiten musste, um mein Studium finanzieren zu können. Daher brauchte ich mehr Zeit für das Vordiplom, argumentierte ich vor dem Prüfungsamt. Um meine Argumentation zu untermauern, besorgte ich mir von Onkel Alfred die schriftliche Bestätigung, dass ich in seiner Firma gelegentlich gejobbt habe. Diese Strategie ging auf, und ich bekam das zusätzliche Semester. So konnte ich mich vorsorglich für das Sommersemester zurückmelden und bezahlte vorzeitig den Semesterbeitrag. Zwar sprach ich vor dem Prüfungsamt nicht unbedingt die Wahrheit, aber ich hielt die Notlüge für vertretbar.

„Schließlich geht es hierbei um meine Zukunft", dachte ich hinterher.

Als nächstes musste ich mit Christina die Beerdigung und den Nachlass regeln. Meine Einstellung zur Trauerfeier hatte sich seit Heinrichs Beerdigung kaum geändert. Trotzdem ließ ich mich bei Hanna darauf ein. Denn ich wollte mich deswegen nicht mit Christina zerstreiten, weil ich, wie meistens im Leben, kaum Freunde zu diesem Zeitpunkt hatte. Außer die Schraders und Thorsten unterhielt ich bestenfalls oberflächliche Bekanntschaften. In dieser Lebenssituation wollte ich nicht völlig ohne Familie dastehen. Darüber hinaus spürte ich, dass ich diesmal meiner Schwester in dieser schweren besser beistehen konnte, als ich es bei Heinrichs Beerdigung vermocht hätte.

Im Bezug auf die Beerdigung verfügten wir über Glück im Unglück. In unserer Verwandtschaft gab es einen Beerdigungsunternehmer namens Erich Harms. Erich war mit einer Cousine von uns verheiratet. Alterstechnisch hätte jeder ihn damals auf Mitte vierzig geschätzt, obwohl er bereits sechzig Lenze zählte. Er gehörte zu den ewig Junggebliebenen, was ich sehr erstaunlich fand, als ich beim Schreiben daran dachte, in welcher Branche er als Selbständiger arbeitete. Den Kontakt stellte Onkel Alfred und Tante Rita für uns her. Mit Erich besprachen wir, wie wir uns die Verabschiedung unserer Mutter vorstellten. Wir entschieden uns für eine Feuerbestattung, keine Zeitungsannonce aufzugeben, einen Kiefernsarg zu nehmen und einen freien Redner für die Trauerfeier auszuwählen. In diesen Punkten fanden Christina und ich schnell eine Einigung. Zugegebenermaßen klappte alles reibungsloser, als ich es vorher erwartet hatte. Daher atmete ich nach dem Gespräch mit Erich einmal kräftig durch.

„Wieder eine Hürde genommen", dachte ich anschließend.

Danach setzte ich ein Schreiben an die Sterbeversicherung auf, um ihnen mitzuteilen, dass meine Mutter verstorben sei. Diesem Schreiben fügte ich als Beweis eine Kopie der Sterbeurkunde bei. Die Versicherung antwortete, indem sie uns mitteilte, dass die Versicherungssumme nicht so schnell ausgezahlt werden kann, da zusätzlich zwei Begünstigte zu berücksichtigen seien. Die genannten Personen hießen C. Cervantes und C. Krüger. Im ersten Moment wusste ich nicht, ob ich darüber lachen oder mich ärgern sollte. Erneut setzte ich ein Schreiben für die Versicherung auf, um ihr klarzustellen, dass es sich bei drei erwähnten weiblichen Personen auf dem Versicherungsschein um die gleiche Identität handelte, nämlich um meine Schwester Christina. Sie war eine geborene Krüger, eine geschiedene Cervantes und eine neuverheiratete Fernandez. Offensichtlich stellten Christinas wandelnde Lebensumstände schlichtweg eine Überforderung für die Versicherung dar. Entsprechende Kopien der Dokumente, die die oben genannten Tatsachen eindeutig belegten, fügte ich dem Schreiben bei, um weitere unnötige Verzögerungen der Zahlungen zu vermeiden. Damit konnten die Missverständnisse aus dem Weg geräumt werden.

Die Beerdigung verlief unerwartet gut, soweit man so etwas überhaupt sagen kann. Bevor die offizielle Trauerfeier losging, wollten Christina und ich jeweils allein ein paar Minuten Zwiesprache vor Hannas Sarg halten. Dieses Vorhaben sprachen wir vorher mit Erich ab. Christina ging als erster zum Sarg, ich anschließend.

Als ich am Sarg stand, sagte ich zu Hanna: „Warum hast du dich aufgegeben? Du musstest jetzt nicht sterben. Eigentlich hättest du weiterleben können. Die Operation ist doch gut verlaufen. Und der Krebs ist noch rechtzeitig erkannt worden. Daher verstehe ich nicht, warum du uns verlassen hast. Ehrlich gesagt, bin ich wütend".

Für einen kurzen Moment ließ ich meinen Schmerz lautstark heraus.

In dieser Situation erinnerte ich mich an einen Traum, der in Zusammenhang mit Hanna stand. Darin erschien mir ein Zug am Bahnhof. Jedoch, wo genau befand ich mich? Orientierungslos irrte ich auf dem Gleis hin und her. Innerlich spürte ich, dass ich von Hanna getrennt war, und ich sie dort suchen musste. Im Hintergrund hörte ich irgendwelche Stimmen mit Wiener Akzent. Ein wichtiger Hinweis, wo ich mich aufhielt. Mit Hanna reiste ich insgesamt dreimal in Österreichs Hauptstadt. Schöne Erinnerungen kamen gedanklich zum Vorschein. Instinktiv stieg ich in den eben eingetroffenen Zug. Rundherum saßen Leute unterschiedlicher Nationalitäten. Ein Hinweis darauf, dass ich häufig mit meiner Mutter ins Ausland verreiste. Alle Indizien schienen sich zu verdichten. Eine Unruhe herrschte im Zug und ließ mich erahnen, dass etwas Schlimmes passiert sein musste. Meine Gedanken richteten sich immer stärker auf Hanna. Aufgeregt lief ich durch einen endlos langen Waggonschlauch. Ein Ende des Weges wurde vorerst nicht erkennbar. Meine Verzweiflung stieg.

„Wo ist Hanna", fragte ich beunruhigt.

Schlagartig erschien mir aus unerklärlichen Gründen ein unscharfes und verschwommenes Bild im Traum, welches nach einer gewissen Zeit allerdings allmählich wieder klarer wurde und Hannas Gesicht zum Vorschein brachte. Meine Mutter lag in ihrer Lieblingsbluse mit Blumenmuster, die sie oftmals auch im Urlaub trug in einem Bett. Vor dem Gesicht eine Sauerstoffflasche. Vor ihr auf dem Stuhl saß eine Frau, die ich als Sanitäterin wiedererkannte, die in der bewussten Nacht, als es mit Hanna passierte, dabei war. Beide Personen befanden sich vor einer Glaswand, sodass ich nicht weiterkam und stehenbleiben musste.

Ich stellte der Sanitäterin die Frage: „Kommt sie durch"?

Die Frau nickte. Dann endete der Traum. Ich wachte auf und empfand ihn als Schocktherapie. Gedanklich und emotional musste ich ihn erstmal verarbeiten beziehungsweise verdauen. Was er bedeutete, erschien klar und eindeutig zu sein. Ich konnte meine neue Lebenssituation noch nicht akzeptieren. Natürlich wusste ich, dass Hanna nicht mehr ins Leben zurückkehren würde, aber die Bilder aus dem Traum wollten nicht aus meinen Kopf verschwinden. Ich zweifelte an meine Fähigkeit, trauern zu können. Meine Gefühlsschwankungen machten mir arg in diesem Augenblick zu schaffen. In diesem Zusammenhang dachte ich auch an den nicht beendeten Konflikt zwischen meiner Mutter und mir, den wir am Abend vor ihrem Ableben austrugen. Der Satz „Du bist so eiskalt wie Christina" verletzte meine Gefühle. Er saß wie ein giftiger Stachel, der sich in der Nähe meines Herzens befand und nicht mehr entfernt werden konnte. Die Qualen, die ich dadurch erzeugt wurden, spürte ich fortan über mehrere Jahre. Im Laufe der Jahre schaffte ich es im Gegensatz zu meiner Schwester nicht, ein Bild von Hanna sichtbar in meiner Wohnung aufzuhängen beziehungsweise zu stellen. Darüber hinaus wusste ich nicht, wie ich in meinem Leben ab sofort zurechtkommen sollte. Diese Tatsache machte mir zusätzlich Angst. Eine Vielzahl von Gedanken ging mir in einen Zeitraum von wenigen Minuten durch den Kopf. Später verfasste ich zu meiner damaligen Gefühlslage ein Gedicht.

Die schmerzliche Erfahrung

Der Mensch empfindet Schmerzen, die seine Seele berühren, manchmal sogar ohne dass es ihm selbst wirklich bewusst ist.

Die schmerzliche Erfahrung zeigt uns, dass wir leben, aber sie erinnern uns auch an unsere Sterblichkeit, da wir verletzbar sind.

Diese Form der Verletzbarkeit ist ein Ausdruck eines Lebensgefühls, das zum Alltag unseres Daseins einfach dazugehört, und wir müssen es daher akzeptieren.

Das Akzeptieren ermöglicht uns Menschen überhaupt zu leben, da wir sonst bereits tot wären, ohne die Bühne des Lebens für immer verlassen zu haben.

Akzeptiere den Schmerz und jeder weiß, dass Freud und Leid meist eng beieinander liegt, als man eigentlich vermuten dürfte!

Diese Erkenntnis macht uns den Weg freier, leichter durch das Leben zu gehen und die Schmerzen werden dadurch erträglicher.

Bei der Trauerfeier hielt der Redner eine gelungene und zutreffende Ansprache. Christina und mir wurde das Gefühl vermittelt, Hanna darin wiederzuerkennen. Er machte aus unserer Sicht seinen Job hervorragend. Mehr als dreißig Personen saßen bei der Trauerfeier und hörten die Rede. Die Ausstattung mit den Blumen und den Kerzen hinterließ einen bleibenden Eindruck. Bei Christina und mir kam der Verdacht auf, dass Erich uns nur den Selbstkostenpreis für die Beerdigung berechnete. Am Ende der Trauerfeier wurde die CD „Time to Say Good Bye" eingelegt und abgespielt. Anschließend gingen wir mit dem harten Kern der Trauergäste ins benachbarte Café, um die düstere Atmosphäre des Abschieds zu durchbrechen.

Im Café sprach mich Onkel Alfred an und machte mir ein überraschendes Angebot: „Wenn du einen Job benötigst, kannst du bei mir arbeiten. Ich rufe dich an".

Ehrlich gesagt, so richtig ernst genommen hatte ich dieses Angebot damals nicht, da die liebe Verwandtschaft häufig viel verspricht, aber oft wenig hält.

Ich dachte nur in diesem Augenblick: „René, warte erstmal ab, was tatsächlich passiert"!

Die Erwartungen wollte ich in dieser Angelegenheit nicht zu hochschrauben. Eine mögliche Enttäuschung sollte mir erspart bleiben. Nach außen ließ ich mir nicht anmerken, was ich im Stillen wirklich dachte und bedankte mich bei Onkel Alfred für das Angebot, um mir für die Zukunft weitere Optionen offenzuhalten.

Meinen ersten Job, den ich nach der Beerdigung annahm, verdankte ich zum großen Teil Christina. Er sollte mir auch zur Finanzierung des Studiums dienen. Meine Schwester sah einen Zettel beim Restpostenmarkt mit dem Inhalt „Verkaufshilfe gesucht. Minijobbasis" hängen, wo sie regelmäßig als Kundin einkaufen ging. Sie sprach die Marktleiterin auf mich an und vereinbarte ein Termin zum Vorstellungsgespräch.

Als sie vom Einkauf zurückkam, erzählte sie mir: „Ich habe eventuell ein Job für dich beim Restpostenmarkt. Es ist hier am Schulterblatt. Du kannst dort als Verkaufshilfe arbeiten. Ich kenne die Marktleiterin. Du hast schon ein Vorstellungsgespräch".

„Hört sich gut an", freute ich mich, „wann ist das Vorstellungsgespräch"?

„Heute um 18.00 Uhr", antwortete Christina.

Ich bedankte mich bei meiner Schwester für ihre Bemühung und ging pünktlich zum Termin. Die Marktleiterin und ich fanden uns auf Anhieb sympathisch. Sie bot mir das Du an und stellte sich mit Beate vor. Ich stimmte den Du zu und nannte ihr nochmals meinen Namen.

Nach einer kleinen Vorstellungsrunde fragte sie mich: „Möchtest du den Job mindestens ein Jahr oder länger machen"?

„Ja", antwortete ich kurz und knapp.

„Gut. Wann könntest du anfangen", fragte sie weiter.

„Morgen. Allerdings wochentags erst ab 14.00 Uhr wegen meiner Vorlesungen", erwiderte ich.

„In Ordnung. Dann komm morgen um 14.00 Uhr. Dann besprechen wir alles weitere", sagte sie am Schluss des Gespräches, und wir verabschiedeten uns.

Das Gespräch dauerte weniger als zehn Minuten.

„Wieder hatte ich eine wichtige Hürde übersprungen", dachte ich auf dem Rückweg zu Christinas Wohnung.

Am nächsten Tag war ich zuständig für die Preisauszeichnung der Ware, das Auffüllen der Regale, für Aufräum- und Reinigungsarbeiten und teilweise auch für das Dekorieren. Sicher kein Traumjob, aber er füllte zunächst etwas meine Haushaltskasse. Das Betriebsklima schien in Ordnung zu sein. Auch mit den anderen Kollegen duzte ich mich, was für mich kein Problem darstellte, weil man sich gegenseitig Respekt zollte. Es gab kein Mobbing auf der Arbeit, was sich für mich als ein großes Glück herausstellte. Ich bekam 12 DM pro Stunde für meine Arbeit. Da ich körperliche Arbeit zuvor kaum kannte, merkte ich abends meist eine Erschöpfung.

Nun ging es im nächsten Schritt darum, Bafög zu beantragen. Ohne Bafög hielt ich eine Fortsetzung des Studiums für unmöglich. Also ging ich zum Studentenhilfswerk in der Grindelallee, um mir den Bafög-Antrag abzuholen. Mehrere Seiten musste ich für den Antrag ausfüllen. Ein Horrorszenario für mich, aber ich benötigte dieses Geld zum Weitermachen. Meine Zukunft hing von diesem Bescheid ab und befand sich am seidenen Faden, der jederzeit reißen konnte. Eine schweißtreibende Zitterpartie begann. Existenzängste beschäftigten mich wieder sehr intensiv. Ich befürchtete, dass ich es nicht schaffen könnte. Eine riesengroße Panik entstand, da ich kaum kontrollieren konnte.

Ich fragte mich in diesem Zusammenhang: „Komme ich überhaupt dauerhaft finanziell zurecht"?

Vorsorglich brachte ich meine restlichen Ersparnisse rechtzeitig in Sicherheit. Mein Sparbuch lief fortan auf den Namen Hilde Schrader. Ich verfügte über eine Handlungsvollmacht, sodass es für mich kein größeres Risiko darstellte. Es handelte sich immerhin noch ein Betrag in Höhe von ungefähr 6.500 DM. Wenn ich diese Summe beim Studentenhilfswerk angegeben hätte, wären meine Chancen für das Bafög vermutlich nahezu null gewesen. Als Argument hätten die Verantwortlichen angeführt, dass noch ausreichend Geld vorhanden wäre, das zunächst aufgebraucht werden müsste, ehe ich auch nur einen Pfennig von ihnen erhalten hätte. Es gab damals zwar einen Freibetrag, aber ich wusste nicht genau wie hoch dieser sein durfte. Ich ging lieber auf Nummer sicher. Schließlich brauchte ich für Notfälle Reserven. Ich wollte mir keine Gedanken darüber machen müssen, wie ich kaputtgegangene Haushaltsgeräte finanziell ersetzt bekomme. In dieser Angelegenheit wollte ich einigermaßen sorgenfrei sein.

Darüber hinaus betrug mein Erbanteil von Hannas Sparbuch ungefähr 1.700 DM. Dieses Geld stand mir allerdings nicht sofort zur Verfügung. Denn Christina verplapperte sich bei der Sparbuchauflösung bei der Bank. Manchmal hatte sie die Angewohnheit, zu reden, ohne nachzudenken.

Sie teilte der Bankfiliale in Barmbek mit: „Unsere Mutter ist vor kurzem verstorben. Deshalb wollen wir das Sparbuch auflösen".

Ich dachte in diesem Moment: „Warum kannst du blöde Nuss nicht deine Klappe halten"?

Es kam genau dass, was ich befürchtete.

Denn die Frau am Schalter erwiderte darauf: „Das Konto kann nicht sofort aufgelöst werden. Diese Information müssen wir ans Finanzamt weitergeben. Dazu sind wir gesetzlich verpflichtet. Da es sich um ein Personalkonto handelt, müssen sie die Angelegenheit in der Innenstadt mit dem Personalbüro klären. Denn ihre Mutter erhielt als Witwe die gleichen Konditionen wie ihr verstorbener Mann. Hierbei sind mir die Hände gebunden".

Begeisterung sah bei mir anders aus. Zwar konnte ich mir sicher sein, dass keine Steuer auf das Erbe gezahlt werden musste, weil die Summe zu gering war, aber die Auszahlung zögerte sich durch Christinas überhastete und unüberlegte Aktion heraus. Dennoch machte ich ihr keine Vorwürfe. Es änderte ohnehin nichts an der Situation. Ärgerlich erschien mir nur die Tatsache, dass ich wegen der Auflösung der Konten in die City fahren musste. Diesen überflüssigen Aufwand hätte ich mir offen gesagt lieber erspart.

Als nächstes kümmerte ich mich um den Verkauf der Aktien. Mein Vater konnte als Beschäftigter der Bank sogenannte Vorzugsaktien kaufen, wovon er leider nie Gebrauch machte. Warum nicht? Scheute er das Risiko? Keine Ahnung. Ist auch letztlich egal.

Vorzugsaktien wurden ungefähr zum halben Marktpreis angeboten, durften aber sechs Jahre nicht veräußert werden.

Hanna und ich kauften auf Anraten von Onkel Alfred diese Wertpapiere.

Als wir ihn und Tante Rita an der Ostsee besuchten, sagte er zu diesem Thema: „Kauft diese Wertpapiere! Sie sind eine gute und sichere Geldanlage. Die Deutsche Bank geht so schnell nicht pleite. Wenn doch, dann bricht sowieso die deutsche Wirtschaft zusammen. Es ist daher nur ein geringes Risiko mit großen Gewinnchancen".

Hanna konnte als Heinrichs Witwe ebenfalls diese Papiere käuflich erwerben. Und der Deal erwies sich als Glücksfall. Ich konnte die Aktien mit mehr als 16 % Effektivverzinsung loswerden. Mein Anteil betrug ca. 2.800 DM. Ich bewies einen guten Instinkt, da es anschließend wieder abwärts an der Börse ging.

Danach musste ich mich darum kümmern, die Wohnung meiner Eltern zu erhalten. Kurzfristig bekam ich einen Termin mit dem Vermieter, die Saga. Nach einer kurzen Begrüßung in deren Geschäftsräumen, trug ich dem Sachbearbeiter Herrn Reimers mein Anliegen vor.

„Meine Mutter ist Ende vorigen Jahres verstorben und ich würde gerne weiterhin in der Wohnung meiner Eltern bleiben".

„Und was ist mit Ihrem Vater", fragte Herr Reimers.

„Mein Vater verstarb bereits vor fast neun Jahren", erwiderte ich.

„Dann brauche ich beide Sterbeurkunden", meinte der Sachbearbeiter.

Ich zeigte die entsprechenden Dokumente vor, die Herr Reimers für seine Akte fotokopierte. Mit meiner Unterschrift konnte ich die Wohnung meiner Eltern mit ihren Rechten und Pflichten übernehmen. Es klappte alles reibungslos. Das Gespräch dauerte weniger als fünfzehn Minuten. Zuhause konnte ich erst einmal tief durchatmen. Ein Gefühl der Erleichterung kam auf.

Dann kam die Hiobs-Botschaft. Mein Bafög-Antrag wurde abgelehnt. Ich fiel aus allen Wolken und verstand die Welt nicht mehr. Ich zählte noch keine dreißig Lenze und befand mich trotz Hannas Erbe in einer finanziell schwierigen Lage. Als Student hätte ich nicht ohne Bafög überlebt. Daher ging ich zur Öffentlichen Rechtsauskunft, kurz ÖRA genannt, um mich beraten zu lassen. Fast drei Stunden wartete ich, bis mein Name letztlich vom Rechtsberater aufgerufen wurde.

„Geduld gehört nicht unbedingt zu meinen Stärken", stellte ich fest, als ich mich noch in der Warteschleife befand.

Zunächst musste ich ähnlich wie bei einer Behörde, eine Nummer ziehen. Bis meine Nummer aufleuchtete dauerte es schon mehr als eine Stunde. Bei der Anmeldung wurden meine Personalien aufgenommen. Danach schilderte ich kurz meinen Fall.

Anschließend sagte die Frau am Empfang zu mir: „Als Student kostet es 10 DM Gebühr. Gehen Sie wieder ins Wartezimmer! Es wird Sie ein Rechtsberater aufrufen und sich um Sie kümmern".

Dieser Aufforderung kam ich nach. Nach mehr als 1 ½ Stunden wurde mein Name aufgerufen. Ich folgte dem Rechtsberater in sein kleines Büro.

„Was kann ich für Sie tun", fragte er mich, als wir Platz nahmen.

Ich beschrieb ihm meine schwierige Sachlage. Der Gesichtsausdruck des Rechtsberaters ließ nichts Gutes erahnen.

Er meinte darauf: „Ich räume Ihnen keine großen Chancen für den Widerspruch ein, aber wir können es trotzdem versuchen".

Ich erwiderte nur: „In meiner Situation habe ich ohnehin nichts mehr zu verlieren. Darum probiere ich es".

Der Jurist verfasste ein Schreiben mit dem ich beim Studentenhilfswerk Widerspruch einlegen konnte.

„Hat das Schreiben den gewünschten Erfolg", fragte ich mich in diesem Moment.

Ich konnte nur abwarten und hoffen. Meine Chancen stufte ich, genau wie der Rechtsberater, als gering ein. Dementsprechend setzte ich meine Erwartungen sehr niedrig an. Dennoch vertrat ich die Auffassung, es wenigstens versuchen zu müssen. Ich brauchte das Gefühl, alles Menschenmögliche getan zu haben, sonst hätte ich es mir später nicht verzeihen können. Diese Tatsache drang immer stärker in mein Bewusstsein. Daher versuchte ich zu kämpfen.

Das Schreiben lautete wie folgt:

Hamburg, d. 15.02.1997

René Krüger
Lohkoppelstraße 63
22083 Hamburg

An das
Studentenwerk Hamburg
Amt für Ausbildungsförderung
Von-Melle-Park 2

20146 Hamburg

Widerspruch gegen den Bescheid vom 11.02.1997

Sehr geehrte Damen und Herren,
gegen den oben genannten Bescheid lege ich hiermit W i d e r s p r u c h ein. Meines Erachtens ist mein Förderungsantrag zu Unrecht abgelehnt worden. Die Voraussetzungen für eine verspätete Zulassung des gem. § 48 Bafög erforderlichen Leistungsnachweises liegen vor. Gem. §48 Abs. 2 Bafög kann eine Vorlage der Bescheinigung zu einem späteren Zeitpunkt zugelassen werden, wenn Tatsachen, die voraussichtlich eine spätere Überschreitung der Förderhöchstdauer nach § 15 Abs. 2 Bafög rechtfertigen vorliegen. Das Vorliegen solcher Tatsachen ist in dem angegriffenen Bescheid zu Unrecht abgelehnt worden. Von mir war geltend und glaubhaft gemacht worden, dass ich meine schwer an Krebs erkrankte Mutter, die zwischenzeitlich am 26.12.1996 verstorben ist, versorgt und gepflegt habe. Dies ist ohne weiteres als subjektiver schwerwiegender Grund im Sinne von § 15 Abs. 3 Ziff. 1 Bafög anzuerkennen. An dem erforderlichen Ausbildungsbezug fehlt es nicht. Es liegt meines Erachtens auf der Hand, dass eine solche Intensivpflege einer todkranken Angehörigen es nicht erlaubt, sich in dem erforderlichen Maße auf das Studium zu konzentrieren. Auf diese Weise sind mir zwei Semester verlorengegangen. Die Überschreitung der Förderhöchstdauer aufgrund dieser ungewöhnlichen und schwerwiegenden persönlichen Gründe wäre voraussichtlich

zuzubilligen. Die Ausübung des nach der vorgenannten Vorschrift eingeräumten Ermessens ist daher zu Unrecht ablehnt worden. Es dürfte bei sachgerechter Ermessensbestätigung ein Anspruch für mich bestehen.

In der Hoffnung auf eine baldige stattgebende Entscheidung, verbleibe ich mit freundlichen Grüßen
René Krüger

Mein Bafög wurde abgelehnt, weil ich die Regelstudienzeit überschritt. Meine Begründung dafür reichte der zuständigen Institution nicht aus. Als Begründung für den Widerspruch gab ich an, dass ich mich verstärkt um die Pflege meiner Mutter kümmern musste. Zusätzlich bekam ich von der ÖRA den Tipp, einen sogenannten Eilantrag beim Verwaltungsgericht zu stellen, um den Entscheidungsprozess zu beschleunigen, was ich auch letztlich tat.

Zwischenzeitlich ging ich zum Sozialamt, um Überbrückungsgeld als Student zu bekommen. Onkel Alfred und Tante Rita gaben mir den Tipp, es auf diesem Wege zu probieren. Damals war ich zugegebenermaßen sehr naiv, weil ich dachte, dass diese Behörde dazu da ist, in notgeratene Menschen zu helfen. Ich erklärte dem Leiter der Sozialbehörde, Herrn Bergkamp, meine finanzielle Situation und zeigte ihm die Kontoauszüge meiner Mutter.

Dabei machte ich ihm darauf aufmerksam: „Die für Januar überwiesene Rente meiner Mutter muss ich zurücküberweisen, da sie noch im Dezember verstorben ist. Und Renten werden nicht wie Löhne und Gehälter rückwirkend bezahlt".

Jedoch Herr Bergkamp meinte: „Das ist nicht richtig, was Sie sagen. Mit der Rentenzahlung, die Ihre Mutter überwiesen bekam, können Sie erstmal ein paar Wochen finanziell überleben. Daher kann ich Ihnen nicht weiterhelfen".

Der Amtsleiter ließ mich eiskalt abblitzen und log ohne rot zu werden. Für mich entstand der Eindruck, dass die Beamten von der obersten Heeresführung dazu abgerichtet wurden, in solchen Situationen prinzipiell zu lügen und zu betrügen, um die Staatskasse um jeden Preis zu entlasten. Seit diesem Gespräch wurde mir zunehmend klar, dass ich es in Zukunft mit den Institutionen des Öffentlichen Unrechts zu tun bekommen werde. Das Vertrauen in diesen sogenannten Sozialstaat erreichte bei mir schnell den Nullpunkt. Ich lernte eine bittere Lektion, dass ich nämlich mit Ehrlichkeit und Aufrichtigkeit keine realen Überlebenschancen in dieser feinen Gesellschaft haben kann. Das bedeutete im Klartext, dass ich das System nur mit seinen eigenen Waffen schlagen kann.

„Die Welt will betrogen werden", lautete ab sofort meine Devise.

In dieser Hinsicht bestand eine große Erwartungshaltung, die keineswegs enttäuscht werden durfte. Ansonsten blieb für mich als Empfehlung nur der Freitod. Das Gespräch bei der Sozialbehörde wurde daher unausweichlich ein Schlüsselerlebnis, das mich zukünftig prägen wird.

Bei meinen Aufzeichnungen blieb meine Überzeugung, dass Bergkamp mit voller Absicht log. Der Staat tat schon immer alles, um Kosten zu sparen. Dabei gingen die Beamten stets sprichwörtlich über Leichen. Skrupel oder Gewissen kannten sie in diesem Zusammenhang irgendwann nicht mehr. Beim Verfassen meines Romans wollte ich nicht unbedingt unterstellen, dass es grundsätzlich immer so ist, aber es würde mich weder überraschen noch schockieren, wenn es sich doch als grauenhafte Wahrheit herausstellen würde. Die Mehrheit in der Bevölkerung weiß solche Dinge nicht, weil sie von solchen Institutionen nicht abhängig sind. Nur knapp 15 % erhielten zum damaligen Zeitpunkt tatsächlich Sozialleistungen. Daher gingen nie genügend Menschen auf die Straßen und demonstrierten gegen die Ungerechtigkeit des Systems. Sie waren beziehungsweise sind nur mit sich selbst beschäftigt. Solidarität mit den Schwächeren unseres Systems blieb leider meist nur ein Fremdwort.

„Jeder kocht dabei nur sein eigenes Süppchen", dachte ich in diesem Kontext.

Viele Menschen glaubten bisher lieber den hausgemachten Sprechblasen einiger sogenannter konservativer Politiker, nur weil es einfach und bequem ist. Zusätzlich sei hierbei auch an die heißbegehrten Hetzparolen der Springer-Presse gedacht, die ich fast mit Nazi-Propaganda gleichsetzen möchte. Sowohl die Politik als auch die Medien zogen stets sozusagen an einen Strang. Botschaften wie beispielsweise „Arbeitslose ruhen sich auf der sozialen Hängematte aus" oder „Erwerbslose haben ihre Arbeitslosigkeit selbst verschuldet" wurden ungeniert in der Öffentlichkeit verbreitet. Aus meiner Sicht unsinnige Behauptungen, die von den eigentlichen Problemen unseres Landes ablenken sollten. Jedoch über den tatsächlichen Wahrheitsgehalt dieser dubiosen Aussagen wurde im allgemein nie ernsthaft nachgedacht. Warum auch? Denken hat bekanntlich etwas mit Arbeit zu tun, was eindeutig meist vermieden wurde. Ist es nicht erstaunlich, dass ausgerechnet das denkfaule Gesindel den Erwerbslosen eine schlechte Arbeitsmoral unterstellt? Für mich repräsentierte es zumindest immer eine Selbstlüge der Gesellschaft, um ihr eigenes jämmerliches Versagen in Bezug auf das Sozialverhalten zu vertuschen.

Sehr wahrscheinlich konnte ich Bergkamp keine Vorwürfe für sein asoziales Verhalten machen. Ich ging nach unserem Gespräch davon aus, dass er Druck von oben bekam und gezwungen wurde, so zu handeln. Er erledigte nur seinen Job und erhielt dafür sein Geld. Was sollte ich an dieser Stelle meiner Aufzeichnungen noch zusätzlich dazu dokumentieren? Er funktionierte in meinem Fall wie ein gut abgerichteter und bissiger Hund. Somit verfügte die Behörde über den richtigen Mann für diesen Bereich, zumindest aus ihrer Sicht. Im Prinzip musste ich dem Mann sogar dankbar sein, da ich rechtzeitig meine Lektion lernte, nämlich kein blindes Vertrauen zu unserem Sozialstaat zu haben. Diese Form der Naivität konnte ich dank meiner raschen Auffassungsgabe schnell ablegen.

Mitte März 97 kam die zweite Ablehnung durch das Studentenhilfswerk. Dies bedeutete für mich das vorzeitige Ende meines Studiums. Ich fand mich komplett am Boden zerstört, obwohl diese Nachricht nicht völlig unerwartet kam. Diese Schreckensbotschaft empfand ich als schreiende Ungerechtigkeit. Denn andere Studenten, die aus einen wohlhabenden Elternhaus stammten, bekamen Bafög, obwohl es ihnen vom Einkommen her nicht zustand. Die Eltern machten rechtzeitig ein paar Schulden und schon erhielten sie unrechtmäßig Anspruch auf dieses Geld. Der Student konnte dieses Geld zinsbringend anlegen und zahlte es später bequem zurück. Meistens fuhren diese Herrschaften mit ihrem luxuriösen BMW oder Mercedes zur Uni und parkten nahe vor dem Campus. Und andere Studenten, die tatsächlich dieses Geld dringend benötigten, erhielten es oftmals nicht. Ihre Anträge wurden aus unverständlichen Gründen abgelehnt. Nun wurde mir durch den Ablehnungsbescheid meine damalige Lebensperspektive und Zukunft genommen. Eine Reihe neuer Fragen tauchten bei mir unerwünscht auf. Wie geht es nun weiter? Was für Möglichkeiten habe ich überhaupt? Finde ich einen Job? Es entstand das Gefühl, dem Leben nicht gewachsen zu sein. Mein Leben verfügte über keine klare Linie mehr. Alles erschien mir immer sinnloser zu werden. Darüber hinaus blieb mir bis dahin keine Zeit zum Trauern wegen der Behördengänge, der Nachlassregelungen und der Beerdigung. Jetzt konnte ich sie zulassen, da ich etwas zur Ruhe kam. Alles stürzte auf mich ein. Es entwickelte sich eine Reizüberflutung meiner Gefühle. Angstzustände und Depressionen begleiteten mich in dieser Zeit.

In meiner Vorstellung befand ich mich in meinem kleinen Ruderboot im offenen Meer und wusste nicht, wohin ich steuern sollte, um in den Zielhafen zu gelangen. Ich wusste nicht einmal, wie das Ziel tatsächlich aussah. Am Horizont ging die Sonne unter, und das Spiel der Farben lenkte mich dabei endgültig vom Kurs ab. Das Rudern erschien mir dadurch fast sinnlos.

„Warum soll ich hier wegrudern, wenn ich so ein schönes Naturschauspiel beobachten kann", fragte ich mich bei diesem malerischen Anblick.

„Wann kann ich so einen Augenblick noch einmal bewusst genießen", überlegte ich weiter.

Ist diese Momentaufnahme ein würdiger Abschied für mich? Diese Fragen ließen erkennen, dass ich dringend Hilfe benötigte. Die Antworten blieben in meiner schlechten Verfassung aus. Hatte ich überhaupt eine Chance, die notwendige Hilfe zu erhalten? Eine nahezu aussichtslose Situation zeichnete sich ab. Ehrlich gesagt, wusste ich nicht, wie ich noch auf dem richtigen Kurs kommen sollte. Zu diesem Zeitpunkt besaß ich keinen brauchbaren Kompass.

Meine Orientierungslosigkeit wurde mir durch die kurze Bekanntschaft mit einer Studentin klar ins Bewusstsein gerufen. Kennenlernen durfte ich sie Ende des vierten Semesters. Sie hieß Claudia Lehmann. Ihr Alter schätzte ich auf ungefähr 25 Jahre. Langes blondes Haar und eine gute Figur wurden ihr äußerliches Markenzeichen. Darüber hinaus verfügte sie über ein nettes und ansprechendes Wesen. Während einer BWL III-

Vorlesung im großen Hörsaal des pädagogischen Bereiches kamen wir das erste Mal ins Gespräch.

„Ich bin Claudia Lehmann", sagte sie kurz bei unserer ersten Begegnung und setzte sich neben mir.

„Und ich bin René Krüger", stellte ich mich bei ihr kurz vor.

Auf Anhieb spürte ich die gegenseitige Sympathie zwischen uns.

„Wie läuft bei dir das Studium", fragte sie mich überraschend während unseres Gespräches.

Fast fühlte ich mich etwas überrumpelt von dieser Frage, da sie einen empfindlichen Nerv bei mir traf.

„Eher schleppend", gab ich offen zu, „ich habe fast vier Semester hinter mir und erst knapp die Hälfte der Scheine für das Grundstudium geschafft".

Ich hielt Ehrlichkeit hierbei für die beste Strategie. Entweder mag sie mich trotzdem oder nicht.

„Ehrlich gesagt, sieht es bei mir auch nicht besser aus", gestand sie mir nach meiner Offenbarung.

Dieses ehrliche Geständnis ihrerseits beruhigte mich ein wenig. Dadurch erhielt ich das Gefühl, nicht allein mit meinen Prüfungsstress zu sein. Verliebt war ich zwar nicht, aber ich mochte sie. Bei meiner damaligen Frauenfeindlichkeit schon fast ein Privileg.

„Wie finanzierst du dein Studium", fragte ich sie.

„Bei mir bezahlen es meine Eltern. Mein Vater arbeitet im diplomatischen Dienst, was für mich den Vorteil hatte, viel von der Welt zu sehen. Meine Mutter, die eine gebürtige Französin ist, begleitet ihn. Ich habe eine eigene Wohnung in Winterhude", berichtete sie mir.

Sie wollte natürlich auch wissen, wie ich mein Studium finanzierte und fragte mich danach.

„Ich lebe noch bei meiner Mutter, weil ich mir keine eigene Wohnung leisten kann. Ansonsten lebe ich von meinen Geldreserven, die ich mir während meiner Ausbildungszeit angespart hatte", antwortete ich bereitwillig.

Wir sahen uns seit unserem ersten Aufeinandertreffen regelmäßig.

„Vielleicht entwickelt sich etwas daraus", dachte ich nach einigen vielversprechenden Begegnungen.

„Werfe ich sogar meine Prinzipien über Bord und gehe eine Beziehung mit einer Frau ein", schoss mir als nächster Gedanke durch den Kopf.

Ich wusste nicht, wohin mich meine Gedanken führen werden.

Im fünften Semester sprach mich Claudia draußen vor dem WiWi-Bunker an.

„René, ich gebe dir meine Telefonnummer. Bitte rufe mich an! Sei nicht schüchtern"!

Sie gab mir ein Zettel mit ihrer Telefonnummer und unsere Wege trennen sich.

Zuhause fiel mir die Decke auf dem Kopf. Hannas unerwarteter Tod und meine ungewisse Zukunft beschäftigten mich aktuell. Ich spielte mit den Gedanken, Claudia anzurufen. Abends saß ich neben dem Telefon im Wohnzimmer.

Dabei überlegte ich: „Rufe ich sie jetzt an? Ja oder nein"?

Nach einer Weile startete ich nach einem inneren Kampf mit mir selbst einen Versuch.

„Hier Claudia Lehmann", meldete sich eine weibliche Stimme am Telefon.

Jedoch ich legte wieder überraschend auf.

„Warum", fragte ich mich hinterher.

Zunächst konnte ich mir diese Frage nicht beantworten. Später fand ich doch eine Erklärung, die mir plausibel erschien. Meine neue Lebenssituation stürzte mich ins Gefühlschaos. Ich musste mit mir selbst ins Reine kommen. Offen gesagt, wusste ich nicht wirklich, was ich eigentlich wollte. Daher fasste ich den Entschluss, den Kontakt zu Claudia abzubrechen. Sie sollte nicht in diesem negativen Gefühlsstrudel hineingezogen werden. Ich hielt es für unfair, sie mit meinen Stimmungsschwankungen zu konfrontieren. Insgesamt eine einsame Entscheidung, die ich mit meinen Gefühlen vereinbaren musste. Für mich bestand durch die tragischen Ereignisse keine Möglichkeit, mich emotional auf ein solches Abenteuer einzulassen. Mein Kopf beschäftigte sich mit anderen Dingen, sodass ich keinen Platz für eine mögliche Liebe reservieren konnte.

Von Claudias Seite brach der Kontakt ebenfalls ab. Ihre Motive blieben für mich ein ungelöstes Rätsel. Vielleicht begriff sie, dass wir uns zum falschen Zeitpunkt kennenlernten. Denn ich erzählte ihr zuvor, was mit meiner Mutter zwischenzeitlich geschah. Oder sie interpretierte mein Verhalten schlichtweg nur als Desinteresse und zog ihre Konsequenzen. Vermutlich werde ich ihre wahren Beweggründe nie erfahren. Es spielte beim Verfassen meines Romans allerdings auch keine Rolle mehr, wurde mir während des Schreibens am Notebook bewusst. Vielmehr erlangte hierbei die Bedeutungslosigkeit die Oberhand.

Eventuell hätte sich unter anderen Lebensumständen eine Beziehung entwickelt. Jedoch werde ich diesbezüglich nie Gewissheit haben, ob aus uns je ein Paar geworden wäre oder nicht. Daher wäre ein vertiefender Gedanke in diese Richtung letztlich nur Spekulation. Am Ende blieb Claudia eine flüchtige Episode in meinem Dasein, die mir allerdings ins Bewusstsein rief, dass ich mich erneut an einen Wendepunkt meines Lebens befand.

Dadurch erlangte ich die Erkenntnis, dass ich mich neu orientieren musste. Dazu gehörten einige unvermeidlichen Aktionen einzuleiten, um zumindest vorläufig finanziell überleben zu können. Dies bedeutete im Klartext Exmatrikulation, sich arbeitslos melden und Sozialhilfe zu beantragen. Damit beendete ich vorzeitig ein wichtiges Kapitel in meinem Leben.

Rückblickend betrachtet gesehen, sehe ich die Zeit an der Uni nicht als komplett verschwendet, auch wenn ich das Studium frühzeitig abbrechen musste. Ich habe einiges Wissenswerte gelernt wie z. B. die Modellbetrachtung, die mir später im Bereich Philosophie half. Es erleichterte mir, meine Leitgedanken zu formulieren und meine eigenen Modelle zu entwickeln. Ich verfasste daraus meine meist philosophisch angehauchten Gedichte. Kaum zu glauben, aber wahr.

Die Freundschaft mit Thorsten, die sich zu einem anderen Zeitpunkt als entscheidend und wegweisend für mein weiteres Leben zeigen wird, war der andere positive Aspekt in diesem Zusammenhang.

„Im nächsten Kapitel gehe ich näher darauf ein", entschied ich während des Schreibens.

Darüber hinaus erstellte mir die Uni ein Abgangszeugnis, woraus hervorging, dass ich mir bestimmte Fachscheine in Bereich Wirtschaftswissenschaften erarbeitet habe und noch über vollen Prüfungsanspruch verfügte. Ich wollte mir die Option offen lassen, dass ich zu einem späteren Zeitpunkt das

Vordiplom nachholen kann. Aus diesem Grund beschaffte ich mir dieses Zertifikat.

Abschließend zu diesem Lebensabschnitt gab es in meinen Aufzeichnungen zu sagen, dass dieser Studiengang nicht unbedingt für mich maßgeschneidert war, eine Tatsache, die mir erst später bewusst wurde. Zunehmend ging es nur noch darum, das Grundstudium zu beenden, um meine Chancen auf dem Arbeitsmarkt zu erhöhen. Das ursprüngliche Ziel, Berufsschullehrer werden zu wollen, verfolgte ich irgendwann nicht mehr ernsthaft. Der eigentliche Zweck meines Studiums ging verloren. Nun zwang mich das Leben dazu, mich auf neue Herausforderungen einzulassen. Für mich präsentierte sich dadurch ein unentdecktes und unbekanntes Land. Ich wusste nicht, was mich demnächst erwarten würde. Dennoch erkannte ich, dass mein Leben sich grundlegend ändern wird.

Dabei drängten sich mir die Fragen auf: „Wie sehen diese Veränderungen aus? Und welchen Einfluss haben sie für mein zukünftiges Leben"?

Die Spannung stieg.

Dieses Kapitel betrachtete ich als beendet. Daher hörte ich auf zu schreiben. Ich spürte die Erschöpfung des heutigen Tages, weil ich nur wenig Pausen machte und ein Wechselbad der Gefühle durchlebte. Ich trank nur mein Glas mit Rum-Cola leer und begab mich anschließend ins Schlafzimmer. Denn ich wurde müde und wollte nur noch schlafen.

6. Kapitel

Nach einen reichhaltigen Frühstück und einen ausgiebigen Entspannungsbad, konnte ich mich den nächsten Abschnitt meines Lebens widmen. Zuvor herrschte in den vergangenen Wochen und Monaten eine unvermeidbare Angst, sodass ich zunächst Ruhe benötigte, um neue Kraft zu tanken. Jedoch fiel ich durch die letzten Ereignisse in ein tiefes und emotionales Loch. Es dominierte eine absolute Dunkelheit. Meine Gefühle befanden sich massiv in Aufruhr. Nichts konnte ich mit meinen Augen wahrnehmen. Ich erkannte nicht einmal meinen eigenen Schatten, der mich meist hartnäckig verfolgte oder im Hintergrund lauerte. Es gab kein Lichteinfall, der mir einem Weg nach draußen zeigte. Diese Finsternis machte mir arg zu schaffen. Dennoch versuchte ich Ruhe zu bewahren und nicht in Panik zu geraten.

Das Ziel konnte ich nur dadurch erreichen, indem ich mich ablenkte. Die Ablenkung erfolgte beispielsweise durch regelmäßige Kinobesuche, Alsterspaziergänge oder Stadtparkausflüge. Und einmal pro Woche kam Thorsten bei mir zuhause zu Besuch. Mit ihm philosophierte ich über Betriebs- und volkswirtschaftliche Theorien, und wir sprachen über klassische Musik. Diese Rituale halfen mir zeitweilig auf andere und schöne Gedanken zu kommen, um nicht wahnsinnig zu werden. Mit dieser Methode konnte ich in der emotionalen Dunkelheit überleben. Vereinzelnd gewann ich sogar das Gefühl, dass ein kleiner Lichtstrahl in der sonst eher düsteren Atmosphäre allmählich wieder sichtbar wurde. Dies gab mir Hoffnung, wieder aus dem dunklen Loch herauszukommen, auch wenn diese noch in sehr geringer Dosierung vorhanden war.

Meine Hoffnung stieg erst kräftig an, als Onkel Alfred überraschenderweise bei mir nachmittags zuhause anrief.

Er fragte mich: „Hast du Lust für mich zu arbeiten? Ich bot es dir ja schon bei der Beerdigung deiner Mutter an".

Ich erwiderte: „Hört sich gut an. Ich muss allerdings noch meinem Job beim Restpostenmarkt kündigen".

„Was verdienst du beim Restpostenmarkt", fragte er weiter interessiert.

„Ich bekomme zurzeit 12 DM pro Stunde", gab ich bereitwillig zur Auskunft.

„Bei mir bekommst du 15 DM pro Stunde", entgegnete er mir.

Schnell wurden wir uns handelseinig. Dieses Angebot konnte ich nicht ablehnen, auch wenn ich vorerst nur als Aushilfe beschäftigt wurde. Mein Stundenlohn verbesserte sich immerhin um 3 DM. Und diese Arbeit entsprach mehr meiner beruflichen Qualifikation. Außerdem hoffte ich nach einiger Zeit eine Festeinstellung in der Firma zu erhalten, auch wenn es nicht Bestandteil des Telefonats wurde. Ich bedankte mich bei Onkel Alfred, und wir beendeten das Gespräch.

„Endlich wieder ein entscheidender Lichtblick", freute ich mich, als ich den Hörer wieder auflegte.

Beim Restpostenmarkt, wo ich ungefähr mittlerweile fünf Monate beschäftigt wurde, kündigte ich. Ich ging zu Beate, der Marktleiterin.

„Ich habe überraschend ein Jobangebot bekommen, dass ich in meiner kritischen Lage nicht ablehnen kann. Darum muss ich leider aufhören, hier zu arbeiten", teilte ich ihr mit.

„Das ist aber schade. Denn wir hatten dich für länger eingeplant", meinte Beate leicht enttäuscht.

„Für mich ist es die Chance, wieder ins normale Berufsleben einzusteigen. Nachdem außerplanmäßigen Studium-Abbruch ist es eine gute Möglichkeit, wieder auf die Beine zu kommen", fügte ich ergänzend hinzu.

Die Chance in meinen erlernten Beruf zu arbeiten, durfte ich mir nicht entgehen lassen. Bei meiner Kündigung gewann ich den Eindruck, dass Beate und die übrigen Kollegen beim Restpostenmarkt es bedauerten, dass ich aufhörte. Jedoch konnte ich darauf keine Rücksicht nehmen. Schließlich musste ich an meine Zukunft denken.

Mit Onkel Alfred einigte ich mich darauf, dass ich drei volle Tage in der Woche und zwei halbe Tage am Wochenende arbeitete. Offiziell verdiente ich 610 DM auf Minijobbasis und der Rest meines Lohnes wurde zugegebenermaßen als Schwarzgeld ausgezahlt. Durch diese Einkommenskonstellation konnte ich in dieser Zeit wie Gott in Frankreich leben. Denn ich erhielt außerdem anteilig Sozialleistungen. Insgesamt verfügte ich über 2500 bis 3000 DM im Monat. Ein fürstliches

Einkommen für einen Single Ende der Neunziger. Dies ermöglichte mir auch regelmäßig Frauen des horizontalen Gewerbes zu besuchen, ohne dass es mir finanziell wehtat. Jedoch ich fasste beim Schreiben den Entschluss, dass mein Sexualleben in diesem Kapitel ausgeklammert bleibt. Mir erschien es wichtiger zu sein, mich vorerst auf andere Aspekte meines Rückblicks zu konzentrieren. Ich hoffte beim Verfassen meines Romans, dass dem Leser klar wird, warum ich diese Entscheidung traf. In einem neuen Kapitel werde ich mich allerdings auch mit diesem Teil meines Daseins beschäftigen. Vermutlich in einer Fortsetzung dieses Buches.

Nun aber zum eigentlichen Anliegen meines neuen Kapitels. Offen gesagt, bekam ich kein schlechtes Gewissen wegen der Schwarzarbeit, da der Staat den bedürftigen Bürger erfahrungsgemäß auch betrog, wenn man sich nicht ausreichend informierte. Ich nenne so etwas ausgleichende Gerechtigkeit. An dieser Stelle meines Buches wurde mir durchaus bewusst, dass ich womöglich den einen oder anderen Leser mit dieser Auffassung provoziere, aber dies war mir scheißegal. Wer nie von Sozialleistungen abhängig wurde, wusste ohnehin nicht, wovon ich eigentlich sprach. Trotzdem behielt ich die Hoffnung, dass sich dies während meiner Aufzeichnungen ändern würde. In diesem Zusammenhang erinnerte ich mich nicht nur an die Erfahrungen mit Herrn Bergkamp, sondern auch an die mit meinem damaligen Sachbearbeiter Herrn Jakobsen. Dieser klärte mich nicht darüber auf, dass ich Ansprüche auf Kleidergeld hatte, das zweimal im Jahr ausgezahlt wurde. Aus den Erzählungen in meinem Bekanntenkreis, wusste ich, dass mein Fall keine Ausnahme bildete, sondern eher sogar der Normalfall blieb. Aus meiner Sicht repräsentierte diese Form des Verschweigens eine arglistige Täuschung und Unterschlagung. Für mich erkannte ich dieses Verhalten als einen kriminellen Akt. Erst meine Schwester machte mich darauf aufmerksam, dass ich diese Ansprüche geltend machen konnte.

„René, du hast Anspruch zweimal im Jahr auf Kleidergeld. Allerdings musst du es beantragen. Von sich aus zahlt die Behörde nicht", klärte mich Christina beim Gespräch bei mir zuhause im Wohnzimmer auf.

Ich befolgte ihren Rat und beantragte die Leistung. Dabei schoss mir durch den Kopf, wie viel Bürgern solche Leistungen bisher vorenthalten wurden, die das Geld mehr benötigten als ich. Auf diesem Wege sparte der Staat auf Kosten der Bedürftigen mehrere Millionen, vielleicht sogar Milliarden D-Mark ein. Und die Sozialleistungen, die einen Bedürftigen zugestanden wurden, galten sowieso schon als sehr knapp bemessen, sodass es kaum zum Leben reichte.

Warum entwickelte ich kein Unrechtsbewusstsein wegen des Schwarzgeldes? Als entscheidender Grund galt sicher, dass ich davon ausging, dass ich früher oder später sowieso von Onkel Alfred fest eingestellt werde, zumindest hoffte ich es. Sicherheitsdenken spielte ebenfalls eine Rolle für das Fehlen von Gewissensbissen. Ein Großteil des Schwarzgeldes konnte ich als Rücklage beziehungsweise als Notreserve für schlechte Zeiten halten. Zu diesem Zeitpunkt wusste ich noch nicht, was alles auf mich zukommen würde. Ich wollte im Ernstfall gut vorbereitet und gerüstet sein. Schließlich begab ich mich auf ein neues kriegerisches Schlachtfeld, wo ich noch über keine ausreichende Übersicht verfügte.

Als ich anfing, wieder für Onkel Alfred zu arbeiten, schien alles beim Alten geblieben zu sein. Äußerlich hatte sich kaum etwas geändert. Der Platz sah fast genauso aus wie zu meiner Ausbildungszeit, wenn auch nicht mehr ganz in so einen guten Zustand wie damals. Andreas, der Pole machte nicht mehr die Grundstückspflege. Dies merkte ich den Ansehen des Geländes an. Ich ging davon aus, dass der Familienclan entweder Geld sparen wollte oder das Risiko scheute, Andreas unangemeldet weiter zu beschäftigen.

Empfangen wurde ich von meiner neuen Kollegin, die kurz nach der Beendung meiner Ausbildungszeit in der Firma anfing. Äußerlich wirkte sie unscheinbar, machte aber zumindest auf dem ersten Blick einem netten und freundlichen Eindruck. Sie war ungefähr zehn Jahre älter als ich, trug blondes und kurzgeschnittenes Haar und eine Brille.

„Ich bin Andrea Sommer. Sie müssen René sein", sagte sie kurz.

„Das ist richtig", bestätigte ich.

„Ihr Onkel kommt auch bald", fügte sie hinzu.

Einige Minuten später kam er tatsächlich. Er fuhr mit seinem BMW auf das Betriebsgelände. Zu meiner Ausbildungszeit fuhr er einen Volvo. Wieder etwas, was sich zwischenzeitlich geändert hatte.

„Erwarten mich noch mehr Veränderungen", fragte ich mich gedanklich.

Ich wollte mich diesbezüglich einfach überraschen lassen. Nachdem ich Onkel Alfred kurz begrüßte, bediente ich sofort die Kundschaft, die gerade auf das Gelände kam. Ich konnte ihnen immerhin ein größeres Gerätehaus verkaufen. Dies hielt ich für einen guten Wiedereinstieg in die Arbeitswelt. Ich bekam das Gefühl, dass ich beim Kundengespräch in den 2 ½ Jahren Berufspause nichts verlernte und wertete den Verkauf als ein positives Zeichen. Nie hätte ich zuvor gedacht, dass ich für Onkel Alfred nochmals arbeiten würde.

Daher galt seit diesem Zeitpunkt für mich immer das Motto: „Sag niemals nie"!

Es wurde mir bewusst, dass das Leben manchmal seltsame Wege geht, die für die meisten von uns nicht unbedingt vorhersehbar und noch weniger begreifbar sind. Dabei erahnen wir oftmals nicht einmal, wohin sie uns wirklich führen werden. Diese Tatsache erzeugte stets eine gewisse Spannung in unserem Leben.

„Entweder wir kommen damit zurecht oder nicht", überlegte ich weiter.

Das Leben betrachtete ich daher immer als eine Art Hindernisrennen. Die Hindernisse verfügten häufig über unterschiedliche Schwierigkeitsgrade, die jeder Einzelne von uns individuell bewältigen musste. Dabei stellte jedes Hindernis eine spezielle Herausforderung dar. Manche davon können wir leicht meistern und manche nicht. Dies hängt davon ab, welche Fähigkeiten uns mitgegeben wurden. Gelegentlich zwingt uns das Leben dazu, Um- oder Irrwege zu gehen, nur um nicht stehenbleiben zu müssen. Denn Stillstand bedeutet immer den sicheren Tod, weil unser Herz in so einer Lage aufhört zu schlagen. Es führt vielfach zu einer Stagnation unseres Lebens, aber nie wirklich zu einem Ziel.

Natürlich kann es vorkommen, dass man ein bestimmtes Ziel nicht erreicht, was man zuvor anstrebte, weil sich die Voraussetzungen dafür änderten, wie beispielsweise in meinem Fall. Ich wollte Berufsschullehrer werden, aber bedingt durch einen Schicksalsschlag konnte ich es nicht mehr werden. Also musste ich versuchen, ein neues Ziel festzulegen. Welches Ziel es tatsächlich sein würde, wusste ich zum damaligen Zeitpunkt noch nicht. Mein zukünftiges Ziel erkannte ich erst acht bis neun Monate später. Zunächst musste ich mich neu ordnen beziehungsweise finden. Dafür erwies sich der Job bei Onkel Alfred als eine gute und geeignete Zwischenstation. Ich hoffte auf eine neue Lebensperspektive und fing wieder an, mich in die Materie einzuarbeiten. Es wurde unausweichlich, mir die Baubeschreibung der Häuser und die aktuellen Preislisten anzuschauen. Darüber hinaus studierte ich den Auftragsordner, um auf dem Laufenden zu sein. Insgesamt stellte ich fest, dass durch das Studium nur wenig Fachwissen verlorenging. Ich arbeitete mich schnell und zügig wieder ein. Mit meiner Kollegin kam ich auch zurecht. Alles lief anfangs nach meinen Vorstellungen.

Zusätzlich zum Job konnte ich aufgrund der letzten dramatischen Ereignisse einen mehrwöchigen Tapetenwechsel gebrauchen, um mich zu erholen. Daher freute ich mich zu Christinas überraschenden Vorschlag.

„Ich bitte dir an, für zwei Wochen zu uns nach Galizien zu kommen. Es ist zwar nicht viel mit Sightseeing, aber du kommst raus aus deinen vier Wänden. Es wird dir sicher gut tun", sagte sie zu mir in ihrer damaligen Wohnung am Schulterblatt.

„Ich nehme das Angebot dankend an. Für mich ist diesmal Erholung sowieso wichtiger", erwiderte ich darauf.

Meine Schwester, mein Neffe und mein damaliger Schwager fuhren schon im Juli mit dem Auto in den Ferienort. Ich kam in August mit dem Bus nach. So sprach ich es zuvor mit Christina ab. Die Busfahrt nach Galizien, das sich in Nordwesten Spaniens nahe der portugiesischen Grenze am Atlantik befand, erwies sich als anstrengend und beschwerlich. Sie dauerte mehr als fünfunddreißig Stunden ohne Zwischenübernachtung. Im Bus versuchte ich den nötigen Schlaf zu bekommen, was aber nur bedingt gelang. Bequemlichkeit und Komfort stellten sich in diesem Zusammenhang als Fremdwörter heraus. Es gab nur wenige Zwischenstopps auf der Tour. Und der Busfahrer sprach ausschließlich spanisch. Nur der schöne Panoramablick entschädigte zeitweilig für die Strapazen während der Fahrt. Die Landschaft, die ich durch den Blick aus dem Fenster entdeckte, machte mir klar, warum die Gegend als ein beliebtes

Urlaubsziel für die Einheimischen galt. Es gab viele Wald- und Wiesengebiete zu sehen. Zwischendurch erblickte ich auch bergige Abschnitte mit einigen Dörfern. Soviel grün würde man als Außenstehender nicht unbedingt mit Spanien in Verbindung bringen.

Während der Busfahrt dachte ich: „Es ist ein großes Glück, dass hier der Tourismus noch nicht so verbreitet ist. Dadurch hat die idyllische Landschaft bisher keinen größeren Schaden genommen. Hoffentlich bleibt es so".

Endlich am Zielort angekommen, wurde ich von Christina und ihrer Familie begrüßt. Als ich aus dem Bus ausstieg, spürte ich die Müdigkeit und Erschöpfung von der stundenlangen Busfahrt.

„Wir trinken erst einmal etwas in einer Bar", sagte meine Schwester, als ich meine Taschen aus dem Bus geholt hatte.

„Eine guter Einfall. Ich habe auch Durst nach der langen Bustour", erwiderte ich auf Christinas Vorschlag.

Roberto verstaute mein Gepäck in seinem Wagen, den er unmittelbar in der Nähe parkte. Er wirkte etwas zurückhaltend und distanziert. Darüber hinaus sprach er auch nicht viel, was ich nicht für ungewöhnlich hielt, da ich ihn meist ohnehin nicht anders kannte. Über viel Gesprächsstoff verfügte er häufig sowieso nicht. Sein Hauptthema? Seine Arbeit. Dies blieb uns aber hier zum Glück in Urlaub weitgehend erspart. Denn ich wollte mich erholen. Und mit Erholung brachte ich Arbeit nicht unbedingt in Verbindung. Es wurde stattdessen über die Festivitäten gesprochen, die aktuell in Galizien stattfanden. Nahe der Busstation tranken wir zunächst, wie bereits angekündigt, etwas gegen den Durst in einer kleinen Bar. Roberto bestellte für uns die Drinks. Gegen die Müdigkeit nahm ich eine Coke, Christina und Roberto tranken jeweils ein Bier und Andres bekam ein Mineralwasser gegen den kleinen Durst.

In der Bar teilte Christina mir mit: „Heute wollen wir ein größeres Fest in der Nähe besuchen. Es ist jetzt, wie ich es dir schon erzählte, die Zeit für die Volksfeste. Es könnte für dich sehr interessant sein. Bevor wir aber dahin gehen, solltest du noch baden und frische Klamotten überziehen".

Ich zeigte mich sofort positiv angetan von dieser Idee, weil mich Sitten und Gebräuche aus anderen Kulturen schon immer interessierten. Allerdings erinnerte ich mich bei meinen Aufzeichnungen nicht mehr daran, wie die ganzen Feste alle hießen, die ich dort besuchte. Häufig trugen sie die Namen von irgendwelchen Heiligen. Ich konnte es mir ehrlich gesagt nicht merken. Irgendetwas wurde immer in diesem Zeitraum gefeiert.

Durch die Vielzahl der Festivitäten lernte ich auch ein Großteil von Robertos Familie kennen, die überwiegend einen netten Eindruck auf mich machte. Bei den ganzen Familienbesuchen konnte ich mich des Verdachtes nicht entziehen, dass Roberto Christina und Andres hauptsächlich als Vorzeigefamilie für seine Verwandtschaft brauchte. Teilweise machte er im Urlaub auch sein eigenes Ding. Zu einigen Festen fuhr er allein mit dem Auto hin. Christina wurde dadurch als Gefangene in seinem Heimatdorf Soto gehalten, dass nur aus acht Bauernhäusern bestand und weitgehend von der Außenwelt abgeschnitten blieb.

„In diesem Ort liegt vermutlich noch der Hund begraben", überlegte ich mir, als mir die Abgeschiedenheit des Dorfes bewusst wurde.

Der nächstgrößere Ort zum Einkaufen befand sich etwa fünfzehn Autominuten entfernt. Ohne fahrbaren Untersatz blieb man in dieser Gegend aufgeschmissen. Dies sorgte für eine angespannte Atmosphäre innerhalb der Beziehung zwischen Christina und Roberto. Das schlechte Klima erreichte an Christinas Geburtstag seinen traurigen und nervenaufreibenden Höhepunkt.

Wir saßen spätabends im Wohnzimmer und schauten deutsches Fernsehen. Zwischendurch warf ich immer einen Blick auf die Wanduhr. Denn kurz nach Mitternacht wollte ich meiner Lieblingsschwester zum Erdenjubiläum gratulieren. Dann schlug die Uhr endlich zwölf.

Ich stand von meinem Platz auf und sagte: „Ich glaube, es hat jemand Geburtstag".

Christina freute sich, dass ich in diesem Moment an ihrem Ehrentag dachte. Ich umarmte sie. Jedoch Roberto zeigte keinerlei menschliche Reaktion. Er blieb wie gefühlskalter Stein einfach sitzen und schaute sich lieber weiter das TV-Programm an. Seine Frau hatte Geburtstag und ihm interessierte es nicht. Ich konnte es kaum glauben, was in dieser Situation passierte. Keine Gratulation. Kein Geschenk. Roberto wirkte einfach nur teilnahmelos.

„Was geht in so einen Menschen überhaupt vor", fragte ich mich in diesem Augenblick.

Für mich als Mensch nie greifbar. Er wirkte wie eine leblose Maske. Er konnte keine echten Gefühle zeigen. Aus meiner Sicht ein seelisches Wrack. Fast ein Zombie.

Christina war verständlicherweise enttäuscht und sauer zugleich.

Als ich mit ihr das Wohnzimmer verließ, sagte sie zu mir: „Wieso bleibt er auf den Stuhl sitzen? Wieso kann er mir nicht wie jeder andere zum Geburtstag gratulieren? Es tut mir sehr weh. Essengehen brauchen wir dann später auch nicht".

Sie trug einen inneren Kampf mit sich selbst aus. Ich konnte Robertos Verhaltensmuster nicht nachvollziehen und schüttelte gedanklich dem Kopf.

„Du solltest dir den Tag nicht kaputtmachen lassen. Wir versuchen das Beste daraus zu machen", beruhigte ich meine Schwester.

Später fuhren wir doch ins Restaurant, um diesem Tag besonders zu würdigen. Ich denke, dass dieses Ritual für sie wichtig war, obwohl selbst einige Stunden danach, immer noch leichte Spannungen sich nicht völlig ignorieren ließen.

Hinterher dachte ich: „Es wäre ihm bestimmt kein Zacken aus der Krone gefallen, wenn er meiner Schwester kurz nach Mitternacht gratuliert hätte".

Dieses Ereignis konnte ich aus meinem Kopf nicht verdrängen. Deshalb sprach ich Roberto bei einem Ausflug mit dem Auto nach Santiago de Compostela nochmals darauf an. Christina verspürte keine Lust dabei zu sein. Dies erschien mir daher als gute Möglichkeit, die Sache unter Männern zu klären.

„Wieso konntest du Christina nicht gratulieren? So schwer kann dies doch nicht sein", wollte ich von ihm wissen.

Er blieb emotional unberührt, was ich als erschreckend empfand.

„Sie hatte doch ihre Geburtstagsfeier. Wir waren im Restaurant gewesen. Wir haben gut gegessen", erwiderte er nüchtern, fast eiskalt.

Schnell erkannte ich, dass er gar nicht verstand, worauf ich hinaus wollte.

„Es wäre trotzdem kein Drama gewesen, ihr wenigstens kurz nach Mitternacht zu gratulieren", setzte ich leicht verärgert nach.

Jedoch er ließ mich quasi ins Leere laufen. Offensichtlich hielt er es nicht nötig, mehr zu diesem Thema zu sagen. Daher vertiefte ich das Gespräch nicht. Nach meiner persönlichen Auffassung wirkte Roberto wie ein emotionaler Krüppel. Ehrlich gesagt, verstand ich nicht, warum Christina fast schon vierzehn Jahre mit ihm zusammenlebte.

Nach meiner Einschätzung läutete dieser Urlaub allmählich das Ende der Ehe zwischen Christina und Roberto ein. Die Beziehung hielt hinterher nicht einmal ein Jahr. Christina fand im Ehebett Haare von einer fremden Person. Die Sach- und Beweislage entlarvte klar und eindeutig die Situation. Roberto trieb es mit einer anderen Frau im häuslichen Schlafzimmer. Meine Schwester führte ein eindringliches Verhör mit ihrem Noch-Ehemann. Er konnte die Tatsache wegen der erdrückenden Beweislast nicht mehr leugnen. Später stellte sich heraus, dass dies nicht den einzigen Fehltritt darstellte. Aus ihrem Freundeskreis erfuhr sie, dass er häufiger die Gelegenheit nutzte, Sex mit anderen Frauen zu haben. In seiner Gastronomie-Tätigkeit boten sich oftmals solche Möglichkeiten. In diesem Zusammenhang verstand ich nie, warum diese Freunde Christina nicht schon vorher auf diese Fakten aufmerksam gemacht haben. Und dieser Mann praktizierte ausschließlich ungeschützten Sex, wie sich noch zusätzlich als schockierende Tatsache herausstellte. Daher bekam Christina Angst, Aids zu haben. Jedoch gab es zum Glück schnell Entwarnung. Christina zog endlich ihre Konsequenzen und trennte sich von Roberto.

Der Spanienurlaub verfügte aber nicht nur über negative Aspekte, sondern auch über einige bemerkenswerte Highlights. Die Landschaft stellte, wie bereits eingangs erwähnt, ein absoluter Traum dar. Durch die Ausflüge vor Ort wurde mir immer bewusster, warum dieser Teil des Landes im Volksmund auch „La Espana verde" genannt wird. Galizien ist eine gelungene Mischung aus einer keltischen Landschaft, die an Schottland oder Irland erinnert, den Weinanbaugebieten an der Mosel oder am Rhein gleicht und zusätzlich eine Schwarzwaldatmosphäre bietet. Für mich als Maler fand ich unendlich viele Motive ohne diese allerdings nutzen zu können, weil ich zu diesem Zeitpunkt meine Berufung noch nicht erkannte. Santiago de Compostela mit seiner gewaltigen Kathedrale hinterließ einen besonders bleibenden Eindruck. Für jeden Pilger, der den berühmten Jakobsweg bestreitet, ist dies ein eindrucksvoller Abschluss ihres langen und beschwerlichen Fußmarsches, der fast 800 km beträgt.

Auch wenn ich im Urlaub nicht alles sehen konnte, was ich ursprünglich wollte, lohnte es sich für mich. Ich konnte trotz einiger Spannungen, die zwischen Christina und Roberto aufkamen, neue Kraft für den Berufsalltag tanken.

Am Anfang entstand ein gutes Gefühl, als ich meine Tätigkeit als Aushilfe bei Onkel Alfred annahm. Doch nach dem Urlaub entstand eine zunehmende Unzufriedenheit mit mir und der Situation am Arbeitsplatz. Ich bereute fast wieder, meinen gewohnten Job zu machen. Meine vorige Tätigkeit hatte mich zwar nicht unbedingt befriedigt, aber ich verfügte über mehr Freizeit. Bei Onkel Alfred verdiente ich zweifelsfrei mehr Geld als beim Restpostenmarkt, aber der Verdienst reichte auch vorher. Ich merkte immer mehr, dass ich nicht derselbe Mensch blieb wie vor dem Studium. Mein Fachwissen ging zwar nicht verloren, aber trotzdem strahlte ich eine deutlich größere Unsicherheit aus als vorher. Ich verfügte über weniger Selbstvertrauen, weniger Elan und weniger Selbständigkeit. Mich plagten große Selbstzweifel. Früher machte ich im vergleichbaren Zeitraum doppelt soviel Umsatz. Woran lag es? Lag es an der wirtschaftlichen Rezession oder an mir? Zu allen Überfluss passierte mir noch ein Missgeschick bei einem Vertragsabschluss. Zunächst machte ich einen Additionsfehler, und dann vergaß ich zwei Positionen in der Extra-Preisliste anzukreuzen. Solche gravierenden Fehler wären mir in meiner Ausbildungszeit vermutlich nicht passiert. Ein Signal dafür, dass ich mich verändert hatte? Ich kam zu der Erkenntnis, dass die Ereignisse in den letzten Monaten ihre unübersehbaren Spuren hinterließen. Emotional erreichte ich einen toten Punkt. Ich befand mich in einer Lebens- und Sinnkrise, die ich mir zunächst nicht zugestehen wollte. Außerdem erhielt ich in meiner Ausbildungszeit meist Rückendeckung durch Herrn Vogtländer. Dies gab mir als Azubi die nötige Sicherheit, über die ich nun nicht mehr verfügte. Ich machte daher entwicklungstechnisch eine Rückwärtsrolle.

Der Fehler im Vertrag wurde zwar ausgebügelt, aber nicht, und das blieb das Entscheidende, von mir, sondern ausgerechnet von meinem Cousine Matthias, der mich ohnehin häufig auf dem Kicker hatte. Wenn ich früher einen Fehler irgendwo machte, bügelte ich ihn selbst aus.

„Wenn ich bloß auf dieses beschissene Geld nicht angewiesen wäre, würde ich vermutlich wieder aufhören", ärgerte ich mich über mich selbst.

Das Geld konnte ich zugegebenermaßen allerdings in diesem Kontext nicht verachten. Denn es machte durchaus einen großen Unterschied, ob ich 1.000 DM mehr oder weniger pro Monat zur Verfügung hatte. Zusätzlich erlangte ich immer stärker das Gefühl, dass ich nur als besser ausgebildeter Hilfsarbeiter angesehen wurde. Für mich eine traurige Erkenntnis, die bei mir totale Frustration verursachte. Diese negativen Gedanken wollten nicht aus meinem Kopf verschwinden. Sie zementierten sich in meinen Schädel ein. Gegen diesen Vorgang konnte ich nichts machen. Ich blieb ihm hilflos ausgeliefert. Angekotzt hatte mich auch die Tatsache, dass ich bezüglich meines Schwarzgeldes bei Onkel Alfred immer zum Monatswechsel als Bittsteller auftreten musste.

Häufig musste ich bei ihm nachfragen: „Hast du an das Geld gedacht"?

Fast genauso oft bekam ich die Antwort: „Entschuldige, habe ich vergessen. Bringe ich morgen mit. Die Summe habe ich mir notiert".

Dies sich ständig wiederholende Ritual nervte mich stets, auch wenn ich am Ende mein Geld bekam. Meine Kollegin Andrea Sommer, die ebenfalls keine Festeinstellung erhielt, erging es ähnlich. In dieser Hinsicht galten wir beide als Leidensgenossen.

Gedanklich konnte ich der Arbeitswelt damals am besten bei meinen Spaziergängen an der Alster entfliehen. Die Kunst hatte ich zu diesem Zeitpunkt noch nicht entdeckt. Ich genoss immer den Blick auf das Wasser. Dabei sah ich den Segelbooten, den Ruderern und den Alsterdampfern beim Vorbeifahren zu. Die Alster, im Sommer stets von einem grünen Gürtel umschlungen, erweitert im Herbst seine Farbpalette der Baumblätter um die Töne rot, gelb und braun. Die Natur fing an, sich in ihrer besonderen Farbenpracht zu präsentieren. Hierbei wurde der

Himmel durch die Sonne blankgeputzt. Diese Form des Naturschauplatzes lud mich ein, auf einen der zahlreichen Bänke Platz zu nehmen und zu entspannen. Zu einem späteren Zeitpunkt inspirierte mich der Naturgenuss indirekt zu folgenden Gedicht.

Die Jahreszeiten- Der Kreislauf des Lebens

Der Kreislauf des Lebens wird durch seine Hoch- und Tiefpunkte bestimmt und spiegelt sich symbolisch für jeden einzelnen Menschen durch die vier sich abwechselnden Jahreszeiten wieder.
Alles beginnt mit dem Frühling, wo die Natur in der Morgenstimmung erwacht, ein Gefühl des neuen Lebens entsteht, die Sonne sich mit zunehmender Präsenz bemerkbar macht und die Bäume beginnen Blätter zu tragen, was übertragen auf dem Menschen bedeutetet, dass man zunächst ein beinahe unbeschwertes und sorgenfreies Dasein hat, voller Lerneifer und Optimismus sprüht und den Trieb des Reifeprozesses in sich verspürt, aber allerdings meist ohne das nötige Bewusstsein, was die Zukunft von ihm erwartet oder gar abverlangt.
So entwickelt sich, langsam aber sicher, der Sommer, ein Abschnitt, wo sich die Natur von ihrer schönsten Seite in voller Pracht präsentiert und die Sonne vor Kraft strotzt, was bei den Menschen voraussetzt, dass eine gewisse Reife erreicht ist und gleichzeitig über Energien verfügt, um die Herausforderungen des Lebens bewältigen zu können, die oftmals nicht nur positive Momente haben, sondern auch durch Verluste, Niederlagen oder Enttäuschungen begleitet werden.
Doch plötzlich vernimmt man den Herbst, wo die Sonne allmählich ihre Kraft verliert, die Blätter sich verfärben und von den Bäumen verschwinden, sodass es für dem Menschen einen Wendepunkt darstellt, da ihm mehr und mehr die Kräfte schwinden, man versucht all seine Reserven zu aktivieren und die fehlende Kraft durch seine Erfahrungen zu kompensieren, um den Herausforderungen des Lebens weiter gewachsen zu sein.
Schlussendlich steht der Winter vor der Tür, wo die Sonne nur noch wenig Kraft hat, die Bäume keine Blätter mehr tragen, eisige Kälte entsteht und Schnee die Erde bedeckt, sodass der

Zeitpunkt des Abschieds naht und man nur noch bemüht ist die letzten Augenblicke des Lebens zu genießen.

Zurück bleibt nur eine wage Hoffnung, dass die Zukunft durch die gesammelten Erfahrungen für nachfolgende Generationen sich wieder und wieder verbessert und der Kreislauf des Lebens stets von neuen beginnt.

Das Relaxen empfand ich als dringend notwendig. Denn ich fühlte mich als gebrochene und angeschlagene Persönlichkeit, die am Boden lag. Ich sah meine Aufgabe darin, mich seelisch und nervlich wieder zusammenzuflicken.

„Irgendwie muss ich wieder auf die Füße kommen", sagte ich zu mir selbst.

Es wurde mir bewusst, dass dies ein mühsames Unterfangen werden würde. Aus diesem Grund machte ich mir Gedanken zum Thema Lebensqualität. Meine Gedanken begannen sofort zu fließen. Sie sprudelten ungebremst aus mir heraus. Bedeutet Lebensqualität beispielsweise viel Geld oder viel Freizeit? Oder braucht man am Ende dafür sogar beides? Schnell erkannte ich, dass es vielmehr darauf ankommt, dass man in der Lage ist zu genießen. Wer nicht genießt, wird irgendwann ungenießbar. Daher hoffte ich, dass ich diese besondere Kunst noch erlernen werde. Der Geldbesitz blieb dabei weniger wichtig. Als ich noch den Job beim Restpostenmarkt ausübte, konnte ich das Leben deutlich mehr genießen. Zwar verdiente ich wesentlich weniger Geld, aber verfügte über mehr freie Zeit für die Alster, den Stadtpark und das Kino. Für mich belegte diese Tatsache, das Geld und Karriere nicht unbedingt eine Garantie für Glück und Zufriedenheit darstellt. Dies wäre aus meiner Sicht eine sehr oberflächliche Betrachtung des Sachverhaltes. Zufriedenheit erreicht man eher durch mehr Bescheidenheit im Leben. Das eifrige und gierige Streben nach Geld und Besitztümern entlarvt sich früher oder später als pure Zeitverschwendung. Die kleinen Dinge des Lebens sind wirklich wichtig und entscheidend für unser Dasein. Und die scheinbar großen Dinge des Lebens verdecken häufig die Tatsache, dass wir nichts mit uns anzufangen wissen.

Diese Erkenntnis brachte mich vorerst aber nur teilweise weiter. Ich musste mir etwas einfallen lassen, um vom Sozialamt, kurz Sozi genannt, loszukommen. In dieser Hinsicht fiel mir ehrlich gesagt wenig ein. Ich fand keine richtige Strategie. Alle drei Monate fragte ich beim Arbeitsamt nach einem Computerkurs. Sonst machte ich nichts. Ich schrieb keine einzige Bewerbung in dieser Zeit. Ohne EDV-Kenntnisse sah ich auch keine realen Chancen auf einen neuen Arbeitsplatz. Computer war und ist zwar nie wirklich meine Welt, wo ich mich zuhause fühle, aber ich wusste schon damals, dass ich mit der Zeit gehen musste. Ich nannte es immer Zwang der Notwendigkeit. Ich konnte es mir nicht leisten, entwicklungstechnisch stehenzubleiben.

Vom Mitarbeiter des Arbeitsamtes bekam ich immer die gleiche Antwort: „Ein Computerkurs würde für Sie Sinn machen, aber zurzeit ist kein Geld dafür da".

Bei meinem letzten Versuch, den Computerkurs zu bekommen, wurde ich vom Arbeitsamt nach allen Regeln der Kunst verarscht. Zunächst musste ich mehr als zwei Stunden warten, bis sich der zuständige Sachbearbeiter endlich zu mir bemühte.

„Entschuldigen Sie, dass Sie solange warten mussten Herr Krüger", begrüßte mich der Beamte leicht abgehetzt und gestresst mit einigen Zetteln in der Hand.

Dieser Auftritt ließ für mich kaum etwas Gutes erahnen. Der Gesichtsausdruck des Staatsdieners präsentierte mir einige Sorgenfalten, die nicht wieder verschwanden.

Nach einer kurzen Atempause kam ein Statement, das mich irritierte und nahezu fassungslos machte: „Die Wahrscheinlichkeit, dass Sie den EDV-Kurs bekommen, ist nahezu null, aber Sie können es trotzdem probieren. Hier sind die notwendigen Unterlagen mit der entsprechenden Adresse".

Sprachlos nahm ich die Unterlagen entgegen und verließ das Arbeitsamt.

Diese Aussage vom staatlichen Erfüllungsgehilfen, dessen Namen ich zwischenzeitlich vergaß, verärgerte und entmutigte mich zugleich. Auch wenn ich die Info-Zettel entgegennahm, unternahm ich keinen Versuch, die Fortbildung zu bekommen. Ich stufte diesen Staatsdiener als einen verunglückten Aprilscherz ein, auch wenn er vermutlich nichts dafür konnte und versuchte seinen Job bestmöglich zu machen. Demotivation erwies sich in diesem Zusammenhang als das passende Stichwort. In dieser Situation hielt ich meine Schnauze, obwohl eine Beschwerde angebracht gewesen wäre. Aus meiner Perspektive betrachtet gesehen, machte es keinen Sinn, sich mit dem Sachbearbeiter anzulegen. Er profitierte ohnehin von seinem Heimvorteil und saß bekanntlich am längeren Hebel. Die Chancen, tatsächlich etwas zu erreichen, sah ich zu diesem Zeitpunkt nicht in greifbare Nähe. Insgesamt konnte ich kaum glauben, was sich gerade in den Räumlichkeiten des Arbeitsamtes abspielte. Nach dieser Erfahrung fragte ich mich, ob es die übliche Vorgehensweise mit den Arbeitslosen seitens der Behörde darstellte. Wenn ich dies bejahen müsste, wäre es ein erschreckendes und furchterregendes Armutszeugnis für unseren hochgelobten Sozialstaat. Es grenzte für mich an einem biblischen Wunder, dass bei so einer Arbeitsweise der Behörden die Arbeitslosenzahlen nicht noch höher ausfielen. Zusätzlich sollte sich allerdings jeder von uns die Frage stellen, ob die Arbeitslosenzahlen tatsächlich der Realität entsprechen. Denn viele Menschen, die eigentlich in der Arbeitslosenstatistik auftauchen müssten, bleiben stets in der Betrachtung außen vor. Dazu gehören beispielsweise Arbeitslose, die in einer Fortbildungsmaßnahme steckten.

Nicht ohne Grund machte ein konservativer britischer Politiker die Aussage: „Ich glaube nur an die Statistik, die ich selbst gefälscht habe".

In diesem Satz steckt meines Erachtens mehr Wahrheit drinnen, als uns lieb ist. Denn bei Politikern schien es bisher meist besser zu sein, wenn der Mund geschlossen bleibt. Sonst entsprach dass, was er sagte, meist nicht mehr den tatsächlichen Gegebenheiten.

Bedeutet im Klartext: „Politiker lügen aus Prinzip. Fast ein Naturgesetz".

So erschreckend diese Tatsache auch sein mag, überraschen tut mich in der Politik kaum noch etwas. In der Politik geht es immer hauptsächlich nur um das Streben nach Macht. Zu dieser Erkenntnis kam bereits Max Weber, ein bekannter Soziologe aus der Weimarer Republik. Daher schien es für mich nicht verwunderlich zu sein, dass die in den Medien veröffentlichen Arbeitslosenzahlen grundsätzlich gefälscht sind. Hier möchte ich bei meinen Aufzeichnungen nicht unerwähnt lassen, dass diese Form der Fälschung seitens des Staates rechtlich legitimiert wurde. Somit handelt es sich um einen legalen Betrug an den Bürgern.

Immer stärker erkannte ich die Schwachstellen unseres gesellschaftspolitischen Systems. Worauf konnte ich dies zurückzuführen? Zum Teil lag es daran, weil ich als Arbeitsloser ins sogenannte soziale Netz fiel. Nur als Betroffener konnte ich erkennen, wie durchlässig dieses Netz sich in seiner praktischen Anwendung erwies. Nur ein enormes Geschick und die notwendige Cleverness konnten letztlich verhindern, dass man als Bedürftiger durch die Maschen fiel. Anders konnte man in diesem System nicht überleben.

Bei meinen Aufzeichnungen am Notebook erinnerte ich mich in diesem Moment an einen Traum, den ich zu dieser Zeit im Schlaf durchlebte. Darin befand ich mich auf dem Dachboden, wo ich gelegentlich auch als Kind spielte. Dort dunkelte es. Ich konnte kaum etwas sehen. Es entstand eine fast gespenstische und beunruhigende Atmosphäre, der ich nicht zu entfliehen vermochte. Ich bekam eine fürchterliche Angst, die ich mir zunächst nicht erklären konnte. Plötzlich kamen aus dem Nichts zwei Riesenspinnen, die mein Leben bedrohten. Nun wusste ich, warum ich diese inneren Beklemmungen verspürte, die ich nicht mehr loswurde. Es stockte mir der Atem. Hilflosigkeit entstand. Verzweiflung kam auf. Angstschweiß tropfte mir von der Stirn.
„Was mache ich jetzt", fragte ich mich in dieser fatalen Situation.
Vorsichtig wich ich vor den mutierten Spinnen zurück und versuchte die Ruhe zu bewahren. Jedoch ich erkannte, dass ich immer weiter in die Enge getrieben wurde. Meine einzige Chance zu entkommen, war es aus dem Albtraum wieder aufzuwachen. Ansonsten wäre ich eine leichte Beute für diese Mordsviecher geworden. Sie hätten mich in ihrem Netz gefangen und augenblicklich verspeist. Von diesem Bewusstsein getrieben, wachte ich geschockt auf. Erleichterung machte sich in meinen Gedanken breit, als ich bemerkte, dass ich immer noch lebte. An dieser Stelle unterbrach ich das Schreiben. Diese Traumsequenz machte mir wieder meine Ängste klar, die mich stets verfolgten. Daher brauchte ich zunächst einen Drink. Ich mixte mir ein Rum-Cola und trank einen kräftigen Schluck aus meinem Glas. Anschließend schrieb ich weiter.

Wer nie am Tropf des sogenannten Sozialstaates hing, stellt das System auch nicht infrage. Solche Menschen kennen in der Regel nur ihre kleine und scheinbar heile Welt. Ihnen wird die Zerbrechlichkeit erst bewusst, wenn sie selbst Betroffene sind. Daher kennt der Normalbürger nicht die Ängste, die der eben geschilderte Traum wiederspiegelt. Er braucht sich materiell weniger Sorgen zu machen. Seine Existenz ist zumindest vorläufig nicht bedroht. Daher ist es für die Mehrheit in der Bevölkerung leichter den Lügenmärchen der Politiker zu glauben, die durch die Medien, insbesondere der Springer-Presse transportiert werden. Viele können sich nicht vorstellen, dass wir in Deutschland fast so etwas wie eine Gleichschaltung der Medien haben. Nur selten hörte ich von der Presse kritische Töne zur Sozialpolitik. Häufig spielten die Medien mit unseren Ängsten und Gefühlen, um uns von den tatsächlichen Problemen abzulenken. Diese Tatsache ließ mich nicht hoffnungsvoll in die Zukunft schauen, eher das Gegenteil blieb der Fall. Ich sah vielmehr meine Perspektive verschwinden. Mein Leben erschien mir zu diesem Zeitpunkt inhaltslos und leer. Irgendwie bewegte ich mich nur auf der Stelle und kam nicht voran.

Die Situation am Arbeitsplatz gefiel mir immer weniger. Zwar machte mir die Tätigkeit mittlerweile wieder etwas mehr Spaß, aber dennoch überkam mich zunehmend Zweifel, dass ich langfristig in der Firma von Onkel Alfred bleiben würde. Denn er sprach mich unerwartet auf eine Festeinstellung an. Allerdings machte er mir ein extrem schlechtes Angebot.

Seine Worte lauteten: „Ich würde dich demnächst gerne für 15 DM pro Stunde fest einstellen. Du hättest dann immerhin ein Einkommen von ca. 2.000 DM pro Monat".

Er versuchte den Niedriglohn als ein gutes und lukratives Jobangebot zu verkaufen. Jedoch ich durchschaute sein schäbiges Spiel und kommentierte nichts zu seinem zweifelhaften, eher dubiosen Angebot. In seinem Gesichtsausdruck konnte ich ablesen, dass er auf eine Reaktion von meiner Seite wartete. Dennoch ließ ich ihn ins Leere laufen, weil ich überflüssige Diskussionen vermeiden wollte. Aus meiner Sicht hätten sie ohnehin nicht zu brauchbaren Ergebnissen geführt. Er beabsichtigte, dass ich für einen Dumpinglohn arbeite. Schnell rechnete ich nach, dass ich höchstens nur 1.500 bis 1.600 DM netto pro Monat zur Verfügung gehabt hätte. Das Einkommen befand sich ungefähr auf Sozialhilfeniveau. Für eine Fast-Vollkraft mit Berufsausbildung sollten Angebote von Arbeitgeberseite anders aussehen. Die Gehaltsvorstellung von meinem Onkel entsprach nicht unbedingt meinen Erwartungen. Wenn es allerdings 2.000 DM pro Monat netto gewesen wäre, hätte ich vermutlich zugesagt. Nach meinen persönlichen Empfindungen sah ich darin vielmehr den primitiven Versuch der kriminellen Ausbeutung, weil Onkel Alfred meine Notsituation schamlos ausnutzen wollte. Ich interpretierte diese Aktion als eine Beleidigung meiner Intelligenz und meiner menschlichen Würde. Zum Glück hakte er bezüglich der Festeinstellung nicht nach, sodass dieses Angebot im Sande verlief.

Ich vermutete, dass Onkel Alfred seine Vorstellung meines Verdienstes wahrscheinlich begründet hätte, dass ich nicht über das Fachwissen eines Herrn Vogtländer verfügte und zu diesem Zeitpunkt noch nicht viel Umsatz machte. Jedoch durch meine Aufzeichnungen machte ich mir bewusst, dass der geringe Verkaufserfolg nicht ausschließlich an mir lag, da sich oftmals nicht viel Kundschaft auf dem Platz tummelte.

Ich kam für mich zu der Erkenntnis: „Wenn nicht viel Kundschaft auf dem Platz ist, kann ich auch nicht viel verkaufen".

Zu allem Überfluss wollte Onkel Alfred, dass ich auch noch einen Anzug tragen sollte.

Diesbezüglich äußerte er: „Ich möchte, dass du künftig einen Anzug trägst. Zwar stören den meisten Kunden normale Freizeitkleidung nicht, aber wir sind auch auf den Umsatz der Leute angewiesen, die einen Anzugträger als Verkäufer erwarten. Außerdem sahst du gut in Anzug aus, als die Beerdigung deiner Mutter war".

Natürlich konnte ich seine Argumentation zumindest teilweise durchaus nachvollziehen, aber trotzdem nervte es mich. Denn ich sah auch die Kehrseite der Medaille. Ich sollte trotz meiner heiklen Lage einen auf dicke Hose machen. Vermutlich wollte mein Onkel den äußeren Schein wahren, wie es in unserer Gesellschaft allgemein üblich sei. Ein Anzugträger erweckt stets den Eindruck, dass er gut bezahlt wird.

Nicht umsonst heißt es: „Kleider machen Leute".

In meiner Ausbildungszeit trug ich normale Klamotten und machte guten Umsatz. Damals gab es allerdings auch mehr

Kundschaft. Die wirtschaftliche Rezession setzte mich unter enormen Erfolgsdruck. Daher zweifelte ich häufig an meinen Fähigkeiten als Verkäufer. Insgesamt gesehen entwickelte sich eine verfahrene Situation. Der Verkaufserfolg hielt sich trotz all meiner Bemühungen in Grenzen. Hinzu kam die Verarschung durch die Behörden und die Unzufriedenheit mit der Arbeitsplatzsituation. Ich befand mich quasi auf einem Schleudersitz, aus dem ich jederzeit herauskatapultiert werden konnte. Diese Tatsache stimmte mich nicht optimistisch für meine Zukunft. Und notgedrungen musste ich die Gegebenheiten akzeptieren, weil ich sie zu diesem Zeitpunkt nicht ändern konnte. Diese Realität drang augenblicklich in mein Bewusstsein, sodass ich auch die Ursache für meine Depressionen fand.

Kurz vor Weihnachten kam noch eine „Schreckensmeldung" von der Sozi. Die Behörde stellte mich vor drei Möglichkeiten.

Alternative 1: Ich finde arbeitstechnisch schnell eine Festeinstellung.

Alternative 2: Ich kann die Mietkosten durch Untervermietung reduzieren.

Alternative 3: Ich suche mir eine preiswertere Wohnung.

Dies erwies sich nicht als freudige Weihnachtsüberraschung, sondern eher als eine Hiobs-Botschaft. Zugegebenermaßen ging es mir durch das Schwarzgeld gut, aber seelisch wurde ich auf dem Boden der Tatsachen zurückgeholt. Für mich entwickelte sich die Lage auf dem Schlachtfeld dramatisch, da die Wohnung mein Zuhause beziehungsweise meine Heimat repräsentierte. Ich kochte innerlich vor Wut und schimpfte auf unser gesellschaftspolitisches System. Durch irgendwelche unsinnigen und gehirnamputierten Bestimmungen konnte ich nicht weiterstudieren (kein Bafög), dann keine vernünftige Perspektive auf einen Arbeitsplatz (kein EDV-Kurs) und nun wollte mir der Staat auch noch die Wohnung wegnehmen. Meine neue Lebenssituation löste einen inneren Kampf mit mir selbst aus, der durch Stimmungsschwankungen, Depressionen und mangelnde Lebensfreude begleitet wurde. Meine Wohnung gab mir den letzten notwendigen Halt, um nicht endgültig in die Tiefe abzustürzen. Sie verhinderte quasi, dass ich ein hoffnungsloser Fall wurde. Ich entwickelte das Gefühl, ohne Wohnung völlig entwurzelt zu sein und keinen Halt mehr zu finden. Bei diesem Gedankenspiel zog ich es ernsthaft in Betracht, auf der Straße zu leben oder sogar Selbstmord zu begehen. Gleichgültigkeit und Resignation machte sich bei mir breit. Mit dem Rücken stand ich zur Wand und wartete darauf von den staatlichen Erfüllungsgehilfen erschossen zu werden. Zu dieser Problemsituation verfasste ich später ein Gedicht.

Die Überforderung

> Das Leben stürzt auf mich ein wie eine Lawine, ausgelöst durch die hohe Erwartungshaltung der Allgemeinheit.
> Mein Problem: Ich stehe am Abgrund und weiß nicht, was ich tun soll, da ich starr vor Angst bin.
> Die Masse, die sich jetzt immer schneller auf mich zubewegt, ist erdrückend und vor allem bedrohlich.
> Die Balance kann ich daher nicht mehr halten und verliere die Kontrolle.
> Die Situation kennt nur eine Konsequenz: Machtlosigkeit.
> Der freie Fall in den leeren Raum steht mir nun unmittelbar bevor.

Immerhin konnte ich mit einer überlebensnotwendigen Lüge, die für mich bedrohliche Lage vermutlich zwei bis drei Monate hinauszögern.

Bei einem Gespräch bei der Sozi fragte mich mein damaliger Sachbearbeiter Herr Jakobsen: „Beabsichtigen Sie wieder an der Universität zu studieren"?

Ich antwortete kurz und knapp: „Ja".

Selbstverständlich wusste ich, dass diese Antwort nicht der Wahrheit entsprach, aber mein Instinkt riet mir zu lügen. Und die Realität gab meinem Gefühl recht. Ich gewann kostbare Zeit, die ich sinnvoll nutzen musste. Die Behörde zahlte vorerst weiter meine Leistungen, weil sie zunächst davon ausging, dass ich kurzfristig wieder zur Uni zurückkehren werde. Die Lebensumstände zwangen mich so zu handeln. Manche mögen mein Handeln verurteilen, aber für mich ging es um das Überleben. Daher hielt ich es moralisch für legitim.

„Der Zweck heiligte die Mittel", hieß hierbei mein Motto.

Es mag aus Sicht einiger Menschen verwerflich sein zu lügen. Ich sah es häufig anders. Es ist keine Kunst, ehrlich zu sein, wenn die Existenz nicht unmittelbar bedroht ist. Über diesem Aspekt bitte ich den Kritiker dieser Zeilen vertiefend nachzudenken. Vielleicht ändert dies seine Betrachtungsweise.

Nun musste ich mir etwas Neues einfallen lassen, um meine Wohnung zu behalten. Ich sprach Onkel Alfred auf das Problem mit meiner Wohnung auf der Arbeit an.

„Die Sozialbehörde macht mir Schwierigkeiten wegen meiner Wohnung. Aus Sicht des Staates ist sie zu teuer. Ich will meine Wohnung behalten und weiß nicht, was ich tun soll".

Er bot mir Unterstützung an und versprach mir: „Du musst nicht raus aus deiner Wohnung. Ich werde der Behörde anbieten, die Differenz zu bezahlen. Ich gehe auch mit dir zur Behörde".

Hier präsentierte Onkel Alfred sich von seiner besseren Seite. Zwar sollte ich keinen Arbeitsvertrag erhalten, aber er wollte der Sozi anbieten, dass er mich mit einem bestimmten Betrag finanziell unterstützen kann, um den Mietzins zu reduzieren. Mehr konnte ich von ihm nicht erwarten. Eine Festeinstellung lehnte ich bereits stillschweigend wegen zu schlechter Bezahlung ab. Daher erneuerte er sein Angebot nicht. Somit lagen alle Hoffnungen darauf, dass die Lösung, die Onkel Alfred der Behörde anbieten wollte, auch akzeptiert wird. Ich bedankte mich für seine Unterstützung und ging wieder an meine Arbeit.

„Hauptsache ich kann meine Wohnung behalten", dachte ich hinterher.

Trotz der zugesicherten Unterstützung meines Onkels, kam nur bedingt Erleichterung bei mir auf. Ich traute den Frieden nicht wirklich. Mein Misstrauen gegenüber staatlichen Institutionen blieb mir erhalten. Meine Nerven erreichten deshalb weiterhin einen hohen Spannungsbogen und die Schlafqualität erzielte ein niedriges Niveau. Zwangsläufig wurde ich zum Frühaufsteher. Meine Negativgedanken konnte ich leider nicht per Knopfdruck abstellen. Sie manifestierten sich in meinem Kopf.

Phasenweise rauschte das Leben an mir vorbei. Lustlosigkeit, Sinnlosigkeit, geistige Müdigkeit und innere Leere begleiteten mich fortan und wichen mir nicht mehr von der Seite. Bei mir wuchs das Gefühl, nicht mehr zu leben. Zeitweilig kam ich mir vor wie ein Roboter oder eine Maschine. Stets wurde dabei erwartet, dass ich funktioniere. Jedoch funktioniert es nicht immer. Daher kam es zu einer Fehlfunktion. Denn meine Welt befand sich kurz vor dem Einsturz. Und so etwas bezeichnet man in allgemeinen ironisch als funktionierende Gesellschaft. Beruflich fühlte ich mich als Versager. Meine Schwierigkeiten mit den staatlichen Institutionen beflügelten mein Leben auch nicht unbedingt. Und meine damalige Angst vor Frauen machte mir eine Beziehung zu ihnen unmöglich. Es blieb mir letztlich nur der Sex mit Prostituierten. Mein ganzes Leben stand plötzlich auf dem Prüfstand. Das Ergebnis entmutigte mich. Ich verlor den Spaß am Leben. Selbst die Lust auf meine Städtereisen, die zu den wenigen tatsächlichen Höhepunkten meines Lebens gehörten, verschwand quasi aus meinem Bewusstsein. Zu diesem Zeitpunkt verfügte ich über mehr Angst zu leben als zu sterben. Erneut dachte ich wieder über Selbstmord nach, aber ich schaffte es nicht den entscheidenden Schritt zu machen. Irgendetwas hielt mich davon ab. Vermutlich suchte ich trotz meiner vielen Probleme nach einem Grund zum Weiterleben.

Immer wieder sagte ich zu mir selbst: „Dies kann es noch nicht gewesen sein. Mein Dasein muss einen Sinn haben".

Darüber hinaus wusste ich nicht, wie ich es anstellen sollte, meinen Leben ein Ende zu setzen. Schließlich wollte ich niemanden mit einen Schuldgefühl belasten, indem ich andere mit hineinziehe.

An dieser Stelle unterbrach ich das Schreiben. Es wurde mir wieder bewusst, dass mir Selbstmordgedanken schon damals sehr vertraut erschienen. Schockierend wie lange sie jemanden durch das Leben begleiten können. Dabei beweisen sie eine erstaunliche Hartnäckigkeit. Es ist fast wie eine Krankheit, die man nicht wirklich auskurieren kann, weil sie über einen chronischen Charakter verfügte. Zumindest fand ich bisher immer ein Mittel, um diese lästigen Symptome einigermaßen unter Kontrolle zu halten. Ein Kraftakt, wie ich mehrfach feststellen musste. Jedoch ich überlebte. Darauf konnte ich durchaus stolz sein. Deshalb erhob ich das Glas mit Rum-Cola und trank ein Schluck. Anschließend setzte ich meine Aufzeichnungen fort.

In Februar 98 musste ich wegen der Miethöhe zur Sozi. Ich entwickelte das Gefühl, es ging um alles oder nichts. Ohne meine Wohnung wäre ich heimatlos und bekäme mein Leben nicht mehr in den Griff. Nervlich fühlte ich mich am Boden zerstört. Und das Gespräch stand mir unmittelbar bevor. Nach außen wollte ich mir nichts anmerken lassen. Schließlich verspürte ich verständlicherweise keine Lust, dass man meine Schwäche ausnutzte, um mir den Todesstoß zu versetzen. In dieser Situation kam ein Gefühl der Erleichterung auf, dass Onkel Alfred mich zum Behördentermin begleitete. In dieser Hinsicht hielt er sein Versprechen, was ich ihm hoch anrechnete.

Nach einer kurzen Begrüßung kam mein Sachbearbeiter Herr Jakobsen sofort zum Thema: „Mit Ihrem Mietzins liegen Sie 66 DM über der Höchstgrenze".

„Nur wegen 66 DM habe ich Ärger mit dem Amt", dachte ich leise vor mich hin und verstand die Welt nicht mehr.

Kaum zu begreifen, dass hier der Staat Nulltoleranz zeigte. Ein Gefühl der sozialen Kälte umgab mich. Ich fror und bekam regelrecht eine Gänsehaut. Dieser unangenehme Schauer löste bei mir gleichzeitig eine Übelkeit aus. Ich spürte die Angst, jeden Moment umzukippen.

Herrn Jakobsen versuchte ich klarzumachen: „Aufgrund meiner seelischen Verfassung bin ich nicht in der Lage, einen Untermieter bei mir aufzunehmen oder in einer anderen Wohnung zu existieren".

Darauf der Staatsdiener in bissigen Ton: „Dann müssen Sie ein entsprechendes Attest nachreichen, aber die Chancen, tatsächlich eines zu erhalten, sind eher gering".

Damit endete das Gespräch. Onkel Alfred erhielt keine Gelegenheit etwas zu sagen. Wir verabschiedeten uns und verließen das Gebäude.

Im Prinzip blieb ich nach diesem Gespräch fast genauso schlau wie vorher. Der gewünschte Erfolg zeigte sich leider nicht. Hingegen meine Ängste blieben mir treu. Ich schaffte es nicht, auf andere Gedanken zu kommen. Es fehlte mir auch der besondere Kick im Leben.

„Wodurch sollte dieser auch kommen", fragte ich mich fast ratlos.

Durch Paarung und Fortpflanzung? Nein, zu bürgerlich.
Durch Glaube und Religion? Nein, geistig zu stark eingeengt.
Durch Arbeit und Geldverdienen? Nein, zu oberflächlich.
Durch Freizeitbeschäftigung und Hobbies? Vielleicht.
Das Leben erschien mir trostlos und langweilig.
Und wieder einmal stellte ich mir die Frage: „Warum schaffe ich es nicht, mein Leben zu beenden"?

Feigheit? Möglich.

Oder einfach nur die Hoffnung, dass der spezielle Kick des Lebens doch noch kommt? Zumindest wollte ich dies nicht völlig ausschließen.

Eindeutig beantworten konnte ich mir diese Vielzahl von Fragen nicht, die sich mir aufdrängten. Für mich durfte das Leben nicht nur aus Geburt, kurze Kindheit, Beruf, Familiengründung, Rente und Tod bestehen. Diese klassische Variante eines Lebenskreislaufes verschaffte mir keinerlei Befriedigung. Ich wollte nicht verbürgerlicht werden. Irgendwie stellte ich andere Erwartungen an das Leben.

„Sind meine Ansprüche daher zu hoch", fragte ich mich weiter.

Ehrlich gesagt, wusste ich es nicht genau. Das Leben sollte mir die Möglichkeit verschaffen, dass ich mir sinnvolle Ziele setzen kann. Jedoch wusste ich damals noch nicht, wie diese Ziele aussehen würden. Ich wurde durch die Probleme meines Alltags abgelenkt. Sie nahmen meine Gedanken zu stark in Anspruch. Daher konnte ich das Leben nicht ausreichend aus unterschiedlichen Blickwinkeln betrachten.

Zusätzlich beschäftigte mich der Gedanke, dass man den Mut haben sollte, alles infrage zu stellen. Gelingt es, dann kann es ein Signal dafür sein, mehr eigene Verantwortung für sich und andere zu übernehmen. Dies ist meines Erachtens der wahre Fortschritt des Menschen. Ich befand mich auf dem besten Weg dorthin, aber noch lange nicht am Ziel.

„Vielleicht werde ich es nie", kam mir zwischendurch als Gedanke der Resignation.

Ende März 98 entschied die Behörde noch nicht, ob ich meine Wohnung tatsächlich behalten konnte. Ich hoffte, endlich zu einer idealen Lösung zu kommen. Nur so konnte ich meine extremen Stimmungsschwankungen loswerden. Ich brauchte klare Sichtverhältnisse und erkennbare Lichtblicke am Horizont. Es wurde meine einzige Chance, positiver in die Zukunft zu schauen. Meine Zukunftsangst fraß systematisch meine Seele auf. Ich fand kein richtiges Gegenmittel, aber ich musste unbedingt eines finden. Denn ohne dieses wäre meine Seele von meinen Sorgen bald total zerfressen sein, und die Heilungschancen würden sich in Richtung Nullpunkt bewegen.

Meine Hoffnungen ruhten auf meinen damaligen Hausarzt Dr. Erich Auermann. Ich wollte ein Attest, dass mir den Erhalt meines Zuhauses garantierte. Dies hielt ich für wichtig, da ich vor der Sozi nicht mit leeren Händen dastehen wollte. Für mich wäre es problematisch gewesen, mit anderen Menschen zusammenzuleben, weil ich mir im Laufe der Jahre meine eigene Welt schuf, wo ich mich einigermaßen zurechtfand. Durch meine Krankheit als Kind blieb ich innerlich verschlossen, unsicher, unruhig und zeitweilig auch geistesabwesend. Dies machte mich zum absoluten Einzelgänger, der häufig seelisch von seinen Mitmenschen fertiggemacht wurde. Daher fand ich selten Freunde. Einen Untermieter hätte ich als störenden und bedrohlichen Fremdkörper angesehen. Und einen Wohnungswechsel konnte ich ebenfalls nicht akzeptieren. Die Wohnung repräsentierte einen großen Teil meiner Welt beziehungsweise meiner Identität. Sie spiegelte mein Elternhaus wieder, wo ich trotz Hannas Tod viele positive Erinnerungen mit verband.

Nun musste ich die richtigen Worte finden. Von Gefühl her besaß ich sie, aber sie nutzten mir nichts.

Nachdem ich Dr. Auermann meine Situation geschildert hatte, sagte er zu mir: „Leider kann ich es medizinisch nicht begründen, warum ich Ihnen ein entsprechendes Attest ausstellen soll. Es tut mir Leid für Sie Herr Krüger, aber ich kann Ihnen nicht weiterhelfen".

Enttäuscht musste ich wieder die Praxis verlassen, weil ich erneut mit leeren Händen dastand. Natürlich wusste ich, dass mein Hausarzt recht hatte. Jedoch in meiner Lage klammerte ich mich an jedem Strohhalm, um Halt zu bekommen. Ich erreichte einen hohen Grad der Verzweiflung.

„Der Staat macht mir das Leben zur Hölle", fluchte ich innerlich.

Es drohte mir die „Enteignung" der Wohnung. Selbstverständlich wusste ich, dass dies juristisch nicht korrekt war, in diesem Kontext diesen Begriff zu verwenden, aber diese Bezeichnung entsprach meiner gefühlsmäßigen Empfindung. Ich hoffte nun auf eine Mietzuschuß-Kürzung, da Onkel Alfred der Behörde anbieten wollte, die Differenz zu übernehmen.

„Entscheiden in dieser Sache Bürokraten oder doch Menschen", fragte ich mich berechtigt in dieser Lage.

Die Ungewissheit quälte mich. Emotional entstand das Gefühl, jederzeit kotzen zu können.

Gedanklich schoss mir durch den Kopf, eine Weltreise durch alle Kontinente zu machen, und mein Leben zum Schluss zu beenden. Die Weltreise wäre quasi mein glamouröses Finale gewesen.

„Ein schöner und würdiger Abschluss", dachte ich fast ernsthaft.

„Selbstmord mit Glanz und Gloria bekommt nicht jeder geboten", überlegte ich weiter.

Ich geriet fast ins Schwärmen. Trotzdem fehlte mir für einen beherzten Gefängnisausbruch der entscheidende Mut. Dabei verfügte ich über gute Voraussetzungen für eine waghalsige Flucht. Durch mein Schwarzgeld besaß ich bereits einige finanzielle Rücklagen und vor dem Tod verspürte ich keine Angst, sondern eher vor dem Leben. Alles nahm ich nur noch als einen riesengroßen Haufen Scheiße wahr. Es stank bestialisch nach behördlichem Kadaver, der durch bürokratischen Schwach- und Irrsinn entstand. Die Geruchsverpestung setzte mir arg zu. Ich musste höllisch aufpassen, nicht wahnsinnig zu werden. Es überkam mich das Gefühl, dass sich die Welt gegen mich verschworen hatte.

Meine Schlafqualität verschlechterte sich zunehmend und mich quälten furchtbare Kopfschmerzen. Selbst die altbewährten Asperin halfen mir nur bedingt. Angst, innere Unruhe und Ungewissheit blieben. Ich entwickelte mich immer stärker zu einem Produkt der gesellschaftlichen Überforderung.

Zu allem Überfluss entstand bei mir in April 98 das Gefühl, dass mein Arbeitsplatz in Gefahr geriet. Es rief ein älterer Mann, den ich auf ca. Mitte fünfzig schätzte, in der Firma wegen eines Praktikumsplatzes an.

„Guten Tag. Mein Name ist Richard Klasen. Ich bin Diplom-Holzwirt und suche einen Praktikumsplatz. Können Sie mir helfen"?

Es stockte mir der Atem. Ein ernsthafter Konkurrent bezüglich meines Arbeitsplatzes? Nur nichts anmerken lassen.

„Ich kann dazu nichts sagen. Mein Chef ist zurzeit nicht da. Probieren Sie es später noch einmal", erwiderte ich äußerlich gelassen.

„Danke, werde ich machen", entgegnete mir der Gesprächspartner am Telefon.

Der Mann legte anschließend den Hörer auf.

Durch den Anruf wurde eine Zeitbombe gezündet, die für mich zu einer existenziellen Bedrohung wurde. Die Uhr tickte gnadenlos, und die Bombe konnte jederzeit explodieren. Ich wusste nicht, wie viel Zeit mir blieb, um sie wieder zu entschärfen. Es offenbarte sich ein Countdown gegen die Ewigkeit. Diese Gewissheit brachte mich wahnsinnig ins Schwitzen.

„Nur nicht in Panik geraten", hieß meine Devise.

Innerlich zitterte ich am ganzen Körper. Allerdings durfte ich keine Schwäche zeigen, sonst explodiert die Bombe vorzeitig.

„Hatte ich nicht schon vorher genug Probleme", ärgerte ich mich und tobte innerlich.

Ich entdeckte erneut ein Gefühl der Hilflosigkeit. Es wuchs mir alles über den Kopf.

Einige Wochen zuvor berichtete mir meine Kollegin Andrea Sommer, dass die Firma mich am liebsten wieder loswerden will.

Sie sagte zu mir: „An deiner Stelle wollen sie lieber einen Tischler oder Zimmermann als Verkäufer beschäftigen. Die Firma will jemanden der auf die Baustellen fahren und bestimmte Berechnungen anstellen kann".

Entsprach diese Information tatsächlich der Realität oder nicht? Ich wusste nicht, wie ich diesen Hinweis bewerten sollte, auch wenn wir uns zwischenzeitlich duzten. Denn so etwas stellte keine Garantie für ehrliche Freundlichkeit oder Aufrichtigkeit dar.

Zusätzlich machte sie mir darauf folgenden Vorschlag: „Ich habe eine Firma in Bahrenfeld gefunden, wo du dich bewerben kannst. Dein Onkel fand die Idee auch gut. Ich sprach mit ihm darüber".

Ich wurde von dieser Aktion regelrecht überrumpelt und schrieb die Bewerbung. An den Namen der Firma konnte ich mich bei meinen Aufzeichnungen nicht mehr erinnern. Für die weitere Betrachtung meiner damaligen Lebenslage spielte dies allerdings ohnehin keine Rolle. Die Bewerbung blieb erfolglos. Hatte ich Glück oder Pech gehabt? Schwierig zu beantworten. Bei meiner Kollegin gewann ich beinahe den Eindruck, dass sie

Angst bekam, dass ich ihr die Arbeit wegnehmen könnte, da ich ihre Tätigkeit als Buchhalterin oder Sachbearbeiterin genauso ausführen könnte. Darüber hinaus verfügte ich mehr Fachwissen im Verkauf als sie.

„Sah sie mich daher als Konkurrenten", überlegte ich ernstlich.

Andrea, wie ich sie fortan nannte, machte nach außen hin nicht den Eindruck, dass sie eine Intrige gegen mich inszenierte. Jedoch der äußere Schein kann, wie sooft in unserer Gesellschaft, trügen. Meiner Mentalität entsprach es nicht, meinerseits eine Intrige gegen meine Kollegin anzustreben. Stattdessen bestand meine Strategie nun darin, mir nach außen hin nichts anmerken zu lassen und höllisch aufzupassen.

Immer stärker dachte ich, dass Andrea mit einer gewissen Vorsicht zu genießen war. Ständig machte sie die Firma auf meine Fehler aufmerksam. Selbst Minimalfehler wurden konsequent an den Familienclan weitergegeben. In meiner Ausbildungszeit bügelte ich zusammen mit Herrn Vogtländer unsere Fehler selbst aus, ohne die Firmenleitung mit einzubeziehen, was zum Glück selten passierte. Handelte meine Kollegin überkorrekt oder wollte sie mich einfach nur loswerden? Ich konnte die Frage nicht befriedigend beantworten. Sie wurde die zweite tickende Zeitbombe, die ich irgendwie entschärfen musste.

Durch den Anruf des älteren Mannes, der ein Praktikum in der Firma machen wollte, entstand bei mir zunächst das Gefühl, einen Mehrfrontenkrieg führen zu müssen, den ich nicht gewinnen konnte. Denn aus der Erfahrung der jüngsten deutschen Geschichte wusste ich, dass dies nicht funktioniert. Ich stand also auf verlorenen Posten.

Daher freute ich mich, dass mich mein alter Studienkollege Thorsten anrief.

Am Telefon sagte er zu mir: „Hier ist Thorsten. Ich wollte Ostersamstag zu einem Orgelkonzert im Michel. Hast du Lust mitzukommen"?

Ich antwortete: „Hört sich gut an. Vielleicht komme ich so auf andere Gedanken. Wann wollen wir uns treffen"?

„Ich schlage 17.00 Uhr vor. Wir können uns draußen vor dem Eingang des Michels treffen", meinte mein ehemaliger Studienkollege.

„Einverstanden", erwiderte ich am Schluss des Gespräches.

Ich brauchte endlich wieder einen freien Kopf.

„Musik könnte mir helfen, dieses Ziel zu erreichen", dachte ich in Anbetracht der angespannten Stimmung am Arbeitsplatz. Vom Gefühl her, befand ich mich kurz dem Durchdrehen. Die Einladung kam genau zur richtigen Zeit, um dies zu verhindern. Musik konnte die geeignete Therapie gegen meine emotionale Überforderung sein.

An den besagten Tag trafen wir uns vor dem Michel. Nach einer kurzen Begrüßung gingen wir in die Kirche. Thorsten lud mich zum Konzert ein, wofür ich mich bei ihm bedankte. Schnell fanden wir gute Plätze. Die Atmosphäre im Michel beeindruckte mich. Der Hauptschwerpunkt des Musikprogramms bestand aus dem Werk von Johann Sebastian Bach, aber auch andere Komponisten wurden gespielt. Zeitweilig schloss ich beim Konzert die Augen, um die Musik besser auf mich wirken zu lassen. Es wurde für mich eine Form der Meditation oder des Gebetes. Ich bekam das Gefühl, zu mir selbst zu finden. Meine Gedanken konnten seit langer Zeit wieder frei fließen. Nie hätte ich gedacht, dass ich jemals in absehbarer Zeit dazu in der Lage sein werde. Ich entdeckte in meinen Gedanken die Erkenntnis, dass ich meinem Leben eine entscheidende Wende geben muss. Die Musik bedeutete eine Initialzündung für mich, auch wenn sich vermutlich nicht alle Leser dieser Zeilen es nachvollziehen können. Darüber unterhielt ich mich mit Thorsten, als wir während des Konzertes kurz der Tür gingen.

„Wie findest du das Konzert", wollte meine Begleitung wissen.

„Gut", erwiderte ich, „das Konzert hat mir klar gemacht, dass ich mein Leben ändern muss. Ich werde zu meinen ursprünglichen Wurzeln zurückkehren. Demnächst beginne ich mit der Malerei und dem Schreiben".

„Die Idee finde ich gut. Es freut mich, dass du diesen Entschluss für dich gefasst hast", entgegnete mir mein Kumpel.

„Ich weiß zwar noch nicht, wohin mich der neue Weg führen wird, aber meine Talente sollten nicht ungenutzt bleiben. So etwas wäre eine Sünde", ergänzte ich.

„Das sehe ich auch so", stimmte mein Gesprächspartner mir zu.

„Nie hätte ich gedacht, dass Orgelmusik mich so inspiriert. Normal hatte ich vorher mit Kirchenmusik nicht viel am Hut", kam mir als nächster Gedanke.

„Mit Kirchenmusik geht es mir ähnlich wie dir, aber Johann Sebastian Bach ist diesbezüglich unschlagbar. Darum bin ich hier", kommentierte mein Gegenüber zu meiner Aussage.

Anschließend gingen wir zurück ins Konzert und setzten uns wieder auf unsere Plätze.

„Irgendeinen Sinn müssen meine Schicksalsschläge haben", sagte ich zu mir selbst, während ich der Musik in der Kirche lauschte.

In diesem Zusammenhang erinnerte ich an meine Kindheit.

„Was machte ich, wenn es mir schlecht ging", fragte ich mich gedanklich.

Ich malte und zeichnete. Gelegentlich schrieb ich auch. Diese Dinge taten meiner Seele gut.

„Zurück zu den Wurzeln", spornte ich mich an und sprühte vor Tatendrang.

Allmählich bekam mein Leben wieder einen neuen Sinn.

Thorsten löste mit seiner Einladung zum Konzert etwas bei mir aus, dass mir wieder ein Stück innerer Kraft zurückbrachte. Ich fing an, mich intensiv mit Kunst zu beschäftigen. Es lenkte mich zumindest vorläufig von den Problemen des Alltags ab. In der Innenstadt kaufte ich mir unterschiedliche Bücher über Kunstgeschichte und las sie. Gleichzeitig machte ich nach jahrelanger Künstlerpause meine ersten Zeichnungen. Für diese Skizzen benutzte ich keine hochwertigen Bildträger wie beispielsweise Acryl, Pastellkreide oder Ölfarbe, sondern ich experimentierte mit Tusche, Filzstiften, Kugelschreiber oder Bleistiften. Zunächst ging es mir darum, einen neuen Zugang zu diesem Medium zu finden. Diese Experimente betrachtete ich nicht als fertige Bilder, sondern vielmehr als gedankliche Momentaufnahme. Die eigentliche Umsetzung der Bildidee sollte, wenn der Zeitpunkt dafür reif ist, auf der Leinwand erfolgen, zumindest stellte ich es mir so vor. Denn von der professionellen Malerei blieb ich noch meilenweit entfernt.

Ich zerbrach mir ernstlich darüber den Kopf, ob ich es in Betracht ziehen sollte, eine Kunsthochschule zu besuchen oder zumindest einen Kurs bei der Volkshochschule zu machen. Jedoch ich verwarf schnell dieses Gedankenspiel, da solche

Lehrveranstaltungen die Kreativität eines anstrebenden Künstlers durch ihre Schulmeisterhaftigkeit blockieren oder sogar im Extremfall zerstören könnten.

„Am Ende würde es ohnehin darauf hinauslaufen, dass ich mit dem Stil des Dozenten breche und meine eigene Handschrift finde", erkannte ich folgerichtig.

Daher ersparte ich mir den Umweg und nahm lieber die Abkürzung. Schließlich entdeckte ich erst relativ spät mein Künstlertum. Ich wollte einfach keine Zeit unnötig weiter verschwenden.

Parallel zur Malerei begann ich auch zu schreiben. Ich schrieb sogenannte Sechszeiler-Gedichte mit meist gesellschaftskritischen und philosophischen Inhalten.

Fortan definierte sich für mich ein Gedicht folgendermaßen: „Ein Gedicht ist eine komprimierte, zusammenhängende und meist in schönen Worten gekleidete Darstellung eines Sachverhaltes, der sowohl in beschreibender wie auch in analytischer Weise formuliert werden kann und eine logische aufeinander aufbauende Abfolge beinhaltet. Ein Gedicht muss aus meiner Sicht nicht zwingend in einer klassischen Vers-Form formuliert und gegliedert sein. Ich schrieb eine Sonderform des Gedichtes: die lyrischen Aphorismen".

Thorsten zeigte ich meine ersten bildgestalterischen Versuche und las ihm meine ersten Gedichte vor.

Sein Kommentar: „Deine Bilder beinhalten gute Ideen. Besonders gut gefallen mir deine Bleistiftzeichnungen. Deine farbigen Werke entsprechen zumindest nicht alle meinem Geschmack. Und deine Gedichte finden sogar noch mehr meine Zustimmung als deine ersten Malversuche, weil deine persönliche Handschrift dort besonders deutlich zum Vorschein kommt. Der philosophische Aspekt ist dabei deine spezielle Note".

Seine Kritik empfand ich als konstruktiv. Dies brachte mich in der Entwicklung als Künstler voran. Er bot mir für weitere Texte Anregungen und machte Verbesserungsvorschläge für bereits bestehende Gedichte. Vieles davon nahm ich dankbar an. Mein Kumpel inspirierte mich für ca. zwanzig bis dreißig weitere Gedichte. Dichterisch befand ich mich in einer besonders stark schöpferischen Phase.

Endlich fand ich den besonderen Kick in meinem Leben, den ich zuvor bei mir stark vermisste. Kunst wurde für mich zur Darstellung der emotionalen Befreiung. Schon als Kind beherzigte ich diesen Satz beziehungsweise diese Definition, allerdings ohne dass sie mir ins Bewusstsein drang. Diese Philosophie gehörte einfach zu meinem Leben und stellte einen festen Bestandteil meines Ichs dar. Dabei entstand fast schon eine absolute Selbstverständlichkeit, darüber frei verfügen zu können. Daher brauchte ich nicht darüber nachdenken. Es tat mir einfach nur gut.

„So ein Leben ist beneidenswert", kam mir gedanklich in den Sinn.

Nur wenn der Kopf wirklich frei ist, kann ich als Künstler bemerkenswerte Ergebnisse erzielen.

Picasso pflegte immer zu sagen: „Ich habe mein ganzes Leben gebraucht, um so malen zu können wie ein Kind".

Was bedeutet dieser Satz? Sind in Wahrheit die Kinder die echten Künstler? Zumindest bringen sie gute Voraussetzungen dafür mit. Denn bei ihnen vermischt sich die Fantasie mit der Realität am besten. Alles herrliche Gedanken, die ab sofort durch meinem Kopf flossen. Nie hätte ich es für möglich gehalten, mich gedanklich mit solchen Dingen zu beschäftigen. Ich bekam das Gefühl, dass mein Geist anfing zu sprudeln. Mein geistiger Horizont wurde enorm erweitert. Immer stärker tauchte ich in eine andere Welt ab. Ich konnte es kaum kontrollieren. Mein Kopf arbeitete fast ununterbrochen. Ein neues und ungewohntes Lebensgefühl entstand.

Geleitet wurde ich von einen inneren Trieb und einer Stimme, die mir ins Ohr flüsterte: „Du must malen! Du musst schreiben"!

Auf diese Weise entdeckte ich mich mehr und mehr selbst.

Die Selbstentdeckung half mir mit meinen Alltagsproblemen etwas besser fertig zu werden, auch wenn sie dadurch leider nicht verschwanden. Ich fand für mich eine Form der Befriedigung und Bestätigung. Gleichzeitig fühlte ich mich nicht mehr als vollwertiger Versager. Kunst wurde zu einer speziellen Art der Therapie, die mir emotional das Überleben absicherte.

Es klingelte an der Haustür.

„Warum werde ich ausgerechnet jetzt aus meinen Gedanken gerissen", fluchte ich leise vor mich hin.

Ich wollte nicht beim Schreiben unterbrochen werden. Daher hielt sich meine Begeisterung in Grenzen, als ich das Klingeln hörte.

„Ich bin es, Sabine", hörte ich eine bekannte Frauenstimme.

„Was will meine Nachbarin von mir", fragte ich mich etwas verwundert und leicht genervt.

Ich öffnete die Tür und hoffte eine Antwort zu erhalten.

„Entschuldige die Störung René, aber es ist noch etwas Kuchen von meiner Geburtstagsfeier übriggeblieben. Ich hoffe, du magst Kuchen", teilte sie mir mit.

Zu meiner positiven Überraschung entdeckte ich in Sabines Hand einen großen Teller mit zwei Stücke Apfelkuchen.

„Ja, natürlich. Danke schön", freute ich mich und nahm den Teller entgegen.

Ich gratuliere ihr nachträglich zum Geburtstag. Zugegebenermaßen hatte ich ihren Ehrentag vergessen. Hanna wäre es vermutlich nicht passiert. Solche Feiertage notierte sie sich immer im Kalender. Dadurch behielt sie stets die Übersicht.

Zunächst befürchtete ich, dass ich vergaß, das Treppenhaus zu reinigen. Manchmal vertrat Sabine die Auffassung, deshalb an meiner Tür klingeln zu müssen. Damit unterstrich sie die Wichtigkeit, dass der zweiwöchige Rhythmus der Treppenhausreinigung unbedingt eingehalten wurde.

„Jeder hat eben seine speziellen Macken", dachte ich häufig in diesem Zusammenhang.

Natürlich hatte sie recht damit, wenn sie mich als Mieter daran erinnert, dass ich meine Pflicht erfüllen muss. Trotzdem nervte es gelegentlich. Von meiner Seite stellte es keine Böswilligkeit dar, es manchmal zu vergessen, sondern es lag daran, dass ich oftmals zu viele Dinge im Kopf habe. Solche Pflichten geraten dann leicht bei mir in Vergessenheit, weil ich sie zugegebenermaßen immer als notwendiges, aber fast lästiges Übel ansah, dass angepackt werden musste, um ein mögliches Chaos zu verhindern. Übrigens sah ich es mit meinen sonstigen Haushaltspflichten immer ähnlich.

Sabine zog fast zur selben Zeit wie meine Eltern ins Haus ein, und es bestand über die Jahre eine freundschaftliche Nachbarschaft. Mittlerweile heiratete sie zum dritten Mal. Über großes Glück verfügte sie nie wirklich bei ihrer Männerauswahl. Sie wurde immer von ihren Kerlen nach allen Regeln der Kunst ausgenutzt. Beschreiben würde ich sie als einfach gestrickte Frau. Dafür zeigte sie oft eine liebenswerte Seite, indem sie mich beispielsweise an bestimmten Feiertagen mit Kuchen oder Salat versorgte.

„Es ist ein schönes Gefühl, dass gelegentlich jemand an mich denkt, obwohl wir sonst nur wenig Kontakt haben", schoss mir als Gedanke durch den Kopf.

Eine kleine Schreibpause hielt ich für angebracht. Denn ich habe oftmals die Angewohnheit, meine Grenzen nicht zu kennen beziehungsweise nicht richtig einschätzen zu können. Meist überschreite ich sie und überfordere mich. Eine Erfahrung, die ich bei meinen Aufzeichnungen erneut machte. Es wurde mir auch wieder bewusst, dass ich kontraproduktiv handeln könnte. Daher nahm ich mir die Zeit, die zwei Stücke Kuchen zu genießen. Im Kühlschrank befand sich noch ein Rest Sprühsahne, den ich auf das Dessert verteilte. Zu der süßen Zwischenmahlzeit trank ich einen Becher Kaffee mit Milch und Zucker. Nach dieser Stärkung konzentrierte ich mich wieder auf das Schreiben am Notebook. Die Aufmerksamkeit gehörte wieder meinen Memoiren.

Ich konnte trotz der Entdeckung der Kunst leider nicht immer vor der Konfrontation meiner Alltagsprobleme fliehen. Anfangs kam ich mit Herrn Klasen, der zwischenzeitlich bei uns in der Firma als Praktikant arbeitete, nicht zurecht. Ständig zeigte er sich aufbrausend und sehr eigenwillig. Für mich entstand der Eindruck, dass er zusätzlich das Betriebsklima vergiftete. Er machte mir gegenüber Äußerungen wie z. B. „Was machen Sie hier eigentlich"? oder „Können Sie nichts richtig machen"? Die Negativliste der Kommentare könnte ich hier endlos fortsetzen, was ich aber bei meinen Aufzeichnungen nicht für nötig hielt, um den kriegsähnlichen Zustand eingehender zu beschreiben. Die Anwesenheit des Praktikanten erschwerte mir das Arbeiten in der Firma erheblich. Darüber hinaus war er aufgrund seiner beruflichen Qualifikation ein ernsthafter Konkurrent für mich. Denn ich erfuhr in einem Gespräch, dass er nicht nur Holzwirtschaft studierte, sondern auch den Beruf des Tischlers erlernte. Und über Erfahrung in Verkauf verfügte er auch. Also genau dass, was die Firma laut meiner Kollegin Andrea suchte. Ich fürchtete, meinen Arbeitsplatz zu verlieren. Daher hoffte ich, dass er nicht fest in der Firma eingestellt wird.

Andrea sagte zu diesem Thema zu mir: „René, ich glaube nicht, dass du dir momentan Sorgen wegen deines Arbeitsplatzes machen musst. Denn die Söhne wollen Herrn Klasen nicht, weil sie keinen zweiten Herrn Vogtländer wollen".

Trotz der Äußerungen meiner Kollegin, entspannte sich die Situation erst, als der Praktikant gegenüber Onkel Alfred in meinem Beisein äußerte: „Ich will René nicht den Arbeitsplatz wegnehmen. Ich komme auch woanders unter".

Seit dieser Äußerung kamen wir allmählich miteinander klar. Wir duzten uns fortan und die Zusammenarbeit klappte danach erstaunlicherweise deutlich besser. Der Tonfall wurde zunehmend freundlicher.

Andrea konnte ich zu diesem Zeitpunkt nicht wirklich einschätzen, wie sie mir gegenüber tatsächlich eingestellt war. Zwar gab sie mir Insiderinformationen bezüglich der Haltung des Firmenclan zu Richard Klasen, aber mein Misstrauen zu ihr blieb. Es hätte auch ein geschickter Schachzug sein können, um von sich selbst abzulenken. Ich sah sie daher immer noch als eine gefährliche Bedrohung bezüglich meines Arbeitsplatzes. Das Risiko wurde durch einige Verkaufserfolge, die ich mit einigen Lauben und Gerätehäuser erzielte, bestenfalls nur minimal abgemildert. Das Gefühl der inneren Sicherheit ging mir immer stärker verloren.

„Warum komme ich innerlich nicht zur Ruhe", fragte ich mich immer wieder.

Selbst die Kunst und die Bordellbesuche konnten mich zu diesem Zeitpunkt nur bedingt ablenken. Ich bekam zunehmend das Gefühl, dass meine Kollegin weiterhin Angst um ihren Arbeitsplatz hatte und mich aus diesem Grund raus aus der Firma haben wollte. Ich gab ihr das Prädikat „besonders unberechenbar". Nach außen hin wirkte sie freundlich, nett und betonte ihre christliche Nächstenliebe. Aber sobald man dieser Frau den Rücken zuwandte, stach sie jemanden ein Messer in den Rücken, wenn es ihrer Sache diente. Die Versuche, mich bei den Söhnen schlecht zu machen, scheiterten vorläufig, aber ich musste weiterhin aufpassen, möglichst keine Fehler zu machen. Und bei Onkel Alfred erhielt ich das ungute Gefühl, dass er in Bezug auf Andrea unter einer gefährlichen Betriebsblindheit litt.

Ich erzählte Richard von Frau Sommers Versuchen, mich aus der Firma heraus zu drängen. Er nannte sie darauf „die heilige Andrea".

Sein Kommentar: „Ihre Freundlichkeit wirkt aufgesetzt, aber nicht ehrlich. Und ihr christliches Gerede geht mir tierisch auf dem Keks".

So gewann ich das Gefühl, einen Verbündeten zu haben, und meine Geschichte nahm eine überraschende und positive Wendung. Dadurch konnte ich ein wenig aufatmen, zumindest für kurze Zeit.

Denn ich bekam vom Amt die Einladung zu einem Gespräch wegen Arbeitsaufnahme und Mietzinsreduzierung. Die Asozial-Behörde setzte den Termin für den 19. Mai fest. Natürlich wusste ich, dass der besagte Tag kommen würde, aber Unangenehmes verdrängte ich naturgemäß immer so gut ich konnte aus meinen Gedanken. Deshalb lag ich nervlich am Boden, als mir der Gesprächstermin schriftlich mitgeteilt wurde. Irgendwie bekam es etwas Endgültiges.

„Ich befinde mich kurz vor meiner Hinrichtung. Dies ist vermutlich mein Todesurteil", dachte ich kurz nach dieser Horrormeldung.

Ich trank ungefähr 1 ½ Flaschen Rotwein, um mich zu betäuben. Den Wein empfand ich nicht unbedingt als Trinkgenuss. Stattdessen fühlte ich mich trotz der Kunst wieder verstärkt als Versager und Verlierer. Ich stufte die Lage als total hoffnungslos ein.

„Sehr wahrscheinlich keine Chance auf Begnadigung", zog ich Fazit.

In dieser schwierigen und nahezu aussichtslosen Konstellation vermisste ich Hanna, meine Mutter. Stets erwies sie sich als eine wichtige Stütze in schwierigen Zeiten. Ich fühlte mich schrecklich allein. Ein Bordellbesuch lenkte mich kaum ab. Und Christina wollte ich auch nicht anrufen. Sie trug ihre eigenen Kämpfe aus wegen der Scheidung von Roberto. Stattdessen rief mich überraschend meine Schwester an.

Am Telefon teilte sie mir mit: „Eventuell könnte ich demnächst eine eigene Wohnung für Andres und mich bekommen".

„Und wo", fragte ich interessiert.
„In der Ortrudstraße", antwortete sie.
„Das freut mich für euch. Und wie bist du an diese Wohnung gekommen", fragte ich weiter.
„Ich bin durch eine Freundin auf diese Wohnung aufmerksam geworden, die in diesem Haus wohnt", erwiderte sie.
„Dann hoffe ich für euch, dass alles klappt", sagte ich am Schluss des Gespräches.
Anschließend beendeten wir das Telefonat.
„Die Wohnung wäre nicht einmal fünf Minuten von meinem Domizil entfernt", drang mir danach ins Bewusstsein.
Meine eigenen Probleme behielt ich vorerst für mich, weil ich Christina nicht unnötig belasten wollte. Außerdem befürchtete ich einen blöden Kommentar, wie z. B. „Du darfst nicht passiv sein und musst endlich aktiv werden"! von ihr zu hören. Sie neigte erfahrungsgemäß dazu, diese Art von Statement abzugeben. Dies wollte ich mir unbedingt ersparen. So etwas hätte mir ohnehin nicht weitergeholfen.
Nur kurze Zeit später klappte es tatsächlich mit der Wohnung in der Ortrudstraße. Christina und Andres wohnten für einige Zeit bei mir, weil das neue Zuhause noch renoviert wurde. Im Prinzip eine Selbstverständlichkeit für mich als Bruder, dass ich ihr auf diese Weise half, weil sie wegen ihrer nervlich angespannten Lage schnellstmöglich aus ihrer ehemaligen Wohnung am Schulterblatt ausziehen musste. Dennoch kam ein Gefühl der Erleichterung auf, als die beiden endlich ihr neues Quartier bezogen.
Der Leser könnte sich an dieser Stelle fragen: „Warum"?
Offen gesagt, bekam ich in der Zeit, wo die beiden bei mir wohnten, das Gefühl nur ein Gast in meinen eigenen vier Wänden zu sein. Christina vermittelte mir den Eindruck, dass ich mich nach ihren Regeln richten musste. Keine Böswilligkeit ihrerseits, sondern vielmehr ein Indiz dafür, dass zwei unterschiedliche Lebensmodelle aufeinanderprallten, die zumindest nicht dauerhaft auf engen Raum wie selbstverständlich nebeneinander existieren können. Die Gegensätzlichkeit würde wahrscheinlich sonst zu unlösbaren Konflikten führen. Diese Tatsache wurde mir in der Zeit, wo sie mit ihrem Sohn bei mir wohnte, ins Bewusstsein gerufen. Es baute sich ein Spannungsfeld auf, das mir zusätzlich an die Substanz ging. Äußerlich ließ

ich mir nichts anmerken. Ich wollte auch ihr gegenüber nicht undankbar erscheinen, da sie mich für einige Wochen bei sich aufnahm, als Hanna verstarb. Aufatmen konnte ich erst, als ich mein Reich wieder zurückeroberte.

Fast schlaflose Nächte bekam ich durch die Probleme mit der Sozi. Manchmal nur drei Stunden Schlaf pro Nacht. Ich verlor in den letzten Wochen sechs bis sieben Kilo an Gewicht, weil ich leider nicht stressresistent blieb. Ich fühlte mich schwach und hilflos. Meine Zustandsbeschreibung repräsentierte alle Symptome einer Überforderung, die sich stark bei mir bemerkbar machten. Ich begriff sie als Alarmsignale. Die Stimmungsschwankungen kamen immer stärker zum Ausdruck. Sie konnten sich von Stunde zu Stunde ändern, einfach so. Der Tag der Abrechnung näherte sich unweigerlich und kein Lichtblick am Horizont. Die Ungewissheit, wie das Gespräch verlaufen wird, empfand ich schlichtweg zum Kotzen.

Schon damals dachte ich: „Es wäre schön, wenn ich als Kunstmaler oder Dichter meinen Lebensunterhalt verdienen könnte".

Selbstverständlich wusste ich, dass dieser Gedanke nur eine Träumerei darstellte. Mit der Malerei hatte ich noch nicht einmal richtig angefangen und mit dem Schreiben war ich zu diesem Zeitpunkt noch ein Neuling. Dieses Wunschdenken bewegte sich daher fernab der Realität. Ebenfalls setzte die Malerei eine gewisse finanzielle Investition voraus. Diese mussten zunächst noch getätigt werden.

„Und selbst wenn die Anschaffungsausgaben für die Malerutensilien gemacht worden sind, brauche ich als Künstler eine sehr lange Zeit, um auf einem entsprechenden Niveau zu malen", dachte ich.

„Noch mehr Zeit werde ich benötigen, um meinen eigenen Stil zu finden", schoss mir als weiterer Gedanke durch den Kopf.

Außerdem müssten Kontakte aufgebaut werden, um Ausstellungen und sonstige Veranstaltungen machen zu können. Dies setzte aber erfahrungsgemäß sehr viel Fleiß und Disziplin voraus. Also eine sehr lange Wegstrecke, die ich zurücklegen musste, um mit Kunst Geld verdienen zu können. Dennoch klammerte ich mich auch an diesem Strohhalm. Die Verzweiflung trieb mich dazu.

Durchaus drangen mir meine zwei Talente ins Bewusstsein. Daher sah ich Dauer betrachtet gesehen, die Kunst als einzigen Weg aus der Krise. Schrittweise befand ich mich weiterhin auf dem Weg zur Selbstfindung.

„Der Überlebenskampf, den ich aktuell besonders intensiv führe und die Schicksalsschläge, die ich bisher ertrug, müssen doch irgendeinen Sinn ergeben", zermarterte ich mir darüber intensiv den Kopf.

Der einzige Sinn, den ich für mich erkannte, blieb die Kunst zu entdecken. Diese Tatsache verankerte sich immer tiefer in meinem Schädel.

Ein Tag später. Ich war erleichtert und heilfroh, dass Onkel Alfred am Tag der Abrechnung mit mir zur Behörde kam. Diesmal bekam ich es nicht mit meinem bisherigen Sachbearbeiter Herrn Jakobsen zu tun, sondern mit einer Frau namens Ulrike Meier. Ein von Staat abgerichteter Bluthund, wie sich schnell herausstellte.

Sie fragte mich nach der Begrüßung: „Hat sich etwas an Ihrer Arbeits- oder Wohnungssituation geändert Herr Krüger"?

Ich antwortete kurz und bündig: „Nein".

Darauf mischte sich Onkel Alfred in die Unterhaltung ein.

„Ich würde den Mietzins dadurch reduzieren, indem ich den Differenzbetrag übernehme".

„Das geht so nicht. Denn Herr Krüger würde dieser Betrag vom Regelsatz als zusätzliches Einkommen in Abzug gebracht werden und hat letzlich nichts mit der Miete zu tun", entgegnete sie uns.

Ich spürte die Entschlossenheit der Frau. Sie steuerte gezielt auf ein bestimmtes Resultat hin und ließ sich davon nicht abbringen.

„Und was nun", wollte ich nach diesem Statement wissen.

Im Stillen dachte nur: „Jetzt kommt der Abschuss".

„Wenn Sie den Mietzins nicht reduzieren können, indem Sie entweder einen Wohnungswechsel vornehmen oder einen Untermieter bei sich aufnehmen, entfällt das Wohngeld. Und da Sie mit Ihrem Einkommen von 630 DM deutlich über den Regelsatz von 540 DM liegen, würde die Sozialhilfe ganz entfallen. Daher schlage ich Ihnen vor, dass Sie sich als gewerblichen Helfer bei der Zeitarbeitsfirma A & P vorstellen. Mit dieser Leihfirma arbeiten wir schon lange zusammen. Wir zahlen einen staatlichen Zuschuss, sodass Sie auf ein Einkommen von 1.500 bis 1.700 DM netto kommen würden. Das ist immerhin mehr als die Sozialhilfe", erwiderte Frau Meier mit erschreckender Zielstrebigkeit.

Ich verstand die Welt nicht mehr. Weltuntergangsstimmung machte sich bei mir zunehmend bemerkbar. Nochmals schaltete sich Onkel Alfred ins Gespräch ein.

„Ich würde Herrn Krüger alternativ für ein Jahr befristet bei mir fest einstellen".

Ich meinte in den Gesichtszügen von Frau Meier eine gewisse Blutgier zu erkennen, die mich emotional lähmte.

„Was soll es Herrn Krüger helfen? Ich denke, dass er bei A & P gut aufgehoben ist", blockte die Frau von der Sozi den Vorschlag von Onkel Alfred energisch ab.

Ich versuchte noch Frau Meier klar zu machen, dass ich aus gesundheitlichen Gründen keine Schichtarbeit machen kann. Dieses interessierte sie aber nicht, vereinbarte telefonisch ein Termin für mich bei der Sklavenfirma, drückte mir die entsprechenden Unterlagen in die Hand und das Gespräch galt als beendet.

Für mich bedeutete es ein heftiger Schlag ins Gesicht. Ich fühlte einen heftigen Niederschlag.

Onkel Alfred sagte hinterher: „Du gehst erstmal hin zu diesem Termin, um deinen guten Willen zu zeigen und dann sehen wir weiter. Für diesen Hungerlohn kannst du nicht arbeiten. Das ist totale Ausbeutung".

Mit dieser Aussage behielt er recht, obwohl er mir vor einigen Wochen ein fast genauso schlechtes Angebot machte. Jedoch wollte ich diesbezüglich nicht nachtragend sein. Schließlich unterstützte er mich in Kampf gegen die Behörden. Dies gab mir das Gefühl, dass für mich noch nicht alles verloren erschien.

Leider lag ich mit meiner Einschätzung richtig, Frau Meier als mordgierigen Bluthund des Staates einzustufen. Diese Tatsache wurde mir immer bewusster, als ich mit Onkel Alfred den Gebäudekomplex wieder verließ. Sie entsprach genau dem Täterprofil. Denn diese Bestie wollte mich augenblicklich verspeisen, um mich als Kostenfaktor loszuwerden. Dabei interessierte es der Staatsdienerin nicht, ob ich als Betroffener tatsächlich eine Perspektive erhalte oder nicht. Die karrierebesessene

Frau ging bei ihren Säuberungsaktionen sprichwörtlich über Leichen und das sogar mit System. Diese Form der Selektion erinnerte mich fast an den Methoden des III. Reiches. Ich schloss es auch nicht aus, dass Frau Meier bei erfolgreicher Arbeit eine sogenannte Kopfgeldprämie vom Sklavenhändler erhielt. Zwar möchte ich es ihr an dieser Stelle nicht unbedingt unterstellen, aber es würde mich nicht schockieren, wenn ich mit meiner Vermutung richtig liegen würde.

Ich zerbrach mir den Kopf darüber, was passieren würde, wenn ich den Job tatsächlich bei der Zeitarbeitsfirma angenommen hätte.

„Meine Lebensqualität würde sich dauerhaft auf dem Nullpunkt befinden", kam mir als erster Gedanke.

Das Leben wäre nur noch trostlos und öde gewesen. Ich müsste bei meinen damaligen Lebenshaltungskosten mit weniger als 300 DM Haushaltsgeld zurechtkommen. Langfristig betrachtet gesehen, eine unlösbare Aufgabe. Vor allem, wenn ich bedenke, dass die Realeinkommen seit spätestens Anfang der Neunziger Jahre kontinuierlich sanken. Ich hätte vermutlich am Wochenende bei Onkel Alfred in der Firma arbeiten müssen, nur um finanziell einigermaßen über die Runden zu kommen. Dies wiederum hätte bedeutet, dass ich mich mit einer Sieben-Tage-Woche mit kaum Freizeit anfreunden müsste. Dabei führte ich mir das Schicksal meines Vaters vor Augen, der zumindest in jüngeren Jahren extrem viel arbeitete und mit nur 52 Jahren verstarb. Meine Vorstellungen von einem erfüllten Leben sahen ehrlich gesagt anders aus. Und wie sollte ich unter diesen Voraussetzungen noch Kunst machen können? Gerade fing ich an, den Sinn meines Lebens zu entdecken. Jedoch die aktuellen Lebensumstände schienen diesen wieder zerstören zu wollen.

„Das Leben ist grausam, brutal und rücksichtslos. Ein unbarmherziger Kriegsschauplatz", dachte ich in dieser nahezu aussichtslosen Misere.

Für mich wurde mein Dasein zu einem schwerbekömmlichen Abführmittel.

„Kotz, brech, würg", lautete meine Reaktion auf diesen Unrechtsstaat.

Ich fühlte mich hundsmiserabel. Das gesellschaftliche Übel wurde unerträglich und ungenießbar. Es stank bestialisch, kaum zu ertragen. Ich befand mich kurz vor der Ohnmacht.

„Kann ich diesen Elendszustand bald beenden", fragte ich mich verzweifelt.

In diesem Zusammenhang stellte ich mir auch die Frage, warum ich überhaupt Abitur und eine Berufsausbildung gemacht habe. Alles schien umsonst zu sein, zumindest entsprach dies meinen Empfindungen. Das Leben übertraf sich in seiner Sinnlosigkeit. Ein Gefühl der Enge und der Beklommenheit kam auf. Allmählich wurde mir die Luft zum Atmen genommen. Emotionale Erstickungszustände machten sich bei mir zunehmend bemerkbar.

Um mich beruflich anders orientieren zu können, hätte ich irgendwelche Fortbildungen wie beispielsweise einen Computerkurs machen müssen. Durch die Schichtarbeit wäre es eine Mission impossible geworden. Außerdem hätte ich durch meine seelischen Probleme und den damit verbundenen Schlafstörungen diese Arbeit ohnehin nicht dauerhaft durchgehalten.

Der Staat schaffte es, mich schrittweise zu demontieren, indem er bedingt durch seine unsinnigen Regeln keine richtigen Hilfestellungen gab, sondern eher im Gegenteil, er brachte mich zunehmend in existenzielle Schwierigkeiten.

„Wenn ich als Mensch zu viel Schwäche zeige, bin ich gnadenlos in diesem System verloren", musste ich erschreckend erkennen.

Für mich unbegreiflich, dass so etwas in unserer Gesellschaft noch als Sozialstaat bezeichnet wurde. Es entstand bei mir vielmehr den Verdacht, dass man das große A vor diesem umstrittenen Wort vergaß. Absichtlich? Ich fürchte, diese Frage muss an dieser Stelle der Aufzeichnungen unbeantwortet bleiben.

Ich unterbrach erneut das Schreiben. Es wurde mir wieder bewusst, wie kritisch sich meine Situation tatsächlich damals zuspitzte. Ich musste einmal kräftig durchatmen, um innerlich zur Ruhe zu kommen. Mein Glas mit Rum-Cola, das noch halbleer neben mein Notebook stand, sah ich als heilsbringende Medizin und trank daher daraus einen kräftigen Schluck. Danach fühlte ich mich wieder gestärkt und setzte meine Aufzeichnungen fort.

Ich nahm meinen Termin bei dieser dubiosen Zeitarbeitsfirma wahr. Ich stellte mich dort vor und füllte anschließend irgendwelche Unterlagen aus, die ich auch unterschrieb. Zu diesem Zeitpunkt befand sich ein Schub Leute, die vermutlich ebenfalls von der Sozi dorthin geschickt worden. Es kam mir fast wie eine Massenabfertigung vor. Beinahe ein Schreckensszenario, das die Vorstellungskraft der meisten Menschen überstieg. Als ich die Formulare ausgefüllt hatte, wurde mir rasch klar, dass ich für diese Ausbeuter und Sklaventreiber nicht arbeiten würde. Dass unser Staat auch noch seine schmutzigen Finger ins Spiel brachte, verlieh der Sache nicht unbedingt das Prädikat „seriös". Für mich sank dadurch sogar die Glaubwürdigkeit unseres gesellschaftspolitischen Systems ins Bodenlose.

Nach einigen Tagen erhielt ich von A & P telefonisch ein Angebot für einen Arbeitseinsatz, den ich aber ablehnte. Onkel Alfred versprach mir Rückendeckung zu geben, wenn Schwierigkeiten auftreten sollten.

Er gab mir den Ratschlag: „Am besten gehst du zur ÖRA und lässt den Arbeitsvertrag prüfen, ob er gegen geltendes Arbeitsrecht verstößt".

Ich ging mit den entsprechenden Unterlagen zur ÖRA am Holstenwall. Jedoch letztlich konnte mir der Rechtsberater auch nicht weiterhelfen. Leider wartete ich mehr als zwei Stunden umsonst. Der gewünschte Erfolg blieb aus.

Denn der Rechtsberater riet mir, nachdem er sich die Unterlagen durchgesehen hatte: „Zugegebenermaßen ist die Bezahlung schlecht, aber der Vertrag verstößt nicht gegen das Arbeitsrecht. Daher würde ich an Ihrer Stelle das Angebot annehmen".

Verständlicherweise enttäuschte mich dieses Ergebnis zutiefst. Wieder bekam ich einen kräftigen Schlag ins Gesicht. Erneut fühlte ich mich als angeschlagener Boxer im Ring. Mittlerweile verfügte ich über eine Matschbirne, die meine Gefühle eindeutig dokumentierte.

„Wie viele dieser schmerzlichen Schläge kann ich noch ertragen", tauchte bei mir unweigerlich als Frage auf.

Ich fand keine Antwort. Auffällig viele Fragen blieben zu dieser Zeit unbeantwortet. An dieser Tatsache konnte ich kaum etwas ändern. Es fehlte mir die Zeit, nach den passenden Antworten zu suchen. Denn im Briefkasten fand ich die nächste

Hiobs-Botschaft von der Asozial-Behörde. Das Amt teilte mir mit, dass sie davon ausgehen, dass ich anstelle der Zeitarbeitsfirma eine andere Arbeit angenommen habe und dass sie daher ihre Zahlungen einstellen werden.

Richard, der immer noch als Praktikant für die Firma tätig war, meinte: „Deine einzige Chance, Erfolg mit einem Widerspruch zu haben, ist ein Attest wegen deines Anfalls-Leidens. Du hast vier Wochen Zeit für den Widerspruch".

„Eine gute Idee. So machen wir es", schaltete sich Onkel Alfred ins Gespräch ein, der ein paar Meter von uns entfernt am Schreibtisch saß und uns zuhörte.

Ich sah es genauso. Ein normaler Hausarzt konnte hier tatsächlich nicht weiterhelfen. Diese Erfahrung machte ich bereits mit Dr. Auermann. Meine Trumpfkarte konnte daher nur ein Neurologe sein. Ich musste ihn auf meine Krankheitsgeschichte mit dem Anfalls-Leiden ansprechen und ihn meine heikle Situation erklären. Somit stand meine künftige Strategie fest.

Irgendwie hing mein Leben an einen seidenen Faden, wie sooft in meinem bisherigen existenziellen Dasein. Nun ging es endgültig auf- oder abwärts.

Anders ausgedrückt: „Es ging um alles oder nichts".

„Hoffentlich waren meine bisherigen Bemühungen nicht völlig umsonst", befürchtete ich.

Dies wäre aus meiner Sicht tragisch. Denn ich hätte in so einen Fall definitiv keine Zukunftsperspektive mehr gehabt.

In dieser ehrenwerten Gesellschaft sich zurechtzufinden, erschien mir nahezu unmöglich. Aufgrund dieser Tatsache trank ich seit einigen Tagen regelmäßig Alkohol wie z. B. Sekt, Wein, Alsterwasser oder gelegentlich mein späteres Lieblingsgetränk Rum-Cola, in der Hoffnung mich dadurch betäuben zu können. Jedoch erfüllte sie sich nicht. Und warum schaffte ich es wieder einmal nicht, Selbstmord zu begehen? Hielt mich die Kunst davon ab, die notwendigen Konsequenzen aus meinem gescheiterten Leben zu ziehen? Zusätzlich fragte ich mich, warum ich überhaupt geboren wurde. Denn wirklich genützt hat es niemanden, am wenigsten mir selbst. Meine Geburt erkannte ich als einen misslungenen Scherz der Natur. Ich kam mit Komplikationen auf die Welt. Dies ließ schon sehr frühzeitig Negatives erahnen. Lebenshöhepunkte gab es nur wenige. Hingegen die Tiefpunkte erreichten ein enormes Übergewicht.

Meine Schulabschlüsse und meine Berufsausbildung konnte ich nicht einmal als Toilettenpapier benutzen, da die Zertifikate sich erfahrungsgemäß stark abfärben würden. Mein Leben entlarvte sich als ein erbärmlicher Trümmerhaufen.

Ich versuchte mich zusammenzureißen und mich auf dem Arztbesuch zu konzentrieren. Es wurde ein Termin mit Dr. Erich Hoffmann vereinbart. Dieser hatte seine Praxis in der Bergedorfer Fußgängerzone am Sachsentor. Ich dachte, vielleicht kein schlechtes Zeichen, dass die Praxis sich in der Nähe meines Arbeitsplatzes befand. Nach einer kurzen Begrüßung erklärte ich Dr. Hoffmann meine Lage und zeigte ihm die Unterlagen von meinem Kinderneurologen Dr. Klein.

Der Neurologe machte sich anhand der Unterlagen ein Bild und sagte zu mir: „Ich sehe keine medizinischen Bedenken, wenn Sie diese Arbeit annehmen. Ich denke sogar, dass es gut für Sie ist".

Wieder verschwor sich die Welt gegen mich. Nach außen hin, versuchte ich ruhig zu bleiben. Ich wusste, es hatte kein Zweck sich aufzuregen, obwohl sich bei mir unwiderruflich ein unangenehmer Brechreiz bemerkbar machte.

„Am liebsten würde ich Dr. Hoffmann jetzt auf dem Schreibtisch kotzen", dachte ich, als ich mich von ihm verabschiedete, was aber leider nicht gelang.

Er verstand meine missliche Lage nicht einmal ansatzweise. Vermutlich entsprach er dem Ideal des angepassten Arschloches. Aus meiner Sicht fehlte ihm das nötige Einfühlungsvermögen, auch Empathie genannt. Er konnte sich nicht in die Seele seiner Patienten hineinversetzen, was in seinem Fachbereich aber besonders wichtig ist. Daher verfehlte er seinen Beruf. Mir wurde sofort klar, dass dies mein erster und letzter Besuch bei diesem Pillendreher war. Allerdings teilte ich ihm dies nicht mit. Er gab mir einen weiteren Arzttermin, den ich aber nicht wahrnahm.

Ich blieb absolut ratlos und wusste nicht mehr weiter. Allmählich lief mir die Zeit wegen des Widerspruchs davon. Die Umstände spitzten sich dramatisch für mich zu. Dann bekam ich unerwartete Schützenhilfe von meiner Arbeitskollegin Andrea Sommer. Eine Freundin von ihr, die uns zwischendurch in der Firma besuchte, kannte einen guten Neurologen in Wandsbek, der mir eventuell weiterhelfen konnte. Die Freundin hieß übrigens Marianne Sandmann. Sie ging wegen ihrer eigenen Probleme häufig dorthin. Der Neurologe hieß Dr. Antonio Salvatini. Meine Kollegin suchte für mich aus dem Telefonbuch die Adresse und die Telefonnummer heraus.

Am Telefon sagte sie: „Guten Tag. Mein Name ist Andrea Sommer. Ich brauche kurzfristig ein Termin für meinen Kollegen Herrn René Krüger".

„Morgen um 10.00 Uhr ist noch ein Termin für Herrn Krüger frei", erwiderte die Arzthelferin.

„Den nehmen wir", sagte Andrea am Schluss des Gespräches und verabschiedete sich.

Ich freute mich. Endlich wieder ein kleiner Hoffnungsschimmer.

Warum half mir die Person, die mich zuvor loswerden wollte? Wollte sie als barmherziger Engel dastehen? Oder verfolgte sie die Absicht ihr wahres Ich zu verbergen? Vielleicht bekam sie nur ein schlechtes Gewissen und wollte es auf diesem Weg wieder beruhigen. Letztlich war es mir offen gesagt scheißegal. In meiner Situation konnte ich nicht wählerisch sein, von wem ich Hilfe bekam. Dieser Realität musste ich mich stellen. Schließlich ging es um meine Existenz.

Am nächsten Tag ging ich zur Praxis von Dr. Salvatini. Dieser schlug sein Domizil in der Schlossstraße auf. Auf dem Weg dorthin, drang in mein Bewusstsein, dass dieser Arzt eventuell meine letzte Trumpfkarte sein würde, die ich gegenüber der Behörde noch ausspielen konnte. Denn die Zeit für den Widerspruch wandte sich eindeutig gegen mich. Unaufhörlich hörte ich in meinem Kopf den Zeitticker. Gnadenlos quälte mich der Klang der Uhr, der immer lauter und intensiver wurde. Daher steigerte sich meine Nervosität. Begleitet wurde sie durch innerer Aufregung und Anspannung. Darüber hinaus wusste ich nicht, was mich in der Praxis erwarten würde. Die Spannung erreichte für mich nun den absoluten Höhepunkt.

In der Praxis angekommen, wurde ich von einem älteren netten Herrn freundlich begrüßt, der sich mit Salvatini vorstellte. Hier bekam ich sofort ein besseres Gefühl als bei Dr. Hoffmann. Die Anspannung floss aus meinem Körper, und ich konnte innerlich aufatmen. Die Praxis verströmte eine angenehme und beruhigende Atmosphäre. Ich zeigte dem Arzt meine Unterlagen von Dr. Klein, die er sich gewissenhaft anschaute. Währenddessen erklärte ich ihm meine Probleme. Ich berichtete ihm, dass ich mich aufgrund meiner Vorgeschichte nicht in der Lage sehe, dauerhaft Schichtarbeit machen zu können. Zusätzlich unterstrich ich, warum es mir wichtig erschien, meine Wohnung zu behalten. Und ich erwähnte auch, dass es mir helfen würde, einen EDV-Kurs zu absolvieren, um beruflich wieder Fußfassen zu können, dies aber vom Arbeitsamt aus Kostengründen bisher abgelehnt wurde.

Und am Ende meines Vortrages stellte Salvatini fest: „Sie brauchen wahrscheinlich ein Attest von mir für die Behörde".

Ich erwiderte kurz: „Ja".

„Dies können Sie sich nächste Woche bei mir herausholen. Lassen Sie sich dafür von meiner Angestellten einen Termin geben"!

Auf dieses Erfolgserlebnis hatte ich lange genug gewartet. Mir fiel ein Stein vom Herzen. Vergleichbar war dieses Gefühl, als hätte ich mich nach einem harten Stuhlgang endlich erleichtern können. Ich konnte quasi die ganze Scheiße aus mir herauslassen. Ein Glücksgefühl machte sich bei mir bemerkbar. Meine Anstrengungen erhielten die verdiente Belohnung. Ein wichtiger Etappensieg wurde erreicht. Berechtigt stiegen wieder meine Hoffnungen, dass die Sozi für meinen Lebensunterhalt doch aufkommen muss und ich meine Wohnung behalten konnte. Ich vereinbarte mit Salvatini, dass wir ein autogenes Training machen werden, was wir bereits eine Woche später auch in Angriff nahmen. Insgesamt fühlte ich mich bei ihm gut aufgehoben.

Aus Dank für diesen guten Tipp, schenkte ich der Freundin meiner Kollegin einige Kopien meiner Gedichte. Ich wusste, dass ihr meine Texte gefielen. Zuvor las ich Andrea Sommer und ihrer Freundin ein Großteil meiner dichterischen Ergüsse vor. Genauso wusste ich, dass Marianne S. keinen Missbrauch mit meinem literarischen Werk betreiben würde. Mit Missbrauch meinte ich, dass sie die Gedichte für ihre eigene Arbeit ausgeben könnte. Hier verließ ich mich auf meine Menschenkenntnisse. Bei jemand anders so etwas auszuschließen, konnte ich nicht. Schließlich galten meine Texte damals nicht als urheberrechtlich geschützt. Wer weiß, was eine andere Person mit den entsprechenden Beziehungen damit angestellt hätte. Darüber wollte ich nicht vertiefend nachdenken.

Nach dem Erhalt des Attestes konnte ich die nächsten Schritte einleiten. Richard gab mir den hilfreichen Tipp, dass ich bei der Sozi mir eine Broschüre über die Rechte und Pflichten eines Sozialhilfeempfängers herausholen sollte.

„Zur Herausgabe der Broschüre ist die Behörde verpflichtet. Die Hefte liegen vorrätig bei den zuständigen Ämtern vor", gab mir Richard als ergänzende Information.

Am nächsten Tag ging ich ungefähr um 8.30 Uhr ins Büro meines alten Sachbearbeiters von Herrn Jakobsen und sagte zu ihm: „Guten Morgen. Ich benötige die Broschüre über die Rechten und Pflichten eines Sozialhilfeempfängers".

Er händigte sie mir problemlos ohne Gegenwehr aus. Zuhause studierte ich diese Lektüre und erfuhr, dass ich ähnlich wie bei der Bafög-Sache einen sogenannten Eilantrag beim Verwaltungsgericht stellen kann, um das Entscheidungsverfahren zeitlich abzukürzen.

Beim Widerspruchsschreiben half mir Richard. Er wurde zugebenermaßen der Hauptverfasser des Briefes, der mir das finanzielle Überleben absichern sollte. Daher widmete ich speziell an dieser Stelle meiner Aufzeichnungen einige beschreibende Worte der Person Richard Klasen. Stets präsentierte er sich als Lebens- und Überlebenskünstler. Er liebte das Segeln und bereiste ein Großteil der Welt. Zu seinen Reisezielen gehörten Europa, Nordafrika, Naher Osten, Südostasien und Karibik. Über einige dieser Reisen erzählte er mir einige abenteuerliche, fast unglaubliche Geschichten. Beispielsweise berichtete er, dass er als junger Mann für einige Wochen sich die Zeit im ägyptischen Knast vertreiben musste. Daher konnte er seine Reise abwärts des Nils nicht wie geplant fortsetzen. Ob diese Erzählungen tatsächlich der Wahrheit entsprachen oder nur ein Produkt seiner Fantasie darstellten, konnte ich nie richtig einschätzen. Jedoch aus eigener Erfahrung wusste ich, dass uns das Leben einige Kuriositäten bereithalten konnte, sodass ich nie ausschloss, dass seine Stories keine Erfindungen eines talentierten Schriftstellers darstellten. Ich wunderte mich nur, dass er seine Reiseerlebnisse nie zu Papier brachte. Genug Material für ein Buch hätte er sicherlich gehabt. Vielleicht holte er dies zu einem späteren Zeitpunkt nach. Amerika und Australien gehörten allerdings zu den wenigen Ecken auf der Welt, wo er sich nie aufhielt. Laut seiner Aussage interessierten sie ihn auch nicht besonders. Sein Desinteresse für diese beiden Kontinente begründete er damit, dass er die Mentalität der dortigen Gesellschaft nicht sonderlich mochte. Aus meiner Sicht durchaus nachvollziehbar. Der American Way of Life mit seinen scheinheiligen Getue drückt nur ihre Oberflächlichkeit und Verlogenheit des politischen Systems aus. Und die Australier sind auch nicht unbedingt viel besser.

Arbeitslos wurde er durch ein Unfall beim Segeln und bekam anschließend große Schwierigkeiten wieder fußzufassen. Meist übte er Tätigkeiten als Selbständiger aus oder machte Schwarzarbeit. Er gestand mir, dass er Schulden beim Finanzamt und auch woanders ansammelte. Die genaue Summe verriet er mir nie, aber zwischen den Zeilen konnte ich lesen, dass es sich um einen fünfstelligen Betrag handeln musste. Regelmäßig teilte er dem Finanzamt mit, dass er zahlungsunfähig ist und fügte einen Leistungsbescheid der Sozialbehörde bei.

Über sich selbst sagte er: „Entweder habe ich viel oder gar kein Geld".

Die Selbstbeschreibung traf, wie ich später feststellen musste, genau den Kern der Sache. Häufig musste er Schwarzarbeit machen, um Schulden zu bezahlen oder sich Medikamente leisten zu können, die normal von der Krankenkasse nicht übernommen wurden. Nur bei Schuldenfreiheit und guter Gesundheit bekam man erfahrungsgemäß einen vernünftigen Job. Die staatlichen Leistungen, die er erhielt, deckten nur das Existenzminimum ab. Insgesamt schlechte Voraussetzungen, um aus dem Teufelskreislauf wieder herauszukommen.

Nun aber wieder zurück zu meiner Situation. Das Widerspruchsschreiben richtete sich nicht an Frau Meier, sondern direkt an den Amtsleiter Herrn Bergkamp. Ich forderte ihn auf, dass die Zahlung der Sozialhilfe an mich wieder zu erfolgen hat und dass man den Empfehlungen meines Neurologen Dr. Salvatini folgeleisten sollte. Gleichzeitig gab es eine Dienstaufsichtsbeschwerde gegen Frau Ulrike Meier. In der Endfassung sah das Schreiben folgenermaßen aus:

Hamburg, d. 11.06.1998

René Krüger
Lohkoppelstraße 63
22083 Hamburg

Per Einschreiben mit Rückschein
Ortsamt Barmbek-Uhlenhorst
z. H. Herrn Bergkamp
Abteilungsleiter
Poppenhusenstraße 12
22294 Hamburg

W I D E R S P R U C H
Sehr geehrter Herr Bergkamp,
hiermit lege ich Widerspruch ein gegen die Entscheidung in Schreiben Ihrer Mitarbeiterin Frau Meier vom 25.05.1998, Aktenzeichen BU/SO3/1-KrüRe 15071968.
Insbesondere protestiere ich gegen die Unterstellung, ich hätte die Arbeitsaufnahme wegen Desinteresse abgelehnt. Auch die Art und Vorgehensweise Ihrer o. g. Mitarbeiterin ist als menschenverachtend einzustufen. Ich habe Frau Meier auf meinen Gesundheitszustand hingewiesen. Mein Onkel, Herr Alfred Krohn, war beim Gespräch anwesend. Ihre Mitarbeiterin nahm mich jedoch nicht ernst und vereinbarte telefonisch mit der Zeitarbeitsfirma A & P ein Vorstellungsgespräch für mich. Ich wurde darauf hingewiesen, sollte ich die angebotene Arbeitsstelle nicht annehmen, dann würden mir die Sozialleistungen gestrichen.
Wie Sie aus dem beiliegenden Schreiben meines Neurologen, Herrn Dr. Antonio Salvatini, entnehmen können, ist es mir unmöglich, Arbeiten der vorgesehenen Art anzunehmen und durchzuführen.
Ich erwarte, dass die Sozialdienststelle auf die Vorschläge meines Neurologen, Dr. Antonio Salvatini eingeht, und dass mir ein EDV-Kursus kurzfristig zugebilligt wird.
Ich hoffe von Ihnen zu hören und erwarte, dass mir die zustehenden Sozialleistungen umgehend nachgezahlt werden.
Ich behalte mir vor, rechtliche Schritte zu unternehmen, falls die Nachzahlung nicht auf mein Konto überwiesen wird beziehungsweise von Ihnen keine Stellungnahme erfolgt.
Mit freundlichem Gruß
René Krüger

P.S. Im Schreiben Ihrer Mitarbeiterin Frau Meier wird nicht auf meine Widerspruchsmöglichkeit hingewiesen, d. h. dass das Schreiben nicht rechtsgültig ist!

Richard wurde mein Lehrmeister, wie man sich gegen Behörden und sonstige Institutionen hilfreich zur Wehr setzen konnte. Von seinen Erfahrungen konnte ich reichlich profitieren. Er musste in der Vergangenheit häufiger Auseinandersetzungen mit Behörden führen. Zu seinen Ratschlägen gehörte beispielsweise, dass es durchaus sinnvoll sein kann, auf Zeit zu spielen, die man braucht, die notwendigen Schritte einzuleiten, die zum gewünschten Erfolg führen soll. „Salamitaktik" erwies sich hier als das richtige und entscheidende Stichwort, das er gerne häufig benutzte. Der Gegner bekommt seine Informationen nur scheibchenweise präsentiert.

„Mache nie zu schnelle Schritte, sondern nehme dir die erforderliche Zeit, die du dafür brauchst! So schneller du ein Zug spielst desto schneller macht die Gegenseite den nächsten Zug. Dadurch kannst du rasch ins Stolpern geraten, weil du den Gegner zu offensichtlich und zu frühzeitig in deine Karten schauen lässt", begründete Richard diesen Teil seiner Strategie.

Beim Schriftverkehr sollte man als Betroffener nach außen hin keine Schwäche zeigen, sonst bietet man der Gegenseite unnötige Angriffsfläche und zeigt Verletzbarkeit.

Daher heißt es immer: „Stärke demonstrieren".

Angriff ist oftmals die beste Verteidigung. Mit so etwas rechnet der Feind meist nicht und wird überrumpelt. Hier sollte man zusätzlich noch das Unerwartete machen. Dies verunsichert den Gegner und verschafft vielfach die entscheidenden Pluspunkte im Spiel. Der Bluff ist entscheidend für den weiteren Spielverlauf. Dafür benötigt man ein perfektes Pokerface und gute Nervenstärke.

Eine weitere Taktik im Spiel ist, dass man nach außen vorgibt, sich an die Spielregeln zu halten. Dies verhindert eine vorzeitige Disqualifizierung im Spiel. Im Klartext bedeutet es, ich muss gut schummeln können. Dies wurden die wichtigsten Regeln, die ich im Spiel des Lebens beachten musste.

„Sie sind überlebensnotwendig", bemerkte ich später.

Der Widerspruch wurde per Einschreiben mit Rückschein abgeschickt. Nur so konnte ich den entscheidenden Nachweis dafür liefern, dass ich das Schreiben rechtzeitig zur Post brachte, falls es zu einem Rechtsstreit gekommen wäre.

Den nächsten Schritt leitete ich vor dem Verwaltungsgericht ein. Dort stellte ich einen entsprechenden Eilantrag, um der Sache Nachdruck zu verleihen. Ich gewann den Eindruck, dass sich die Rechtspflegerin nicht unbedingt auf meiner Seite befand, auch wenn sie sich bemühte, sich nichts anmerken zu lassen. Jedoch täuschen konnte sie mich nicht, da ich über eine besondere Beobachtungsgabe verfügte. Es half mir, mich richtig in der Situation zu verhalten. Es rettete mir möglicherweise sogar das Überleben.

Die Frau fragte mich mit einem leichten Unterton: „Sie wollen doch zumutbare Arbeit annehmen Herr Krüger"?

„Ja, natürlich", erwiderte ich äußerlich unbeeindruckt, „solange meine gesundheitlichen Einschränkungen berücksichtigt werden".

Ihre Mimik und ihre Körpersprache verrieten mir alles, was ich wissen wollte. Beides entlarvte ihre wahren und abgründigen Gedanken. Diese Person machte zwar artig ihren Job, aber sie war offensichtlich gegen mich. Letztlich blieb ihr nichts anderes übrig, sich äußerlich neutral und höflich zu geben, da sie in ihrer Position dazu verpflichtet ist. Vermutlich gehörte sie zu den angepassten Arschlöchern, die schnell eine vorgefertigte Meinung von Arbeitslosen haben. Sie bekam von mir nicht das Gütesiegel „vorurteilsfrei" verliehen. Solche Kleinstbürger konnte ich noch nie ausstehen. Dennoch blieb mir ihre Haltung zumindest fast gleichgültig.

Im Stillen dachte ich nur: „Ich hab dich auch zum Fressen gern, du blöde Kuh. Du kannst mich mal am Arsch lecken".

Ich behielt nur mein Ziel vor Augen. Für mich ging es um sehr viel. Die Rechtspflegerin dachte wahrscheinlich, dass ich ein Schmarotzer bin, der sich auf der sozialen Hängematte ausruht und zu faul zum Arbeiten ist. Solche Urteile sind leicht gefällt, wenn man die Lebensgeschichte des anderen nicht kennt und meist nur die Springer-Blöd liest. Ich hatte mir meine Lage nicht selbst ausgesucht und hätte lieber an der Universität weiter studiert, doch die Lebensumstände zwangen mich zum vorzeitigen Ende des Studiums. Darüber hinaus musste ich mich mehrfach gegen das System zur Wehr setzen und lag seelisch und nervlich am Boden. Keine guten Voraussetzungen, um wirklich aus der Scheiße wieder herauszukommen. Den Gestank der Ungerechtigkeit konnte ich kaum noch ertragen, und ich drohte qualvoll zu ersticken. Nun befand ich mich auf einem guten Weg, es doch zu schaffen, den verabscheuungswürdigen Abfall meines Lebens schrittweise zu beseitigen.

Der Erfolg meiner Aktivitäten ließ nicht lange auf sich warten. Die Sozi-Behörde teilte mir schriftlich mit, dass die Zahlung der Sozialhilfe wieder erfolgt und ich ins Büro von Amtsleiter Herrn Bergkamp kommen soll, um die Formalitäten zu regeln. Diese Nachricht löste bei mir einen lauten Jubelschrei aus. Dies wurde vermutlich wieder einmal in der gesamten Lohkoppelstraße gehört. Endlich errang ich einen entscheidenden Etappensieg. Zwar bedeutete es noch nicht den endgültigen Erfolg, aber dieses Zwischenergebnis stimmte nach einer längeren Phase der Depression wieder deutlich optimistischer. Auf dem Kontoauszug konnte ich entnehmen, dass die Zahlung der Behörde bereits erfolgte. Ich bekam sogar eine Nachzahlung für den Monat der Geldsperre.

Im Amt wurde ich von Herrn Bergkamp auffallend und betont höflich begrüßt. Denn in meinem Widerspruch griff ich Frau Meier an, weil sie mir keine angemessene Höflichkeit entgegenbrachte. Trotzdem wurde mir bei dieser Begegnung bewusst, dass ich die nächste schwierige Hürde überspringen musste.

Nachdem ich in Büro Platz genommen hatte, sagte Bergkamp zu mir: „Sie müssen ihre Ärzte von der Schweigepflicht entbinden. Es geht um die Feststellung ihrer Arbeitsfähigkeit. Sie müssen deswegen zum Gutachter".

Ich unterschrieb ein entsprechendes Formular. Es blieb mir auch nichts anderes übrig. Hätte ich es nicht getan, wäre ich aus Sicht des Staates nicht kooperativ gewesen. Im Klartext: Man wird quasi zur Unterschrift gezwungen. Weigert man sich allerdings dies zu tun, wäre das Spiel bereits vorzeitig zu meinen Ungunsten entschieden.

„Dies ist vermutlich die letzte Trumpfkarte, die die Behörde möglicherweise gegen mich ausspielen konnte", dachte ich, als ich mich von Bergkamp verabschiedete und das Büro wieder verließ.

Auch beim Gutachter musste ich die richtige Strategie anwenden. In keinem Fall wollte ich die gleichen Fehler machen wie Hanna, als es um ihre Rente ging. Meine Schauspielkunst war ab sofort heißbegehrt. Sie musste absolut oscarreif sein und Weltklasseniveau besitzen.

„Mit Ehrlichkeit und Aufrichtigkeit habe ich keinen Erfolg", soviel konnte ich mir nach meiner bisherigen relativ kurzen Lebenserfahrung sicher sein.

Meine Überlebenschancen hätten sonst nicht nur den Nullpunkt erreicht, sondern sogar sibirische Kälte. Es gehörte zu den wichtigsten Lektionen, die ich in dieser Zeit lernen musste. Wie bereite ich mich auf meine Rolle vor? Gutachter sind erfahrungsgemäß ein sehr kritisches Publikum. Die meisten Schauspielkandidaten fallen nahezu gnadenlos durch. Daher bekam ich verständlicherweise vor meinem Bühnenauftritt auch ein entsprechendes Lampenfieber. Glaubwürdigkeit und Authentizität konnte ich nur dadurch erreichen, indem ich auch äußerlich krank aussah. Damit ich dieses Ziel tatsächlich auch erreiche, entschloss ich mich die ganze Nacht durchzumachen und zwar ohne Schlaf. Irgendwie musste ich wachbleiben. Ablenkung wurde für mich das entscheidende Stichwort. Zu meiner Beschäftigungstherapie gehörten meine Tagebuchaufzeichnungen zu aktualisieren, schrieb ein Gedicht und versuchte mich an einige Skizzen. Nebenbei lief der Fernseher im Wohnzimmer als Geräuschkulisse. Zusätzlich fasste ich den Entschluss, keine Nahrung zu mir zu nehmen, weder in flüssiger noch in fester Form. Mit Erfolg, wie ich feststellen musste.

Ich betrachtete mich im Spiegel meines Flures und sah wie ein praxiserprobtes Brechmittel aus. Normal ist man mit so einen Aussehen eher weniger zufrieden. Jedoch ich fand, dass ich fantastisch aussah.

„Nun brauchte ich nur vor Ort zusammenbrechen, dann wäre mein Erscheinungsbild perfekt", überlegte ich ernsthaft.

In der Hoffnung nun gut gerüstet zu sein, machte ich mich auf dem Weg zum Gutachter. Zum Glück erhielt ich gleich morgens den Hinrichtungstermin. So wusste ich schneller, woran ich war und musste zuhause nicht irgendwelche Horrorszenarien durchspielen.

Als ich bei der Anmeldung die Hand zur Begrüßung ausstreckte, zitterte sie. Ich ließ mit Absicht die Hand zittern, um zu unterstreichen, dass es mir seelisch und nervlich nicht gut ging. Diesen wichtigen Rat gab mir Richard ein paar Tage vor dem behördlich angesetzten Termin. Der Erfolg präsentierte sich mit sofortiger Wirkung.

„Beruhigen Sie sich erst einmal Herr Krüger! Es wird schon nicht so schlimm", sagte einer der Mitarbeiter der Behörde zu mir.

Ich übergab ihm die Kopien meiner ärztlichen Unterlagen für den Gutachter. Die Originale wollte ich auf keinem Fall aus der Hand geben.

Richard gab mir in diesem Zusammenhang den Rat: „Gib nie einer Behörde Originaldokumente in die Hand! Du musst immer damit rechnen, dass du sie nie wieder siehst. Und dann hast du im Streitfall nichts in der Hand".

Ich wartete auf dem Flur, während die Gutachterin sich sorgfältig die Unterlagen ansah. Dies konnte ich sehen, weil die Tür zum Untersuchungszimmer einem großen Spalt geöffnet blieb.

Nach einer Weile bat mich die Ärztin ins Zimmer und stellte sich mir als Ulrike Franheim vor. Die Frau musste etwa Mitte oder Ende fünfzig gewesen sein und verfügte über eine freundliche Ausstrahlung.

„Ich möchte mir von einigen Unterlagen Kopien für meine Akte machen lassen", sagte sie nach der Begrüßung.

„Das brauchen Sie nicht. Denn es sind schon Kopien", erwiderte ich.

„Aus meiner Sicht sind Sie nur eingeschränkt arbeitsfähig. Die Sozialbehörde bekommt ein entsprechendes Gutachten", diagnostizierte sie.

Anschließend las sie mir das Gutachten vor, das sie an die Sozi schicken wird und führte noch einige Routineuntersuchungen durch. Zu den Untersuchungen gehörten Blutdruckmessen, Gewicht feststellen, abhorchen usw. In dem Gutachten stand drinnen, dass ich nur in Teilzeit arbeiten konnte. Ich durfte nicht schwer tragen oder heben, nicht in großen Höhen arbeiten, keine Zwangshaltungen machen, nicht an laufende Maschinen arbeiten und keine Nachtarbeit durchführen.

Dies entsprach genau meinen Vorstellungen von einem Freibrief. Eine sehr schwere Hürde wurde mühevoll, aber erfolgreich überwunden. Ich konnte aufatmen. Den Hochstapler Felix Krull degradierte ich in meinem Übermut zu einem

Stümper. Nach einigen Niederlagen kehrte die langerhoffte Glückssträhne zurück. Das Kämpfen hatte sich gelohnt.

„Ausdauer zahlt sich früher oder später doch aus", freute ich mich.

Bei mir zugegebenermaßen meist erst später, aber immerhin blieb der Erfolg unübersehbar.

Kurz unterbrach ich wieder das Schreiben am Notebook. Diesmal wegen einer positiven Sache. Mein Kampfgeist wurde belohnt. Obwohl ich mich die meiste Zeit psychisch in einer schlechten Verfassung befand, gab ich nicht auf. Darauf empfand ich berechtigt stolz. Diese Tatsache nahm ich zum Anlass, um mein Glas Rum-Cola, das rechts neben mir stand, endgültig zu leeren. Danach schrieb ich weiter.

Trotz meines Erfolges bei der Gutachterin, änderte dies noch nichts an der Situation mit der Wohnung. Ich musste meinen ehemaligen Studienkollegen und Kumpel Thorsten bitten, mir als fiktiver Untermieter zur Verfügung zu stehen. Jedoch dies schien noch nicht zu 100 % sicher zu sein. Das Unternehmen hing davon ab, ob wir es mit einer Art Zweitwohnsitz lösen können und ob Thorsten als Untermieter bezüglich der Rechte und Pflichten keine Nachteile bekam. Die Zitterpartie neigte sich noch nicht ganz dem Ende zu. Angstgefühle kamen trotz einiger Etappensiege wieder hoch, weil sich im September die Sozi-Behörde meldete und mir mitteilte, dass sie die Miethöhe in Zukunft nicht übernehmen wollen. Sie ignorierten in diesem Punkt das Attest meines Neurologen Dr. Salvatini. Offensichtlich suchte die Behörde fieberhaft nach Schwachstellen, um mich letztlich doch als Kostenfaktor loszuwerden. Sie fand noch eine letzte Trumpfkarte, die sie gegen mich ausspielen konnte. Daher galt das Spiel noch nicht endgültig als entschieden.

Allmählich fühlte ich mich des Kämpfens müde. Ohne die Kunst wäre es durchaus denkbar gewesen, dass ich eine nicht revidierbare Dummheit begannen hätte. Vermutlich hätte es bedeutet: nichts sehen, nichts hören, nichts riechen, nichts fühlen, nichts schmecken, nicht sprechen können.

Anders ausgedrückt: „Ich wäre tot".

Eine grauenhafte Vorstellung, die ich lieber an dieser Stelle meiner Aufzeichnungen verdrängen wollte. Totenstille, Dunkelheit und Leere wären meine Begleiter für die Ewigkeit geworden. Die Kunst hat mir in schweren Momenten meinen Leben einen gewissen Sinn und Halt gegeben. Sie erwies sich im entscheidenden Augenblick als mein Lebensretter. Durch sie wollte ich auf Dauer eine geistige und nach Möglichkeit auch eine finanzielle Unabhängigkeit erreichen. Die Kunst repräsentierte den einzigen Bereich meines Lebens, wo ich mich nicht als Versager fühlte.

Jetzt spielte ich Thorsten als meine letzte Trumpfkarte aus, um mir den Erhalt der Wohnung endgültig zu sichern. Ich hoffte, dass er nicht den Schwanz einzieht, weil er einige Wochen zuvor nur zögerlich auf meine freundschaftliche Bitte reagierte, als fiktiver Untermieter zur Verfügung zu stehen.

Sein damaliges Statement: „Unter Umständen würde ich es machen, aber nur wenn mir keine Nachteile daraus entstehen".

Alternativ spielte ich wieder mit den Gedanken, aus dem gesellschaftlichen Leben auszusteigen, wenn er die erforderliche Unterschrift nicht leisten würde.

Ich musste einiges an Überzeugungsarbeit leisten, um überhaupt berechtigte Chancen für den gewünschten Erfolg zu haben.

„Für mich ist es eine existenzielle Frage, ob ich die Wohnung behalten kann oder nicht. Ich habe hart gegen die Behörden kämpfen müssen, um meine bisherigen Ziele erreichen zu können. Und du brauchst nur deine Unterschrift leisten. Ansonsten hast du keine weiteren Verpflichtungen oder Risiken. Du musst dich nicht einmal ummelden", sprach ich eindringlich zu ihm am Telefon.

Insgesamt redete ich stark auf ihn ein, als ginge es um Leben und Tod. Eine innere Unruhe machte sich bei mir bemerkbar, die ich kaum noch kontrollieren konnte. Meine Stimme muss sehr erregt geklungen haben. In der Situation erkannte ich, dass auch in der Verzweiflung eine Ektase entstehen kann, zumindest kam es mir so vor. Ich hoffte, dass Thorsten mir helfen würde. Ohne seine Hilfe wäre ich aufgeschmissen gewesen, soviel schien sicher. Zugegebenermaßen konnte ich mir aber seiner Zustimmung nicht gewiss sein. Denn durch seine bisherige Unsicherheit konnte ich nicht abschätzen, wie er sich letztlich entscheiden würde. Diese Erkenntnis wurde mir erschreckend bewusst.

„Wie reagiert er auf meinen zweiten Hilfegesuch", wollte ich daher unbedingt wissen.

Eine Zitterpartie begann. Ein enormer Spannungsbogen wurde bei mir erzeugt, der mich gewaltsam auf die Folterbank kettete und mich in einem unerträglichen Maße quälte.

„Wieso kommt jetzt keine Antwort", fragte ich mich gedanklich.

Ich platzte regelrecht vor Ungeduld.

Zum Glück erwiderte mein Kumpel nach einer kurzen Denkpause: „Okay, ich mache es. Ich lasse dich nicht hängen".

Ich konnte endlich aufatmen. Für mich bedeutete seine Zusage die Lebensrettung. Vermutlich konnte er an meinen Tonfall die Wichtigkeit und Notwendigkeit seiner Unterstützung ablesen. Deshalb half er mir. Noch am selben Tag fuhr er mit dem Auto seines Vaters zu mir nach Hause und leistete die Unterschrift.

Anschließend sagte ich zu ihm: „Als Dank für deine Hilfe lade ich dich zum Essen ein. Ich schlage dir den Friesenhof vor. Der befindet sich Mundsburg".

„Hört sich gut an. Machen wir", erwiderte Thorsten darauf erfreut.

Danach setzten wir das Vorhaben in die Tat um. Früher ging ich häufig in dieses Restaurant zum Essen. Leider existiert es seit dem Umbau des Einkaufzentrums nicht mehr. Damals ging ich regelmäßig, meist einmal pro Woche zur sogenannten Happy Hour hin. Das Essen schmeckte ausgezeichnet.

Zu diesem Zeitpunkt fand auch die Bundestagswahl statt. Diese Wahl sah ich als historisches Wunder an. Der „Kohlkopf" wurde nach gut sechzehn Jahren endlich als Kanzler abgewählt. Gerhard Schröder stieg zum neuen Regierungschef auf, und wir bekamen die erste rotgrüne Bundesregierung in der deutschen Geschichte. Dies empfand ich als einen großen Glücksfall. Der arrogante Fettsack schien zuvor der Kanzler der Ewigkeit zu sein. Mehrfach stand er laut Umfragen kurz vor der Abwahl. Jedoch wie heißt es so schön? Totgesagte leben bekanntlich länger oder Unkraut vergeht nicht. Er übertraf bezüglich der Amtszeit sogar den vorigen Rekordinhaber Konrad Adenauer. Daher war er bisher der Kanzler, der mich am meisten prägte, wenn auch mehr im negativen Sinne.

Viel erreicht hat er aus meiner Sicht nicht, auch wenn ihn selbst politische Gegner als Kanzler der deutschen Einheit glorifizierten. Für mich blieb es immer ein unerklärliches Phänomen. Denn der Erfolg der Wiedervereinigung war meines Erachtens nicht ausschließlich sein Verdienst. Ohne Gorbatschows Glasnost und Perestroika gebe es keine Öffnung des Eisernen Vorhangs und somit auch keine deutsche Einheit. Deshalb hielt ich seine Leistung stets für überbewertet.

Und bei der inneren Einheit der beiden deutschen Völker, die sich als Folge des sogenannten Kalten Krieges entwickelten, scheiterte er total. Feingefühl und Sensibilität gehörten nicht unbedingt zu seinen Stärken. Stattdessen langte er politisch von einem Fettnäpfchen ins Nächste.

Die „Wessis" belog er, indem er sagte: „Für die deutsche Einheit brauchen wir keine Steuererhöhung".

Und den „Ossis" versprach er „blühende Landschaften". Darauf wartete man vergebens in den neuen Bundesländern. Zwar wurden die Straßen und Gebäude zum großen Teil saniert, aber die Arbeitslosigkeit blieb sehr lange Zeit auf einem erschreckend hohen Niveau. Zusätzlich sollte man nicht vergessen, dass ein „Ossi" deutlich weniger Geld für vergleichbare Arbeit verdiente als ein „Wessi". Die Lebenshaltungskosten erreichten in beiden Teilen Deutschlands aber ein ähnlich hohes Niveau. Dies bedeutete im Klartext, dass der Lebensstandard in der ehemaligen D.D.R. niedriger war als bei uns. Daran hat sich bis heute kaum etwas geändert.

Natürlich konnte man später sagen, es war in Bezug auf die Kosten der deutschen Einheit nicht alles vorhersehbar. Darf man aber in so einen Fall solche gewagten Vorhersagen machen?

Meine Antwort lautet an dieser Stelle klar und eindeutig: „Nein".

Denn Versprechen, die man hinterher nicht halten kann, bergen große Gefahren. Beispielsweise kann dadurch eine Unzufriedenheit in der Bevölkerung entstehen und Rechtsradikale werden verstärkt gewählt. In unseren Nachbarländern gibt es genügend passende Beispiele dafür. Deshalb möchte ich die Politik an dieser Stelle zu mehr Vorsicht mahnen und egoistische Machtinteressen mehr zurückzustellen.

Bei dieser ganzen Betrachtung sollten wir auch nicht die Leistung der ehemaligen D.D.R.-Bürger vergessen. Was sie mit ihrer friedlichen Revolution erreicht haben, ist bisher beispiellos in der deutschen Geschichte.

Sie gingen in großen Massen auf die Straßen und riefen: „Wir sind das Volk".

Das Ergebnis kennen wir. Der Fall der Mauer wurde unausweichlich. An diesen Aktionen trug Helmut Kohl keinen Anteil bei. Dies schafften die Bürgerrechtler aus eigener Kraft. Für mich ein weiterer Beweis dafür, dass seine Leistung bisher überbewertet wurde.

Außenpolitisch machte Helmut Kohl wenig falsch, weil er die Entspannungspolitik der Vorgängerregierung übernahm, die er allerdings zuvor in der Opposition massiv kritisierte. Innenpolitisch hat er nicht viel erreicht. Er verteilte das Volkseinkommen von unten nach oben, d.h. seine Politik sorgte für die verstärkte soziale Spaltung in unserem Land. Dies entsprach der klassischen „Klientel-Politik". Und die zwei Hauptprobleme des Landes, nämlich der Abbau der Schulden und der Arbeitslosigkeit, bekam er nicht einmal ansatzweise in den Griff. Beides hielt sich hartnäckig auf erschreckend hohem Niveau.

Eigentlich stand er nach zwei Amtsperioden weitgehend vor dem Ende. Allgemein ging man daher von einem baldigen Machtwechsel in Bonn aus. Jedoch der Fall der Mauer am 9. November machte der S.P.D. einen Strich durch die Rechnung. Der amtierende Regierungschef nutzte die Gunst der Stunde und machte verstärkt Wahlkampf im Osten. Mit Erfolg, wie ich leider feststellen musste. Das ostdeutsche Volk wurde in einem Zustand der nationalen Besoffenheit versetzt. Die patriotische Trunkenheit vernebelte den Verstand der Bürger, sodass sie in einer Art Trance gerieten und den eigentlich unbeliebten Politiker erneut wählten. Der Verstand gab seine ursprüngliche Funktion auf. Daher blieb der S.P.D.-Kanzlerkandidat Oskar Lafontaine bei der ersten gesamtdeutschen chancenlos, einen Sieg zu erringen. Niemand wollte von ihm die Wahrheit bezüglich der deutschen Einheit hören. Er machte im Wahlkampf darauf aufmerksam, dass die deutsche Einheit nicht zum Nulltarif zu haben ist und milliardenschwere Belastungen auf die Bürger zukommen würden. Alternativ bevorzugte die Mehrheit der Menschen die Illusion von einem Paradies. Der drogenähnliche Rausch innerhalb der Bevölkerung ist wieder einmal ein Beleg dafür, dass Ehrlichkeit sich oftmals nicht bewährt. Die Welt will belogen und betrogen werden. Das Leben entlarvte sich wieder als ein klassisches Lügengerüst.

Fast ärgerte ich mich über den Fall der Mauer.

„Er kam etwas verfrüht", dachte ich, als ich die Bundestagswahl 1990 im Fernsehen verfolgte.

Ich möchte an dieser Stelle der Aufzeichnungen nicht falsch verstanden werden. Denn ich freute mich für die Menschen in der ehemaligen D.D.R., als der Mauerfall verkündet wurde, da ich durch eine Berlin-Reise nur zu gut wusste, welche beklemmende Atmosphäre sie verursachte. Und für die Menschen drüben wurde sie zunehmend über Jahrzehnte zu einen riesengroßen Gefängnis, ein Symbol der Unfreiheit. Wer versuchte auszubrechen, musste damit rechnen, erschossen zu werden oder kam zumindest als politischer Häftling in den Knast. Der Fall der Mauer wurde gleichzeitig das Ende eines Unrechtsstaates. Eine Realität, die mir bewusst wurde, als die Mauer endlich fiel und die ersten Trabbis hupend die deutsch-deutsche Grenze passierten. Leider bezahlten wir dafür einen hohen Preis. Helmut Kohl blieb dadurch länger an der Macht. Nur ungern bezahlte ich diesen übertreuerten Tarif.

Durch den Machtwechsel 1998 erhoffte ich mir auch einen Politikwechsel. Durch die Beteiligung der Grünen an der Macht, hoffte ich besonders, dass mehr für den Umweltschutz getan wird und dass sich auch etwas bei den Bürgerrechten bewegt. Gleichzeitig erwartete ich eine sozialverträglichere Verteilungspolitik. Schlimmer als unter Kohl konnte es aus meiner Sicht unter Schröder auch nicht sein, zumindest beruhten darauf meine großen Hoffnungen.

Mit der Regierungspolitik wollte ich mich vorerst nicht weiter auseinandersetzen. Ich musste mich wieder mit meinem Wohnungsproblem beschäftigen. Die nächste Hürde, die ich überwinden musste, wurde mein Vermieter, die Saga und vereinbarte kurzfristig telefonisch ein Termin wegen Thorsten als Untermieter.

„Macht mir die Saga Schwierigkeiten wegen eines Untermieters", fragte ich mich leicht besorgt.

Kurz vor der Zielgeraden wollte ich verständlicherweise nicht mehr stolpern. Innerlich wurde ich daher etwas unruhig wegen des bevorstehenden Termins. Ich hoffte, dass es keine großen Auflagen wegen der Untervermietung geben wird.

Trotz einiger Bedenken blieb ich optimistisch, da ich in den letzten Wochen und Monaten beachtliche Erfolge gegen den Unrechtsstaat errungen hatte.

„Im Prinzip dürfte also nichts mehr schiefgehen", versuchte ich mich wieder zu beruhigen.

Herr Reimers, der Mitarbeiter der Saga sagte zu mir: „Mit dem Untermieter ist es von unserer Seite kein Problem. Allerdings müssen wir Ihnen einen Untermieteraufschlag von 5 DM berechnen, der von Sozialamt übernommen wird. Ich weiß natürlich auch, dass Sie aufgrund des Drucks von Sozialamt einen Untermieter nehmen müssen. Daher machen wir Ihnen keine Schwierigkeiten".

Jetzt verfügte ich auch über die Erlaubnis von der Saga. Thorsten brauchte sich meinetwegen nicht ummelden. Alles klappte reibungslos. Fortuna begab sich rechtzeitig auf meine Seite. Erneut konnte ich erleichtert aufatmen.

Am nächsten Tag begab ich mich zur Sozi, um die Formalitäten endgültig zu regeln. Als Sachbearbeiter wurde mir wieder Herr Jakobsen zugeteilt.

„Ich habe jetzt einen Untermieter", sagte ich nach der Begrüßung und packte die Unterlagen für die Untervermietung auf den Tisch meines Sachbearbeiters.

Herr Jakobsen schaute sich die Dokumente sorgfältig an.

„Nun haben wir eine zufriedenstellende Lösung für beide Seiten gefunden", meinte ich fast triumphal.

Diese Situation musste ich natürlich auskosten. Denn es kommt nicht häufig vor, dass ein Bedürftiger einen glamourösen Sieg gegen den Staat erringt.

Mein Gesprächspartner schaute kurz irritiert zu mir auf und sagte leicht genervt: „Ja, ja".

Ich gewann den Eindruck, dass er nicht unbedingt damit rechnete, dass ich ihm einen Untermieter präsentieren kann. Vermutlich dachte er sogar, dass die Akte René Krüger demnächst geschlossen wird. Falsch gedacht. Der Staat musste zumindest weiterhin anteilig für meinen Lebensunterhalt aufkommen. Somit konnte ich mich wieder verstärkt auf meine Kunst konzentrieren. Die Erleichterung nach dem Behördenbesuch wurde riesengroß.

Ich entschloss mich nach den Auseinandersetzungen mit der Sozi, dass ich mir etwas Gutes gönnen sollte. Zufällig lief in der Hamburger Kunsthalle eine Präsentation mit dem Titel „Marc Chagall und die russische Avantgarde". Ich hielt es für eine gute Idee, diese Ausstellung zu besuchen. Auf diese Weise wollte ich einen verstärkten Zugang zur Malerei bekommen. Ich überlegte, dass es ein Unterschied ist, ob ich die Bilder aus den Büchern kenne oder sie in Original sehe. Und Marc Chagall gehört ohnehin zu meinen Lieblingsmalern. Für mich ist er der Poet der Malerei. Es gibt meines Erachtens nur wenige Künstler, die ein so gutes Gefühl für das Licht und die Farbe haben wie er. Seine Bilder sind voller Farbenpracht und Fantasie. Ich schaute mir die Ausstellung an und geriet total ins Schwärmen. Zwar hoffte ich mehr Bilder von Chagall zu sehen, aber es lohnte sich trotzdem. Von den unterschiedlichen Stilrichtungen der verschiedenen Künstler konnte ich einiges lernen. In den ehrwürdigen Hallen des Museums verlor ich das Gefühl für die Zeit. Erst als ich die Kunsthalle verlassen hatte, wurde mir bewusst, dass ich mindestens zwei Stunden in den Räumlichkeiten verbrachte. Die Ausstellung inspirierte mich künstlerisch. Am liebsten hätte ich mich in meinem Übermut sofort vor die Leinwand gestellt und gemalt. Jedoch fühlte ich mich innerlich noch nicht soweit. Durch den Stress mit den Behörden spürte ich die gesundheitliche Erschöpfung. Die Müdigkeit ließ sich in diesem Zusammenhang nicht ignorieren. Und ich besaß noch keine entsprechenden Malerutensilien dafür. Meine bisherige Lebenssituation gab mir kaum Zeit, mir einen Vorrat an Künstlerbedarf zuzulegen.

Der Zeitpunkt, endlich mit hochwertigen Materialien zu malen, erschien mir noch nicht reif zu sein.

Mein Instinkt sagte zu mir: „René, übe dich in Geduld! Der Zeitpunkt naht".

Zuvor setzte ich mir immer wieder neue Termine, um ernsthaft mit der Malerei zu beginnen, aber ich blieb chancenlos. In der Kunst ist eben nichts erzwingbar. Es kommt quasi von selbst. Der Kopf muss einfach frei sein. Die Bürokratie der Behörden legte mich jedoch in Ketten. Meine Befreiungsversuche kosteten mich viel Kraft und Substanz. Daher brauchte ich zunächst etwas Erholung, um neue Energie für die Kunst zu tanken.

Intuitiv spürte ich, dass mich die Ausstellung vorangebracht hatte. Deshalb wollte ich sie mir zu einem späteren Zeitpunkt nochmals anschauen, was ich auch tat. Anschließend kaufte ich mir einen Katalog zur Ausstellung, um mich zuhause vertiefend mit den Bildern auseinanderzusetzen. Es wurde mir bewusst, dass ich noch weitere Ausstellungen besuchen werde, weil sie wichtig für meine Entwicklung als Künstler sind. Auf diesem Wege entwickelte ich mich allmählich zum Hobby-Kunsthistoriker.

Einige Tage nach dem Museumsbesuch bekam ich Mitte Oktober mit dem Pony-Express die schriftliche Benachrichtigung von meiner Krankenkasse, dass sie aufgrund der Einzugsermächtigung, die sie aus Studententagen von mir erhielten, den Krankenkassenbeitrag in Höhe von DM 291,06 von meinen Konto abbuchen ließen. Verärgert ging ich zu meiner Bank, um mich zu vergewissern, ob diese hirnlosen Bürokraten es tatsächlich getan haben. Denn im ersten Moment dachte ich, dass ich im falschen Film sei. Allerdings auf dem Kontoauszug konnte ich klar und eindeutig entnehmen, dass das Vorhaben der Institution in die Tat umgesetzt wurde.

Zuhause rief ich empört bei meiner Krankenkasse an.

„Guten Tag. Hier ist René Krüger. Ich musste mit Entsetzen feststellen, dass Sie mir unrechtmäßig einen Betrag von fast 300 DM von meinem Konto abgezogen haben, obwohl die Sozialbehörde ihn bereits für mich bezahlte".

Der Sachbearbeiter überprüfte kurz den Tatbestand an seinem Computer.

„Stimmt Herr Krüger. Der Betrag wird umgehend an Sie zurücküberwiesen", teilte er mir mit.

Mit dieser Antwort gab ich mich vorläufig zufrieden. Ich hoffte, mein Geld schnellstmöglich zurückzuerhalten. Daher bedankte ich mich für die Information und legte auf.

Fast eine Woche verging, und ich wartete vergebens auf mein Geld.

„Typisch Behörden", dachte ich, „wenn die Bürger ihre Ansprüche geltend machen, haben sie unendlich viel Zeit. Umgekehrt muss man als Bürger mit Ungeduld und Drohbriefen rechnen".

Daher sah ich es als mein moralisches Recht an, ebenfalls ungeduldig zu sein. Ich ging zu meiner Bank an den Schalter.

„Guten Tag. Mein Name ist René Krüger. Meine Krankenkasse nahm eine unrechtmäßige Abbuchung vor. Ich bitte Sie, den Betrag zurückzuholen", trug ich mein Anliegen vor.

Ich zeigte den Bankangestellten den Betrag auf dem Kontoauszug.

„Kein Problem Herr Krüger. Machen wir", erwiderte der Mann am Schalter freundlich.

Er gab etwas in seinem Computer ein und die Transaktion wurde rückgängig gemacht.

Sofort setzte ich zuhause ein knallhartes Schreiben an meine Krankenkasse auf. In diesem Punkt konnte ich von meinem Lehrmeister Richard Klasen profitieren. Er wusste, wie man sich mit solchen Institutionen auseinandersetzt. Darum ging folgender Brief per Einschreiben mit Rückschein raus:

René Krüger
Lohkoppelstraße 63
22083 Hamburg

HZK
Wandsbeker Zollstraße 92-98

22041 Hamburg

Hamburg, d. 22.10.98
Versicherungsnummer 225504702
Einzugsermächtigung

Sehr geehrte Damen und Herren!
Sie haben unrechtmäßig den Krankenkassenbeitrag in Höhe von DM 291,06 von meinem Konto abgebucht. Der Krankenkassenbeitrag ist bereits vom zuständigen Sozialamt bezahlt worden. Dieses wurde mir von Ihrer Institution telefonisch bestätigt, und es wurde mir zugesichert, dass der Betrag auf mein Konto zurücküberwiesen wird. Bis zum 22.10.98 konnte ich zu meinem Bedauern keinen Zahlungseingang auf meinem Konto feststellen.

Da Sie offensichtlich nicht in der Lage sind, diesen Fehler zu revidieren, sah ich mich gezwungen das Geld von meiner Bank zurückholen zu lassen. Denn als Sozialhilfeempfänger bin ich auf dieses Geld angewiesen. Für eventuell daraus entstehende Aufwendungen werde ich nicht aufkommen, da der Fehler eindeutig bei Ihnen lag.

Die Einzugsermächtigung, die Sie 1994 für die Abbuchungen der Krankenkassenbeiträge für Studenten von mir erhalten haben, entziehe ich Ihnen mit sofortiger Wirkung, um uns solchen Ärger in der Zukunft zu ersparen. Bei erneuter Abbuchung von meinem Konto, mache ich Sie persönlich dafür haftbar.

In der Hoffnung, dass sich solche Situationen nicht wiederholen, verbleibe ich
mit freundlichen Grüßen
René Krüger

Die Krankenkasse machte mir anschließend keine Schwierigkeiten mehr. Meine Schocktherapie verfehlte offensichtlich ihre Wirkung nicht. Denn mit meiner heftigen Reaktion haben sie garantiert nicht gerechnet. Ich befolgte Richards Rat, das Unerwartete zu tun. Dieser geniale Schachzug ermöglichte mir, mich wieder auf die Kunst zu konzentrieren.

Ich gab Onkel Alfred meine bisher verfassten Gedichte. Insgesamt entstanden mittlerweile fünfundzwanzig Stück. Ich wollte einen Publikumstest. Kritik ist aus meiner Sicht für einen Künstler sehr wichtig. Anerkennung bedeutet Motivation für den Schaffenden. Und negative Kritik zeigt den Betroffenen, dass er weiter an sich arbeiten muss. Hilfreich ist hierbei allerdings nur eine konstruktive Kritik, weil sie oftmals die Schwächen klar und eindeutig offenlegt. Diese Schonungslosigkeit kann zu den gewünschten Verbesserungen führen.

Es reicht eben nicht zu sagen: „Deine Bilder und Texte sind Scheiße".

Das Warum ist hier ausschlaggebend und entscheidend. Nur so kann die in der kritikstehende Person an sich und seinen Werken arbeiten.

Daher interessierte mich die Meinung von Onkel Alfred und Tante Rita. Thorsten als alleiniger Kritiker schien mir zu wenig. Ich gewann ohnehin das Gefühl, dass sich unsere Freundschaft dem Ende näherte. Seitdem er den Untermietervertrag unteschrieben hatte, verhielt er sich seltsam und merkwürdig, zumindest entsprach es meinen Empfindungen. Er wimmelte mich einige Male am Telefon ab. Als Grund gab er an, keine Zeit zu haben oder gerade beim Essen zu sein. Diese Rituale wiederholten sich mit auffälliger Regelmäßigkeit.

„Ich rufe später zurück", versprach er am Telefon, was er aber meist nicht hielt.

Ich fühlte mich irgendwann total verarscht.

Zunehmend fragte ich mich: „Bereute er seine Entscheidung, den Untermietervertrag unterschrieben zu haben"?

Bis heute kann ich mir diese Frage nicht eindeutig beantworten. Damals wollte ich diese Freundschaft nicht leichtfertig und voreilig wegwerfen, vor allem, wenn ich bedenke, was er alles für mich getan hatte.

„Freundschaften sollten gut gepflegt werden", dachte ich.

Phasenweise telefonierte er auch wieder normal mit mir.

„Vielleicht bin ich einfach zu empfindlich oder zu anspruchsvoll", lautete mein damaliger Gedanke.

„Kennen tun wir uns immerhin fast vier Jahre", bemerkte ich bei meinen weiteren Überlegungen.

Ich wollte Thorsten als Freund nicht verlieren. Dies wurde mir immer bewusster. Daher hielt ich den Kontakt. Allerdings reduzierte ich meine Anrufe, um nicht zu nerven. Ansonsten konnte ich nur abwarten, wie es sich weiterentwickelt.

Nun aber wieder zurück zu Onkel Alfred und Tante Rita. Beide zeigten sich sehr angetan von meinen bisherigen Texten, besonders Tante Rita.

Onkel Alfred meinte später im Büro: „Eventuell haben wir einen Verlag, der deine Texte druckt".

Ich erwiderte nur: „Danke für den Versuch, mich zu unterstützen".

Meine Euphorie hielt sich in Grenzen. Die Enttäuschung sollte deutlich geringer ausfallen, falls es auf diesem Wege nicht klappte.

Es drang mir von Anfang an ins Bewusstsein, dass ich mit diesen Texten kein großes Geld verdienen kann, aber es wäre ein großes Stück Selbstbestätigung für mich, wenn dieses Werk von einem Verlag gedruckt werden würde und in den Handel käme. Crime and Sex lässt sich deutlich einfacher vermarkten als anspruchsvolle Lyrik. Dies zeigte sich schon in der Vergangenheit und wird sich in Zukunft auch nicht so schnell ändern. Lyrik erweist sich leider häufig nur als sogenannter Ladenhüter.

Viele Leser werden sich bestimmt an dieser Stelle fragen, warum ich unter diesen Voraussetzungen überhaupt Lyrik schreibe?

Ich vertrete die Auffassung, dass ein Künstler stets seiner Inspiration folgen sollte, da dies seiner Natur entspricht. Der verdiente Erfolg kommt manchmal erst dann, wenn es jemanden gelingt, gegen den Strom zu schwimmen. Mit dem Strom zu schwimmen, ist zweifelsfrei die deutlich leichtere Gangart. Dies kann in Prinzip jeder von uns. Es bedeutete keine echte Herausforderung für mich. Daher betrachtete ich den Erfolg auf diesem Wege mit einer gewissen Skepsis. Ich ging davon aus, dass er vermutlich nicht von Dauer sein wird. Hingegen wer es wagt, gegen den Strom zu schwimmen, beweist Mut und Ausdauer. Darum entschloss ich mich, mir selbst treu zu bleiben.

Darüber hinaus ging ich sowieso davon aus, dass ich mich früher oder später auch an die Prosa heranwagen beziehungsweise herantasten werde. Jedoch den Zeitpunkt, um Kurzgeschichten oder sogar Romane zu schreiben, sah ich ähnlich wie bei der Malerei als noch nicht gegeben an. Es fehlte mir einfach die nötige Ruhe dafür. Ein Gedicht in Form eines Sechszeilers zu erfassen, galt für mich meist als schnell und zügig gemacht. Es bedeutete für mich die flüchtige Erfassung eines Augenblicks. Eine Momentaufnahme meiner Gedanken und Gefühle, die ich mir und auch anderen nahezubringen versuche.

Zum Glück hatte ich bei der Aussage meines Onkels bezüglich einer möglichen Buchveröffentlichung keine allzu große Bedeutung beigemessen. Denn die kleine Hoffnung, die ich mir zugestand, erwies sich als eine Seifenblase, die schnell zerplatzte. Meine Enttäuschung hielt sich auf niedrigem Niveau. Meine Strategie, die Chancen einer Veröffentlichung als gering einzustufen, ging daher voll auf. Die niedrige Erwartungshaltung machte die Enttäuschung zu einer leicht verdaulichen Schonkost. Ich bekam weder Magenschmerzen noch Übelkeit. Mehr konnte ich in dieser Situation von mir nicht verlangen.

Nachdem ich erfolgreich einige Schlachten gegen die Institutionen des Öffentlichen Unrechts gewann, sollte es mir eigentlich gut gehen. Immerhin musste ich nicht für die Sklavenfirma arbeiten und konnte meine Wohnung behalten. Erstaunlicherweise passierte genau das Gegenteil. Mein Gemütszustand war schlecht, schlechter als schlecht. Depressionen, Einsamkeit, Ängstlichkeit und zeitweilig auch die Geistesabwesenheit begleiten mich auf die nächste Wegstrecke. Ich fühlte mich als lebender Toter, wie eine Art mutierter Zombie. Gelegentlich entstand das Gefühl, lebensmüde zu sein. Ich spürte meine selbstzerstörerische Ader in mir. Dies erschreckte mich, weil ich mir den Zustand zunächst nicht erklären konnte. Ich blieb ratlos und fand keine plausible Antwort dafür. Für mich entwickelte sich fast schon ein unerklärliches und rätselhaftes Phänomen.

Gedanklich beschäftigte ich mich wieder mit dem Tod. Den Tod begriff ich als das Unvermeidliche.

„Spielt es überhaupt eine Rolle, ob die Lebensuhr mit dreißig oder neunzig abläuft", tauchte für mich immer wieder als Frage in meinen Gedankenkarussell auf.

Viele Menschen verspüren eine Angst vor dem Tod. Sie verdrängen ihre Angst durch beispielsweise ihre Religion. Als Kind verspürte ich ebenfalls eine Angst vor dem Ableben, vermutlich durch meine damalige Krankheit ausgelöst. Heutzutage ist die Angst vor dem Leben größer. So wendeten sich das Blatt und meine Betrachtungsweise. Diese Gedanken nahm ich als erschreckendes Alarmsignal wahr.

„Drehe ich jetzt durch", fragte ich mich irritiert, weil ich mich selbst in dieser emotionale Misere nicht mehr verstand.

Wiederauftretende Schlafstörungen und innere Unruhe machten mir arg zu schaffen.

Ich stellte mir die entscheidende Frage: „Warum werden wir geboren, wenn wir sowieso irgendwann wieder sterben müssen"?

Diese Frage quälte mich, und ich konnte sie mir, so sehr ich es auch wollte, nicht beantworten.

„Ein grauenvolles Szenario", schoss mir als nächster Gedanke durch meinen Kopf.

Alles ließ mir das Leben sinnlos erscheinen. Die Lebensfreude kam abhanden. Das Leben rauschte wie ein Hochgeschwindigkeitszug an mir vorbei. Zuhause igelte ich mich ein und schaute teilnahmelos in die Glotze statt Kunst zu machen. Die kreative Blockade erschien wie eine unüberwindbare Mauer, die aus Tretminen, Stacheldraht, Selbstschussanlagen und sonstigen Hindernissen bestand. Ich war einfach nur mit mir selbst beschäftigt.

Rückblickend würde ich sagen, dass ich nach meinem Erfolgen gegen den Unrechtsstaat meine negativen Energien herauslassen konnte. Ich musste nicht mehr stark sein und durfte endlich Schwäche zeigen.

Erst Ende November 98 bekam ich wieder das Gefühl, mehr zu leben. Denn ich wurde wieder schlagartig künstlerisch aktiv. Ich schrieb ein neues Gedicht, vollendete eine Bleistiftzeichnung und ein weiteres Gedicht befand sich zumindest geistig in Arbeit. Die emotionale und kreative Krise schien vorerst überwunden. Erleichterung kam bei mir auf. Meine Einsamkeit wurde dadurch sehr viel erträglicher.

Zum Jahresende fasste ich den Entschluss, im kommenden Jahr eine Reise nach Spanien zu machen. Ich schwankte zwischen den Metropolen Madrid und Barcelona. Nach dem Dauerstress mit den Behörden musste ich mich selbst belohnen. Die siegreichen Schlachten gegen das gesellschaftspolitische System, man mag es kaum glauben, kostete mich viel Kraft und Substanz. Meine bisherigen Reisen ermöglichten es mir oftmals, neue Energiequellen anzuzapfen. Darüber hinaus dachte ich, dass ich als Maler und Dichter einige bleibende Erfahrungen und Eindrücke benötige, die mich in meiner Entwicklung weiter voranbringen. Daher sah ich die geplante Reise auch als Inspirationsquelle an. Und grundsätzlich würde mir ein Tapetenwechsel sicher gut tun, hoffte ich zumindest.

„Bloß raus aus dem Alltagstrott", konnte in diesem Zusammenhang nur mein Motto lauten.

In Februar 99 wollte ich anfangen, Reiseprospekte für die Urlaubsvorbereitungen zu sammeln. Jedoch ich fing schon ein Monat früher an, Prospekte zu ordern, weil ich es kaum noch abwarten konnte. Denn ich befand mich schon im akuten Reisefieber. Allerdings stellten sich die meisten Angebote nur als Flops heraus. Entweder wurde die Reise zu teuer angeboten oder Madrid und Barcelona befanden sich nicht im Angebot. Der Reiseveranstalter „Touring" bildete eine Ausnahme. Mit dieser Gesellschaft fuhr ich bereits im Sommer 1997 nach Nordspanien. Damals sah ich es als Nachteil an, wenn keine Reisegruppe oder Reiseleitung dabei ist. Dies war beim Veranstalter „Touring" der Fall. Deshalb zögerte ich, das Angebot anzunehmen. Es bedeutete wieder eine anstrengende Busfahrt ohne Zwischenübernachtung. Diesmal kein Kraftakt von ca. fünfunddreißig Stunden, sondern nur läppische siebenundzwanzig Stunden.

„Hier müsste ich alles selbst organisieren", stellte ich fest.

Bei den Reisen nach Wien und Berlin, die ich mit meiner Mutter machte, nahm ich ebenfalls die Planung des Besichtigungsprogramms vor. Darum sah ich diesbezüglich kein Problem auf mich zukommen. Und eine Sprachbarriere kannte ich auch nicht. Meine Spanisch-Kenntnisse empfand ich mehr als ausreichend. Nur bei meinen früheren Reisen konnte ich das Erlebte mit jemandem teilen und über die gewonnenen Eindrücke sprechen.

Es wurde mir schmerzhaft bewusst, dass es keinen Menschen an meiner Seite gab, mit dem ich so etwas teilen konnte.

Zum Glück verfügte ich noch über etwas Zeit, um eine endgültige Entscheidung treffen zu müssen.

Also konzentrierte ich mich zunächst darauf, Malerutensilien zu kaufen. Ich brauchte Keilrahmen, Pinsel, Farben, Papier, Staffelei, im Prinzip alles, was das Malerherz begehrte. In meiner Haushaltsplanung stand ein ausreichender Betrag dafür zur Verfügung. Dieser Betrag bewegte sich immerhin zwischen 150 bis 200 DM pro Monat. Damals eine beachtliche Summe, zumindest für mich. Ich bemühte mich, Qualitätsprodukte in Sonderangebot zu kaufen.

Es herrschte eine große Unsicherheit, wie lange mich die Behörden in Ruhe lassen würden. Aus diesem Grund bemühte ich mich mein Schwarzgeld einerseits sinnvoll als eiserne Reserve zu sparen und andererseits die finanziellen Mittel gezielt in künftige Projekte zu investieren. Ich versuchte, eine Vorsorge in jeder Hinsicht zu betreiben.

„Entsprach meine Angst einen bösen Omen", drängte sich mir unweigerlich als Frage auf.

Es klingelte das Telefon.

„Wer ruft mich um diese Zeit an? Es nervt", fluchte ich laut, weil ich aus meiner Schreibkonzentration gerissen wurde.

Zum Glück war der AB eingeschaltet. Daher brauchte ich nicht mit der Hand zum Hörer greifen. Trotzdem wollte ich hören, wer mich in meiner selbstgewählten Ruhe störte. Darum stellte ich mich nahe des Telefons, um der Botschaft zu lauschen.

„Guten Tag Herr Krüger. Hier Agentur Kraftmeier, Hamburger Abendblatt. Entschuldigen Sie die Störung, aber wir brauchen Sie. Wir haben zurzeit nicht genügend Leute, weil wir einen hohen Krankenstand haben. Ich möchte Sie bitten, Ihren Urlaub kurzfristig zu unterbrechen! Bitte rufen Sie zurück! Danke im Voraus", hörte ich die nervige Stimme meiner jungen Chefin.

Ich dachte nur: „Die Fotze spinnt wohl. Soll sich der Teufel kümmern. Ich habe Urlaub und bin kein Leibeigener der Agentur oder des Verlags. Ich werde nicht zurückrufen. Nachdem Urlaub kann ich meiner Chefin in Notfall erzählen, dass ich Freunde an der Ostsee besuchte und mich deshalb nicht melden konnte. Ich schreibe jetzt weiter an meinem Roman. Basta".

Anschließend setzte ich mich wieder ans Notebook und setzte mein Vorhaben, wie geplant in die Tat um.

Mit meiner bösen Vorahnung bezüglich der Behörden behielt ich leider recht. Das Verwaltungsgericht, wo ich meinen Eilantrag stellte, machte mir unerwartete Schwierigkeiten. Ich bekam die schriftliche Aufforderung, mich bei sämtlichen Zeitarbeitsfirmen als gewerblicher Helfer zu bewerben. Entsprechende Adressen wurden dem behördlichen Schreiben beigefügt. Das Vorgehen des Gerichtes konnte ich überhaupt nicht nachvollziehen. Denn ich hatte bereits bezüglich meines Gesundheitszustandes einen Termin bei der Gutachterin, die mir eingeschränkte Arbeitsfähigkeit bescheinigte. Ist es eine Ignoranz der Institution gewesen? Oder einfach nur ein mangelhafter Informationsfluss zwischen den einzelnen Behörden? Unnötigen Schriftverkehr mit der gerichtlichen Instanz, die mich sowieso als Sozialbetrüger sah, wollte ich mir lieber ersparen, da ich es für ein sinnloses Unterfangen hielt. Dennoch musste ich überlegen, wie ich die Rechtsverdreher austrickse. Plötzlich bekam ich die simple, aber rettende Idee. Ich bewarb mich nicht als gewerblicher Helfer, sondern als Industriekaufmann. Natürlich wusste ich, dass ich ohne entsprechende EDV-Kenntnisse keine Chance auf eine Festeinstellung hatte. Jedoch konnte mir niemand mit dieser Strategie ans Bein pinkeln, da ich mich nachweislich um Arbeit bemühte.

Ich unterrichtete das Gericht schriftlich, dass ich mich bei den vorgeschlagenen Stellen bewarb. Anschließend ließen mich die Unrechtsjuristen in Ruhe. Von den Zeitarbeitsfirmen bekam ich die erwarteten Absagen. Meine Taktik mit den Alibibewerbungen ging zu 100 % auf.

Ende Februar 99 ging ich wieder zum Arbeitsamt. Alle drei Monate musste ich mich dort melden, um meinen Stempel für meine Bemühungen abzuholen. Eine Routineangelegenheit, hoffte ich zumindest. Aber es kam diesmal anders als sonst.

An der Rezeption teilte man mir mit: „Sie müssen zum Vermittler".

Dies ließ nur Böses erahnen. Erst das Gericht, und nun machte das Arbeitsamt Druck. Irgendwie kam ich nicht wirklich zur Ruhe. Ich musste wieder an die Kriegsfront.

„Der Stress geht weiter", dachte ich teils entmutigt, teils genervt.

Das Zittern ging von vorne los.

„Augen zu und durch", hieß meine Devise an diesem besagten Tag.

Eine totale Unruhe und seelische Beklemmungen breiteten sich bedrohlich in meinen Inneren aus. Ich saß nervös und angespannt im Wartezimmer. Dort herrschte eine beängstigende Atmosphäre, die meine negativen Gedanken verstärkten. Um mich herum saßen Schicksale, den es vermutlich nicht besser ging als mir. Angesprochen habe ich keinen der Betroffenen. Irgendwie war mir nicht nach reden zumute. Ich wollte es einfach nur hinter mich bringen. Meine Besorgnis, die ich im Wartezimmer empfand, konnte ich nur mit meiner Angst vor dem Zahnarzt vergleichen. Ich entwickelte das Gefühl, als ob mir jemand gleich alle Zähne ohne Betäubung ziehen will. Ein schrecklicher Gedanke, den ich nicht weiter vertiefen wollte, aber sich mir zunehmend aufdrängte. Das Bild verschwand nicht aus meinen Gedanken. Ich musste versuchen, meine Angst zu bändigen. Ein emotionaler Kraftakt, wie ich feststellen durfte.

Nach endlosen Warten wurde ich zum Glück aus meinen negativen Gedanken gerissen und ins Büro meiner Jobvermittlerin gebeten. Die Frau schrie mich sofort ohne höfliche Begrüßung an.

„Sie machen gar nichts, um Ihre Situation zu verbessern. Sie holen sich nur ein paar Jobangebote bei uns raus. So geht es hier nicht weiter. Sie haben sich auch nicht weiter um einen Computerkurs bemüht. Auf diesem Wege können wir nicht weitermachen".

Mit dieser Unperson wollte ich nicht wegen eines Computerkurses oder irgendwelcher Erfahrungen, die ich in dieser Angelegenheit bereits mit dem Arbeitsamt gemacht habe, diskutieren. Ich wusste, dass dies ohnehin völlig sinnlos wäre. Ähnlich wie beim Vorfall mit dem Gericht. Einen Sinneswandel würde es bei meiner Gesprächspartnerin nicht bewirken. Die fehlgeleitete Denkstruktur bliebe erhalten. Es wäre fast erfolgsversprechender, eine strenggläubige Nonne mit dem Dildo zu konfrontieren.

Daher sagte ich nur: „Ich bin nur eingeschränkt arbeitsfähig. Diesbezüglich war ich bereits beim Gutachter. Hat Sie das Sozialamt nicht darüber informiert"?

Mit meiner Äußerung bewies ich Geistesgegenwärtigkeit. Die Frau am Schreibtisch wurde schlagartig ruhiger. Ihre Gesichtszüge entspannten sich wieder. Sie wurde auffällig freundlicher und sachlicher.

„Nein, diese Information lag uns nicht vor. Ich schlage Ihnen vor, wir machen einen Termin beim Arbeitsberater. Mit ihm sollten Sie über eine Schulungsmaßnahme reden. Der Termin wird voraussichtlich in sechs Wochen sein. Ihr Gutachten nehmen Sie am Besten mit".

Was ich aus der Information der Jobvermittlerin entnehmen konnte, versetzte mich ins tiefste Erstaunen. Eine Hand wusste nicht, was die andere machte. Die Sozialbehörde gab eine so wichtige Information wie meine eingeschränkte Arbeitsfähigkeit nicht an das Arbeitsamt weiter? Warum nicht? Wieso arbeiteten Arbeitsamt und Sozi nicht zusammen? Zumindest naheliegend wäre es allemal. Zum zweiten Mal in relativ kurzer Zeit musste ich feststellen, dass die einzelnen Behörden nicht miteinander kommunizierten. Stattdessen herrschte hier Bürokratie pur. Ich nenne so etwas Stuhlgangdiplomatie. Es wird in den Ämtern viel Scheiße produziert, was im Klartext bedeutete, dass nichts Gescheites herauskam.

Balzac würde in diesem Kontext vermutlich sagen: „Bürokratie, ein gigantischer Mechanismus, der nur von Zwergen bedient wird".

„Kein Wunder also, dass es immer noch so viele Arbeitslose in Deutschland gibt", kam mir hier gedanklich in den Sinn.

Zu diesem Thema verfasste ich später folgendes Gedicht:

Die Bundesagentur für Arbeit (Zukunftsaussichten)

Die Bundesagentur für Arbeit ist der Beweis: „Leistung zahlt sich immer aus".

Hierbei haben die Beschäftigten ihre Arbeitsplätze über Jahre hinaus gesichert.

Denn die Bundesagentur für Arbeit verfügt aktuell über mindestens 3,5 Millionen Kunden.

Tendenz: weiter steigend.

Somit steuert das Unternehmen wieder auf einen Rekordkurs zu.

„Ist dieses Unternehmen daher nun eine Zukunftsperspektive für ganz Deutschland"?

Unabhängig von dieser Erkenntnis, verspürte ich wieder einen enormen Druck seitens des Staates. Meine Urlaubsplanung musste ich vorerst auf Eis legen.

„Vielleicht bekomme ich sogar durch den Termin beim Arbeitsberater den Computerkurs", dachte ich am Ende des Gespräches.

Ich versuchte die Begegnung mit der Jobvermittlerin positiv zu sehen, was aber zugegebenermaßen für mich eine Herausforderung darstellte. Mit gemischten Gefühlen verabschiedete ich mich von der Frau und verließ das Büro.

Die Einladung zum Gesprächstermin beim Arbeitsberater kam schneller als erwartet. Es dauerte erstaunlicherweise nur wenige Tage. Wie sollte ich dieses bewerten? Ergab es sich zufällig mit dem frühzeitigen Termin? Oder sollte der Druck auf mich erhöht werden? Einige Horrorszenarien quälten mich unbarmherzig in meinem Kopf. Änderte sich etwas an den gesetzlichen Bestimmungen? Kann mir daher vorzeitig die Sozialhilfe gekürzt oder sogar gestrichen werden? Unbequeme

Fragen türmten sich geradezu beängstigend vor mir auf. Schlafstörungen und innere Unruhe traten verstärkt in Erscheinung.

In den frühen Termin versuchte ich trotz meiner Furcht, das Positive zu sehen. Denn so wusste ich schneller woran ich war und konnte meinen langverdienten Urlaub besser und rechtzeitiger planen.

Als gutes Mittel zur Ablenkung versuchte ich mich wieder auf die Kunst zu konzentrieren. Irgendwie musste ich auf andere Gedanken kommen. Die negative Gedankenspirale musste ich durchbrechen, sonst wäre ein unkontrollierbares und emotionales Chaos entstanden, das ich nie hätte beseitigen können. Ich verfasste einige Gedichte. Im Laufe der Zeit entwickelte es sich mit dem Schreiben dahingehend, dass ich abends und häufig sogar nachts schriftstellerisch arbeitete. Dies lag an unterschiedlichen Dingen. Abends bekam ich den Kopf frei, um überhaupt schreiben zu können. Meine Gedanken wurden nicht mit dem Alltag des Lebens konfrontiert. So konnte ich mich innerlich optimal sammeln und konzentrieren. Meine Arbeitszeit bei Onkel Alfred erlaubte es zumindest in den meisten Fällen künstlerisch auch nachts aktiv zu sein. Denn aufgrund der günstigen Arbeitszeiten konnte ich wochentags bis ca. 8.00 Uhr schlafen und am Wochenende sogar bis 8.30 Uhr. Darüber hinaus hielt ich es auch für sinnvoll, die Zeit, wo ich wegen meiner Schlafstörungen ohnehin Probleme mit meiner Nachtruhe bekam, kreativ zu nutzen.

Als zusätzliche Inspirationsquelle zog ich die Zeitschrift Art, Das Kunstmagazin heran. Zufällig auf dem Weg zur Arbeit, entdeckte ich an einen kleinen Kiosk des Bergedorfer Bahnhofes diese Zeitschrift, die sofort meine Neugier weckte. Sie enthielt eine Vielzahl von interessanten Gedanken, die ich häufig in meinen Gedichten verarbeitete. Großartig fand ich die Tatsache, dass dieses Magazin auch über die aktuelle Künstlerszene und Ausstellungen informierte. Ich kaufte es regelmäßig im Handel, bis ich es abonnierte. Dies sparte Kosten, und ich bekam es bequem mit dem Pony-Express zugeschickt.

Beim Arbeitsberater lief alles besser als erwartet. Zum Glück brauchte ich keine Nach- oder Umschulung machen. Eine Nachschulung hätte für mich vermutlich eine Unterforderung bedeutet, allein schon wegen meiner Qualifikation durch das VWL- Studium. Dies wäre kein Fortschritt für mich gewesen.

Und eine Umschulung machte ebenfalls keinen Sinn. Die Möglichkeiten der Schulungsmaßnahmen wurden durch mein Gutachten stark eingeschränkt. Daher einigten wir uns auf einen EDV-Kurs.

Der Jobberater Herr Reuter sagte zu mir: „Ich denke, dass in Ihrer Situation ein Computerkurs genau richtig für Sie ist".

Ich zeigte Herrn Reuter mein Gutachten von der Amtsärztin.

„ Meine Arbeitsfähigkeit ist eingeschränkt. Ich kann nur in Teilzeit arbeiten", machte ich ihm klar.

Der Beamte warf einen Blick auf das Dokument.

„Es gibt auch einen Kurs für drei statt für sechs Stunden. Sie müssen sich nur entscheiden, ob Sie ihn morgens oder lieber nachmittags machen wollen", klärte er mich auf.

Danach drückte er mir die Unterlagen für den Kurs in die Hand.

„Danke für die Unterstützung", sagte ich am Schluss des Gespräches und verließ zufrieden den Raum.

Der Drei-Stunden-Kurs verschaffte mir mehrere Vorteile. Ich konnte weiter bei Onkel Alfred arbeiten, wenn auch ein paar Stunden weniger als vorher. Meine Konzentration hätte wahrscheinlich für einen Sechs-Stunden-Kurs sowieso nicht gereicht. Gleichzeitig stiegen meine Chancen für den Barcelona-Urlaub. Und die EDV-Kenntnisse könnten sich später als nützlich für meine schriftstellerische Tätigkeit erweisen.

Insgesamt erschien es mir ratsam zu sein, mir vor dem Termin beim Arbeitsberater das Gutachten bei der Sozi herauszuholen. Dies klappte erfreulicherweise problemlos. Die Behörde rückte sogar das Original heraus, was mich angenehm überraschte. So konnte ich das bestmögliche Ergebnis für mich beim Gesprächstermin erzielen.

„Eine verrückte Welt, in der wir heutzutage leben", dachte ich in diesem Augenblick.

Zunächst wurde aus Kostengründen ein EDV-Kurs für mich mehrfach abgelehnt. Nun, wo ich nach einer Vielzahl von Versuchen entnervt das Handtuch warf und fast kein Interesse mehr daran zeigte, wurde mir der Kurs regelrecht aufgedrängt. Dennoch möchte ich mich an dieser Stelle meiner Aufzeichnungen nicht beschweren, da mir der Kurs einige wichtige und entscheidende Vorteile brachte.

„In dieser mehrmonatigen Unterrichtszeit werde ich von den Behörden nicht attackiert, da ich etwas für meine berufliche Qualifikation tue", überlegte ich nach dem Gespräch mit dem Arbeitsberater.

Mitte März 99 ging ich wegen des Computerkurses zu einer DAA-Beratungsveranstaltung in der Burgstraße. Was ich dort hörte, verursachte bei mir schon totalen Frust, ehe der Unterricht überhaupt begonnen hatte.

Ein Mitarbeiter dieser Einrichtung sagte zu den zukünftigen Teilnehmern: „Die Schüler sollen fast alles nur mithilfe von Lehrbüchern selbst erarbeiten. Zwar ist ein Dozent im Raum anwesend, der in Notfall Hilfestellung gibt, aber letztlich soll alles in Eigenregie entstehen. Diese Lehrmethode hat den Vorteil, dass jeder nach seinem Tempo sich die Fachkenntnisse aneignen kann".

„Normalwerweise eine gute Lernmethode", überlegte ich während des Vortrags, „da ich Autodidakt bin".

Jedoch mein Problem bestand darin, dass Technik nicht unbedingt meine Welt ist. In diesem Fall fiel es mir schwerer, mir selbst etwas beizubringen. Mein zwiespältiges Verhältnis zur Technik spiegelt sich in folgenden Gedichten wieder.

Der Mensch und die Technik

Präsentiert uns die neuen Errungenschaften der Technik!

Die wachsende Eigenständigkeit der Technik lässt den Menschen überflüssig erscheinen.

Es entsteht ein Paradoxon, da der Mensch der Geschwindigkeit seiner eigenen Entwicklung kaum folgen kann, sodass er die Übersicht verliert.

Ein Gleichgewicht der Entwicklungen zwischen Mensch und Technik ist somit nicht gegeben.

Mangelnde Kontrollierbarkeit und zunehmende Selbstzerstörung gehen eine beinahe unausweichliche Allianz ein.

Es bleibt also zu hoffen, dass der Mensch am Ende die Signale der Gefahr doch rechtzeitig erkennt und ein Zeichen für mehr Verantwortung setzt.

Die Technik und der Fortschritt

„Technischer Fortschritt, ein nützliches Hilfsmittel, um die Lebensqualität des Menschen zu erhöhen"?

Möglich, setzt aber hohes Verantwortungsbewusstsein und eine hohe geistige Reife des Menschen voraus.

Primitive Arbeiten, die letztlich nur den Selbstzweck des Überlebens dienen, würden überflüssig werden, und der Mensch könnte lernen, Seiten bei sich zu entdecken, die er vermutlich sonst bei sich nic erkannt hätte, wie z.B. seine Kreativität auszuleben, geistige Fähigkeiten zu entwickeln oder seinen Forschungsdrang zu befriedigen.

Stattdessen ist der Mensch mit seiner aktuellen Situation überfordert und kann nicht ohne seine bisherigen Arbeiten existieren.

Der Mensch würde sich ohne seine bisherigen Arbeiten langweilen, kann nichts mit sich anfangen, sieht seine Perspektiven verschwinden, und die Zukunft wird zur Ungewissheit.

Dabei begibt sich der Mensch in ein Abhängigkeitsverhältnis, aus dem er sich, wenn überhaupt, nur schwer wieder befreien kann, und man stellt sich die Frage: „Ist der Fortschritt des Menschen daher nur ein Traum oder eine Utopie"?

Nach dem ernüchternden Vortrag über das Unterrichtskonzept der DAA, brauchte ich unbedingt Zerstreuung und Ablenkung. Ich besuchte eine Chagall-Ausstellung in den Deichtorhallen. Die Kenntnisnahme von dieser Ausstellung erlangte ich durch das Kunstmagazin Art. Präsentiert wurden 264 Lithografien. Sie zeigten alle typischen Themen, mit denen sich Chagall als Künstler beschäftigte, wie z. B. seine weißrussische Heimat, der Mythologie, den Liebespaaren, der Bibel und den Zirkus. Die Bilder hingen auch nach diesen Themen geordnet. Abgerundet wurde diese Ausstellung durch ein Film, der über das Leben und Werk des Malers berichtete. Insgesamt gefiel mir diese Ausstellung besser als die Präsentation in der Kunsthalle. Daher entschloss ich mich die Ausstellung ein zweites Mal zu besuchen, was ich auch tat. Beim zweiten Besuch kaufte ich mir den Videofilm über Chagalls Leben und einen Kalender. Zwei der Abbildungen des Kalenders hängte ich mir später ins Wohnzimmer, da ich immer noch nicht über eigene Werke verfügte, die ich für ausstellungswürdig einstufte.

Am Tag, wo ich mir die Chagall-Ausstellung ein zweites Mal anschaute, ging ich auch ins Reisebüro, um die Barcelona-Reise zu buchen. Trotz leichter Bedenken entschied ich mich für den Reiseveranstalter „Touring", um den Spanientrip zu realisieren. Meine Bemühungen, eine bessere Alternative zu finden, blieben leider erfolglos. Ich leistete sofort eine Anzahlung in Höhe von

200 DM. Jedoch schien es noch nicht zu 100 % sicher zu sein, ob es in Mai mit der Reise tatsächlich klappt oder nicht. Das Reisebüro musste klären, ob im Hotel in den entsprechenden Zeitraum, den ich für die Reise vorgesehen hatte, noch Zimmer zur Verfügung standen. Ich wollte unbedingt diesen Reisetermin wegen des EDV-Kurses haben. Auf diese Weise konnte ich beides miteinander im Einklang bringen. Denn den Beginn des DAA-Unterrichtes vereinbarte ich für den Juli.

Eine Woche später kam der Anruf der Reisegesellschaft. Ich gab dem Reisebüro auch die Telefonnummer von der Firma.

Am Telefon bekam ich die Auskunft: „Hier ist das Reisebüro. Es ist in den von Ihnen gewünschten Zeitraum ein Zimmer im Hotel für Sie frei".

„Dann ist mein Urlaub gesichert. Danke für die Info", erwiderte ich erfreut.

„Barcelona, ich komme", dachte ich laut, als ich den Telefonhörer auflegte.

Ich konnte meine Begeisterung kaum zurückhalten. Die Bedeutung und Wichtigkeit dieser Reise wurde mir schlagartig bewusst. Zusätzlich kam ein Gefühl der Erleichterung auf. Demnächst hießen die Stichworte, die mich fortan beschäftigen Picasso-Museum, Miró-Museum, Bario Gotico, Ramblas, Sagrada Familia usw. Kurz zusammengefasst: Kunst und Kultur pur. Bei mir brach erneut das Reisefieber aus, das ich zu dieser Zeit als unheilbar einstufte.

Ehe die Reise begann, setzte ich mich gedanklich mit den Vor- und Nachteilen meines Arbeitsplatzes bei Onkel Alfred auseinander. Ein entscheidender Vorteil meines Jobs wurde sicher, dass ich dort einiges an Kunst machen konnte, vorausgesetzt ich hielt mich allein in der Firma auf, und es gab nichts zu tun. Um Missverständnisse an dieser Stelle meiner Aufzeichnungen zu vermeiden, vernachlässigte ich nie meine Pflichten. Schließlich bekam ich Geld für meine Arbeit. Ich nutzte einfach nur die vielen Leerlaufzeiten für meine Kunst. So konnte ich während der Arbeitszeit zeichnen, Bücher über Kunst lesen oder meine Gedichte schreiben. Dies empfand ich sinnvoller als Däumchen zu drehen oder in der Nase zu popeln. Dadurch wurde mein Arbeitsplatz, zumindest gelegentlich, zu einer Kreativwerkstatt.

Weitere Vorteile blieben seltene Stresssituationen am Arbeitsplatz, gute Arbeitszeiten und meist ein angenehmes Betriebsklima. Und in Kombination mit der Sozialhilfe verfügte ich bei Onkel Alfred über ein Einkommen von dem ich gut bürgerlich leben konnte. Ich rauchte nicht, trank meist wenig Alkohol, kein Auto und keine Familie, die ich ernähren musste. Durch diese Konstellation konnte ich mir auch meine Bordellbesuche finanziell erlauben, ohne dass es mir geldlich wehtat.

Der Job verfügte aber auch über Nachteile. Die Arbeit als solches befriedigte mich kaum. Dies lag teilweise daran, dass ich bei der Ausübung meiner Tätigkeit geistig unterfordert blieb. Die intellektuelle Herausforderung erreichte ich meist nur in der Kunst, in der Philosophie oder wenn ich mich gezwungenermaßen mit den grausamen Foltermethoden der Behörden auseinandersetzen musste. Darüber hinaus bekam ich von Onkel Alfred nie oder zumindest nur sehr selten Anerkennung für meine Arbeitsleistung. Er sah mich meist nur als besser ausgebildeten Hilfsarbeiter an, der in der Firma sein Gnadenbrot verdienen durfte. Ehrlich gesagt, empfand ich diese Tatsache nicht als besonders aufbauend. Ich verfügte auch über deutlich weniger Entscheidungsbefugnisse wie in meiner Azubizeit. Dass ich in diesem Lebensabschnitt mehr freie Hand bekam, verdankte ich meinen damaligen Ausbilder Herrn Vogtländer. Diese Realität wurde mir durch meine analytische Betrachtung wieder ins Bewusstsein gerufen. Ein weiterer entscheidender Nachteil bestand darin, dass ich keine Festeinstellung bei Onkel Alfred erhielt. Offiziell übte ich nur einen sogenannten Minijob aus, wo ich 630 DM verdiente. Dies bedeutete für mich, dass ich mich auf einen risikobehafteten Schleudersitz befand, wo ich jederzeit per Knopfdruck aus dem Job herauskatapultiert werden konnte. Ich wusste zu diesem Zeitpunkt nie, welche Einstellung Onkel Alfreds Söhne zu mir hatten. Es blieb immer eine unbekannte Größe für mich.

Ich fragte mich immer wieder: „Was passiert, wenn Onkel Alfred aus der Firma aussteigt? Verliere ich meine Arbeit"?

In der Zeit ohne Festeinstellung zahlte ich auch nichts in meine Rentenkasse ein, ein Tatbestand, den ich nicht ewig ignorieren konnte.

„In dieser Hinsicht muss ich mir etwas einfallen lassen. Früher oder später würde es sich sonst rächen, wenn ich untätig bleibe", schoss mir als Gedanke aus dem Kopf.

Ein weiterer Unsicherheitsfaktor blieb meine Kollegin Andrea Sommer. Zwar bekam ich das Gefühl, dass wir seit den heftigen und kriegerischen Auseinandersetzungen mit den Behörden besser miteinander zurechtkamen, aber ich wusste trotzdem nicht, woran ich bei ihr war. Immerhin machte sie mich nicht mehr schlecht bei den Möchtegern-Juniorchefs und half mir im Rahmen ihrer Möglichkeiten sogar in Kampf gegen den Unrechtsstaat. Im Sinne des Fairplays muss ich an dieser Stelle meiner Aufzeichnungen anerkennen, dass sie auch einige gute Taten vollbrachte. Dennoch hielt ich es für ratsam, weiterhin auf der Hut zu sein. Mein Misstrauen blieb. Zu recht? Ehrlich gesagt, konnte ich dies nur schwer einschätzen. Es wurde mir bei meinen Aufzeichnungen bewusst, dass mich ein gewisser Überlebensinstinkt, den ich seit Hannas Tod entwickelte, dazu verleitete, eine vorsichtige Haltung zu meiner Kollegin beizubehalten.

Und ein letzter Gedanke ging mir in diesem Zusammenhang durch den Kopf.

„Was passiert, wenn mir die Behörde endgültig den Geldhahn zudreht, und ich immer noch keine Festeinstellung in der Firma habe"?

Für mich stellte diese Frage eine verzwickte Situation her, einen Teufelskreislauf, den ich zu dieser Zeit nicht durchbrechen konnte.

Schmerzhaft wurde mir bewusst, dass ich mich in einem Gefängnis der Abhängigkeiten befand. Ein Hochsicherheitstrakt, wo ich keine Chance sah, um mich zu befreien. Realisierbare Fluchtmöglichkeiten konnte ich trotz aller Mühe und Anstrengungen nicht erkennen.

„Jeder Ausbruchsversuch käme einen Selbstmordkommando gleich", erkannte ich resignierend.

Die Aussichtslosigkeit machte mich hilflos. Genauso wenig wusste ich, wie es mit mir nach der Beendigung des Computerkurses weitergeht. Musste ich weitere rücksichtslose Folter durch die Gefängniswärter über mich ergehen lassen? Schließlich besaß ich als Gefangener in einen Unrechtsstaat kaum Rechte. Daher erschienen mir meine Befürchtungen zumindest nicht völlig unbegründet zu sein. In meiner Fantasie sah ich, wie mich die Beamten mit ihrer Bürokratie und den dazugehörigen Paragrafen brutal quälten. Ich kam mir vor wie ein Braten auf dem Spieß, der bei lebendigem Leib in der Hölle gegrillt wurde. Dementsprechend schrie ich in meiner Vorstellung vor Schmerz, während sich die anderen Beteiligten satanisch vergnügten und ihre helle Freude an meinen Leiden hatten. Daher hätte ich am liebsten sofort Erfolg als Künstler, und meine Haftstrafe wäre automatisch verbüßt.

„Danach nie wieder Albträume dieser Art", hoffte ich zumindest.

Es wäre die Erlösung. Natürlich gab es zu diesem Zeitpunkt keine realisierbaren Möglichkeiten, kurzfristig dieses Ziel zu erreichen, aber es war ein schöner Gedanke.

Schlagartig unterbrach ich das Schreiben, da sich meine Blase bemerkbar machte. Es herrschte höchste Dringlichkeitsstufe. Schnell rannte ich zur Toilette, um mir Erleichterung zu verschaffen. Ich schaffte es um Haaresbreite. Anschließend setzte ich mich wieder an das Notebook und schrieb weiter.

Einige Tage nach meiner gedanklichen Exkursion ins Ungewisse, beendete Richard überraschend seine Tätigkeit als Praktikant und Aushilfe in der Firma. Er arbeitete fortan für eine andere Baufirma, dessen Namen ich zwischenzeitlich vergaß. Behalten habe ich nur, dass dieses Unternehmen ihr Domizil in Stellingen aufschlug. Die Freundschaft zu Richard brach nicht ab, sondern wir hielten weiterhin Kontakt. Allerdings wurde dieser vorerst seltener.

Vor meiner Barcelona-Reise kam ich durch meine Kollegin Andrea Sommer mit der Mormonen-Sekte in Berührung. In bestimmten zeitlichen Intervallen wurde meine Kollegin von sogenannten Missionaren auf der Arbeit besucht und zwar rein zufällig, wenn Onkel Alfred nicht in der Firma arbeitete. Sie trugen, ähnlich wie Geschäftsleute, Anzugskleidung und Namensschilder hafteten an ihrer Brust. In dieser Sache wusste ich anfangs nicht, wie ich mich ihnen gegenüber verhalten soll. Also verhielt ich mich, zumindest nach außen, neutral.

Von dieser Religionsgemeinschaft erfuhr ich, dass sie ihren Hauptsitz in US-Bundesstaat Utah haben. Wer zu ihnen gehören will, darf nicht rauchen, kein Alkohol trinken, nicht einmal Kaffee oder schwarzer Tee ist erlaubt und Sex vor der Ehe ist für sie ein Tabuthema. Diesen Zwang zur Askese sah ich als einen Akt der Unmenschlichkeit an. Für einen Freigeist wie mich, eine extreme Horrorvorstellung. Darüber hinaus entdeckte ich in dieser Form der Selbstgeißelung viel scheinheiliges Getue. Einerseits gibt es ein Verbot für Kaffee wegen des Koffeins und andererseits wird Cola mit absoluter Selbstverständlichkeit getrunken. Außerdem habe ich Zweifel, dass sich tatsächlich die Mitglieder streng an ihre eigenen Regeln halten. Die charakteristische Verlogenheit, die wir auch aus dem traditionellen Christentum kennen, spiegelt sich hier in ihrer typischen Reinkultur wieder.

Die Evolutionstheorie von Charles Darwin ist für die Mormonen ein Teufelswerk. Für sie behielt nur die Schöpfungsgeschichte aus der Bibel absolute Gültigkeit. Nie hätte ich gedacht, dass es in der heutigen Zeit noch nötig ist zu diskutieren, welcher Denkansatz in diesem Kontext richtig oder falsch ist. Allerdings musste ich mir an dieser Stelle meiner Aufzeichnungen in Erinnerung rufen, dass es zumindest teilweise noch die Teufelsaustreibung in Süddeutschland gibt. Unter diesem Gesichtspunkt betrachtet gesehen, überraschte mich in nach hinein die kurze Diskussion, die ich mit meiner Kollegin führte, doch nicht mehr.

Andrea äußerte zu diesem Thema: „Die Evolutionstheorie ist quatsch. Schließlich stammen wir nicht vom Affen ab".

Ich versuchte sie zu korrigieren.

„Charles Darwin hat nie gesagt, dass wir von Affen abstammen, sondern von affenähnlichen Wesen, die ebenfalls mit dem Affen verwandt sind. Das ist ein entscheidender Unterschied".

Ich merkte an ihrem Gesichtsausdruck, dass auch dies sie nicht überzeugte.

Daher stellte ich ihr die Frage; „Wie erklärst du es dir, dass etwa 98 % der Erbanlagen des Affen mit denen des Menschen identisch sind? Zufall"?

Auch dieser Gedankengang konnte meine Kollegin nicht umstimmen oder zumindest zum Nachdenken bewegen. Deshalb setzte ich die Diskussion nicht fort. Denn sie schüttelte nur ungläubig mit dem Kopf, ohne etwas zu sagen. Darin erkannte ich, dass selbst ein ultimativer Beweis sie nicht davon überzeugen könnte, dass an der Evolutionstheorie doch etwas dran ist.

Offen gesagt, bekam ich mit dieser engstirnigen Denkstruktur meine Probleme. Erschreckend wie stark sich das eingeschränkte Gedankengut Amerikas, wie eine Seuche auf dem europäischen Kontinent ausgebreitet hat. Es schien ein besonders hartnäckiger Virus zu sein, von dem meine Kollegin heimgesucht wurde. Trotzdem denke ich, dass ich andere Meinungen oder Überzeugungen akzeptieren kann. So etwas nenne ich Toleranz. Dieses Wort wird im Christentum zwar großgeschrieben und vielfach hervorgehoben, aber findet, wenn überhaupt, nur selten seine praktische Anwendung.

Zusätzlich erfuhr ich über die Sekte, dass ihre Mitglieder mit bestimmten Ämtern bekleidet werden und dabei spezielle Aufgaben erfüllen müssen. Auch Familie Sommer füllte solche Ämter aus. Aus meiner Sicht sollten die Mitglieder stärker an die Religionsgemeinschaft eingebunden werden.

„Eine gute Methode, um Kontrolle auszuüben", kombinierte ich folgerichtig.

Außerdem erzählte Andrea Sommer, dass man als Mormone 10 % seines Einkommens an die Kirche zahlen muss. Sie nennen es den Zehnten. Meine Kollegin gelang zu der Überzeugung, dass ihre Familie durch die Zahlung des Zehnten besondere Segnungen erhält, die sie als biblische Wunder beschrieb. Zwar gab sie zu, dass es finanziell hart ist, diese Zahlung zu leisten, aber für sie stellte es eine Prüfung des Glaubens dar. Hingegen ihr Ehemann Reinhard, merkte sie an, machte es nicht aus wirklicher Überzeugung, sondern vielmehr ihr zuliebe. Ihn lernte ich durch seine zahlreiche Besuche in der Firma kennen. Häufig holte er seine Frau von der Arbeit ab.

Andrea lebte in ihrer eigenen und speziellen Welt. Vermutlich brauchte sie diese auch, um ihren schwierigen Alltag besser meistern zu können. Schließlich musste sie sich um eine sechsköpfige Familie kümmern. Zusätzlich bekamen sie Probleme mit dem Haus, dass sie zusammen mit ihren Mann in Schwarzenbek gekauft hatte. Dieses Gebäude wies von Anfang an erhebliche Mängel auf, die die Baufirma Sammers nicht beheben wollte. Daher musste die Familie Sommer einen schwierigen und harten juristischen Kampf mit dem Bauunternehmen austragen. So etwas zerrte an den Nerven und kostete viel Kraft und Substanz. Ich konnte mir gut vorstellen, dass die Familie durch ihren religiösen Glauben ihre ganze Energie schöpfen konnte. Den gleichen Effekt erziele ich durch die Kunst und durch die Philosophie. Dies ist meines Erachtens durchaus miteinander vergleichbar. Dadurch konnte ich es verstehen, dass Andrea sich nie kritisch mit ihren Glauben auseinandersetzen wollte. Die Religion wurde ihre letzte seelische Stütze beziehungsweise Krücke. Ohne sie wäre die Frau vermutlich nervlich längst zusammengebrochen und hätte keinen Halt mehr.

Ich betrachtete die Mormonen-Sekte als große philosophische Herausforderung, da sie in vielen Dingen für das totale Gegenteil steht wie ich. Ich lernte Isaac Harrison kennen, der ca. 1 ½ Jahre Kunst in den Vereinigten Staaten studierte. Mit ihm traf ich mich einmal wöchentlich im Hamburger Domizil der Mormonen-Sekte in der Wartenau. Zum Glück sprach er hervorragend deutsch. Mit meinem holprigen Englisch hätten wir keine tiefgreifenden Gespräche über Kunst und Philosophie führen können. Zugegebenermaßen wählte ich Englisch nach der 12. Klasse auf dem Wirtschaftsgymnasium ab, da ich Spanisch als Leistungskurs wählte. Wir führten eine Vielzahl von interessanten Diskussionen, obwohl Isaac etwa sechs bis sieben Jahre jünger war als ich. Wir teilten gemeinsame Interessen. Dennoch konnte ich mir nicht sicher sein, ob daraus tatsächlich eine Freundschaft entstehen könnte, weil wir unterschiedliche religiöse Überzeugungen lebten. Diesbezüglich entstand aber nie eine Konfliktsituation, da wir kaum direkt über Religion sprachen. Fast gewann ich sogar den Eindruck, dass Isaac es begrüßte, jemanden zu haben, mit den er sich nicht andauernd über seinen Glauben unterhalten musste, obwohl es zu seinen Pflichten als Missionar gehörte. Denn die Missionare werden von ihrer Religionsgemeinschaft für ungefähr ein bis zwei Jahre ins Ausland geschickt, um Überzeugungsarbeit für ihren Glauben zu leisten. Dies bedeutete im Klartext, die Missionare erhielten die Aufgabe, neue Mitglieder für ihren Verein zu gewinnen. Ich sah darin eine Art Marketingstrategie der Sekte, die mit unterschiedlichem Erfolg betrieben wurde.

Isaac zeigte ich meine Skizzen, die ich sorgfältig in einer Kunstmappe aufbewahrte. Ein Teil meiner Versuche gefiel ihm, ein anderer Teil nicht so. Er sagte nicht viel dazu, aber anhand seiner Mimik konnte ich seine Meinung ablesen. Im Gegenzug zeigte er mir sein kleines Skizzenbuch.

Dazu sagte er: „Hier fertige ich meine Portraits an. Es werden die Personen erfasst, die ich während meiner Missionarsarbeit kennenlerne. So bleibe ich in Übung".

Für sein Talent bewunderte ich ihn. Ich versuchte davon zu profitieren, aber es gab nur selten Gelegenheit, gemeinsam zu zeichnen.

Meine selbstverfassten Gedichte fanden noch mehr seine Zustimmung. Ihm schien es ähnlich wie Thorsten zu gehen.

Er sagte dazu: „Die Gedichte finde ich noch besser als die Bilder. Sie tragen noch stärker deine Handschrift".

Durch unsere Diskussionen bekam ich weitere Anregungen für neue Texte. So stand mir für eine gewisse Zeit eine zweite Person zur Verfügung, die mir als Inspirationsquelle diente.

Da Isaac sich nicht jede Woche in der Gemeinde aufhielt, nutzte ich meist die Zeit, um Sport zu machen. Häufig spielte ich mit den anderen Missionaren Fußball oder Tischtennis in der Halle. Vor allem beim Fußball bemerkte ich wie erschreckend schlecht meine Kondition im Laufe der Jahre geworden ist. Es fehlte mir zeitweilig die Puste. Leider ein Beleg dafür, dass ich zuvor zu wenig für meine Bewegung tat.

Die meisten Mormonen habe ich als nette Menschen kennengelernt. Überwiegend wirkten sie, zumindest nach außen hin, aufgeschlossen und schienen zufrieden zu sein. Dies änderte aber nicht nichts an meiner Überzeugung. Es tauchten mir zu viele Regeln auf, den sich jeder Glaubensvertreter unterwerfen muss, nur um dieser Gemeinschaft anzugehören. Für einen Individualisten wie mich unmöglich, einfach undenkbar. Es wäre ein totaler Widerspruch zu meiner Lebensphilosophie.

Dennoch konnte ich meinen Nutzen aus der Begegnung mit dieser Sekte ziehen. Beispielsweise lud ich Isaac und seinen Missionarskollegen, dessen Namen ich allerdings vergessen habe, zu mir nach Hause ein.

„Ich lade dich an. Dann können wir uns über Religion und Philosophie unterhalten", schlug ich Isaac vor.

„Gerne. Dies geht aber nur zusammen mit meinem Kollegen. Die Regeln unserer Kirche sehen vor, dass wir Missionare Besuche nur zu zweit machen dürfen", erwiderte Isaac.

„Kein Problem. Dann kommt dein Kollege mit", entgegnete ich darauf.

Es drang mir durchaus ins Bewusstsein, dass Isaac und sein Kollege mir etwas von ihrem Glauben vermitteln wollten. Damit bekam ich absolut kein Problem, da ich mich in diesem Punkt seelisch für stabil genug hielt, um mich nicht bekehren zu lassen. Ich wollte die beiden Glaubensvertreter philosophisch herausfordern und es künstlerisch für meine Zwecke ausschlachten. Ich gebe an dieser Stelle offen zu, dies entlarvte sich als purer Egoismus meinerseits.

„Jedoch der Zweck heiligt wieder einmal die Mittel", sagte ich zu mir selbst, als ich ein Termin mit den beiden Missionaren vereinbarte.

Skrupel kannte ich dabei nicht. Ich hätte auch kein Problem einen überzeugten Juden oder Moslem einzuladen. Für ging es nur darum, meinen Horizont zu erweitern. Der Sinn des Lebens ist das Lernen. Zu diesem Thema verfasste ich folgendes Gedicht:

Der Sinn des Lebens

Irgendwann beginne ich zu grübeln, was der Sinn des Lebens ist.
Dabei entsteht eine Lust des Lernens und entwickelt sich sogar zu einer Sucht.
Daher wird das Leben zu einem Prozess des Lernens.
Beende ich das Lernen, höre ich auf zu leben.
Da aber lernen, das Leben bedeutet, lebe ich.
Die Frage nach dem Sinn des Lebens beantwortet sich nun wie von selbst, es ist das Lernen.

Am 01.04.1999 besuchten mich Isaac und sein Kollegen tatsächlich in meinem Domizil in der Lohkoppelstraße 63 in Barmbek. (Kein Aprilscherz!) Anfangs sprach Isaac ein kurzes Gebet, was ich geduldig über mich ergehen ließ. Irgendwie nervte es mich, aber ich musste durchhalten, um mein egoistisches Ding durchzuziehen.

„Jeder hat ein Anrecht auf seine Überzeugung", dachte ich, während Isaac sein Gebet sprach.

Wir führten anschließend ein interessantes Gespräch. Natürlich wollten die beiden mich von ihrem Glauben überzeugen, aber für mich stellte es nur eine philosophische Betrachtungsweise dar, mehr nicht. Bei diesem Dialog ging es mir darum, eine andere Sichtweise kennenzulernen, die nicht die meine ist.

Ich sagte zu den beiden: „Für mich ist Gott die menschliche Vorstellung von Perfektion, die angestrebt, aber nie erreicht wird".

Ansonsten hielt ich mich mit meinen Aussagen eher bedeckt. Ich wollte wissen, wie meine beiden Besucher argumentierten.

Isaac sagte zu mir: „Gott ist für uns Mormonen eine Person, die nicht sichtbar ist, aber trotzdem real bleibt".

Offen gesagt, erschien mir diese Aussage zu „wischiwaschi". Damit konnte ich mich nicht identifizieren. Ich ließ es kommentarlos stehen, da ich die Gefühle meiner Besucher nicht verletzen wollte. Außerdem strebte ich nach dem Ziel, Informationen zu erhalten, aber nicht unbedingt, welche zu geben. Für den kulinarischen Genuss tischte ich eine Wurst- und eine Käseplatte auf, damit meine Gesprächspartner auf diese Weise entschädigt wurden. Es war quasi der Lohn dafür, dass sie mir als Inspirationsquelle dienten. Am Schluss des Gespräches merkten beide, dass sie mich nicht von ihrer Sekte überzeugen konnten. Isaac nahm es relativ gelassen, während ich im Gesicht seines Kollegen die Enttäuschung ansah. Der Kollege wirkte bei der Unterhaltung ohnehin eher zurückhaltend, weil er vermutlich schnell erkannte, dass dies eine Mission impossible wird. Isaac hingegen kannte mich aus unseren Gesprächen in ihrer Gemeinde und hatte daher nicht so hohe Erwartungen, mich als neues Glaubensmitglied zu gewinnen. Ihm ging es wahrscheinlich darum, mich auch privat kennenzulernen.

Nach diesem eindringlichen Gespräch, das ungefähr zwei Stunden dauerte, fasste ich den Entschluss, mich etwas von der Sekte zurückzuziehen. Zwar schlug ich mich achtbar in der Auseinandersetzung, aber trotzdem fühlte ich mich hinterher bedrängt. Möglicherweise unterschätzte ich den geistigen Dialog. Diese bedrohliche Enge widerstrebte meiner inneren Natur.

„In unserer Sklavengesellschaft gibt meines Erachtens genügend Verpflichtungen, die ich erfüllen muss. Wenn ich mich zusätzlich einer kirchlichen Ordnung unterwerfen müsste, dann hätte ich keine ausreichenden Freiräume, die ich für die Auslebung meines angestrebten Individualismus benötige, um mich in dieser gesellschaftlichen Unfreiheit, die für mich ein riesengroßes Gefängnis darstellt, überhaupt bewegen zu können", dachte ich in diesem Zusammenhang.

Diese Freiräume erfüllten für mich stets den Zweck, mich selbst zu finden und auch meine Identität beziehungsweise meine Persönlichkeit zu bewahren. So eine Religionsgemeinschaft würde mir genau diese auf Dauer wegnehmen. Mein klarer Verstand würde sonst zu stark beeinträchtigt werden, da ich in dieser Sekte/Kirche zu einseitig denken müsste. Ich könnte mich irgendwann nicht mehr nach mehreren Seiten öffnen. Meine geistige Flexibilität würde endgültig ins Nirwana verschwinden. Sie wäre mir unwiderruflich abhanden gekommen. Und das Ich würde nicht mehr seinen ursprünglichen Weg zu mir zurückfinden. Das einzige, was ich in so einer Situation noch wahrnehmen würde, wäre vermutlich eine unendliche Inhaltslosigkeit und Leere. Dennoch betrachtete ich den Dialog mit den beiden Missionaren als eine interessante philosophische Herausforderung. Zwar konnte ich mich beim Schreiben meiner Memoiren nicht mehr an die Einzelheiten des Gespräches erinnern, aber trotzdem blieb mir im Gedächtnis, dass es mich später zu den drei folgenden Gedichten inspirierte:

Die Frage des Glaubens

Zunächst formuliere ich die entscheidende Frage; „Was eigentlich bedeutet für mich Glaube"?
Schnell bemerke, ich vernehme weder einen Ruf nach Religion, Kirche oder Gott, stattdessen ist für mich der Glaube vielmehr eine Auseinandersetzung mit dem Alltag des Lebens.
Der Glaube symbolisiert und charakterisiert meine Zielsetzung, indem ich mir Vorbilder schaffe und nach Idealen strebe.
Kein Hindernis in meiner Umwelt wird mich jemals in meinem Handeln beeinträchtigen und keine Niederlage kann mich jemals entmutigen.
Daher erkenne ich: „Glaube bedeutet, keine Zweifel an sich selbst zu haben".

So stelle ich am Ende fest, dass ich voll zu meinen Überzeugungen stehe, unbeirrt meinen Weg gehe und ungefährdet mein Ziel erreiche.

Die Frage nach Gott

Mehrfach dringt uns Menschen ins Bewusstsein, dass unzählige Fragen entstehen, aber die Schwierigkeit darin besteht, wo man die Suche nach der für sich passenden Antwort beginnt.

Oftmals entsteht dabei der Versuch, die Dinge, die uns unerklärlich erscheinen, wie z. B. der Ursprung unserer Existenz oder des Lebens an sich, einen Namen zu geben und nennen es Gott.

Niemand kann mit absoluter Gewissheit sagen, in wieweit dieser Versuch tatsächlich eine Antwort ist oder letztlich nur Wunschdenken darstellt.

Für viele verkörpert die Vorstellung von Gott die Vollkommenheit, die der Mensch immer wieder bewundert und anstrebt, aber trotzdem unerreichbar bleibt.

Unabhängig davon, ob Gott real ist oder nur ein Symbol repräsentiert, eines ist in jedem Fall sicher, bezüglich der Konflikte unseres Lebens sind wir stets auf uns allein gestellt und müssen diese auch selbst bewältigen.

Bewusst bleibt an dieser Stelle die Frage nach Gott unbeantwortet, da dies eine Sache der eigenen Überzeugung ist und sich jeder Mensch dies daher auch selbst beantworten muss.

Die Vergöttlichung

Identität: Jesus von Nazareth, Sohn eines Zimmermanns.
Gewiss eine charismatische Persönlichkeit der Antike.
Ein Mensch, der vermutlich die Massen begeisterte und inspirierte.
Voraussichtlich eine Gefahr für die damalige Politik.
Möglicherweise ist er wegen seiner Überzeugung hingerichtet worden.
Jedoch rechtfertigen diese Dinge die Vergöttlichung eines Menschen?

Die drei Gedichte verdeutlichten mir, dass ich meinen Nutzen aus dem Gespräch mit Isaac und seinen Kollegen ziehen konnte. Irgendwie spürte ich aber, dass diese Inspirationsquelle vor dem Erlöschen lag. Kaum sprach ich diese Vorahnung gedanklich aus, schon hörte ich von Andrea, dass Isaac als Missionar nach Bremerhaven versetzt wurde. Danach sah ich Isaac nie wieder. Die regelmäßigen Besuche in der Wartenauer Gemeinde blieben daher aus. Ich ging nur noch zu einigen Konzerten der klassischen Musik. Die meisten davon blieben kostenlos und verfügten über ein hohes Niveau.

Einmal nahm ich Thorsten zu einer Musikveranstaltung der Mormonen mit. Ich wollte ihn etwas Gutes tun, indem ich ihm die Möglichkeit verschaffen wollte, dort ein Klavierkonzert zu geben. Er sollte beim Veranstaltungsplaner Matthias Klos vorspielen. Leider hatte das Vorspielen nicht den gewünschten Erfolg. Klos präsentierte sein Pokerface, und er machte Thorsten kein Angebot. Außerdem erweckte der Obermormone bei mir den Eindruck, dass er den vereinbarten Termin vergessen hatte. So ein Verhalten interpretierte ich als unhöflich und respektlos. Mein Kumpel reagierte deshalb sehr ungehalten, weil er solange warten musste, um überhaupt vorspielen zu können.

Verärgert äußerte er mir gegenüber: „Einen eingeladenen Künstler auf diese Weise zu behandeln, ist eine Unverschämtheit. Eigentlich müsste ich deshalb wieder sofort nach Haus fahren".

Er merkte aber an meinem Gesicht, dass ich am liebsten im Boden versunken wäre, weil ich die Terminpanne nicht beseitigen konnte. Außerdem stellte ich durch meine Kollegin Andrea den Kontakt her, was die Sache für mich noch peinlicher machte.

Daher fügte er hinzu: „Du kannst nichts dafür René. Und wir haben uns auf diesem Wege nach langer Zeit mal wiedergesehen".

Mit Ausnahme von Klos schienen alle Anwesenden von Thorstens Klavierspiel sehr angetan zu sein. Dies konnte ich aus deren Gesichtern ablesen. Und auch ich gewann den Eindruck, dass sein Spiel ausgezeichnet war, vielleicht besser als vorher. Ich ging davon aus, dass er kein Angebot bekam, weil er den Mormonen-Clan nicht angehörte. Instinktiv ahnte der Veranstaltungsplaner wahrscheinlich, dass man meinem Kumpel genauso wenig wie mich für diese Glaubensgemeinschaft gewinnen konnte. Er hielt es nicht einmal für nötig, überhaupt etwas zur Qualität des Klavierspiels zu sagen. Schweigend ging er nach dem Vorspiel wieder aus dem Raum. Niemand konnte sein merkwürdiges Verhalten nachvollziehen. Wir fuhren zu mir nach Hause und analysierten die Musikveranstaltung, die wir vor der seltsamen Begegnung mit Klos gesehen und gehört haben. Die Aufführung bekam den Titel „Circle of Live". Zwar fanden wir die Grundidee gut, aber weniger gelungen die Umsetzung.

Ich sagte zu Thorsten: „Es wurde nur die heile Welt präsentiert. Jedoch das Leben ist nicht nur Harmonie pur, sondern verfügte auch über eine Vielzahl von negativen Aspekten. Aus meiner Sicht hätte man ein ausgewogenes Verhältnis zwischen Harmonie und Disharmonie bei der Veranstaltung präsentieren müssen. Sonst zeigt man nur eine schöne Illusion, die nichts mit der Realität zu tun hat. Die Schattenseiten des Lebens, die Schicksalsschläge fehlten nahezu komplett. Das Thema, den Kreislauf des Lebens zu präsentieren, wurde total verfehlt".

Mein Gesprächspartner erwiderte zu diesem Thema: „Ich sehe es genauso wie du René. Wenn ich ein Musikstück komponiere, dann besteht dieses auch nicht nur aus reiner Harmonie. Dies würde ich sonst als langweilig und öde einstufen. Darüber hinaus fand ich die ganze Aufführung schrecklich amateurhaft".

„So brutal wollte ich es nicht formulieren, aber ich muss dir zu 100 % zustimmen", fügte ich ergänzend hinzu.

Plötzlich mussten wir beide herzlich lachen. Für den Rest des Abends hatten wir viel Spaß.

Die eben erwähnte Diskussion veranlasste mich selbst ein Gedicht zu Thema der Aufführung der Mormonen zu verfassen. Anfangs bereitete mir das Schreiben des Textes große Schwierigkeiten. Als ich die erste Rohfassung anfertigte, konnte ich irgendwie keine richtige Botschaft erkennen. Der Text enttäuschte. Er wurde mega-lang und blieb inhaltlich substanzlos. Ich zerriss das Werk und warf es in Papierkorb.

Dabei stellte ich mir die Frage: „Bietet dieses Thema überhaupt genügend Inhalt mit Botschaft oder ist es zu komplex für ein Gedicht"?

Eine richtige Antwort fand ich zunächst nicht.

„Vielleicht ging ich das Thema nur falsch an", überlegte ich weiter.

Eine Schaffenskrise schloss ich ebenfalls nicht aus. Ich fasste den Entschluss, Abstand von diesem Werk zu nehmen.

Am nächsten Tag packte mich doch ein fieberhafter Ehrgeiz. In diesem Zusammenhang dachte ich auch wieder an meine zahlreichen Naturbeobachtungen an der Alster. Ich arbeitete unerbittlich bis 2.30 Uhr nachts an diesem Werk. Dann kam plötzlich die Müdigkeit, und ich ging schlafen. Am nächsten Morgen verpasste ich dem Gedicht den letzten Schliff und gab ihn den Namen „Die Jahreszeiten- Der Kreislauf des Lebens". (Dieses Werk erwähnte ich bereits zu Beginn des 6. Kapitels meiner Aufzeichnungen.) Ich trug es Thorsten sofort am Telefon vor.

Er meinte: „Dies ist bisher eines deiner besten Werke, die du bis hierhin verfasst hast".

„Die vorige Fassung wurde grottenschlecht. Sie war sehr lang und ohne Substanz. Daher entsorgte ich den Müll im Papierkorb und schrieb eine neue Version", erzählte ich ihm in Kurzfassung die Entstehungsgeschichte des Gedichtes.

„Du gibst dich im Gegensatz zu den Mormonen nicht Mittelmäßigkeit zufrieden. Das finde ich gut. Nun hast du einen gelungenen Text verfasst", erwiderte mein Telefonpartner am Ende des Gespräches.

Danach kam eine dichterische Flaute. Daher machte ich einige Zeichnungen. Zwei Stück entstanden in den letzten Tagen. Nummer 1 war „Die Badenden 2" frei nach Renoir. Natürlich eine moderne und abstrakte Version des Themas, d.h. ich übersetzte das Motiv in eine eigene Bildersprache, ähnlich wie es Picasso in seinem Spätwerk tat. Der spanische Maler machte es seit den späten Fünfzigern mit sämtlichen Werken einiger bekannter Künstler. Er wollte sich vor seinem Tod noch mit ihnen messen.

Bild Nummer 2 hieß „Künstler mit sieben Fingern". Inspiration für dieses Bild wurde ein Gemälde von Chagall mit gleichem Thema. Auch diese Zeichnung wurde keine Kopie des gleichnamigen Gemäldes, sondern der Versuch eines Selbstbildnisses im Stil des Werkes. Hier bestand die Schwierigkeit darin, ein vergleichbares Werk zu erreichen und gleichzeitig meine Persönlichkeit einzubringen. Ich fand beide Zeichnungen gelungen. Ein wenig Selbstbewunderung war auch dabei, ich gebe es offen zu.

Mein Magen knurrte, und ich unterbrach fast schlagartig das Schreiben am Notebook. Ein Hungergefühl machte sich bei mir bemerkbar. Daher ging ich zum Kühlschrank und öffnete ihn. Mit Schrecken stellte ich fest, dass ich nicht über genügend Essensvorrat verfügte. Ich zog meine Schuhe und meine Jacke an, um zum Einkaufen zu gehen. Durch die Schreiberei vergaß ich, dass ich noch zum Penny Markt wollte. Im Treppenhaus begegnete ich überraschend meinen ehemaligen Kumpel Michael Borchert, den Sohn von Hilde. Er wollte seine Mutter besuchen.

„Hallo Mike. Wie geht es dir", fragte ich ihm.

„Gut. Und ich hoffe dir auch", erwiderte er.

„Ich kann nicht klagen", entgegnete ich ihm.

„Ich habe vor kurzem meinen Sohn besucht. Wie du sicher von Hilde weißt, lebe ich nicht mit der Mutter meines Sohnes zusammen, aber wir haben ein freundschaftliches Verhältnis zueinander, sodass ich meinen Sohn regelmäßig sehen kann", berichtete Mike stolz.

„So etwas ist nicht unbedingt selbstverständlich", stellte ich fest.

„Du hast recht René, aber wir wollten eine Einigung im Interesse Kindes", stimmte mein Gegenüber mir zu.

„Und deinen Sohn geht es gut", fragte ich weiter interessiert.

„Ja, er entwickelt sich sehr gut", antwortete mein Gesprächspartner.

„Freut mich. Dann grüß Hilde von mir", sagte ich am Schluss des Gespräches.

„Mache ich", beendete mein Ex-Kumpel die Unterhaltung.

Obwohl wir seit unserer Teenager-Zeit nicht mehr befreundet blieben, konnten wir ein vertrauliches Gespräch miteinander führen. Ich sah es als Beweis dafür an, dass Freundschaften nicht immer im Streit auseinandergehen müssen.

Nach unserer Begegnung im Treppenhaus ging ich zum Einkaufen. Anschließend stärkte ich mich mit einer Zwischenmahlzeit, die aus einer Tomatensuppe, ein Toastbrot und einen Apfel bestand, um mich wieder auf das Schreiben konzentrieren zu können.

Nach den beiden Zeichnungen feierten meine Depressionen ein unerwartetes und unerwünschtes Comeback, auf das ich lieber verzichtet hätte. Ich spürte ähnliche Stimmungsschwankungen wie in Oktober/ November 1998. In keinem Fall wollte ich mich gehen lassen, sondern setzte mich gegen sie zur Wehr. Dies tat ich, indem ich mich ablenkte. In der Innenstadt machte ich einige finanzielle Investitionen in die Kunst, um die Negativstimmung wieder loszuwerden.

Gedanklich beschäftigte ich mich mit der Idee, meine geplante Gedichtbandreihe zu illustrieren. Dies erreichte den positiven Effekt, nicht nur auf meine literarischen Tätigkeiten hinzuweisen, sondern auch auf meine malerischen/ zeichnerischen Begabungen. Von dieser Idee angetrieben, machte ich einige zeichnerische Übungen bis zu meinem Barcelona-Urlaub. Ich erlangte die Überzeugung, dass der Erfolg aus drei Buchstaben bestand: Tun. Diese Tatsache verschaffte mir eine enorme Selbstbefriedigung. Bildlich gesprochen, bekam ich einen Orgasmus nach dem anderen. Dadurch wurde mir wieder bewusst, dass nur die Kunst und die Philosophie mir die nötige Selbstbestätigung verschaffen konnte. Eine Tätigkeit in meinem erlernten Beruf erreichte dieses Ziel nicht. Da betrachtete ich ehrlich gesagt nur den Inhalt der Lohntüte zum Monatsende. Ein Beruf, wo nur der Verdienst im Vordergrund steht, kann niemand dreißig oder vierzig Jahre ausüben. Ich sah mich dazu nicht dauerhaft in der Lage. Vielleicht für zwei bis drei Jahre, allerhöchstens für vier bis fünf Jahre, länger nicht. Es kam daher ein Gefühl der Erleichterung bei mir auf, da der Computerkurs mir genügend Zeit verschafft, um Fortschritte in der Kunst zu machen.

„Die Zeit wird kostbar sein, da sie mir Ruhe vor den Behörden ermöglicht", überlegte ich pragmatisch, wie meist in solchen Situationen.

Bisher lief alles nach Plan. Ich konnte meine Wohnung behalten, musste nicht für die Sklavenfirma arbeiten, behielt weiterhin meinen Job bei Onkel Alfred, bekam meinen Freibrief von der Gutachterin, schrieb eine Vielzahl von Gedichten, machte Ideenentwürfe für zukünftige Gemälde, las Bücher über Kunst, besuchte Ausstellungen, kaufte Malerutensilien und der Barcelona-Urlaub stand unmittelbar bevor. So gesehen konnte ich mehr als zufrieden sein. Allerdings musste ich dafür einen hohen Preis zahlen. Denn ständig musste ich mich auf irgendwelche Schlachtfelder begeben und Krieg gegen die hartnäckigen Behörden führen, die mir arg mit brutaler Waffengewalt zusetzten. Daher musste ich mich immer mit Angstzuständen, Schlafstörungen, Depressionen, Selbstzweifel und Selbstmordgedanken kämpfen. Die Stimmungsschwankungen wurden unerträglich. Die Hölle präsentierte ihre düstere und schmerzhafte Seite. Die Barcelona-Reise sah ich als Belohnung für meine Seelenqualen an. Ich freute mich, sie endlich machen zu können.

Fast achtundzwanzig Stunden befand ich mich im Autobus in Richtung Barcelona unterwegs. Zwar machte ich durch meine Nordspanien-Fahrt schon meine Erfahrung mit einer langen Bustour, aber es gestaltete sich trotzdem als anstrengender und beschwerlicher Reisetrip.

Der eigentliche Schock kam, als ich meine Unterkunft kritisch begutachtete. Natürlich ging ich bei einem Zwei-Sterne-Hotel nicht unbedingt von einer Luxusherberge aus, aber dieses hier hatte ich ehrlich gesagt auch nicht erwartet. Auf mich wirkte es wie eine Abstellkammer, die als notdürftiges Hotelzimmer diente. Meine ernüchternde Bestandaufnahme: eine Duschkabine, die mir das Gefühl der Platzangst vermittelte und ein TV-Gerät, das defekt war. Über den Rest wollte ich mich bei meinen Aufzeichnungen nicht äußern. Dies hielt ich für überflüssig.

Ich versuchte mich dadurch zu beruhigen, indem ich zu mir selbst sagte: „Zum Glück bin ich die meiste Zeit unterwegs. Hier schlafe ich nur".

Bei diesem Hotel erkannte ich aber auch seine Vorzüge. Es befand sich in zentraler Lage. Fast alle interessanten Sehenswürdigkeiten konnte ich bequem zu Fuß erreichen. Diese Tatsache tröstete mich darüber hinweg, dass das Zimmer eher eine Zumutung darstellte.

Trotz Erschöpfung machte ich mich am Ankunftstag auf Erkundigungstour. Barcelona nahm mich sofort innerlich gefangen. Mich beeindruckte die Vielzahl der Sehenswürdigkeiten. Ich schaute mir zunächst ein Teil des Hafens an, besichtigte anschließend das Schifffahrtsmuseum mit seinen nachgebauten Modellen und marschierte die fast 1,5 kilometerlange Rambles rauf und runter. Früher übte die Rambles die Funktion einer Prunkavenue und eines Hurengässchens aus. Auch heutzutage repräsentiert dieser einmalige Boulevard Barcelona pur. Ich bemerkte die typische Gegensätzlichkeit zwischen Geschäftigkeit und Langeweile, Luxus und trostloses Elend, Sehen und Gesehen werden, Agitation und Resignation. Hier verschmolzen Menschen und Ideen, die sonst nirgendwo zusammenkämen. Durch meine Beobachtung gewann ich den Eindruck, dass jeder Barcelonese mindestens einmal am Tag über die Rambles bummelte. Die Flaniermeile von Placa de Catalunya zum Hafen hatte Licht- und Schattenseiten, ist ein Spiegelbild der Stadt, das mich faszinierte. Am Schluss des Tages fiel ich wie ein Toter ins Bett.

Am nächsten Morgen musste ich feststellen, dass nicht nur das Zimmer unterdurchschnittlich blieb, sondern leider auch das Frühstück. Dieses bestand aus einer Art Zwieback-Brot, ein Heißgetränk, ein Glas Orangensaft, etwas Butter und Marmelade. Es war ähnlich miserabel wie in Italien oder Frankreich. In den südlichen Ländern konnte ich bei meinen bisherigen Reisen immer gut essen, aber ein gutes Frühstück empfand ich eher als Glückssache. Nie habe ich verstanden, warum es so ist.

Nach dem mittelprächtigen Frühstück marschierte ich durch das gotische Viertel, besuchte das Picasso-Museum und relaxte im schön angelegten Citadella Park. Eine ganze Menge, was ich an diesem Tag bewältigte. Meine Füße spürte ich kaum noch. Das Highlight repräsentierte für mich natürlich das Picasso-Museum, das im gotischen Palast Berenguer d´Aguilar eingerichtet und später um die Adelshäuser Castellet und Meca erweitert wurde. Dort wurde hauptsächlich nur das Jugendwerk des spanischen Künstlers präsentiert, das zum großen Teil aus dem Privatbesitz von Jaume Sebartés stammt, einen engen Freund und Privatsekretär des spanischen Malers. Besonders beeindruckte mich die Serie „Las Meninas" nach Velazquez, die zahlreichen Radierungen und die Gemälde „Wissnshaft und Nächstenliebe" und „Die Kommunion".

Am nächsten Tag plante ich einen Gaudí-Tag. Kaum ein Architekt prägte die katalanische Metropole so stark wie dieser Mann. Gaudí galt als ein Meister des sogenannten Jugendstils. Diesem Bau-Genie wollte ich meine besondere Aufmerksamkeit widmen. Dabei vollbrachte ich eine sportliche Meisterleistung. Zu Fuß ging es zunächst zur unvollendeten Sagrada Familia, dann zum Casa Mila und Park Güell und wieder zurück. Die Strecke, die ich zurücklegte, entsprach etwa einem halben Marathon. Ich machte kaum Pausen.

Zwischendurch bekam ich das Gefühl: „I break together".

Die Sehenswürdigkeiten beeindruckten mich. Die Investition in die Stadtkarte, die ich in Hamburg bereits kaufte, machte sich gut bezahlt. Sie stellte sich häufig als eine große Hilfe auf meiner Erkundigungstour heraus. Nachfragen musste ich zwar trotzdem, aber dann kamen mir meine Spanisch- und Englischkenntnisse zugute.

Meine erste Station wurde die Sagrada Familia. Für diese Kathedrale plante der Architekt drei Fassaden, die die Geburt Christi, die Passion und die Kreuzigung symbolisieren, gekrönt von jeweils vier der die zwölf Apostel darstellende Türme. Zusätzlich vorgesehen ein 170 Meter hoher Hauptturm, der Christus charakterisieren soll, umringt von fünf kleineren, die Evangelisten und die Muttergottes darstellend. Dieser gilt bisher als unvollendet und wird vermutlich 2020 fertiggestellt.

Für mich stellte sich die Frage: „Ist es nicht reizvoller den Bau bewusst unvollendet zu lassen"?

Als Museumsbesucher habe ich häufiger Kunstwerke unvollendet gesehen und kam zu dem Entschluss, dass der Künstler für sich die richtige Entscheidung getroffen hat.

Verständlicherweise fragt sich der Leser dieser Zeilen vermutlich: „Warum"?

Der Entstehungsprozess eines Kunstwerkes kann für den Betrachter mindestens genauso interessant sein wie ein fertiges Produkt. Es weckt seine Neugier und seine eigene Fantasie. Er hat zumindest gedanklich die Möglichkeit, selbst kreativ tätig zu sein.

Station Nummer zwei: Casa Milà. Gaudí entwarf dieses Gebäude für die Familie Pere Milà i Camps. Er verzichtete ganz auf Farben, beließ sie aus dem Felsmassiv Garraf stammenden Steine in ihrem ursprünglichen Aussehen, schichteten sie in Wellenform zu einem Felshügel, in dem die Balkone wie naturgegebene Höhlen aussahen. Eine beeindruckende Architektur, die zu recht von der Unesco zum Weltkulturerbe gekürt worden ist.

Und die letzte Tagesstation wurde der Park Güell. Hier ließ das Bau-Genie seiner Fantasie völlig freien Lauf. So stürzten in der Säulenhalle achtundachtzig Kolumnen in dorischen Stil nicht nur ein farbenfrohes steinernes Netz, sie sind auch Stützfeiler für die darüber liegende riesige Terrasse und leiten in ihrem Inneren das Oberflächenwasser in einer Zisterne, die wiederum den Drachen am Parkeingang speist. Mittelpunkt des Parks ist ein Marktplatz; er wird von einer sich windenden Keramik-Bank gesäumt. Dort erhielt ich Gelegenheit mich auszuruhen, ehe es für mich wieder zurück in Richtung Hotel ging.

Fazit des Tages? Viele beeindruckende Bilder, die ich wahrnehmen konnte. Der Preis? Abends schmerzten meine Füße stärker als am Tag zuvor.

Das grobe Barcelona-Programm betrachtete ich als fast abgeschlossen. Dennoch stand einiges auf der Liste. Ich besuchte die Miró-Stiftung, die mich ähnlich beeindruckte wie das Picasso-Museum. Mein bisheriges negatives Urteil über den katalanischen Künstler musste ich vollständig revidieren. Zwar ist Picasso noch vielseitiger gewesen, aber dennoch sah ich fortan Miró als einen großen Kreativmensch. Die Anlage bestand aus zwei Teilen: dem frei zugänglichen Skulpturen-Garten und dem eigentlichen Museum. Die Beziehung zum gotischen Barcelona möchte der Architekt des kubistischen Baus, Josep Lluis Sert, durch einen rechteckigen Turm im Zentrum hergestellt wissen. Der Baumeister schaffte es durch die richtige Berücksichtigung des Lichteinfalls, die mehr als 200 Arbeiten von Joan Miró gut zur Geltung kommen zu lassen.

Dann bestaunte ich die olympischen Anlagen, die nur wenige Meter von der Miró-Stiftung entfernt lagen. Später marschierte ich durch das Poble Espanyol, ein Freilichtmuseum, wo Architektur aus ganz Spanien in Form von Modellen in ca. halber Originalgröße zu bestaunen war. Der Marsch strengte mich an diesem Tag ebenfalls an, aber ich spürte die Erschöpfung nicht ganz so stark wie am Tag zuvor. Ich ging es insgesamt viel ruhiger an und genoss es mehr.

Am nächsten Tag entschied ich mich für eine lockere Gangart. Ich schaute mir den Hafen etwas intensiver und genauer an. Dies bedeutete, dass ich mir drei Strände (Barceloneta) und den olympischen Hafen inspizierte. Die Anlage erreichte eine Atmosphäre, die zumindest entfernt an Malibu oder Cote Azur erinnerte. Anschließend befand ich mich auf der Siegesfeier von

F.C. Barcelona. Mehrere Stunden verbrachte ich im Hexenkessel, der eine Wahnsinnsstimmung zauberte. Die Stimmung auf dem Rathausplatz machte mir klar, dass Südländer meist feiern können als wir Deutsche, da sie mehr Lebensfreude zelebrieren.

Der Barcelona-Trip näherte sich allmählich dem Ende. Daher stand mir eine 28-stündige Busfahrt bevor, ein Gedanke, den ich ehrlich gesagt lieber aus meinem Bewusstsein verdrängte. Zum Abschluss besuchte ich das Museum für Katalanische Geschichte und das Wachsfigurenkabinett.

Insgesamt konnte ich ein positives Fazit bezüglich der Barcelona-Reise ziehen. Es war für mich ein wichtiger Test, um festzustellen, ob ich allein ohne Begleitung so einer Reise gewachsen bin oder nicht. Ich kam zu der Ansicht, dass ich dazu in der Lage sei. Fehler machte ich natürlich auch. Beispielsweise hätte ich mindestens ein Drei-Sterne-Hotel buchen müssen. Ein Zwei-Sterne-Hotel ist in südlichen Ländern häufig bestenfalls eine bessere Absteige. Jedoch meine falsche Sparsamkeit setzte mir diesbezüglich Scheuklappen auf.

Am letzten Tag in Barcelona passte ich bei der Herausgabe des Wechselgeldes nicht auf. Vom Taxifahrer erhielt ich statt 2.000 pts nur 2.000 Lira. Dies bedeutete ein Verlust von umgerechnet ca. 22 bis 23 DM für mich. Sprachprobleme gab es keine. Mein Spanisch erwies sich als ausreichend. Die Ausarbeitung meines Besichtigungsprogrammes sah ich als gelungen an. Und mit der Stadtkarte kam ich zumindest meistens zurecht. Orientierungsprobleme gab es, wenn überhaupt, nur wenige.

Barcelona, eine Weltstadt, die über viele unterschiedliche und vielschichtige Gesichter und Charaktere verfügt. Die Sehenswürdigkeiten beeindruckten mich und nahmen mich emotional gefangen. Diese Metropole beweist viel Kreativität und Einfallsreichtum. Hinzu kommt das unverwechselbare mediterrane Flair. Fazit: Barcelona ist in jedem Fall eine Reise wert. Es wurde für mich besonders schwierig, ein Highlight hervorzuheben. Für meine Entwicklung als Künstler stufte ich natürlich das Picasso-Museum und die Miró-Stiftung als sehr wichtig ein. Doch keines dieser vielen Eindrücke inspirierte mich für ein Gedicht. In der Kunst lässt sich eben nichts erzwingen.

Insgesamt stärkte die Reise mein Selbstvertrauen. Schade fand ich nur die Tatsache, dass ich keine Reisebegleitung hatte, mit der ich die Erlebnisse teilen konnte. Es fehlte einfach der geistige und kommunikative Austausch. Daher fasste ich den Entschluss, solange ich ohne Reisebegleitung bin, in Zukunft nur in Reisegruppen zu verreisen.

Bevor für mich der Computerkurs begann, erhielt ich durch meine Kollegin Andrea Gelegenheit in einem Talentwettbewerb der Mormonen einige Bilder von mir auszustellen. Ihr Mann Reinhard holte mich am Wochenende mit seinem Auto von der Arbeit ab. In ihrem Gemeindehaus fand die Veranstaltung statt. Leider konnte ich nur sechs kleine Bilder beziehungsweise Zeichnungen ausstellen, da die Präsentationsfläche sehr begrenzt zur Verfügung stand. Jedoch störte mich vielmehr die Zensur, da ich unabhängig von der Größe der Ausstellungsfläche keine Aktbilder von mir präsentieren durfte. Die Mormonen sehen Aktbilder als sündige Pornografie an. Aus meiner Sicht absolut lächerlich und albern. Zunächst wusste ich nicht, ob ich über diese Abstufung lachen oder mich ärgern sollte. Meine Zeichnungen betrachtete ich als sinnliche Erotik, aber nicht als pornografische Teufelskunst. Zugegebenermaßen war ich sexuell zu diesem Zeitpunkt auch verkorkst, da ich sonst das Bordell nicht so regelmäßig besucht hätte. Trotzdem sah ich die Erotik mittlerweile als Normalität an. Sie ist meines Erachtens Bestandteil unserer Schöpfung und somit auch unseres Alltags.

„Die Mormonen scheinen extrem prüde zu sein", stellte ich mit Schrecken fest.

Darin spiegelt sich das sexverklemmte Amerika wieder. Der ganze puritanische Müll wird in ihrer Geisteshaltung repräsentiert. In diesem Zusammenhang darf man nicht vergessen, dass diese Sekte ihren Hauptsitz und Ursprung in den USA hat.

Ich konnte mir sehr gut vorstellen, dass diese selbsternannten Moralisten in vielen Fällen klebrige Schmuddel-Heftchen, auch Wichsvorlagen genannt, unter ihrem Kopfkissen oder Matratze versteckt haben, da der Selbstbetrug und die Verlogenheit solcher Menschen erfahrungsgemäß keine Seltenheit in unserer Gesellschaft darstellt. Damit konnte ich mich noch nie identifizieren. Stets bekannte ich mich wenigstens zu meinen Schwächen und führte diesbezüglich kein Doppelleben. Abartig ist es nicht, gewisse Schwächen zu haben, sondern sie zu verleugnen oder sie sogar zu unterdrücken.

Ich akzeptierte die Zensur nur aus dem Grund, weil ich die Gelegenheit bekam, um mich als Künstler zum ersten Mal öffentlich präsentieren zu können. Der Reaktionstest blieb mir trotz einiger Bedenken besonders wichtig. Und tatsächlich lobten einige Sektenmitglieder meine Bilder.

Beispielsweise sagte eine ältere Dame zu meinen Skizzen: „Ihre Bilder gefallen mir. Sie sind sehr fantasievoll und regen zum Träumen an".

Andere Besucher der Veranstaltung äußerten sich ähnlich positiv zu meinen kleinen Werken.

„Immerhin ein kleiner Achtungserfolg", freute ich mich hinterher.

Dennoch wurde mir nach der Veranstaltung bewusst, dass dies meine einzige und letzte Präsentation als Künstler bei den Mormonen blieb. Denn ein zweites Mal hätte ich keine Zensur akzeptieren können.

„So etwas engt mich als Künstler zu stark ein", erkannte ich frühzeitig.

Es wäre wie eine Zwangsjacke, die ich irgendwann nicht mehr ablegen könnte. Dies hätte vermutlich dazu geführt, dass ich irgendwann durchdrehen würde.

Mitte Juni 99 ging ich zum Arbeitsamt. Zum Glück gab es keine unerwartete und unangenehme Überraschung. Der Computerkurs wurde offiziell endgültig genehmigt. Dank meines amtsärztlichen Gutachtens brauchte ich nur einen dreistündigen Unterricht pro Tag absolvieren. Auf diese Weise konnte ich weitgehend für Onkel Alfred weiterarbeiten. Mit Andrea sprach ich ab, dass sie mir eine Bescheinigung von der Firma ausstellt, dass ich aufgrund des Computerkurses weniger Arbeitseinsätze haben werde und dadurch statt 630 DM nur noch 330 DM verdienen werde. Dieses Schreiben brauchte ich für die Sozi, damit ich höhere Leistungen ausgezahlt bekomme. Mit dieser kleinen Kriegslist wollte ich meinen Einkommensverlust, der mir durch die Teilnahme am Computerkurs entsteht, wieder ausgleichen. Viele Leser werden meine Handlungsweise an dieser Stelle meiner Aufzeichnungen moralisch verurteilen. Jedoch wegen meiner ungewissen Zukunft nach dem Computerkurs, hielt ich es für wichtig, möglichst viele finanzielle Rücklagen für den Notfall zur Verfügung zu haben.

Ende Juni ging ich zur Sozi, um sie über den EDV-Kurs zu informieren. Es gab keine Schwierigkeiten, und ich bekam grünes Licht. Zu meinem Erstaunen bekam ich es nicht mehr mit Herrn Jakobsen zu tun, sondern mit Frau Decker.

Ich stellte mir die Frage: „Warum ist es so"?

Die Antwort lautete: „Die Sozi-Empfänger und der Sachbearbeiter sollen sich nicht zu stark an einander gewöhnen. Dies verhindert vermutlich, dass durch ein zu vertrauliches Verhältnis Absprachen untereinander getroffen werden, mit denen die oberste Heeresführung weniger einverstanden wäre".

Offen gesagt, war es mir in dieser speziellen Situation scheißegal. Ich zog mein Ding durch, indem ich meiner neuen Sachbearbeiterin das Schreiben der Firma aushändigte, woraus mein geringerer Verdienst hervorging. Alles lief reibungslos. Ich konnte mein Glück kaum fassen. Zuvor fühlte ich mich aufgekratzt, depressiv, phasenweise auch aggressiv. Im Prinzip war ich alles, nur nicht ausgeglichen.

Nun kamen bei mir gemischte Gefühle auf. Einerseits kam Erleichterung auf, den Computerkurs zu haben, weil ich wusste, dass er für meine Zukunft wichtig ist. Trotzdem kamen andererseits hohe nervliche und körperliche Belastungen auf mich zu. Der Druck wuchs. In wenigen Tagen stand bei mir der Computerkurs, mein Job bei Onkel Alfred, den Haushalt und die Kunst auf dem Programm. Eine Sieben-Tage-Woche mit ca. dreiundvierzig Stunden (Haushalt und Kunst nicht mitgerechnet) stand mir bevor. Für entwickelte sich ein Schreckensszenario, weil ich nicht einschätzen konnte, ob ich durchhalten würde, aber es gab keine Alternative.

Kurz unterbrach ich das Schreiben am Notebook. Es wurde mir bewusst, dass ich mich allmählich dem Ende des Kapitels näherte. Ich kam insgesamt zügig voran. Zu Recht entstand bei mir ein Gefühl der Zufriedenheit. Vielleicht sogar Stolz. Diesen Glücksmoment wollte ich für einen kleinen Augenblick genießen. Danach setzte ich meine Aufzeichnungen fort.

Im Juli 99 begann der Computerkurs. Der erste Tag gestaltete sich noch als leicht, weil zunächst nur Theorie auf dem Programm stand. Jedoch schon am zweiten Tag kam die Praxis. Meine Nervosität machte sich überdurchschnittlich bemerkbar. Mit dem Mausklicken kam ich nur selten klar. Meine Hand wurde sehr unruhig und zittrig. Dadurch blieb ich meist das

Schlusslicht im Kurs. Meine Schwierigkeit bestand darin, mich in die Computerwelt hineinzudenken. Die Fachmaterie erschien mir wie eine Art Fremdkörper. Selten konnte ich mir etwas merken und brauchte ständig Hilfe von einem anwesenden Dozenten. Dies empfand ich als peinlich und unangenehm. Ich sehnte das Ende des Unterrichts herbei. Schon zu Beginn des Kurses hätte ich am liebsten das Handtuch geworfen, was eigentlich nicht meine Art ist. Außerdem wären diesbezüglich Probleme mit dem Arbeitsamt aufgetreten. Dadurch befand ich mich zusätzlich in einer heiklen Zwickmühle. Fazit: Die Quälerei musste weitergehen.

Um für mich einen versöhnlichen Tagesabschluss zu haben, kaufte ich mir endlich meine Staffelei. Lange genug hatte es ja auch gedauert. Und 325,60 DM empfand ich nicht gerade als wenig Geld, aber die Investition lohnte sich.

„Die Staffelei lässt sich in allen möglichen Variationen verstellen und ist sehr stabil. Sie ist perfekt, genau wie ich sie haben will", freute ich mich.

Sie stand nun aufgestellt im ehemaligen Esszimmer meiner Mutter, was mir künftig als Atelier dienen wird.

Am nächsten Tag wurde ich wieder mit dem Computerkurs konfrontiert. Dabei entstand totaler Frust. Ich hielt mich für unfähig, so ein Gerät jemals richtig bedienen zu können. Mein Lerntempo empfand ich als schrecklich langsam. Mein Geist bewegte sich in Zeitlupe. Dagegen konnte ich nichts machen. Ich kam in eine negative Gedankenspirale, die aus Unbeholfenheit, Stress, Nervosität, Ängstlichkeit und Verzweiflung bestand. Dies führte dazu, dass ich am Abend eine ganze Flasche Rotwein in einem erschreckend schnellen Tempo trank. Das Selbstvertrauen wurde bis auf die Grundmauern erschüttert.

Der Dozent schickte mich vorher nach Hause, weil ich mich krank fühlte. Zeitweilig bekam ich ein nervöses Zucken im linken Auge. Meine Überforderung kam sehr stark zum Ausdruck. Es fehlte mir das technische Verständnis. Daher sah ich mich als einen unbeholfenen Trottel, der die einfachsten Zusammenhänge nicht verstand. Ich verfluchte den Computerkurs, da ich ihn als einen grausamen Höllentrip ansah.

Damit ich überhaupt durchhalten konnte, versuchte ich meinen inneren Frieden mit dem Computerkurs zu schließen. Ab sofort riss ich mich mehr zusammen und gab mir mehr Mühe.

Mein Motto hieß: „Was ich schaffe, schaffe ich. Was ich nicht schaffe, bedeutet kein Weltuntergang".

So bekam ich ein besseres Gewissen und nahm mir etwas den Druck. Ich hoffte, dass mich der Unterricht nicht mehr seelisch und nervlich auffraß. Es wurde mir klar, dass ich die Mehrfachbelastungen nur dann bewältigen konnte, wenn ich den Unterricht gelassener betrachte.

Für einige Tage funktionierte die Strategie. Dann kam leider der altbekannte Frust. Ich fühlte mich als Versager und gewann das Gefühl, es nicht zu schaffen. Nervlich machte mich diese Tatsache fertig. Alles erinnerte mich an den Klausuren-Stress, den ich bereits während des VWL-Studiums kannte. Ständig musste ich gegen mich selbst kämpfen. Es entlarvte sich als qualvolle Folter. Ich unterhielt mich mit Clayton, der an der DAA zu den Dozenten gehörte, die EDV unterrichteten über das Thema Scheitern im Umgang mit der Technik. Während des mehrmonatigen Computerkurses fanden wir häufig Gelegenheiten für ein Gespräch.

Ich sagte zu ihm: „Ich glaube nicht, dass ich den Anforderungen des Computerkurses genüge. Alle anderen sind schneller als ich".

Er kommentierte zu meinen Selbstzweifel bezüglich meiner Fähigkeiten: „René, du stehst dir nur selbst im Weg. Und du darfst nicht vergessen, dass einige Teilnehmer bereits EDV-Kenntnisse haben. Für sie bedeutet der Kurs nur eine Auffrischung. Für dich ist es Neuland. Also mache dich nicht unnötig verrückt"!

Irgendwie wusste ich, dass er mit seiner Äußerung zumindest nicht ganz Unrecht hatte. Trotzdem glaubte ich, dass er das Ausmaß meiner Ängste nicht wirklich erfassen konnte. Vielleicht wäre es auch zu viel von Clayton erwartet gewesen. Immerhin versuchte er mich zu motivieren, was ich auch anerkennen musste.

Ärgerlich aus meiner Sicht blieb, dass ich beim Arbeitsamt ein Schriftstück unterschreiben musste, wo ich mich verpflichtete, dass ich mich für mehrere Jahre nicht selbständig machen darf. Dazu gehörte sicherlich auch, als freischaffender Künstler zu arbeiten. Nachgefragt habe ich lieber nicht, da ich nicht unbedingt schlafende Hunde wecken wollte. Diese grausamen

Bestien hätten mich in die Enge getrieben und beim lebendigen Leib brutal zerfleischt.

Zunächst hätte ich im Falle einer Selbständigkeit den Computerkurs selbst bezahlen müssen. Das wären Kosten in Höhe von über 3.600 DM gewesen. Nicht unbedingt wenig Geld für die damalige Zeit und daher eine Abschreckung für die meisten Betroffenen. Diese merkwürdige Haltung des Staates verhinderte möglicherweise, dass Arbeitslose neue beziehungsweise andere Wege gingen, um in Brot und Arbeit zu kommen.

Wenn ich damals schon eine reale Chance gehabt hätte, als Künstler meinen Lebensunterhalt zu verdienen, hätte ich es unabhängig vom Schriftstück des Staates getan. Warum? Kunst ist ein Stück Selbstverwirklichung und eine Berufung für mich. Es ging bereits zu diesem Zeitpunkt schon über die Hobbybetrachtung hinaus. Das Schreiben und die Malerei betrachte ich als Sinn meines Lebens. Ohne diese Dinge könnte ich nicht existieren.

So beschäftigte ich mich zunehmend mit den Gedanken, in Zukunft mich nicht nur auf die Dichtkunst zu beschränken, sondern auch Kurzgeschichten, Satire oder sogar Romane zu schreiben. Ich dachte, wenn ich mich nur auf meine Gedichte beschränken würde, wäre es irgendwann ausgereizt und könnte langweilig werden. Ich liebe aber die Vielseitigkeit in der Kunst. Denn auf Dauer betrachtet gesehen, sollte ein Künstler nicht immer das Gleiche machen. Dies wäre für mich ein Ausdruck von beschränkter Kreativität. Der Zeitpunkt, zusätzlich Prosa auszuprobieren, war allerdings noch nicht da, das spürte ich. So konzentrierte ich mich weiter auf das Gedichtband, das zwischenzeitlich den Titel „Die Konfrontation" bekam. Mittlerweile näherte ich mich den 50. Gedicht an. Ich hoffte, dass mir der Computerkurs bezüglich des Schaffensprozesses keine Blockaden aufbaut.

Die befürchtete Schaffenskrise wehrte zum Glück nur für kurze Zeit. In September 99 beendete ich meine ersten fünfzig Gedichte. Daher nutzte ich den Computerkurs, um meine Gedichte am PC zu überarbeiten. Ich dachte in diesem Zusammenhang, dass der EDV-Kurs endlich auch mal Vorteile bringt. Keiner der anwesenden Dozenten sprach mich darauf an, dass ich die Überarbeitung meiner Gedichte nicht am PC machen darf. Vermutlich dachten sie sogar, dass es eine gute zusätzliche praktische Übung für mich ist. Ich wollte zum späteren Zeitpunkt meine gesammelten Werke einigen Verlagen anbieten.

Jedoch wollte ich meinen Fokus nicht nur auf das Schreiben richten, sondern auch auf die Malerei. Dafür brauchte ich ein Atelierzimmer. Bisher hielt ich es für in Ordnung, meine Zeichnungen im Wohnzimmer anzufertigen. Nun trat aber eine neue Situation für mich ein. Ich wollte endlich vor der Leinwand stehen und richtig malen. Dafür brauchte ich mehr Platz. Als geeigneten Ort wählte ich das Esszimmer meiner Mutter aus. Ich sprach Christina mehrfach wegen des Ausmistens des Vitrinen-Schrankes im Esszimmer an. Immer wieder zögerte sich der Termin dafür raus. Woran lag es? Sollte Hannas Esszimmer als eine Art Altar für Christina erhalten bleiben?

„Nicht mit mir", dachte ich laut.

„Schließlich profitiert Christina auch vom Verkauf des Möbelinventars", überlegte ich anschließend weiter.

Immerhin standen ihr die Hälfte vom Erlös zu, da es zu Hannas Erbe gehörte. Ich konnte diesbezüglich keine Rücksicht nehmen. Die Wohnung sollte nach meinen Bedürfnissen ausgerichtet sein. Die Kunst war und ist mein Lebensinhalt. Somit gewann die Gestaltung des Ateliers an Bedeutung.

Frei nach Rilcke: „Wenn ich tagtäglich daran denke, ein Künstler zu sein, dann bin ich es auch".

In dieser Hinsicht wollte ich von meiner Schwester ernst genommen werden. Bei Christina bekam ich Zweifel, dass sie es tat. Hier merkte ich besonders stark, dass wir in unterschiedlichen, wenn nicht sogar in sehr gegensätzlichen Welten leben. Unabhängig davon, hielt ich die Sentimentalität beim Esszimmer für fehl am Platze.

Ich plante die Möbel in der Avis-Zeitung zum Verkauf anzubieten.

Als ich bei Hilde zum Kaffeetrinken im Wohnzimmer saß, fragte ich sie: „Welchen Preis kann ich für das Esszimmer nehmen"?

Sie sagte darauf zu mir: „Du kannst das Esszimmer mit mindestens 750 DM ansetzen. Der Preis sollte aber Verhandlungsbasis sein, da die meisten sowieso handeln wollen".

„Kannst du mir beim Formulieren der Anzeige für die Avis helfen", fragte ich sie weiter.

„Ja, natürlich", antwortete sie.

Ich hoffte am Ende wenigstens zwischen 400 und 500 DM zu erhalten. Von meinem Anteil nahm ich mir vor, meine Investitionen für das künftige Atelierzimmer zu machen. Ich brauchte Farbe, um die Wände zu streichen, ein Schrank, ein Stuhl, eine Deckenlampe und einen kleinen Beistelltisch.

Mitte September 99 mistete ich mit Christina den Vitrinen-Schrank aus. Die Umgestaltung zum Atelierzimmer nahm ihren Anfang. Nur wenige Tage später kaufte ich mir bereits einen Beistelltisch für das Atelier. Er kostete 99 DM. Für mich viel Geld, aber dennoch sah ich es als eine sinnvolle Investition. Für meine Zwecke eignete er sich ideal. Daher bereute ich diese Geldausgabe nie, obwohl ich für den Rest des Monats finanziell knausern musste. Darüber hinaus bekam ich das Gefühl, dass es wieder ein entscheidendes Stück voranging.

Parallel zur Ateliersgestaltung wollte ich meine Gedichte vermarkten, indem ich sie mehreren Verlagen zur Veröffentlichung anbiete. Von den Buchverlagen wollte ich mir die Adressen heraussuchen. Zunächst kopierte ich am Wochenende dass am PC getippte Gedichtband. Nur das Inhaltsverzeichnis musste noch geschrieben werden. Spätestens im November wollte ich beginnen, die Manuskripte an die Verlage zu schicken.

Im Sommer/ Herbst 99 schien alles nach Plan zu gehen. Meine Zeit, die mir der EDV-Kurs ermöglichte, nutzte ich bis dahin sehr gut. Ich hoffte nun, dass es auch künftig weiter nach meinen Vorstellungen funktionierte.

„Und hoffentlich gibt es keine weiteren Hindernisse, die alles weitere unnötig verzögern", sagte ich zu mir selbst.

Davon hatte ich ehrlich gesagt die Schnauze voll. Genauso entstand bei mir die Erwartungshaltung, dass mir das Schicksal genügend Zeit gibt, viele Kunstwerke, egal welcher Art, zu schaffen. Zeit wurde daher zum kostbaren Gut. Eine Arbeitswut entstand.

Ende Oktober 99 startete ich meinen ersten Versuchsballon. Der Rowohlt-Verlag bekam die Gedichte zuerst angeboten. Es wurde mir natürlich klar, dass ich trotz der Qualität meiner Gedichte nicht gleich sofort einen Erfolg erwarten konnte, aber irgendwo und irgendwann musste der erste Versuch gestartet werden. Ich konnte nur abwarten und hoffen. Im nächsten Monat wollte ich die weiteren Versuche wagen. Der Stein wurde ins Rollen gebracht. Ich hoffte auf eine Lawine des Erfolgs.

Es entstand bei mir das Gefühl, dass ich das Tempo forcieren musste, da der Computerkurs nur noch knapp zwei Monate lief. Zu diesem Zeitpunkt wusste ich noch nicht, was anschließend alles auf mich zukommen würde. Meine panische Angst wurde quasi mein Antriebsmotor. Ich machte auch weitere Investitionen in die Malerutensilien und kaufte mir einen CD-Player mit einigen CDs klassischer Musik. Die Musik sollte Balsam für meine Seele sein und mir gleichzeitig als künstlerische Inspirationsquelle dienen.

Nachdem ich dem Rowohlt-Verlag mein Manuskript zugesandt hatte, bot ich das Esszimmer in der Avis-Zeitung zum Verkauf an. Ursprünglich wollte mir Hilde bei der Formulierung der Anzeige helfen, aber sie versetzte mich. Daher entschloss ich mich, die Annonce selbst aufzusetzen. Ich kaufte mir eine Avis-Zeitung, um zu sehen, wie man so etwas macht, und dann setzte ich es in die Tat um.

Stimmungsschwankungen machten sich seit einigen Tagen wieder bemerkbar. Mal dominierten der Optimismus und dann wieder die Skepsis. Emotional ging es ständig es hin und her. Ich versuchte mich abzulenken und die Zeit, die mir der Computerkurs verschaffte, sinnvoll zu nutzen. Ich bot mein Manuskript weiteren Verlagen an, um weitere Eisen im Feuer zu haben. Ich las Bücher über Acrylmalerei und über den Umgang mit Pastellkreiden. Bei der Acrylmalerei schätzte ich die universelle Einsetzbarkeit und bei den Pastellkreiden fand ich interessant, dass der Umgang mit diesem Bildträger eine Art Zwitterdasein zwischen Maler und Zeichner für mich bedeuten würde. Beides übte auf mich einen großen Reiz aus, sodass es mir bewusst wurde, dass ich es demnächst ausprobieren würde.

In November 99 kamen noch keine Anrufe wegen des Verkaufes des Esszimmers. Ich spürte, dass mir alles über dem Kopf wuchs. Mir brummte der Schädel. Ich verlor emotional die Kontrolle über mich. Die Mehrfachbelastungen wurden mir einfach zu viel. Beim Computerkurs schaffte ich mit Hängen und Würgen gerade mal das Mindestsoll, mehr nicht. Meine Konzentrationsfähigkeit auf der Arbeit, ließ zu wünschen übrig. Mit dem Haushalt geriet ich im Rückstand. Und der künstlerische Schaffensprozess ging nur schleppend voran. Überforderung wurde mein erschreckend negatives, aber realistisches Fazit.

Beim Esszimmer überlegte ich, ob ich es mit 750 DM nicht zu hoch ansetzte. Daher schoss mir der Gedanke durch den Kopf, den Preis auf 500 DM herabzusetzen. Ich sah kaum noch eine Chance, das Esszimmer verkauft zu bekommen. Ehe ich aber den Preis für das Esszimmer herabsetzte, wollte ich noch ein bis zwei Wochen abwarten. Meine Nerven lagen total blank. Zeitweilig war mir sogar nach kotzen zumute.

Endlich kam nach einigen Tagen ein Anruf wegen des Esszimmers.

„Guten Tag, mein Name ist Meier. Wir haben Ihre Anzeige in der Avis-Zeitung gelesen. Können Sie uns preislich entgegenkommen", fragte mich eine weibliche Stimme am Telefon.

„Ich könnte auf 400 DM im Preis runtergehen", antwortete ich, nachdem ich mich kurz am Telefon vorstellte.

„Hört sich gut an. Ich melde mich am Wochenende wegen eines Besichtigungstermins", sagte die Frau am Schluss des Telefonates.

Sofort unterrichtete ich freudig Christina telefonisch von diesem Gespräch.

Jedoch sie kommentierte nur: „René, da hast du schlecht verhandelt. Das ist zu wenig für das Esszimmer".

Zusätzlich sagte sie mit Nachdruck: „Wenn du zu schlecht verhandelst, musst du mir den Differenzbetrag aus deiner Tasche bezahlen".

Ihr Verhalten mir gegenüber empfand ich nicht als angemessen. Leider fehlte mir durch die Mehrfachbelastung die Energie, um meiner Schwester Paroli zu bieten. Darum ließ ich ihren Nachsatz unkommentiert stehen. Natürlich hatte sie durchaus recht, wenn sie sagt, dass ich schlecht verhandelt habe, aber für mich drängte die Zeit. Ich wollte weitere Fortschritte bei der Gestaltung des Ateliers sehen.

„Darüber hinaus sollte sie sich nicht darüber beschweren, dass sie für quasi Nichtstun möglicherweise 200 DM erhält, auch wenn die Erwartungen zugegebenermaßen deutlich höher lagen", überlegte ich in dieser Situation.

Die Herrschaften, die Interesse an den Möbeln signalisierten, meldeten sich leider nicht mehr. Warum überlegten sie es sich anders? Habe ich tatsächlich zu schlecht verhandelt? Entstand dadurch vielleicht Misstrauen? Die ganze Angelegenheit entwickelte sich zu einem teuflischen Fluch. Ich bekam das verdammte Esszimmer nicht verkauft. Irgendetwas musste ich tun, um dieses Ziel doch zu erreichen.

Ende November 99 setzte ich den Preis für das Esszimmer zunächst von 750 DM auf 690 DM herunter. Dadurch hoffte ich, die Chancen für den Verkauf zu vergrößern. Letztlich konnte ich nur abwarten, wie gehabt. Innerlich wurde ich immer unruhiger. Die Nervosität stieg.

Es beschäftigte mich der Gedanke: „Das Esszimmer bekomme ich trotz aller Bemühungen nicht verkauft, und die Verlage reagieren nicht auf mein Angebot".

Ich hasste es, mich in Geduld üben zu müssen. Ich spielte mit dem Gedanken, aus dem Esszimmer Feuerholz zu machen und Christina ihren Anteil auszuzahlen. Meine Angst vor den Behörden stieg, da ich das Gefühl bekam, die Zeit nicht optimal zu nutzen, die mir der Computerkurs verschaffte. Meine Hoffnungen beruhten darauf, Erfolg als Künstler zu haben. Selbstverständlich wusste ich, dass es sehr schwierig wird, dieses Ziel zu erreichen. Und erzwingen konnte ich den Erfolg ohnehin nicht. Alles Tatsachen, die mir durchaus ins Bewusstsein drangen. Trotzdem strebte ich nach dem Ziel. Ein Leben in der normalen Arbeitswelt erschien mir daher auf Dauer wenig erstrebenswert. Ich zweifelte auch, tatsächlich dafür geeignet zu sein. Denn welche Bedeutung hat die sogenannte Arbeitswelt? Was bringe ich damit in Verbindung? Es fallen mir nur negative Stichworte ein wie beispielsweise Leistungsdruck, Stress, Mobbing, Ellenbogengesellschaft, wenig Anerkennung der Leistung, die ständige Angst, seine Arbeit wieder zu verlieren und am Schluss bleibt bestenfalls eine selbstfinanzierte Sozialhilfe als Rente. Traurige Aussichten, die mich kaum motivierten, eine ernsthafte Bewerbung zu schreiben. Die einzige und tatsächliche Motivation für eine Bewerbung blieb stets der Druck des Staates. Aus Sicht der Ämter ist es verständlich, die Leute auf Teufel komm raus in Brot und Arbeit zu bringen, da er gerne Kosten sparen möchte. Dabei gehen die Behörden häufig rücksichtslos vor und halten sich nicht einmal immer an die eigenen Gesetze und Regeln. Diese schmerzhafte Erfahrung musste ich bereits machen. Mehrfach führte ich Abwehrschlachten und Kriege, die viel von mir abverlangten.

Arbeitsfaul bin ich nicht, um Missverständnisse an dieser Stelle der Aufzeichnungen zu vermeiden. Denn Kunst ist aus meiner Sicht nicht nur Vergnügen, sondern auch Arbeit. Hier kann ich allerdings beides ideal miteinander verbinden. Daher sah ich die Kunst als Berufung und Selbstverwirklichung. Alles andere sind nur Jobs, die für den Broterwerb notwendig sind. Pflichtbewusst blieb ich trotzdem, schon aus egoistischen Gründen. Ohne Geldverdienen kann ich sonst meinen Verpflichtungen nicht nachkommen und werde von der Gesellschaft geächtet beziehungsweise kriminalisiert.

Mein zwiespältiges Verhältnis zur Arbeitswelt wurde mir wieder bewusst, als ich in der Essecke der Firma aus dem Fenster blickte. Es wirkte alles wie ein trostloses Grau. Die Begeisterungsfähigkeit reduzierte sich auf eine Sparflamme. Um mich herum herrschte eine Stille und Ruhe, die eine gewisse Monotonie erzeugte. Es löste bei mir ein Gefühl der Einsamkeit aus.

Ich stellte mir die Frage: „Warum passiert nichts Aufregendes oder Spannendes in meinem Leben"?

Diese Frage ließ sich, wenn überhaupt, nur schwierig beantworten.

Genauso problematisch erschien mir die Frage: „Wie komme ich aus der Zwickmühle wieder heraus"?

Der Zustand entwickelte sich zu einer Unerträglichkeit. Lustlosigkeit entstand. Es kam zu einem Kampf gegen mich selbst. Er verfügte über zwei Gegner: Ich und die Einsamkeit. Wer am Ende der Sieger sein würde, blieb vorerst ungewiss.

„Gewisse Zustände sind nicht immer vorzeitig erkennbar", drang mir beim Verfassen meiner Memoiren ins Bewusstsein.

Sie treten oftmals ohne sichtbare Vorankündigung in Erscheinung. Ich konnte sie letztlich nur beschreiben. Es blieb am Ende nur das Hoffen, nämlich das Hoffen auf positive Veränderungen.

Die Depressionen wurde ich nicht los. Alles kotzte mich an. Meinen Job sah ich nur als Geldbeschaffungsmaßnahme. Ich bekam immer weniger Bestätigung und Anerkennung im Beruf. Zuerst nahm mir Andrea fast ein Kundengespräch aus der Hand, obwohl sie nur als Sachbearbeiterin in der Firma arbeitete. Etwas später schnappte mir Onkel Alfred ein Vertragsabschluss weg, eine Angewohnheit, die er übrigens häufig ausübte. Die hohe Geltungssucht solcher Menschen beruht auf Minderwertigkeitskomplexen, die gefährlich für andere werden können. So etwas darf man nie unterschätzen. In beiden Fällen traute ich mich nicht, den Mund aufzumachen. Andrea stand beim Firmenclan unter Denkmalschutz. Und bei Onkel Alfred bestand eine Jobabhängigkeit. Ich hing quasi an seinem Tropf. Für mein Selbstwertgefühl erwiesen sich die beiden Situationen nicht unbedingt als positiv. Für mich wurde eine schwerverdauliche Kost am Arbeitsherd produziert.

Mitte Dezember 99 musste ich wieder zum Arbeitsamt, weil sich der Computerkurs allmählich dem Ende näherte. Am Ende so einer Maßnahme war jeder Arbeitslose gezwungen, erneut zum Arbeitsamt zu gehen und sich wieder arbeitslos zu melden, um weiterhin staatliche Leistungen zu erhalten. Ich befürchtete, dass ich eine erneute Abwehrschlacht führen muss. Leider behielt ich recht mit meiner Vorahnung. Der Waffenstillstand zwischen den Staat und mir galt als beendet.

Zunächst musste ich mir von meiner Jobvermittlerin den Spruch anhören: „Es hätte auch gereicht, sich eine Woche später bei uns zu melden. Sie hätten den heutigen Tag nutzen können, um Ihre Qualifikation zu verbessern. Schließlich kostet die Maßnahme viel Geld".

Ich erwiderte: „Ich wollte nichts falsch machen. Deshalb bin ich schon heute hier".

Danach wurde es wieder sachlich. Die Jobvermittlerin suchte mir ein Jobangebot aus dem Internet heraus

„Ich habe etwas gefunden für Sie. Das müsste funktionieren", sagte sie zu mir und druckte das Angebot aus.

Zuhause schaute ich mir das Angebot des Arbeitsamtes an. Es war ein Vorschlag, den ich selbst laut Attest nicht ablehnen konnte. Die Arbeit stufte ich im Gegensatz zur Leihfirma als zumutbar ein. Es wurde mir ein Teilzeitjob im Büro vorgeschlagen. Trotzdem wollte ich diese Arbeit nicht. Die staatlichen Leistungen wären vermutlich komplett entfallen, weil ich Thorsten offiziell als Untermieter beherbergte. Und ich hätte definitiv nicht genügend Geld zum Leben gehabt. Somit befand ich mich wieder einmal in einer fast aussichtslosen Falle. Ich kam mir vor wie ein wildes Tier, das sich in Gefangenschaft befand und sich nach Freiheit sehnte. Erneut auf die Hilfe von Onkel Alfred angewiesen zu sein, passte mir nicht in den Kram. Ich fühlte mich als erbärmlicher Schwächling. Über Angst verfügte ich in Überfluss. Mein Selbstvertrauen bewegte sich auf einen neuen dramatischen Tiefpunkt zu.

Meine einzige Trumpfkarte, die ich in meinen Händen hielt, bestand aus einen Gutschein vom Arbeitsamt. Der Staat übernahm bei Langzeitarbeitslosen 70 % des Lohnes/Gehaltes für die ersten sechs Monate und 50 % für die nächsten sechs Monate. Bedingung für diese Sonderleistung wurde eine Arbeitsgarantie für mindestens zwei Jahre. Diese Trumpfkarte musste ich geschickt ausspielen. Ich zweifelte daran, ob Onkel Alfred auf diesen Anreiz positiv reagiert, da ich befürchtete, dass seine Söhne sich querstellen. Ich stufte meine Chancen für eine Festeinstellung etwa bei 50 % ein. Eine aufregende Zitterpartie begann. Ich hasste diese beschissene Situation. Auch beim Schreiben meiner Memoiren änderte sich nichts bezüglich dieses Negativgefühls. Für bedeutete solch ein verzwicktes Abhängigkeitsverhältnis ein enorm hoher Stressfaktor mit den ich nie gut umgehen konnte.

In der Firma berichtete ich Onkel Alfred von dieser vorgeschlagenen Arbeitsstelle des Arbeitsamtes. Ich machte ihm deutlich, dass mich das Arbeitsangebot nicht unbedingt begeistert.

„Dieses Angebot kann ich selbst mit meinem Attest schwer ablehnen. Jedoch der Verdienst würde nicht zum Leben reichen und die Sozialleistungen würden wegen meiner Untervermietung wegfallen", erklärte ich ihm kurz meine Lage.

Er erkannte meine Absicht und sagte: „Du würdest lieber für uns arbeiten".

Ich erwiderte kurz entschlossen: „Ja".

Nun hing alles davon ab, ob Onkel Alfred die gleichen Vergünstigungen erhalten würde, die eigentlich für die Teilzeitarbeitsstelle gedacht waren. Außerdem ging mir in diesem Zusammenhang durch den Kopf, ob ich im Falle einer Festeinstellung genügend Geld bekommen würde. Ich rechnete aus, dass ich netto ca. 2.000 DM benötigte, um mein Leben finanziell zufriedenstellend regeln zu können. Über meine Gehaltsvorstellung hatten wir noch nicht gesprochen. Ich hoffte, dass Onkel Alfred meine Lage nicht eiskalt ausnutzen wollte, weil er mir fast zwei Jahre zuvor ein Dumpinglohn anbot.

Kurze Zeit später erhielt Onkel Alfred nach einer Anfrage wegen der Sonderleistung für Langzeitarbeitslose eine Nachricht vom Arbeitsamt, die zum Glück positiv ausfiel. Der Festeinstellung stand nun nichts mehr in Wege. Mit Onkel Alfred einigte ich mich auf 3.200 DM brutto. Dies reichte aus, um auf meine gewünschten 2.000 DM netto zu kommen. So konnte ich aufatmen. Zwar musste ich ab sofort mit weniger Geld als vorher auskommen, aber dafür bekam ich endlich Ruhe vor den Institutionen des Öffentlichen Unrechts. Diese Tatsache bedeutete Balsam für meine Seele.

Zusätzlich erhielt ich von meiner Tischnachbarin des Computerkurses, die übrigens Gaby hieß, unerwartet eine Zeichentafel (Maße: 79 x 110 cm) geschenkt. Während des Unterrichtes ergab sich eine Vielzahl von Gesprächen. Eines davon fand kurz vor dem Ende des Kurses statt.

„Nächstes Jahr beginne ich mit der Malerei. Eine Staffelei habe ich bereits. Malerutensilien auf Vorrat sind ebenfalls angeschafft", erzählte ich Gaby voller Vorfreude.

„Dann habe ich etwas, was du bestimmt für deine künstlerische Arbeit gebrauchen kannst", schob sie ein.

Ihre Aussage weckte sofort meine Neugier.

„Was ist es", fragte ich positiv aufgeschreckt.

„Eine Zeichentafel", antwortete sie mir kurz und bündig.

„Was soll sie kosten", wollte ich unbedingt wissen.

„Du kannst sie geschenkt haben. Mein Mann hat keine Zeit mehr für die Malerei, und wir benötigen den Platz", erwiderte sie.

„Kann ich sie mir vorher anschauen", hakte ich nach.

„Natürlich. Wir wohnen in Altona. Ich schreibe dir unsere Adresse auf", meine sie am Schluss des Gespräches.

Bei der Besichtigung des Gegenstandes stellte ich fest, dass so etwas normalerweise ein Vermögen kostet. Und diese Leute machten es mir zu einem nachträglichen Weihnachtsgeschenk.

„Die Zeichentafel ist in der Höhe und in der Winkelneigung verstellbar. Eine perfekte Ergänzung zu meiner Staffelei", freute ich mich riesig.

Ich bedankte mich mit einer Flasche Rotwein.

Den Computerkurs brachte ich einigermaßen passabel über die Runden. Ich schrieb eine Klausur in Word und eine in Excel. In Word erreichte ich eine 4 (62,5 Punkte von 100) und in Excel erstaunlicherweise eine 2. Die Dozentin bot mir an, die Klausur in Word zu wiederholen, aber ich lehnte ab. Das Klausurergebnis blieb für mich ohnehin nur zweitrangig. Ob ich in der Firma je meine EDV-Kenntnisse anwenden konnte, hielt ich eher für zweifelhaft, da in Bergedorfer Büro immer noch kein PC stand.

Die Verlage antworteten nicht, und das Esszimmer stand noch in der Wohnung. Notgedrungen musste ich mich weiter in Geduld üben. Die Festeinstellung bei Onkel Alfred erleichterte mir dieses Vorhaben. Es wurde mir aber auch durchaus bewusst, dass dies kein Traumjob für mich werden wird, da ich von Onkel Alfred nie als vollwertiger Mitarbeiter angesehen wurde. Eine Tatsache, der ich mich jetzt noch mehr stellen musste als vorher. Genauso konnte ich immer noch nicht einschätzen, welche Einstellung meine Cousins zu mir haben werden. Und wie wird sich meine Kollegin künftig mir gegenüber verhalten? Erwarten mich eventuell Intrigen? Eine Reise fast ins Ungewisse. Dennoch wollte ich in meiner Situation nicht klagen, da ich zumindest vorerst finanziell unabhängig von Staat war. Dies ermöglichte mir, mich besser auf die Kunst zu konzentrieren. Darin lagen die Herausforderung und die Perspektive. Ein neues Abenteuer begann. Mit diesen abschließenden Worten beendete ich zufrieden dieses Kapitel und begab mich wohlverdient ins Schlafgemach.

ENDE?

Klappentext

Jan Kern, 1968 in Hamburg geboren und aufgewachsen, gelernter Industriekaufmann, Studium der Wirtschaft und der Kunstgeschichte an der Universität Hamburg, sowie Buchautor und Kunstmaler.

René Krügers Leben verlief eher wie eine ständige Berg- und Talfahrt, begleitet durch Verluste, Niederlagen und Enttäuschungen.

Nun zieht er schriftlich schonungslos Bilanz über seinen bisherigen Werdegang. Er erhofft sich dadurch endlich den Durchbruch als Autor zu schaffen und somit den entscheidenden Wendepunkt des Lebens zu erreichen. Jedoch hat er tatsächlich eine reale Chance?

Auch erhältlich

Thomas Sichelschmied
Marsdämmerung

2087, der Kontakt zur Relaisstation MZ-4 auf Phobos, dem größeren der beiden Marsmonde, ist abgebrochen. Alle Versuche, die Probleme von der Erde aus zu beheben, schlagen fehl. Ein Schiff mit Technikern an Bord wird entsandt. Unter ihnen befindet sich auch Simon Hauser, ein Wartungsarbeiter für Ibu-Profatoren. Wobei Profatoren nur wenig mit solaren Sendeanlagen gemein haben und er sich schon fragt, weshalb man gerade ihn für diesen Auftrag ausgewählt hat.

Angekommen auf MZ-4, finden sie die Station verlassen vor. Gravitation und Sauerstoff sind noch intakt. Auf den Gängen verstreut, liegen bizarre fleischliche Gebilde und lange Schlieren, wie von Raubtierkrallen gezogen, verlaufen im Stahlkomposit der Wände. Was auch auf MZ-4 geschehen sein mag, es ist nicht gut ausgegangen.
Doch erst als die Veränderungen beginnen, erkennen Hauser und seine Kollegen, in welchen Albtraum sie tatsächlich geraten sind.

Marsdämmerung – eine Hommage an die blumigen 3-D-Spiele der 90er-Jahre